Memoria de la Historia pretende ofrecer a los lectores la Historia contada por quienes la hicieron, por los mismos *personajes* que en vez de figurar en las páginas de los libros como objeto pasivo, adquieren voz y nos cuentan su vida y su peripecia en primera persona. La Historia como una novela personal, autobiográfica, en la que todo lo que aparece en estas páginas es verdad, con hechos ciertos y comprobados, pero que se presentan con la inmediatez y el dramatismo que da al relato la voz del protagonista, supuesto historiador de sí mismo gracias a la pluma de unos escritores que consiguen el difícil y apasionante equilibrio entre los materiales de la crónica, tratados con el máximo respeto, y el enfoque que corresponde a la más amena de las narraciones novelescas. Otra vertiente de estas semblanzas es la evocación de *episodios* del pasado en tercera persona con todo el rigor que exige el trabajo del historiador y la amenidad de la novela.

Éste es el objetivo de una colección que aspira a fundir lo más atractivo que pueden ofrecer la historia y la literatura.

Yo, Goya

Carlos Rojas
Yo, Goya

Planeta

COLECCIÓN MEMORIA DE LA HISTORIA/45
Dirección: Rafael Borràs Betriu
Consejo de Redacción: María Teresa Arbó, Antonio Padilla,
  Marcel Plans y Carlos Pujol

© Carlos Rojas, 1990
© Editorial Planeta, S. A., 1990
  Córcega, 273-279, 08008 Barcelona (España)
Ilustración al cuidado de Antonio Padilla
Diseño colección y cubierta de Hans Romberg
Ilustraciones cubierta: autorretrato de Goya,
  Metropolitan Museum of Art, Nueva York,
  y «Los fusilamientos en la montaña del
  Príncipe Pío», por Goya, Museo del Prado,
  Madrid (fotos Aisa)

Procedencia de las ilustraciones: Archivo
  Editorial Planeta, Mas

Primera edición: noviembre de 1990
Depósito Legal: B. 34.614-1990
ISBN 84-320-4534-9
Printed in Spain - Impreso en España
Talleres Gráficos «Duplex, S. A.», Ciudad de
  Asunción, 26-D, 08030 Barcelona

Índice

A la memoria de María del Pilar Teresa Cayetana Manuela Margarita Leonor Sebastiana Bárbara Ana Joaquina Josefa Francisca de Paula Xaviera Francisca de Asís Francisca de Borja Francisca de Sales Andrea Abelina Sinforosa Benita Bernarda Petronila de Alcántara Dominga Micaela Rafaela Gabriela Venancia Antonia Fernanda Bibiana Vicenta y Catalina, hija legítima de don Fernando Francisco de Paula de Silva y Álvarez de Toledo y Portugal, duque de Huéscar, conde de Oropesa, Alcaudete, Belbis, Deleitosa de Morente y de Fuentes, marqués de la ciudad de Coria, de las villas de Héliche, Tarazona, Jarandilla, Flechilla y Villarramiel, y de doña María Ana de Silva Sarmiento y de Sotomayor, nacida el 10 de junio de 1762, fiesta de Corpus Christi, muerta el 23 de julio de 1802, posiblemente envenenada por Godoy y la reina María Luisa de España, última duquesa de Alba de los de su sangre, por fallecida sin descendencia.

PALABRAS EN UN ESPEJO

Yo, Goya. Yo, Francisco de Goya y Lucientes.

La voz, aquella voz que viene del centro de mí mismo que no existe, me pide que dicte mi semblanza. Si ignoro de quién pueda ser la voz, tampoco sé a quién dicto.

Yo, Goya. Yo, Francisco de Goya y Lucientes.

Saber, sólo sé que estoy muerto, y muerto llevo años, acaso siglos. Pero la muerte no es sino un presente oscuro, que esclarezco e ilumino libremente con mis recuerdos. Hablo de las memorias de aquella vida mía, que antes pinté en mis cuadros, grabé en mis grabados y ahora me piden que haga retoñar en palabras.

Yo, Goya.

Fue la mía una vida que físicamente concluyó en Burdeos la noche del 15 al 16 de abril de 1828. Pero en la tierra, y desde entonces, debe de haber mudado y todavía hoy mudará la de otros muchos seres. Aunque la muerte sea el presente de tinieblas interminables, donde destellan mis visiones y las visiones de mis cuadros, sé y doy fe de no haber vivido en vano.

Yo.

A veces pienso que me piden las memorias para el juicio universal. Lo pienso aunque no lo crea. Por más que lo presagien, tal juicio es imposible puesto que en el fondo la muerte y la existencia son irrevocables soledades. En este ámbito eterno y ensombrecido, cada hombre perdurará tan aislado como de verdad vivió en el mundo.

Yo, nada. Yo, nadie.

Múltiple, si bien irónica, es mi soledad. Fallecí lejos de

mi pueblo y de mi tierra, aunque mi destierro fuera renovado, voluntario y tuviera por pretexto una toma de baños y aires para remozarme la salud en la vejez. Hoy les falta la cabeza desaparecida a mis despojos sepultados debajo de la cúpula que pinté en San Antonio de la Florida. Un destino siempre sardónico hace que los restos de otro proscrito, Martín Miguel de Goicoechea, se repartan con los míos la tumba de San Antonio. Arriba, tal como yo lo pinté en la bóveda, San Antonio de Padua ha venido volando milagrosamente desde Italia a Lisboa y resucita a un asesinado, para que revele el nombre de quien lo mató y exculpe al padre del santo monje, acusado de aquel crimen por error de la justicia. Los ángeles de los coros celestiales, en pechinas y lunetas, son mujeres incitantes y carnales. Un pueblo de celestinas, mozas fingidas, truhanes, criadillas, modistas, verduleras, pescateras y entretenidas presencia el milagro casi indiferente. María Teresa, la duquesa de Alba, me preguntó riéndose una vez qué demonios hacían todas las putas de Madrid, salvo la reina, repartidas entre la gloria y la Lisboa de la Edad Media.

Yo, Francisco de Goya y Lucientes. Yo, Martín Miguel de Goicoechea.

En el mundo, Martín Miguel de Goicoechea era mi consuegro. Con su hija Gumersinda casó mi Xavier, dos o tres años antes de la guerra con el francés, una mañana de julio madrileño que fundía los cantos en las calles. Abuelos y padrinos fuimos los cuatro —él, yo, su María Juana y mi Josefa— de nuestro nieto Marianito al verano siguiente. Pero ninguno de nosotros pudo anticipar entonces que el azar, otros dirían la historia, nos llevaría a Martín Miguel y a mí a compartir el destierro en vida y al menos tres sepulcros muertos. Si ahora nuestros espectros saliesen de San Antonio de la Florida y juntos se fueran de paseo por la orilla del Manzanares, me imagino sus casi obligados coloquios.

—Compañero, permítame que le tome del brazo, como si fuese mi lazarillo de ciego caminante —le pediría yo—. En fin de cuentas, puesto que de su cabeza nos valemos los dos, suyos y no míos son ahora mis cinco sentidos.

—Amigo Goya —replicaría Martín Miguel de Goicoechea—. Tampoco quiero abusar de situación tan insólita como la que nos deparan las circunstancias. No es justo que siempre ande usted decapitado y yo vaya tan orondo por la vega, como si mi cráneo fuese sólo mío. En menos de nada se lo presto, para que disfrute cumplidamente de la brisa que peina el río y del canto del gurriato.

El más adinerado de los proscritos de Burdeos, el banquero Muguiro yerno de Martín Miguel como mi Xavier—, le compró el panteón al consuegro. Allí, en el cementerio de la Grande Chartreuse y en una tarde de truenos secos, le enterramos en verano de 1825.

De rojo veneciano se teñían los cielos, en un desgarro de la súbita borrasca que enfoscaba el horizonte sobre el estuario. A aquella luz, que ya tiraba a cinabrio, leí la lápida de Martín Miguel con la precisión que el recuerdo la devuelve ahora. Sin puntos ni comas, de una sola tirada entre dos parpadeos. EL AMOR FILIAL ELEVA ESTE MONUMENTO EN MEMORIA DE MARTÍN MIGUEL DE GOICOECHEA DEL COMERCIO DE MADRID NACIÓ EN ALSASUA REYNO DE NAVARRA EL 27 DE OCTUBRE DE 1755 Y FALLECIÓ EN BURDEOS EL 30 DE JUNIO DE 1825. A los tres años fueron a turbarle el sueño, levantando la losa para soterrarme a su lado, según acuerdo de nuestros hijos. A su epitafio, le añadieron el mío en latines de Josef Pío de Molina: antiguo alcalde mayor de la corte en la francesada y el último modelo a quien quise pintar, aunque mi muerte le dejase el retrato inconcluso y a sobrepeine. FRANCISCUS A GOYA ET LUCIENTES HISPANIENSIS PERITISSIMUS PICTOR.

Yo, Goya. Yo, polvo y ceniza decapitada.

Y he aquí que al cabo de otros años, sesenta ahora, de nuevo nos abren el lecho de piedra para llevarse mi cadáver a Madrid. El tiempo nos confundió los féretros y los despojos, como en Marianito se cruzaron nuestras sangres. Había desaparecido mi cabeza y en la podre sólo dieron con la de Martín Miguel. Así informan a Madrid la alcaldía de Burdeos y la prefectura de la Gironda. Madrid tarda seis inviernos en contestarles. En su incertidumbre, nos encierran los franceses en un par de ataúdes sellados del depósito de la Grande Chartreuse. En 1899 meten aquellas cajas de caoba en otra de plomo y la de plomo en un féretro de roble. Es propósito de la reina regente y de su gobierno que nos acoja el mismo panteón en el cementerio de la Sacramental de San Isidro. A los veinte años, vuelven a trasladarnos y nos dejan al pie del presbiterio de San Antonio de la Florida.

Yo, Goya. Tú, Goya.

Yo, FRANCISCUS A GOYA ET LUCIENTES, yazgo eternamente descabezado y en compañía del consuegro en la parroquia que pinté y luego volvieron museo, para gloria de tu nombre. A ti, Goya, Francho o don Francisco el de los Toros, como a veces te firmabas, te recuerdo la cabeza que te bosquejaste e iluminaste, en una de tus obras más vastas: *La familia de Carlos IV*. No fue tu mayor audacia disponer tu vera efigies entre reyes e infantes, sino medirte con el propio don Diego Velázquez. También él en su siglo quiso retratarse en otro cuadro, que asimismo decían *La familia*, y donde se fue a copiar al paso que lo ejecutaba. Casi de cuerpo entero, se agiganta allí en tanto sus monarcas se enturbian y disminuyen en un espejo, prendido al fondo del obrador. Tú asomas la maciza testa baturra detrás de la familia de Carlos IV en *La familia de Carlos IV*. Eternamente se remansa en tu tela el verano de 1800, mientras desde las sombras y por encima de los anteojos contemplas a quienquiera que te contemple, en todo instante del porvenir. Tienes en tu pintura cincuenta y cuatro años y ocho llevas reparado de la vista y sordo como una tapia.

Tú, Goya.

Hace once años que te nombraron pintor de Cámara de su majestad y seis meses que te ascendieron a primer pintor del rey, con un sueldo de cincuenta mil reales vellón, cuando los soberanos te encomiendan su grupo de familia en Aranjuez. Como te cuenta Godoy, despereciéndose de risa: *Desde que pintaste el retrato de mi mujer, la condesa de Chinchón, no se le cuece el pan a la reina hasta que le ilumines una sábana o una vela, con ella, el marido, los infantes y toda la parentela.* Le recuerdas que ya firmaste y dataste los retratos ecuestres de don Carlos y de doña María Luisa, entre otras varias semblanzas suyas. Se encoge de hombros y sonríe cínicamente. *Ahora los reyes quieren retratarse con los hijos, las hijas, el yerno, los hermanos, el nieto y hasta su futura nuera: aquella princesa de Asturias napolitana, que tendrás que inventarte si no la copias del camafeo que atesora su novio. Reflejado en tu cuadro como en un cristal, dejarás testimonio de toda su sangre, tantas veces probada. Si la verdad no teme ni ofende, la honra familiar hay que servirla como el buen*

14

vino, en su punto y sin aguar. Vuelves la cabeza para esquivarle la sonrisa de jayán o de jifero. Todo el mundo sabe que la infanta Isabel y el menor de los príncipes, aquel infante don Francisco de Paula —*el del abominable parecido,* como le dicen— son hijos suyos y no del rey. Todo el mundo, menos los niños y don Carlos.

Rubio y rubicundo, corpulento y ya entrado en carnes, aunque sólo tenga la edad de Cristo, Godoy —príncipe de la Paz, duque de Alcudia, marqués de Álvarez, almirante de Castilla, capitán general y caballero de la orden del Toisón de Oro— es nuestro primer ministro dimisionario. La reina le condicionó el poder político a la rotura con su querida Pepita Tudó. A la Tudó, la hija de un artillero, tuvo el cuajo de acogerla en casa para infamia de la condesa de Chinchón, después de obsequiarla con el condado de Castillofiel. Abdicó Godoy, sin renunciar a Pepita y a sabiendas de que volvería a regir en un país como el nuestro, a tan triste hechura de un corral de histriones. En la fría primavera de 1800, te invita unos días a su palacete de Aranjuez. Como tú protestas del viento y la tardía helada, que aterido te amilanan o enfurecen en las anchas estancias, riendo te llama friolero atrabiliario y permite cenar con el capote puesto. Al revés de quienes se atropellan al dirigirse a ti, desadvertidos de que sólo les lees los labios y las manos de forma trabajosa, él te mira de frente cuando habla y casi deletrea cada sílaba en el aire.

Tú, Goya, nunca sabes qué pensar de Manuel Godoy. Si le desprecias, también te confunde y desconcierta. Te repele y deslumbra su vertiginoso ascenso, desde la Guardia de Corps de la Real Casa hasta adueñarse de España. Cuando le conociste, todavía ignorabas que pronto ibas a aborrecerle y a envidiarle, por celosos rencores de un amor perdido. En los anaranjados crepúsculos de Aranjuez, a solas los dos, te lleva de paseo cada tarde en su carroza. Casi sin percatarlo, le espetas entonces no haber pintado a la condesa de Chinchón, por primera vez esta primavera. A solas y también con sus padres y hermanos —el infante don Luis, la señora de Ballabriga, la pequeña María Josefa de Borbón y el futuro primado de las Españas—, la retrataste al óleo en Arenas de San Pedro, cuando no tenía ni tres años. El príncipe de la Paz quédase pensativo al oírlo. Despacio te contempla de hito en hito y luego replica: *Pues*

es verdad. Ella me lo contó y yo lo eché en olvido. Abstraído, se encoge de hombros. *Me preguntó qué quedará de
todos nosotros dentro de dos siglos. Acaso sólo palabras,
en ese espejo entenebrecido que llaman la historia.*

También aquella primavera, en Aranjuez, empiezas
tus esbozos de cada miembro de la familia de Carlos IV,
sobre un fondo de lavado rojo. Si en la tela grande dispon-
drás todas las figuras con la otra *Familia,* la velazqueña,
por pauta y modelo, para los borrones —como tú llamas a
los bocetos— piensas en distintas telas del maestro. Traes a
mientes los bufones, que pintó casi un siglo atrás y que tu
cuñado, Francisco Bayeu, te mostraba en el Palacio Real.
Frente a tus reyes y como él lo hizo con sus histriones, vas
a distanciarte por igual de la adulación y del sarcasmo.
Despiadadamente detallarás sus deformidades físicas. Pero
quieres que a través de aquellas lacras y mentiras aparen-
tes, se refleje otra verdad mucho más honda: la de su
mundo interior. Ésta es tu lección aprendida de Velázquez.

Pero tú eres Goya. No eres Velázquez, ni tus reyes son
sus bufones.

Aunque enanos, tarados y contrahechos, por las oscuras ventanas de los ojos los juglares velazqueños revelan
su desollada sensibilidad, su dolor herido, su sufrido talante, su melancólica ironía y su templada entereza. En
cambio, los reyes y los infantes que pintaste delatan inadvertidamente su rencor, su ambición, su artería, su lujuria, su torpeza y a veces la necedad que los devoran. Pero tú
no puedes mentirlos; no debes nunca engañar a nadie. A
todos y a cada uno de ellos, incluidos los dos bastardos de
Godoy y la reina, todavía tan niños, les muestras los
borrones terminados y les dices que aquélla será su última
y definitiva imagen en el cuadro. No te sorprende que
todos se sientan muy complacidos, salvo el infante Fernando. El heredero de la Corona sólo te contempla con
aquellos azabachados ojos suyos, donde destellan juntas
la alevosía y la inteligencia. Ojos aun más turbadores y
desconcertantes, por perdidos en un rostro que siempre se
te antoja ajeno: pálido, larguirucho y todavía crecedero,
con todas las trazas de un idiota irreparable. Fernando
sonríe, sacude la cabeza y se marcha en silencio del taller,
que te improvisaron en la Casita del Labrador.

Al rey le place sobremanera su propio borrón. Ríe

16

como un niño halagado y en su afecto de toro jubillo te golpea la espalda con la palma abierta. A los cincuenta y dos años, dos menos que tú, aún será el hombre más fuerte de España. Titubeas y habrías caído de no asirte por instinto a una mesa de encina, donde has esparcido pinceles, pinturas, botes de aguarrás y carpetas abiertas. A tus diez arrobas aragonesas, les lleva otra cumplida y te pasa pulgadas por todas partes. Con risas que no le oyes, se carcajea y parece ahogarse boqueando en el aire. Como lo tiene por hábito, vuelve a repetirte que tocaría el violín para ti, si no fueses sordo. Añade que otro día, con sus propias manos, te hará unas zapatillas o unas botas de escalfarote, con espuelas incluidas. Está orgulloso de su destreza de tiracuero y en la misma Casita del Labrador, le dispusieron una chapinería. Ríese otra vez, aunque entonces con malvado regocijo, cuando le muestras el borrón de su hermana la anciana infanta María Josefa. Dice que la sacaste calcada; pero, si cabe, más vieja y más bruja. De nuevo te congratula por lo bien parecido que él salió en su bosquejo. Más fiel que aquel óleo, no lo sería el mismísimo estanque del niño Narciso.

Cuando ve el borrón de su cuñada, la reina, cloquea entre risillas la infanta María Josefa. Con su vocecilla chillona y entre temblorosos aspavientos, que casi amenazan partirle la diminuta fragilidad, dice que talmente respira en la tela aquella harpía. Por la mirada de *pescivèndola di grido*, le asoman el azufre y el arsénico que la habitan, según lo asegura la infanta. *Es toda rejalgar, la muy rabiza. Así en la vida como en tu cuadro. Parece mentira que mi hermano sea tan ciego, o tan bragazas, para no enterarse de cuanto ocurre.* Luego te pregunta si la reina te dio venia para que la pintases sin la dentadura postiza. Aquella que suelen ajustarle tres sacamuelas franceses a sueldo de Palacio. Replicas que doña María Luisa quiso posar sin los dientes falsos porque le torcían el gesto las doloridas encías. Reitera las risas doña María Josefa, olvidada de que también ella está desdentada y así la retrataste. La deleita aquel esbozo suyo, donde no omitiste ni la peca de artificio que en la sien le oculta una mancha de la vejez. *Tu don viene del cielo, hijo,* dice inadvertida de sus años y de los tuyos. Te da a besar la mano, extendiendo el bracito sarmentoso, como si ella fuese una emperatriz y tú el más devoto de sus validos. *Tan ciego y tan calzonazos*, repite pensativa sacudiendo la cabeza debajo del moño. *Si nuestro padre reviviera, volvería a morirse avergonzado. La tarde que libró el alma la pasé rezando a la cabecera de su cama. Pidió un caldo con yema y tardaron una hora en servirlo. Cuando se lo llevaron ya había fallecido. El caldo venía frío y cubierto por una tela de grasa, espesa como la nata, ¡Qué país, hijo! ¡Qué país el nuestro!*

También la reina alaba el apunte que le hiciste. Luego le dice a Godoy que allí está muy propia y su retrato salió el mejor de todos. Se felicita por hacerse abocetar sin la dentadura, porque el dolor de encías habría restado veracidad a lo que llama con deje italiano *el mío semblante y la mía persona*. No obstante tú le iluminaste la vera efigies, como honradamente la ves por dentro y por fuera. En mitad del lavado rojo, sonríe desagradablemente con labios prietos y casi desaparecidos. Muy descotada y enjoyadas la peluca, las orejas y la pechuga, comparte los ojos aviesos de su hijo mayor, aunque la oscura inteligencia del muchacho se le pierda en un gesto un tanto distraído. Ocho años después, cuando la más salvaje de las guerras acabe con esta feria y Napoleón tome Madrid, van a describírtelo deleitándose perversamente con tu cuadro *La familia de Carlos IV. ¡Es increíble! ¡Es inimaginable!*, le citarán frente a la imagen de doña María Luisa. *¡Qué cabeza de garza o de grifo para una furia!*

Pero la francesada, con sus crímenes, sus hambres, su vileza y su bárbaro heroísmo, aún pertenece al porvenir. En este frío abril de 1800, todavía aguarda Napoleón su conquista de Madrid. A petición de la soberana, le muestras todos los demás retratos, salvo el del rey, que pintarás mañana. Se recrea con los borrones de sus cuñados, don Antonio Pascual y doña María Josefa. Te alaba el valor y la ironía al escarnecerles como los satirizaste. Protestas y afirmas que fuiste a trasladarlos como los percibes o crees avistarlos. Te dices más respetuoso que nadie ante cada infante y postrado a los pies de todos ellos. *Non fare scherzi e non dire cretinate. No te burles ni digas tonterías*, te ataja sonriendo. *Sé muy bien de qué forma tan distinta los tratas a ellos y a mí.* Definitivamente nadie se conoce. Contemplan y advierten a los demás como tú los representas. Pero cada uno de ellos se ve a sí mismo como quiere verse. Con todo acaso no sea suya la entera culpa de tanto engaño. Tal vez este mundo, donde creemos vivir de veras, no es sino fingimiento y burlería. Cabe que se reduzca a la artera imitación de otro ámbito y otra vida, donde sí existimos o existiremos de cierto. Entre tanto y al menos aquí, te inclinas a pensar que los rostros son máscaras y la historia mentira.

No obstante, en algunas ocasiones crees vislumbrar un atisbo de verdad en medio de la farsa. Entonces te desasosiegas, como nos sobresalta en sueños saber que soñamos. En la Casita del Labrador pintas al infante don Antonio Pascual junto a un brasero encendido. Detrás de la ventana vuelan faisanes rojizos y tu augusto modelo te dice que en la arboleda cantan los mirlos y las oropéndolas, aunque tú no puedas oírlos. Por los rasgos y la corpulencia, mucho se parece el infante a su hermano el rey. Pero el azul de los ojos de don Carlos se esclarece en los suyos. Diríase que en cualquier momento va a desleírse en pálida agüilla. Como nadie ignora, nació imbécil incurable. Su triste condición le veda el trono; pero no le ha impedido a la Universidad de Salamanca concederle un título honorífico. Su sobrino, el príncipe de Asturias, siempre le llama *mi tío, el doctor o mi tío, el idiota.* No obstante nunca osa fumar en presencia de don Antonio Pascual, quien detesta el aroma y el humo del tabaco. Ni cuando sea rey, se atreverá a afrentarle prendiendo un cigarro en sus barbas. Te contó Godoy que por los días de antruejo del pasado invierno, unos señoritos de la más clara nobleza invitaron a Fernando y al hermano del monarca a un partido de pelota, en el patio del Hospicio. Fue a ahuyentarlos a todos, suspendiéndoles el juego, una súbita tormenta de mucho relampagueo. En el refectorio del asilo, aquellos descamisados con cachirulo y alpargatas, todos ellos de sangre azul resplandeciente, ofrecieron a las regias personas naranjada y aguardiente. El príncipe de Asturias les suplicó de rebozo que le ocultasen en un cuchitril, avistado de paso, para fumarse un veguero a espaldas del tío, entre cestas y pelotas.

Mientras posa para ti, te mira de hito en hito don Antonio Pascual. Nunca pestañea ni concluye su parloteo de niño. Habla como una urraca y tú te las ves y te las deseas para seguirle la parlería. No se te hace difícil leerle los labios porque bachilleree con demasiada rapidez, sino

19

por lo mucho que vacila, se demora y confunde, en tanto trata de hilar palabras e ideas antes de que se le vaya el santo al cielo. Aunque servilmente le sonrías y asientas a cuanto dice, o pretende decirte, te exaspera casi tanto como pronto va a desconcertarte. A la vuelta de ocho años, después de que el pueblo de Madrid se levante para impedir que secuestren y conduzcan a Francia a este gigante tarado y al bastardo de Godoy, don Francisco de Paula, el infante Antonio Pascual felicitará a Murat, el cuñado de Napoleón, por haber pasado por las armas a aquellos madrileños que inmortalizarás muertos en una de tus telas más vastas de 1814: *El 3 de mayo de 1808, en Madrid: los fusilamientos en la montaña del Príncipe Pío.*

Estamos encantados con lo sucedido, le confiesa entonces don Antonio Pascual a Murat, sin tartajear ni atropellarse. *Nunca más dirán que con palos y navajas destruya la chusma a un ejército regular. Bastaría cualquier batallón de línea, entre todos los de vuestra merced, señor gran duque, para dispersar y fusilar a diez mil cabezas de nuestra canalla.* Pero al igual que Napoleón en Madrid, las descargas que encienden la entera noche del 2 al 3 de mayo de 1808, o los cobardes elogios del infante a Murat, todo esto es todavía patrimonio del porvenir. Ahora, en la incierta primavera de 1800 y en tu taller de Aranjuez, don Antonio Pascual te pide de pronto:

—Háblame esta tarde de tus primeros recuerdos.

—Su alteza me pone en un aprieto. En cuanto trato de contemplar un primer recuerdo, evoco otro distinto que creía olvidado. La memoria es una mujer caprichosa y siempre empeñada en inventarse un pasado distinto.

—Dichoso tú que aún tienes memoria. Yo tiendo a recordar cada vez menôs. Pronto lo arrinconaré todo entre renglones. Cuéntame tu vida, antes de que tuvieses memorias. Así te será más fácil. Lo olvidado, lo inventas.

Con un pincel en la mano, pringado de blanco zinc para empolvarle la peluca en la pintura, le miras perplejo. Crees confundirte al interpretarle los labios. Pero con despaciosa tardanza, como si advirtiese tu asombro, repite don Antonio Pascual: *...antes de que tuvieses memoria. Así te será más fácil. Lo olvidado, lo inventas.*

—Soy de una aldea, Fuendetodos, a pocas leguas de Zaragoza. Allí vine al mundo hace más de medio siglo.

Temo que mis padres anduvieran desavenidos y distanciados cuando vi la luz. Lo cierto es que sólo a mí, entre todos los hijos, me parieron en el pueblo mientras mi padre residía y trabajaba de dorador a la sombra del Pilar. Decíase mi madre de la pequeña nobleza y antes había librado el Zaragoza a mis hermanas Rita y Jacinta, así como a mi hermano mayor, Tomás, luego dorador y batihoja como nuestro padre. A la vuelta de unos años, compuesto el matrimonio, también en Zaragoza nacerían Mariano y Camilo.

—A tu hermano Camilo lo conozco —te corta don Antonio Pascual, levantando la palma sonrosada, de grueso canto y anchos artejos—. Mi tío, el cardenal infante, le consiguió la capellanía de Chinchón. Creo parecerme un poco por dentro a mi tío Luis. Yo nunca podré reinar por ser idiota. Mi tío tuvo la Corona casi en la mano, porque la ley daba preferencia a los infantes nacidos o criados en España, como él, en tanto mi padre era casi napolitano. El tío Luis renunció al Trono para sí y para sus hijos. Antes le hicieron cardenal y arzobispo de Toledo y de Sevilla. Pero le pesaba tanta púrpura y no quiso llevarla. Mi padre tuvo que ceder y dictar una sanción para que el tío Luis pudiera casarse con la Ballabriga. No sé cómo recuerdo ahora todo esto.

Tampoco tú lo sabes. En tanto interrogas aquel azul tan desvaído de sus ojos, crece tu desconcierto. Turbado, casi temes que don Antonio Pascual no sea de veras necio, sino simule su propia sandez por sombrías razones. Por su parte, ignoraba doña María Teresa de Ballabriga su resplandeciente hermosura, aunque preciábase de descender de los antiguos reyes de Navarra. Para tu callado gobierno, siempre pensaste que no trascendería la buena burguesía aragonesa. Con ella se retiró don Luis a sus tierras de Arenas de San Pedro, después de las bodas. Parte del verano de 1783 lo pasaste allí pintando a aquel matrimonio y a sus hijicos niños. Dos años después, su súbita muerte te dejaba inacabado otro retrato del infante. Si don Luis sobreviviese, quien nunca quiso nada vería a su hija infeliz y desposada con Godoy, que es el más ávido ambicioso de la tierra. Al margen de la caza, la pintura, los amigos y la familia, a aquel príncipe parecía pesarle el mundo casi tanto como antes el capelo cardenalicio. Contigo se sintió siempre a sus anchas, aunque fuese tímido y respetuoso hasta con los braceros de sus campos. Dio en apreciarte de veras, al ver que eras una buena escopeta. En Arenas te abonaron honorarios muy superiores a los concertados y doña María Teresa te ofreció una bata, toda recamada en plata y oro, para tu Josefa. Vuelto a Madrid, caíste en la villanía de tasarla. Boquiabiertos os quedasteis tú y la Pepa cuando dijo el guardarropa que al menos valía treinta mil reales.

—Sigue con Fuendetodos y tus viejas memorias —insiste don Antonio Pascual, regresándote de tus mudas divagaciones.

—Ocre es el pueblo, bajo el sol y el cierzo. Sembradas de peñascos amarillos, se tienden las tierras hasta el horizonte. Cuando yo era chico, llevaba la escuela un fraile rebotado. Hicimos buena liga, por ser él hombre devoto, paciente, y yo entonces un niño callado y sumiso. Con todo, enseñaría mal y poco aprendí de mi primer maestro. Aún cuento con los dedos y escribo con faltas, que no puedo remediar y que a mi mujer regocijan. Dibujar, dibujaba siempre e iba por todas partes con el cabás de la escuela lleno de carboncillos y papeles. Creo, o quisiera creer, que uno de mis primeros recuerdos es el espacioso esbozo al carbón de la fortaleza de Fuendetodos, con sus roquedales, que hice y expuse en una tapia. Lo raro es que pienso haber bosquejado las piedras vivas y los restos del castillo, prendidos en el vacío o volando por el aire. Todo desmigándose entre el cielo y la tierra, sobre aquel muro que ya no existe.

—Por ventura lo soñaste y luego diste por cierto. Yo olvido antes lo vivido que lo soñado.

—¡Quién sabe, señor! —Se te enfosca el entrecejo al pensar en las pesadillas de tu larga enfermedad, hace ocho años cumplidos, cuando te desahuciaban inconsciente y sólo sobreviviste, tarado y menguado por la cerrada sordera y las empeoradas jaquecas. Para ahuyentar recuerdos y espectros, empiezas a hablarle a don Antonio Pascual de otros días, de fugitiva dicha—. Dieciocho años tenía yo y estudiaba pintura en Zaragoza, cuando me llamó el párroco de Fuendetodos para que le ilustrase la capilla de las Reliquias. Vuelto al pueblo, me abrazaron mosén Josef Ximeno, que me había bautizado y aquel maestro que me enseñó a echar cuentas con los dedos. En las puertas de la capilla pinté la aparición de la Virgen del Pilar debajo de un cortinaje anudado a una corona.

— ¿Cuándo te llevaron a Zaragoza?

— Muy niño sería yo. Pero pienso que poco antes renovó mi padre sus espaciadas visitas a Fuendetodos. Querría convencer a su mujer de que nos juntásemos con él, con Rita, con Tomás y con Jacinta, de quienes cuidaba entonces un aya en la ciudad. Debió de persuadirla al cabo de interminables encuentros a puerta cerrada, que vagamente les evoco. Antes, mi padre era para mí casi un extraño, que de tarde en tarde iba al pueblo y se ocultaba por horas enteras en la alcoba con mi madre. Encenderían sus visitas mis celos de niño y descubriría la carne, imaginándome que ellos la gozaban a escondidas, sin dejar de odiarse. En realidad, eran muy distintos. Presumía mi madre de hidalguía local y hasta heredó una casona en la calle del Coso, muy cerca de la cuestecica de la Verónica. En cambio, mi padre sólo hablaba de su oficio, y muy poco. Murió en diciembre del 81 y yo tuve que sufragarle el entierro en San Miguel de los Navarros, su parroquia de Zaragoza. En la partida de defunción, dijo el escribano que no pudo testar por no tener de qué. Así es todo de triste y de sencillo, alteza. No hay más.

— ¿Te acuerdas del viaje a Zaragoza?

— Lo tengo muy presente, señor. Apretujados con los bártulos, los perros, la sirvienta y la jaula del jilguero, íbamos en un carromato de toldo tan amarillo como los peñones del pueblo, al sol de agosto. En Zaragoza, primero recalamos en la calle de la Morería Cerrada. Detrás nos caían la plazuela y el huerto del León de Fuentes. A la vuelta de una esquina veíamos por un lado el convento de las monjas de San Fíes y por el opuesto el beaterio de los Agonizantes de San Camilo. Poco paramos en la Morería Cerrada, porque ya había apalabrado mi padre otra vivienda en el Coso. Pero desde antes de mudarnos ya asistía yo a una escuela calasancia. En las aulas del padre Joaquín conocí a Martín Zapater Clavería. Fue y todavía es el mejor de mis amigos. Nos escribimos con frecuencia y le cuento lo que nunca diría a otros. Ni a mi mujer, ni por supuesto a mi hijo Xavier cuando sea hombre hecho y derecho.

Dentro de nueve años, y en plena guerra con el francés,

regresarás por última vez en tu vida a Zaragoza y a Fuendetodos. A Zaragoza te llevará el joven general Palafox para que pintes las ruinas del sitio que levantó Verdier, después de arrasada y defendida piedra por piedra media ciudad, cuando al decir del propio Palafox a la guerra al cañón siguió la guerra al cuchillo. Tan pronto empiece el segundo asedio, aquel en que caerá Zaragoza y apresarán a Palafox enfermo y delirante, con cuitados pies de plomo, tú, Goya, te vas a retirar a Fuendetodos y no pararás hasta Madrid. Allí, puesto a salvar tu arte, tu piel y la paz de los tuyos, jurarás y perjurarás fidelidad al rey de los invasores. Delgado y picudo como un galgo, Martín Zapater irá contigo hasta Fuendetodos. Pensando en quien fuiste a los dieciocho años, le pedirás pensativo ante la puerta de las Reliquias: *No cuentes nunca a nadie que esto lo pinté yo.*

—¿En Zaragoza te hiciste pintor?

—El hombre más poderoso de la ciudad, el canónigo Ramón Pignatelli, era conocido de mi padre. Me imagino que se compadecería de su escasa ventura. A mí me apreciaba de veras aquel fúcar y me puso de aprendiz de José Luzán. En paz descanse el señor de Pignatelli Moncayo, pues partióse de este mundo hace unos años, cuando también yo estaba a las puertas de la muerte. Don José, como todos llamábamos a Luzán en el taller, era triste y reticente. Aunque algo frío, fue un buen colorista, formado en la escuela napolitana. Había sido pintor de cámara de vuestro abuelo; pero dejó el puesto y la corte, para establecerse en Zaragoza. Distante y desprendido, enseñaba a los aprendices pobres sin cobrarles. Hasta el punto en que podía turbarse, impacientábase conmigo. Decía que mi incapacidad para someterme al copiado acabaría con mis dotes naturales. En su casa conocí a otro gran señor zaragozano, que también me cobró afecto y quiso ampararme como don Ramón. Me refiero a don Juan Martín Goicoechea. Él me llevó a las clases de dibujo, que impartía el escultor Juan Ramírez. Pero naturalmente, todo esto es otra vida y nada tiene que ver con mis primeras memorias.

—Serás dichoso al remirar y retener así tus pasos por la tierra —afirma don Antonio Pascual, meneando la cabeza—. Por el contrario, yo no recuerdo casi nada. Salvo mis sueños, como te dije. A tiempos llego a olvidarme de mi nombre y del nombre de mi hermano. Entonces no sé de fijo si yo soy yo. O acaso seré el rey, y el rey es el idiota de nuestra familia. ¿Estás tú convencido de haberme pintado a mí y no a él, en esta tela que tienes en el caballete?

Claramente le lees ahora labios, gestos y ademanes. Si no le respondes es porque te tiene cada vez más azorado y perplejo. De mal grado, vuelves a maliciar que finja su propia insensatez. Acaso haya resuelto don Antonio Pascual hacer el papel de don Antonio Pascual —un príncipe convertido en benigno y neceante bufón— para al menos saberse actor en la farsa, que los demás representan sin saber quiénes son. De improviso vuelve a sobresaltarte, cuando muy serio prosigue:

—No pases nunca por alto, como ahora te lo advierto, que si olvido el pasado conozco el futuro. O al menos tengo atisbos de lo venidero. Muy hondas y ocultas dentro de mí, unas extrañas voces me aseguran que todo lo que a mi pesar preveo no tardará en cumplirse.

—¿Tenéis presagios del porvenir, alteza? ¿Voces secretas os sancionan la veracidad de cuanto presentís?

—Préstame fe a pies juntillas —sonríe malignamente, como si se deleitase en anticiparte los augurios—. Tú, Goya, que tantas memorias tienes, no eches en saco roto cuanto te adelanto, pues ni yo ni nadie puede impedirlo. Dentro de pocos años, casi desaparecerá este país en la más monstruosa de las guerras. A millares perecerán de hambre los madrileños. Primero los viejos y los niños. Luego los hombres y por último las mujeres, que son las más fuertes. Arderán los campos y se secarán las fuentes envenenadas, en tanto ciudades enteras van a reducirse a escombros humeantes. Tú mismo verás cadáveres desnudos y descuartizados, prendidos de los árboles, y perros bebiendo la sangre de otros muertos, fusilados de rodillas...

—¿Os burláis de mí, señor? ¿Pretendéis acobardarme?

—No alcanzas a oír tus propias palabras; pero sabes que las dices en voz muy baja e involuntariamente turbada.

Para acrecentarte el estupor, de forma tan súbita como imprevista rompe a reír don Antonio Pascual. Ríe como un endemoniado.

—Nunca des crédito a lo que te cuento —grita golpeándote la espalda festivamente, al igual que en unos días lo

hará el rey—. No me creas ni cuando te diga que dejes de
creerme. Si te aseguro que soy un imbécil, desconfía de mí.
Si te digo que en realidad yo no soy yo, sino aquel hermano
mío a quien tomas por tu rey, ponlo en tela de juicio
aunque tanto nos parezcamos los dos. Si no te miento
ahora, piensa que en mi familia todos mentimos siempre.
Por eso los Borbones seguiremos eternamente en el Trono
de este país. Si hoy supones que desbarro, perdido en un
trabalenguas, pronto tendrás que darme la razón. Desde
luego, a su debido día, vendrá la guerra como Dios manda.
Este mundo de pavanas, zarabandas y bastidores arderá
como aquellos campos llenos de muertos. Nadie lo sabe;
pero se acaba una época que no ha de volver. Sólo nosotros
regresaremos una y otra vez, para reinar aquí hasta la
consumación de los tiempos. Y acaso más allá, todavía.

Don Antonio Pascual contempla el borrón de su retrato. Antes parecía abstraído y desatendido de la pintura,
aun enfrente de la tela. Poco a poco le abandona la pasión
que le arrebataba. Empalidecido, se le desluce el encaro y
vuelve a ser aquel por quien todos le tomamos: el benévolo
gigante anieblado y ensandecido que tú pintarás detrás del
soberano en *La familia de Carlos IV*. De nuevo, rojos
faisanes cruzan por el vano de la ventana. Entre los álamos, cantarán los mirlos y las oropéndolas que no puedes
oír. Don Antonio Pascual apunta al lienzo con el índice y
vagamente sonríe.

—Esto no está nada mal —te dice—. Nada mal. Aunque, en verdad, podrías mejorarlo.

—¿No os veis parecido? —atinas a preguntarle, pasan-
do del desconcierto a la ira mal refrenada. Siempre fuiste
pagado de tu pintura y el tiempo te exacerbó la vanidad en
orgullo.

—Aquí me veo como en un cristal. Pero los cristales no
se hicieron para reflejar los rostros, sino las palabras.

—Las palabras se dicen y se desdicen. Deberían escri-
birse en el agua —le replicas casi de improviso—. Así
cayeron los dados. Aunque asegure el príncipe de la Paz
que en un par de siglos, hallarán nuestros nombres extraviados en un espejo oscuro, que llaman la historia.

De buena gana, ríe el infante don Antonio Pascual.
Perderá su risa el timbre y el cascabeleo del poseso. Ríe de
pie, con la cabeza echada hacia atrás entre los anchos

hombros. Tiémblanle la papada, el perigallo y las mejillas. Ríe como un ganapán achispado, en la romería de la Florida, entre las pendangas, las desorejadas, las alcahuetas, los cortabolsas, los trajineros y las hurgamanderas que pintaste hace dos años en la capilla de San Antonio. Ríe como un tahonero o un maestro albañil en las bodas de su hija, al saberla desposada con un labrador adinerado o un ganadero de anchos pastos, con una buena punta de merinos.

—Tú, que tanto recuerdas, no entierres ni relegues lo que voy a decirte acerca de Godoy. Dentro de nada, le apedrean, le tunden y le acuchillan, aquí mismo, en Aranjuez. Más muerto que vivo, le llevarán a rastras al Palacio Real para arrojarle a un establo. La canalla invadirá nuestras estancias, pidiendo a gritos que le degüellen —calla por un instante don Antonio Pascual, y luego prosigue—: Todavía no sé de cierto si van a ajusticiarle o no. A veces veo su cabeza de rufián en la punta de una pica. A veces temo que nos sobreviva a ti y a mí. Poco importa. ¿No crees?

Se marcha de improviso, despidiéndose con un ademán. Camino de la parroquia de los Alpages, le ves alejarse por la alameda. Un tanto encorvado, al andar se le bambolea la maciza humanidad. Tú consultas el reloj de bolsillo que te dio María Teresa. Llamarán al ángelus las campanas de San Marcos y del oratorio de Felipe V. Don Antonio Pascual evita a todos los confesores de la familia de Carlos IV. Prefiere al viejo penitenciario de los Alpages, que está más sordo que tú. Cuentan que siempre se acusa arrodillado en la penumbra y el cura asiente sin oírle. Mientras te limpias las manos con trementina, y luego las lavas en la jofaina, te preguntas si aquel hermano del rey estará diciendo en el confesonario ser descabellado embuste cuanto vino a revelarte en esta tarde extraordinaria. O mentirá acaso, al culparse de haberte mentido.

Yo, Goya. Yo, Francisco de Goya y Lucientes. Yo, primer pintor de Cámara de su majestad desde el 31 de octubre de 1799.

Mandé adobar la gran tela para *La familia de Carlos IV* con un baño resinoso. La cubrí con óleos casi tan claros como la acuarela. Para acentuarle la transparencia, deslicé capas de barniz entre las de pintura. Procedía de aquel modo, para hacer más intensa la brillantez del cuadro. Si a los seres de Rembrandt —uno de mis tres maestros con la naturaleza y Velázquez— les viene la luz desde el centro del alma, yo quise que a mis augustos, reales modelos les resplandeciesen la piel, los ojos y las ropas. Un esplendor cruel les desnudaba por dentro, les infundía una apariencia intermedia de lo vivo y lo espectral, sin que ni ellos mismos advirtiesen hasta qué punto se iban transformando en sus propios escarnios.

Naturalmente nunca posaron juntos para mí aquellos señores. Después de las sesiones individuales de los borrones, no lo habrían aceptado ni me hubiese atrevido a pedírselo. Tampoco vieron los varios esbozos al carbón en que diseñaba cada figura. Terminado el cuadro, fueron a admirarlo a la Casita del Labrador los reyes, don Antonio Pascual, la infanta Josefa, el infante don Carlos y los niños. Sé que al príncipe de Asturias le instaron a acompañarles. Disculpó su ausencia, aunque luego espiase mi lienzo a escondidas y de soslayo, a solas con un portero y a espaldas de sus padres.

Si bien el rey se adelanta un paso, en el centro de la tela, supongo dirán a doña María Luisa —la garza o la urraca descotada y desdentada, con sus largos aretes de diamantes— su verdadera protagonista. Por la época en que pinté *La*

28

familia de Carlos IV, la reina levantábase en Aranjuez a las ocho en punto de la mañana. En seguida recibía a las ayas y tutores de sus hijos, para ordenarles los paseos y las oraciones. Aunque Mariano Luis de Urquijo, no Godoy, fuese entonces primer ministro, a Godoy escribía constantemente para informarle de quehaceres y habladurías políticas. Yantaban los monarcas por separado, don Carlos al mediodía y doña María Luisa a la una de la tarde. Sus descarnadas encías exigían una cocina especial, y preceptuaba que la sirviesen a solas en sus habitaciones privadas. Antes y después de la comida, los peritos franceses iban a ponerle, retocarle y quitarle la dentadura postiza. Como gentilhombre de Cámara que era, insistía Godoy en presenciar algunos de aquellos almuerzos. Casi olvidada su renuncia y su enredo con Pepita Tudó, parecían de nuevo compuestos tan altos amantes. Andamáis contábase que el propio Urquijo y su antecesor en el ministerio, Saavedra, fueron queridos circunstanciales de la soberana. No por pecado ni por pasión, sino para entretener los insomnios de las siestas. Delatados al príncipe de la Paz por hurones a sueldo, dicen que le zurró la badana y la puso como un pulpo a bofetadas, en una de las somantas que siempre les precedían las reconciliaciones. En todo caso, a finales de aquel año de gracia, un primo político de Godoy, Pedro Cevallos, sucedió a Urquijo como primer ministro. Todos dedujimos que a través de un pariente acomodaticio y leal testaferro, Godoy volvía al poder.

Era la reina tan rijosa como agorera. En el Palacio Real de la Villa y Corte, siendo el príncipe de la Paz presidente del Consejo, le visitaba casi cada tarde en su despacho, por una escalerilla secreta, que daba a la alcoba de doña María Luisa. Riendo como un barbián, nos contó Godoy a Moratín y a mí que a cada trueno de una tormenta, allí se cubría de reliquias, se persignaba y rezaba de rodillas deshecha en lágrimas. La señora casó a los catorce años con su primo don Carlos. Hablaba de corrido y como una cotorra en español y en francés, aunque prendía en el deje y desconcertaban sus imprevistos giros toscanos. *Saper fare e conduirse a aquel modo. O non voglio ficcare il naso negli affari che non mi risguardano.* De hecho, entremetíase en todo y quería gobernar el mundo, aunque como extranjera todavía aborreciese ciertas singularidades nuestras.

Sólo obligada por el protocolo y la costumbre, iba doña María Luisa a aquellas corridas de las que tanto gustaba su esposo. El rey seguía las faenas lance a lance, mientras la reina desesperaba despectiva, mirando el rugiente gentío de los tendidos o contemplando las nubes sobre la plaza. Al año de haber pintado yo *La familia de Carlos IV*, divulgaron la hablilla de que la tarde de la última cogida de *Pepe-Hillo*, la señora volvióse de espaldas en el palco llorando los kiries. Cuando se lo conté a Godoy, se encogió de hombros despectivamente. *Yo andaba guerreando en Portugal cuando mataron al Hillo. Un rufián y un chulano vivo o muerto, si nunca lo hubo. Me escribió la reina que le empitonaron de arriba abajo, partiéndole el hueso del pecho, el estómago y el hígado. Añadía la carta que el bruto le cortó los intestinos, quebrándole seis costillas por un lado y cuatro por el otro. No se le despintaba a doña María Luisa que el toro se lo llevó prendido de las astas, antes de que entraran al quite. Ya me dirás tú si no está encandilada con la torería quien recuerda una cogida mortal con tantos pelos y señales.* Si bien su vida privada era un burdel, el príncipe de la Paz detestaba las corridas en nombre de la dignidad moral. Decía que semejante vergüenza, aun más vil que el sacrificio de los cristianos a las fieras en el circo, encanallaba al pueblo, a la nobleza y a los propios reyes. Por algún tiempo, consiguió prohibir la fiesta, sin que don Carlos, que la adoraba, se opusiese al decreto del fachendoso favorito.

En mi retrato de la familia real, el rey parece prematuramente avejentado y criando carnes, después de haber sido ágil y fortísimo. Pero todavía sus nervudas pantorrillas muestran la recia carnadura bajo las medias de seda. Son sus ojos tan azules como los de don Antonio Pascual, aunque un punto más oscuros. Así el aguamarina junto a la turquesa. Los trasladé tan parecidos que el mismo don Antonio se preguntaba quién sería él en la tela: el rey o el profeta idiota que no llegó a reinar. Lo cierto es que ninguno de los dos, ni don Carlos ni don Antonio, heredó los trazos de su padre, don Carlos III que Dios guarde en la gloria. Si alguien lo recuerda, como la lechuza remedaría al carnero, es su hija María Josefa.

De su padre le vino al monarca la destreza de artesano. En su gabinete de trabajo del palacio de Aranjuez, dejó don

Carlos III un bargueño con muchas gavetas y cajas secretas, que era prodigio de ebanistería salido por entero de sus manos. Su hijo, nuestro soberano, no tendría rival como zapatero, botinero o remendón. Es de verle la soltura con la lezna, la chaira, el martillo y el sacabrocas. Pero no le legó su padre la vocación de gobierno ni la entrega a los negocios de Estado. Moriría don Carlos III tristemente persuadido de que su heredero sería el monigote de la nuera, de Godoy y de las camarillas de pícaros, ganapanes y buscavidas que se disputan la Corte y los flecos del poder real. *Pidió un caldo con yema y tardaron una hora en servírselo. Cuando se lo llevaron ya había fallecido. El caldo venía frío y cubierto por una tela de grasa, espesa como la nata.*

Me contó Gaspar Melchor de Jovellanos que el año de la muerte del rey cenó en Palacio con don Carlos III y los príncipes de Asturias. Aquella noche, también Godoy compartía manteles con todos ellos. Acababa de cumplir los veintiún años y era el querido de doña María Luisa, desde la tarde en que trotando con el cortejo militar de sus altezas, providencialmente se le desbocó la caballería camino de La Granja. Dio con sus huesos en la calzada; pero volvió a montar de un brinco y dominó el corcel. Solícitos, se interesaron los señores por su estado y para su mal se prendó la princesa del apuesto guardia de Corps. Era ella insaciable en los goces de la carne y comadreaban que a Godoy le precedió en la escolta y en sus brazos un hermano mayor, Luis de Francia o Luis Alfonso, recién llegado de su casa solariega y arruinada en las tierras badajoceñas de Castuera.

Como quiera que sea, volviendo a Jovellanos y su cena con don Carlos III, quiso lucir su ingenio aquella noche el príncipe de Asturias ante su padre. De antuvión y de improviso, alabó la buena fortuna de los maridos de la realeza, en tiempos de costumbres tan sueltas y libertinas como los nuestros. Siendo aquellos esposos menos que los del pueblo llano, corrían menor riesgo de que los engañaran, puesto que sólo podían burlarlos sus mujeres con otras testas coronadas. Se le quebró la color a doña María Luisa y afanóse Godoy en hundir los ojos en el sorbete de hierbabuena. Un silencio de muerte acogía la agudeza, hasta que fue a cortarlo el difunto rey. Contemplando al príncipe de Asturias, detrás de la agüilla de aquella mirada que siempre le lagrimeaba de tedio o de fatiga, suspiró: «¡Ay, Carlitos, Carlitos! ¡Y qué asno eres, hijo mío!»

Aquel mismo año, de gracia y de nuestro Señor, retraté al rey que iba a morir, aunque sólo su hijo me hizo pintor de Cámara a la primavera siguiente. Le trasladé a la tela en el alto de una supuesta batida por el Pardo, más disfrazado que de veras cazando, por mucho que se apoyara en una espingarda y a sus pies durmiera un mastín. En mi óleo, sostenía el soberano un guante bajo la puñeta de abanino. Tocábase con un tricornio y llevaba una chorrera de encaje sobre su propia banda: la de Carlos III. De perfil y entornados los ojos lagrimeantes, contempló el cuadro terminado. En voz baja y sin mirarme, dijo encontrarse muy parecido en mi pintura. Luego se fue, encorvado y cabizbajo, sin despedirse ni darme tiempo de arrodillarme para el besamanos. De aquella efigie suya, tan inspirada en otras de Felipe IV por Velázquez, hice tres o cuatro versiones. Una me la pidió el conde de Fernán Núñez y otra está ahora en el Prado.

Muertos los dos, don Carlos III y yo, creo comprenderle mejor que cuando vivíamos. Al revés de su hijo, el príncipe de Asturias, el rey no apreciaba la pintura ni ninguna de las artes. Tampoco las desamaba, porque era tan incapaz de aborrecer a un cuadro como a una persona. No volví a verle desde la tarde en que le mostré su retrato, todavía húmedo por la parte del paisaje del Pardo. Si en tono quedo y distraído alabó entonces la semejanza, con la misma voz desapegada y desadvertida que pudo señalarme su disparidad con la pintura. Amar, amaba al pueblo. Pero los seres humanos, como individuos, le serían casi tan indiferentes como las hormigas. Puso su fe en el porvenir por creer en un puñado de palabras, que caen fuera del espacio y sobre todo al margen del tiempo. Me refiero a ciertas figuras morales, dignas de los mármoles y de los tapices, como progreso, libertad, reforma, civismo y educación. No obstante, cada vez sentiríase más escéptico y dudoso de que aquellos emblemas cobraran realidad en su reinado, si algún día llegaban a realizarse. El presente se le antojaría un tránsito obligado, aunque aparentemente interminable, poblado de hombres aún muy alejados de tales abstracciones. En tanto aguardaba el caldo que le llevaron a destiempo, supongo falleció convencido de que entrar en la eternidad era deslizarse de puntillas en otra alegoría. Pero acaso también temiera entonces venir de un sueño vano y hundirse a ciegas en un letargo sin fin.

Su hijo, nuestra majestad don Carlos IV, amaba la pintura, la música, los relojes y las fuentes de La Granja casi tanto como la chapinería y el embetunado de las botas, en que tan diestro era. Siempre tuvo buen ojo para el arte y especial aprecio para el mío. Meses antes de la muerte de su padre, gracias a los encomios y buenos oficios de don Juan Martín Goicoechea, me encargaron un cuadro para la nueva iglesia de San Francisco el Grande, con otros de mi cuñado Francisco Bayeu, de Maella, de Ferro, de Castillo, de Callejo y de Antonio Velázquez. Entre todas las telas, la preferida de don Carlos —todavía príncipe de Asturias— fue con mucho la mía: *San Bernardino sobre un peñasco, predicándole al rey de Aragón.* Así me lo dijo entonces y volvería a recordármelo al cabo de unos años, poco después de fallecido Paco Bayeu, siendo él ya rey y yo su pintor de Cámara. *Tu cuñado, en paz descanse, era tan soberbio como retraído. Tuvo la osadía de traerse a Palacio el lienzo que hizo para San Francisco el Grande, antes de descubrirlo con los otros en la iglesia.* Se lo mostró entonces al rey y al príncipe el arquitecto Juan de Villanueva. Como era hábito suyo, don Carlos III dijo *bien, bien*, casi sin mirar la tela y se marchó en seguida, con el perfil de carnero adalid hundido en la gorguera alechugada y las manos cruzadas a la espalda. Apenas contenía su hijo la ira, hasta que se fue el monarca. *Pregunté a Villanueva qué tal era el cuadro y como una cotorra repuso parecerle muy bueno. Perdí el tino y le grité: «¡Eres un bestia y nada sabes de pintura! Semejante estupidez no tiene ningún mérito. Carece de efectos conseguidos, por falta de claroscuro y exceso de detalles. ¡Dile de mi parte a Bayeu que es tan bestia como tú!»* A su ascenso al Trono, con otros súbditos se mostraba más considerado don Carlos IV. En aquellos tiempos, antes de que el mal francés me llevase a las puertas de la muerte y me dejara sordo como una tapia, casi me deslomaba con sus palmadas de cordial llaneza, cada vez que visitaba el obrador. *¡Ya ves, amigo pintamonas, cuán recio sigo a mis años! Nadie me resiste. Tumbo como bolos a los palafreneros más corpu-*

lentos. Alzábase al alba en Aranjuez y oía dos misas con mucho recogimiento. Luego ayudaba a vestirse a Godoy en sus aposentos. Después paseaban juntos por los parterres y el príncipe de la Paz le aconsejaba en la compra de relojes con leontina o de jilgueros de Indias: aquellos que se doran y ennegrecen en verano, cuando los ciegan con una aguja al rojo para doblarles los gorgoritos. Como violinista, creíase don Carlos un virtuoso. Pero perdía el ritmo en los conciertos que daba en la Corte con un viola y un violoncelista. También ellos lo mudaban deprisa y corriendo, siguiéndole servilmente los errores para su deleite. Jugando al tresillo o al faraón, hacía trampas consentidas y calladas por los demás. Luego las confesaba regocijado y nunca aceptó un sueldo de sus ganancias. Su mayor placer era perderse con la plebe, cuando en verano abrían los jardines de La Granja al pueblo fiel. Gozaba sintiéndose empellido y manoseado por tanta canalla, ansiosa de besarle las manos. Conociéndolas al dedillo, abría las fuentes y deleitábale sobremanera un surtidor, que de improviso rociaba a sus visitantes. Se pasó veinte años repitiendo aquella diablura de mataperros. Como suspiraba el maldiciente Moratín, con su adamada sonrisa: *Es de ver cómo se entretienen los cornudos hoy en día. En mis tiempos mitigaban la condición leyendo el breviario.*

Pero no es a Moratín, al príncipe de la Paz o a aquellos monarcas a quienes quisiera evocar ahora y en tanto expongo mi semblanza muerto. Todos ellos, así como Francisco Bayeu, mi mujer, nuestro hijo Xavier, mis amantes y aun mis propios padres, influyeron menos en mi vida que un hombre concebido casi un siglo antes que yo: don Diego de Silva Velázquez. No me refiero al Velázquez que imité a sabiendas, digamos por caso y de nuevo en mi óleo de Carlos III, cazando en el Pardo. O en mi autorretrato de *La familia de Carlos IV*, como él se pintó pintando su propia *Familia*, que después de mi muerte darían en llamar *Las meninas*. Ni siquiera pienso en el Velázquez, de cuyo patrimonio artístico pretendí apartarme, por mucho que le reverenciase, cuando en *La familia de Carlos IV* puse en primer plano a los reyes, que él encerraba en un espejo de *Las meninas*. Hablo de otro Velázquez, únicamente mío en la vida y en la muerte, aunque el mundo crea poseerlo a través del museo que creó Fernando VII en Madrid.

Fue aquél el Velázquez que me descubrió Paco Bayeu en verano de 1773, entre mis bodas con su hermana Josefa y mi ingreso en la Real Fábrica de Tapices como pintor de cartones. Era mi cuñado artista de Cámara de sus majestades y por venia particular me llevaba a enseñarme sus pinturas, en Palacio. Aunque siempre severo y contristado, sentiríase Francisco satisfecho y casi orgulloso de mí aquella mañana, en tanto subíamos por la calle del Espejo. Lo mío me costó acercarme a Palacio y a la Real Fábrica. Además nunca entrara en tan altos lugares, como pintor o visitante, de no haberme ayudado el adusto Bayeu. Juntos viajamos a Madrid diez años antes y a su amparo me confió el patricio Goicoechea, en Zaragoza. *Bayeu, tú eres mayor y estás establecido en la Corte. Cuida de este chico. Tiene talento y llegará lejos, si no le pierde el endemoniado temple.*

En Madrid concursé a la pensión ofrecida por la Academia de Bellas Artes de San Fernando. En enero de 1764 se la concedieron al gallego Gregorio Ferro. Defraudado, regresé a Zaragoza y allí obtuve el ingreso en la Academia de San Lucas. Desde entonces, con el grado de maestro, pude trabajar como pintor independiente. A los dos años iba de nuevo a Madrid y optaba a los premios trienales de San Fernando. Era ya académico y jurado Francisco Bayeu, sin que el prestigio le mitigara el dolorido continente y la cauta reserva. Tres fueron entonces las pensiones disputadas y aún recuerdo la prueba *de pensado*, que tanto solazaría luego a Moratín cuando se la declamaba: *Marta, emperatriz de Constantinopla, se presenta en Burgos al rey don Alfonso el Sabio a pedirle la tercera parte de la suma en que había ajustado con el soldán de Egipto el rescate del emperador Balduino, su marido, y el monarca español manda entregarle toda la suma.* El primer premio se lo dieron a Ramón Bayeu, el hermano de Francisco y de Josefa, por acuerdo unánime. El segundo recayó en alguien cuyo nombre olvidé. Aquella vez el gallego Ferro recogía el tercero. A mí, ni se dignaron mencionarme. Le escribí a Martín Zapater, en Zaragoza: *La vida es una mierda. El mejor día me defenestro o me vuelo los sesos de un pistoletazo.*

Me sometí en vez de matarme, como en tantas ocasiones me volvería a humillar en el curso de mi vida y pese al tan airado talante, que me reprobaba el señor de Goicoechea. Así sumiso y sombrío, iba a las clases de dibujo y pintura, que impartía Francisco Bayeu en su escuela de la calle de Cedaceros. Algún tiempo después, en 1769 o en 1770, junté mis pocos ahorros y le pedí un préstamo a mi pobre padre, inmediatamente concedido. Con tan escasos dineros, me fui a Roma por mi cuenta. Ya muerto mi padre, me contó mi madre que entonces se hallaba él en trance de enajenar la casa del Coso, alquilando otra más chica y maltratada en la calle de Rufas, para extinguir sus varias deudas. De haberse ahorrado el adelanto que me hizo, se habría puesto en paz con todos sus acreedores. Pero volvió a endeudarse y vivió casi exclusivamente de mis dádivas y garantías los pocos años que permaneció en la tierra.

En Roma me presenté a otro concurso, convocado por la Academia de Parma para honrarle la memoria a un abate y secretario suyo, fallecido poco antes. De nuevo exigían un tema histórico: *Triunfante, Aníbal contempla Italia por primera vez desde la cumbre de los Alpes.* Perdí el premio; pero obtuve seis votos de un jurado controverso y dividido. Di el cuadro a la posta y lo despaché enrollado a Zaragoza. Perdióse y no volví a verlo. En Roma, donde me decía discípulo de Francisco Bayeu, hice mi primer retrato: el de Manuel Vargas Machuca, espadón y paisano aragonés peregrino a la Ciudad Eterna, para probar las aguas azoadas y suplicarle al Papa la bendición para su lumbago. En junio de 1771 regresé a Zaragoza a matacaballo. Mi eterno valedor, don Juan Martín Goicoechea, me escribía que el capítulo del Pilar pensaba confiarnos los frescos del coreto a Antonio González Velázquez o a mí. Antiguo pintor de la Santa Capilla, González Velázquez tasaba en 25 000 reales aquel nuevo encargo. Yo lo rebajé en 10 000, dejando a mi cuenta el peón y los aparejos. Don Matías Allué, administrador del capítulo, demandó una prueba de mi destreza al fresco y un boceto del tema propuesto, que era la adoración del Divino Nombre por los ángeles. Aunque hombre resabiado y desconfiado, a quien siempre aborrecí, don Matías me alabó calurosamente el boceto y la prueba. Contratado por los curas, en seis meses les concluí el coreto.

Los frescos fueron celebrados. Media Zaragoza fue al

Pilar a admirarlos y el mismo Luzán les dio su aprobación. *Me place tu obra, Goya. Tú también deberías envanecerte, si no fuese pecado venial.* Tenía la vieja sonrisa desvaída de la época en que fui su discípulo; pero le brillaba en los ojos un gozo recatado, que nunca le viera antes. A los frescos del Pilar siguieron otros encargos. Dejé una procesión de padres de la Iglesia en la parroquia de Remolinos y otra en la ermita de la Virgen de la Fuente de Muel. Con escenas de la vida de María y de Cristo, niño, llené los grandes muros de la cartuja de Aula Dei. Como pontífice de las artes y primer pintor de Cámara, reinaba entonces en la Villa y Corte el sajón Antonio Rafael Mengs. En Roma le había visto los frescos de Villa Albani, donde aislaba las figuras verticales como si fuesen de un bajorrelieve. Así prescindía de aquellas diagonales en profundidad, impuestas por Miguel Ángel desde los días de su *Juicio final*, en la Sixtina. Al modo de Antonio Rafael Mengs, procedí yo en Aula Dei, para aparente satisfacción de los callados cartujos. Al marcharme, me bendijo el abad en silencio, antes de darme un abrazo y dos besos. De la cartuja fui al palacio de Sobradiel, donde Joaquín Cayetano Cavero quería que le decorase el oratorio. En el techo pinté *El santo entierro*, en los muros *La visitación* y *El sueño de san José*; alrededor del altar, *San Joaquín, Santa Ana, San Vicente Ferrer* y *San Cayetano*. Andando el tiempo, pasaron todas aquellas escenas a lienzo, como también lo harían con los óleos de la Quinta del Sordo, en otra vida y muchos años después. Las pinturas de mi quinta están ahora en el Prado. También en Madrid y en el Museo Lázaro Galdiano, exhiben *El santo entierro*, que fue del palacio de Sobradiel.

Aquel mismo año, el de gracia de 1773, firmé mi primer autorretrato. Se me abultaban los labios sensuales en un rostro de gañán o de yuntero, si bien perdíase la introvertida mirada en simas que yo mismo desconocía entonces, aunque por error creí saber quién era. Quizá para probármelo, casé con Josefa, la hermana de Francisco y de Ramón Bayeu. Vuelto Mengs a Roma y muerto Tiépolo, Paco Bayeu acaparaba honores y favores. *Bayeu, tú eres mayor y estás establecido en la Corte. Cuida de este chico. Tiene talento y llegará lejos, si no le pierde el endemoniado temple.* Por la época en que fui de su mano a Madrid, mi futuro cuñado asistía a Mengs en la decoración del Palacio Real. A los dos años, ya académico y pintor de cámara, no daba abasto a tanto encargo del rey y de la Iglesia. No obstante, el príncipe de Asturias, luego don Carlos IV, solía repetirme que vivo o muerto Bayeu no pasó nunca de mimo de Mengs y discreto pintamonas. A su hermana Pepa —enflaquecida y pálida, de pelo pajizo y siempre recogido bajo la trenza y el moñete— la conocía yo desde la infancia. Alguna vez la palpé o le robé un beso a escondidas, aunque de soltero no yogara jamás con ninguna mujer que no fuese ramera zurrona.

Desde Zaragoza, escribí a Bayeu pidiéndole la mano de Josefa. Repuso con la copia de otra carta suya al rey, suplicándole ayuda para dotar a una hermana «que quería tomar estado». Le concedieron una dádiva de cincuenta doblones; pero no casé yo con la Pepa por su dote, sino por su nombre. Para ser el pintor que quería ser, habría vendido el alma en aquella época. La noche de bodas, los hermanos Bayeu se fueron a una venta de Fuencarral y nos prestaron la casa de la calle del Reloj, la de las ventanas al Campo del Moro que entonces plateaba la luna. Me suplicó Josefa que apagase el candil y la desnudase sin más luz que la de los cielos, porque no había estado antes con ningún hombre. *Soy casi tan inocente como tú* —repliqué riendo—. *Tampoco yo desvestí nunca a una moza honrada. Me pregunto cómo debo tratarte.* Se encogió de hombros y por única vez en casi cuarenta años de matrimonio vino a insinuarme que la desposé por conveniencia y no por amor. *Trátame como quien soy. La hermana de mi hermano.* Furioso y abochornado, me encendí en la penumbra. Hasta el alba, en tanto la gozaba y mordía como a una buscona, no hubo placer que lavase mi callada afrenta.

Pronto regresamos a mi casa de la calle del Arco de la Nao, en Zaragoza. Pero allí nos llamó a la Corte Francisco Bayeu al año siguiente. Vuelto Mengs de Roma, me ofrecía un puesto de pintor en la Real Fábrica de Tapices de Santa Bárbara, a insistentes instancias de mi cuñado. De nuevo nos alojábamos en la calle del Reloj y ante el Campo del Moro. Aunque todavía no me asignaran un sueldo fijo, dijo Mengs que me pagarían cerca de once mil reales por los primeros cinco cartones. Entre tanto yo me haría a aquel género de pintura, vistoso y llamativo, aunque libre de enfadosos detalles, para que pudiesen copiarlo fácilmente en los telares. Acepté muy satisfecho, prometida que hubo su ayuda Paco Bayeu en el aprendizaje. Estaba cierto de que aquella vez iba a ganarme la Villa y Corte. No pararía hasta ser académico de San Fernando y artista de Cámara de sus majestades. Pero por mor del buen orden, añadiré que aquello vino después del día más esplendoroso en mi vida de pintor. Un día para marcarlo con piedra blanca, a los dos o tres de casado con la Pepa, cuando Francisco Bayeu me condujo a Palacio y mandó abrir las ventanas del salón, donde don Carlos III conservaba *La familia*, de Velázquez. Parado delante de aquella tela, sentí un varazo en mitad del alma. De haber estado solo, me habría echado a llorar. Al igual que si me hablase desde el otro confín del universo, oía la voz desapegada y queda de mi cuñado.

—Contempla a la infanta Margarita, en el preciso y precioso instante en que una camarera o menina, doña María Sarmiento por más señas, le ofrece un búcaro de agua. Por todo su miriñaque blanco, o para el caso por el entero cuadro, cada pincelada va por donde quiere. A su modo, parece decirnos Velázquez que la verdadera imagen de la realidad no es sino un chafarrinón de colores, puesto que el mundo se compone de ceniza y burlería. Si te acercas a la tela, sus figuras se disuelven en fantasmas y manchones porque los hombres somos sombras llamadas a volverse polvo y no trascendemos nuestros propios espectros —por primera y última vez en su vida, puso Francisco Bayeu una palma en mi hombro. Más que el afecto, hacía patente el desamparo, como si en mí pretendiera apoyarse súbitamente—. Sea cierto o no el mundo, merecía la pena haber vivido, para presenciar una maravilla como ésta.

—Nunca te oí enaltecer a otro artista —repliqué en cuanto fui dueño de mi voz—. Pero yo te creo ahora. Éste es el momento más grande de mi vida, aunque no sea el más dichoso. Si Velázquez me da mi medida como pintor, hasta tal punto me rebaja que a su lado casi siento que no soy nadie.

—Casi nadie es nadie ante *La familia*. Cuentan que al regreso de un viaje a Roma, el mismo Velázquez dijo haberse aburrido con los frescos de Miguel Ángel en la

Sixtina. Sería verdad, porque unos absolutos tan retóricos como la creación del hombre o su juicio final no cuadraban con su recatada compostura. Creo que en punto a maestría y conocimiento de la realidad, el mismo Miguel Ángel, Leonardo y Rembrandt son quienes más se le aproximan. Aunque sea de lejos, como huelga añadirlo. Los demás pueden hablarse todos de tú, incluidos Mengs y el buen Tiépolo, que santa gloria goce. Claro está que tú y yo ni siquiera existimos. Y lo más probable es que jamás lleguemos a existir.

Pasé el resto del día vagando a solas por aquella vega del Manzanares que luego tantas veces pintaría en mis cartones para los tapices de Santa Bárbara, con sus perdices, sus torcaces, sus perros de presa, sus búhos, sus majas, sus majos, sus pilluelos y lavanderas, entre los columpios, las ventas, las fuentes, las cometas, las cacerías y los parasoles. *Claro está que tú y yo ni siquiera existimos. Y lo más probable es que jamás lleguemos a existir*, repetía Bayeu en mi conciencia. No le repliqué en el Palacio Real, porque en presencia de *La familia* distaba de sentir con certeza si yo era o no era, o si de veras sería el mundo que pisábamos. Vagamente, como en un sueño, oí a mi cuñado batir palmas llamando a los lacayos, que aguardaban detrás de la puerta del salón. Recuerdo, o creo recordar, haber pensado entonces que Baveu obraba con tan firme poderío como si el Trono y la Corona le perteneciesen, después de humillarse hasta admitir su irrealidad como artista. Vinieron los criados y les hizo correr las cortinas, con un ademán. Aquel día no quiso mostrarme otro Velázquez. Acaso pensaba que con *La familia* debería bastarme, aunque a la salida me cegara para siempre el despiadado sol del verano madrileño. Se despidió de mí en el Campo del Moro, sin decir palabra ni tenderme la mano. Inclinóse, sí, un poco y al igual que si fuese un histrión italiano, en alguno de aquellos cuadros vivientes que en otra época representaría la duquesa de Osuna en sus jardines. Creí que sonreía de forma huidiza. Pero no estoy seguro. Con Bayeu, como con don Antonio Pascual, uno nunca estaba seguro de nada.

Aunque hubiese concluido el autorretrato y en otros cuadros y cartones volvería a pintarme —tal la imagen mía en San Francisco el Grande y en la tela de *San Bernar-*

dino, entre los caballeros del rey de Aragón—, advertí entonces no saber de verdad quién era, porque de hecho aún no había sido nadie. Aquel cuya existencia me debía a mí mismo como artista, todavía no empezó a ser. Él era alguien de quien yo sólo llevaba el nombre: Francisco de Goya y Lucientes. Razón tenía Bayeu, cuando afirmaba que no comenzamos a ser ninguno de los dos. Pero erraba de medio a medio, al asegurar que probablemente yo nunca conseguiría cumplirme. Como pintor, no sería el auténtico Goya hasta que aprendiese a darle una respuesta a don Diego de Silva Velázquez. No obstante, para replicarle, él me exigía un lenguaje propio en pintura. Una dicción personal e inajenable, que sólo entonces empezaba a balbucir y luego aprendería a articular, a través de larguísimos vericuetos. Por su parte, le bastó a Velázquez con nacer Velázquez. A los treinta años ya era único, según contaba mi cuñado. En cambio, para ser Goya, yo necesitaría una vida mucho más larga que la suya, colmada de dichas y de tragedias que aquella mañana no podía anticipar.

Más de medio siglo después, en el destierro de Burdeos, tracé en piedra negra y en unos instantes el dibujo de un anciano corcovado, barbudo y canoso, sosteniéndose en un par de bastones. Por título, le puse *Aún aprendo*. Lo vio Moratín y con irónica malevolencia preguntó de qué aprendizaje se trataba: el de los primeros pasos o el de la pintura. Tanto me baldaron la vejez y los dolores que del brazo de Antoñito Brugada, y valiéndome de un cayado en la otra mano, solía pasear por la rue de Les Fossés de l'Intendence, donde moriría. Pensé en aquella distante mañana, a la orilla del Manzanares y a la salida del Palacio Real. Le repuse a Moratín que yo andaba siempre pintando, porque la pintura era la parte más irrenunciable de mi vida: más aun que mi hijo y que mi nieto. Asintió con la cabeza, inclinando el perfil sobre un hombro, en uno de sus abstraídos y afeminados mohínes. De pronto me abrazó y besó en las dos mejillas, como si fuésemos parientes franceses. Llorando como una criatura, huyó sin despedirse. Fue la última vez que le vi.

Días después, en los postreros instantes de lucidez y antes de hundirme en un sueño sin sueños, del que despertaría en la eternidad de la muerte, les susurré a Leocadia, a Antoñito Brugada y a Josef Pío de Molina: *Pronto estaré*

41

en presencia de Velázquez. Me pareció que no llegaban a oírme y me corregí: *Pronto estará Velázquez en presencia mía.* En la madrugada de Burdeos, creo que aquéllas fueron mis últimas palabras. Pero acaso sólo llegué a pensarlas. Por todo aquel mes de abril, medio rostro y el costado derecho se me acalambraban y aterían. Trabajo me costaba hacerme entender en monosílabos. No obstante, lo dijese o no, era muy cierto. Cumplida acababa mi vida, porque mi obra dio respuesta a la de Velázquez, como aquel día traspasado de cigarras me propuse dársela junto al río. Moriría yo como el verdadero Goya y no como alguien, que por llamarse así se esforzaba por serlo.

Concomida por mi ausencia y mi tardanza, harta de aguardarme, se había acostado Josefa, cuando volví a la casa de la calle del Reloj. Parada la brisa que aliviaba el crepúsculo, era la noche más candente que la tarde. Aun con la ventana abierta de par en par, quemaba nuestra alcoba como un horno, bajo el tejado de dos aguas. En carnes vivas como la parieron, fingía dormir la Pepa entre las sábanas arrebujadas. Contemplé su desnudo, dorado y emblanquecido por la estrella y el pebetero de la esquina. Su delgadez, cohibida y triste, le esculpía las clavículas y aguzaba los codos y los huesos de las caderas. Mirándola, me pregunté en silencio cómo pudo llevarme la ambición a casar con una mujer a la que nunca amaría ni en verdad deseaba. *Trátame como quien soy. La hermana de mi hermano.* En otras palabras, la hermana de nadie, pues nadie dijo aquella mañana Francisco Bayeu que éramos los dos. Cubierto con un camisón, me tendí junto a Josefa con las manos cruzadas debajo de la nuca. Por algún tiempo, esforcéme en distinguir las vigas ladeadas entre los párpados amusgados. Me creía desvelado y temí que fuera imposible dormir en aquel bochorno. Pero me traspuse casi en seguida.

Soñando, supe soñar un sueño, que muerta la Pepa y en otro siglo pintaría en la primera planta de la Quinta del Sordo. Un perro gris, de anchas y caídas orejas, hundíase en un páramo y sólo le asomaba la cabezuela de perfil en la arena. Indiferente a su propia suerte, contemplaba con atenta curiosidad un ambiguo e impreciso espectro, desdibujado en el aire ocre de los altos cielos. Poco a poco, aquella aparición cobraba la confusa y casi transparente traza de una testa de caballo. Hablábanse entonces los dos animales. Pero en aquel sueño, que me percataba de estar soñando, me debía afanar por comprenderles. Aunque de joven mi oído fuese bien fino, en la pesadilla había empezado a ensordecer o anticipar la sordera que luego me afligiría en la vida.

—¿Sabes quién soy? —le preguntaba de súbito el perro a la sombra del caballo.

—Eres Francisco Goya y Lucientes. O Francisco de Goya y Lucientes, como empiezas a firmarte, en la vanagloria de un señorío que acaso sea impostura.

—¿Cómo iba a ser Goya? Soy sólo un perro y Goya nos sueña a ti y a mí.

—Pero tú también eres Goya. Nadie deja de ser quien es al reflejarse en un estanque, o al aparecerse pintado en un retablo. Yo mismo soy el fantasma de un caballo, en el desvarío de un hombre o en el desvarío de un perro, si así lo prefieres. Pero, a la vez, soy un pintor muerto en el siglo pasado: don Diego de Silva y Velázquez.

—No eres sino un deslucido, en unos cielos que no termina de cerrar el delirio de un hombre. Yo al menos siento mi cabeza y mis sentidos en la arena, aunque no sepa de fijo si tengo o no tengo un cuerpo, enterrado en este desierto.

—Puesto que podría ser el escarnio de un caballo, o retazos de una boira, o pringones en un desvarío, o el raspado revoque de los cielos, también soy el espectro de Velázquez. Vivo o muerto, un hombre no es sino la sombra de una sombra y no hay más realidad que la pintura, cuando le recoge la apariencia en el tiempo.

Callaba el perro. Era el ardero o el lebrel, que después aboceté o pinté en dos cartones. Uno para la trasalcoba de los príncipes de Asturias en el Pardo, antes de que prescindiesen de aquel palacio a la muerte de Carlos III, y también en *La nevada*. O mucho más tarde, en la supuesta alegoría del 2 de mayo. Cuando por fin habló, lo hizo con mi propia voz, la que luego cesé de oír en la tierra y tampoco siento en la eternidad, mientras espigo estas memorias, que otra voz ajena y más honda me fuerza a dictar. Era el mismo perro, que en mi agonía y en la casa de Les Fossés de l'Intendance volvería a encontrarme en Burdeos.

—Si eres Velázquez, sin dejar de ser la aparición de un jamelgo, un desconchado del horizonte o la deshilada luz de la tarde, yo sólo sé que aún no conseguí ser Goya. Soy una fiera decapitada, que en él quiere convertirse y para lograrlo no vacilaría en asumir la lealtad, la rabia mordiente o el vil sometimiento de un perro ante sus amos. Tú serás un posible caballo, que dice haber sido un hombre. Yo soy un lebrero, desviviéndose por ser otro hombre de quien sólo conozco el nombre.

Vino el silencio y talmente como si una muñeca empapada en aguarrás lo deslucise, fue desapareciéndose mi sueño. Se esclarecieron y borraron penco, can, yermo y cielos. Traté de hablar, de ladrar acaso, pero voces y ladridos se me ahogaban en la gola. Blanco y amarillento, siniestro de tan resplandeciente, me deslumbró un súbito fulgor. Me creí a la vera de una verdad, todavía incomprensible. Una verdad, que no pude deducir entonces porque en aquel punto desperté sobrecogido.

Por la ventana abierta alboreaba en la calle. Cansada de fingir el sueño, dormiríase exhausta la Pepa. Tendida de espaldas, jadeaba boquiabierta. Por los cantos de los labios resbalábale la salivilla y se le cuajaban las legañas en los bordes de los párpados. Afuera, pardillos ambulantes voceaban cangrejos de río y quesitos de Miraflores. *Yo soy un lebrero, desviviéndose por ser otro hombre.* Ido de deseo —una lujuria tan pronta como imprevista—, tomé a Josefa dormida, sin que ella despertase en su agotada fatiga. Torcíase y empellía con sus flacas caderas, creyendo soñar acaso el amor que hacía conmigo. La despertó su propio alarido, al venirse en mis brazos. Despavoridos por aquel grito, huyéronse chiando unos vencejos anidados en el derrame de la ventana.

—¿Eres feliz? —susurró sonriendo la Pepa, en cuanto hubo recobrado la voz. Creo que aquélla fue la única vez que preguntó por mi dicha. No se le ocurriría imaginarla, o suponíala tan imposible como la suya.

—Sí, lo soy —repuse sin mentirle—. Esta madrugada concebimos un niño tan hermoso, que todo Madrid vendrá a mirarse en sus ojos.

Pero me equivoqué. Erraba de medio a medio y de forma tan trágica como siempre lo hice, al predecir el porvenir o al poner en duda los presagios ajenos. *Este mundo de pavanas, zarabandas y bastidores arderá como aquellos campos llenos de muertos*. Sólo acerté al anticipar que el perro enterrado en la arena de mi sueño luego sería el verdadero Francisco de Goya y Lucientes.

—Sólo por haberme pintado como Saturno devorando a su hijo, el pueblo, en aquella casa tuya que dicen la Quinta del Sordo, debería agarrotarte —reía su majestad don Fernando VII, apuntándote con los dedos pardos de tabaco que sostenían su veguero prendido.

—La quinta ya no es mía. La doné legalmente a mi nieto. En cuanto al Saturno, que aún estará en el comedor si no se desconchó, lamento defraudaros. Su majestad no es aquel monstruo. Lo soy yo mismo.

Era la primavera de 1826. Había trascurrido más de un cuarto de siglo desde la otra primavera en que pintaste *La familia de Carlos IV*, en Aranjuez. Tú, Goya, llevabas dos años con Leocadia en el libre destierro de Burdeos. Aunque todos te lo desaconsejasen, insististe en pasarte un par de meses en Madrid para pedir personalmente la jubilación definitiva, con tu entero sueldo de 50 000 reales, además de la licencia para volver a Francia por motivos de salud: *clima, alimentos y baños, que tanto me aliviaron*. En tanto lloraban Leocadia y la Rosarito, en una casa vuelta loquera, en un tris estuvo Moratín de romper contigo cuando no pudo disuadirte *¿Acaso perdiste el juicio? Con suerte, tienes cinco días de camino de Burdeos a la Corte. ¿Quieres que el menor malecillo te deje tieso para siempre en cualquier rincón de una posada? Ésta no sería muerte adecuada para un hombre de tu talla. A nuestra edad* —tú le llevabas catorce o quince años— *debemos apercibirnos a morir con el debido decoro y olvidarnos de lo vivido. Para bien o para mal, lo dimos al traste.*

Pero el viaje fue casi regalado y resultó soportable la fatiga. Entre Pamplona y Logroño, un anciano como tú, de ropas raídas y gesto contrito, te reconoció en la silla de posta al ofrecerle media manta. Para abrigaros las piernas a la par. *Usted es Goya, ¿verdad?* —susurró tendiéndote la mano—. *Hace un siglo nos vimos en casa de los Osuna. Soy el marqués de Azuaga. Fui diputado en Cádiz y voté la Constitución de 1812. Las hambres se me llevaron en Madrid a la mujer y a dos hijas, durante la guerra. Ahora estos cabrones me lo han quitado todo y malvivo de la caridad de unos sobrinos. Me dijeron que residía usted en Francia. ¿Cómo se le ocurrió volver a este país de salvajes, que vitorea las cadenas?*

En Madrid, Xavier y Gumersinda me acogieron en la casa de la calle Valverde, donde también murió de hambre la Pepa en la francesada. La pusiste a nombre de tu hijo para que no te la expoliaran. Pero a ti, jamás te quitó nada don Fernando. A su modo, te amparó sin ocultarte su desprecio personal y la rendida admiración por tu arte. Apenas llegado a la Corte, cursaste las solicitudes al Trono. Te concedieron la jubilación con sueldo entero y la venia para regresar a Francia. Adivinaste aquella Real Orden personalmente dictada por el rey. Entre líneas, se le traslucían la alevosía y el burdo sarcasmo. Ninguno de sus lavaperros, esbirros y covachuelos tuvo jamás un lenguaje como el suyo. Te otorgaba los reales de la pensión y quería que los disfrutases cuanto antes, pues *por ley de vida, la avanzada edad del suplicante le promete poco tiempo para gozar de esta gracia.* También te permitía el regreso a Francia, *para seguir los imprescindibles pediluvios con agua de Plombières.* Publicadas las mercedes, se personó el sumiller de Corps en la calle Valverde para apercibirte de que el soberano te invitaba a cenar en Palacio, al día siguiente. Te recibió Fernando en sus estancias privadas, donde os habían dispuesto la mesa a los dos a solas. Le encontraste avejentado, emblanquecido y adiposo. Cojeando por la artritis, según renegaba, se levantó a abrazarte farisaicamente.

—Te veo mejor de lo que me temía. Me contaron que los años y los tintos de Burdeos te convirtieron en tu propia caricatura.

—Acaso viva de milagro, señor. En Madrid duermo con una pistola amartillada debajo del almohadón. Resolví que si una noche iban a detenerme, me pegaría un tiro antes de que me apresaran.

—Todavía puedes matarte, de madrugada, si no te place mi cena —sonreía mostrando los dientes cariados y golpeándote los hombros, como solía hacerlo su padre—. Nos ofrecen pastelillos saboyanos de ternera, con los principios. De segundo, zorzales asados con escarolas tiernas y truchas fritas con tocino magro. De tercero, pollos rellenos con picatostes y buñuelos de viento, a la manera de tu tierra aragonesa. De postre tenemos manjar blanco muy frío. Sabe a gloria.

Comía con buen diente, parloteando por los codos. Salpicaba la charla de procacidades y esparcía injurias para todo el mundo, vivos y muertos. Eructó de satisfacción con los zorzales. Hurgábase las muelas con el mondadientes, escupía en la taracea y se escarbaba las vergüenzas con la mano, en presencia del impávido gentilhombre de boca. Complacido, adoptaba a sabiendas la imagen que le atribuían sus enemigos. Después de la cena mandó disponer el café y el coñac en una mesita, junto a un hogar todavía llameante aunque ya mediaba junio. Fue entonces, antes de hablarte de Saturno en tu quinta, cuando te espetó de improviso:

—¡Cómo nos viste, bandido, en *La familia de Carlos IV*! Yo era entonces un chiquilicuatro, todo inocencia, al margen del rencor y el desdén que sentía hacia mis padres. Pero me bastó echarle un vistazo a tu pintura para decirme: aquí estamos todos condenados. Todos, hasta los niños, porque el más ciego advertiría que Isabel y Francisco de Paula no son hijos de mi padre sino de Godoy.

—Pero nada me dijisteis en el obrador.

—¿Y qué carajo iba a añadir, cuando tú lo divulgaste todo en aquel cuadro? ¿Que nos sacaste la mar de propios y bien parecidos? Esto ya lo dirían mis padres.

—Lo dijeron.

Reíase de buen grado. Más que al propio Godoy, odió siempre a su madre y despreció a su padre. Con su rencor y su desdén, quiso medrar su beato tutor en geografía, matemáticas y francés, el canónigo del Pilar Juan Escoiquiz. Al canónigo —por modelo de felones teníale Moratín— le compró Godoy para que espiase al príncipe de Asturias. Como la sombra al cuerpo, seguía al discípulo aquel mentor y a su lado se ofrecía al aplauso público, en todas las mudanzas de la Corte. De Madrid a Aranjuez en Semana

48

Santa, de Aranjuez a La Granja en verano, de La Granja a San Lorenzo de El Escorial en otoño y de regreso a Madrid en invierno. Precipitóse Escoiquiz al jugar sus primeras cartas. Si la codiciosa torpeza de Godoy aconsejaba al rey mandar a Fernando a América, con el pretexto de que sujetaría los díscolos virreinatos a la Corona, proponíale Escoiquiz que el príncipe asistiese a las reuniones del Consejo de Castilla, para avezarse en el arte de gobierno. Supo entonces Godoy que su delator le traicionaba y enfurecióse con tanta perfidia. Confinaron a Escoiquiz en Toledo. Pero desde allí mantenía correspondencia secreta con su amado alumno, que los reyes pretendían desconocer aunque leían y archivaban copias de todas las cartas. En una ridícula clave, urdida por Fernando, don Carlos era *don Diego*, doña María Luisa *doña Felipa* y Godoy *don Nuño*.

Por fas o por nefas, tú, Goya, no concluiste *La familia de Carlos IV*. Nunca terminaste de pintarle el perfil a la princesa María Antonia, cuando vino de Nápoles casada con Fernando. A ella la viste dos veces, en unas meriendas que le dieron los Osuna en la Alameda. *De tarde en tarde, amigo Goya* —te decía María Josefa de la Soledad, la duquesa de Osuna—, *es preciso rebajarse e invitar a los reyes a una jira. Yo lo llamo un ejercicio de humildad cristiana, para contener la arrogancia. Naturalmente ante villanos improvisados como los Borbones, la gente de nuestro linaje tiene el doble privilegio de permanecer cubierta y de tutearlos.* No era bella María Antonia; pero tenía buena estampa. Muy rubia y ojizarca, le llevaba un palmo a Fernando. Los unieron por poderes, a los dieciocho años los dos, cuando ella aún vivía en Nápoles. Cuentan que apenas desembarcada en Barcelona, casi se desvaneció en el muelle alcatifado ante la fealdad del esposo. Por contraste con la ignorancia y la zafiedad de Fernando, expresábase María Antonia en cinco lenguas, interpretaba a Haydn de memoria y discutía, como lo hizo contigo, las teorías de Wolffin en arte.

En Madrid se sentiría perdida y exasperada. Con su madre, la reina de Nápoles, mantenía una correspondencia que las dos creían secreta. En realidad, correos desleales les abrían las cartas por orden de Godoy y de doña María Luisa. También las copiaban para Napoleón, como se supo más tarde. Escribía María Antonia que su suegra era una zorra intrigante, Godoy un monstruo y don Carlos un pedazo de alcornoque. Pagábale la reina en la misma moneda, abiertamente y en público. A quienquiera que la escuchase, le soltaba —como a ti te lo dijo— que su nuera era *una rana quasi morta, una serpente, una diavolessa y una bestezuela sin sangre, consumida por la amargura y el veneno*. Por su aire suplicante, de perdiguero apaleado, irritaba Fernando a María Antonia con su sola presencia. Puesto en nómina secreta del fondo de reptiles, el director espiritual del príncipe de Asturias les vendía sus secretos de confesonario a Godoy y a doña María Luisa. Suelto de lengua y cruel, como suele serlo la gente de capa parda recién adinerada, hasta al casto Jovellanos fue a contarle Godoy que al año de las bodas aún no había consumado Fernando su matrimonio. El mozuelo estaba dotado de una verga gigantesca; reíase el príncipe de la Paz hasta saltársele las lágrimas. Pero tanto se turbaba y disminuía, presa de los nervios, que en la cama no envainaba ni con preces a santa Rita.

Cuando por fin cumplió, volviéronse los esposos insaciables amantes. También fueron traidores. La princesa le escribía a su madre que ella y Fernando desbaratarían la alianza de Madrid con Francia. Regocijaríase Napoleón con su buen naipe, viendo cómo se distanciaban los Borbones de España y de Nápoles, sin que él mediara ni se entrometiese. Desde entonces, los príncipes de Asturias eran virtualmente prisioneros de María Luisa y de Godoy, en Aranjuez o en El Escorial. Dos malpartos sufrió María Antonia, para regocijo de su suegra. La primera vez, doña María Luisa le escribió a Godoy, como luego él mismo te lo refirió a ti, que el mortinato era casi tan chiquitico como un grano de mostaza y el rey tuvo que calarse los anteojos para verlo. Como las desdichas no vienen solas, pero siempre navegan con buen viento, enfermó la princesa de consunción galopante e incurable. Ni siquiera permitió la reina que la visitase el propio embajador de Nápoles, para informar a su angustiada madre. Desolado la veló Fernando en la agonía, mientras ella se iba entre golpes de sangre y broncas toses de pecho. Se extinguió a los veintidós años. Faltaban dos para la guerra y seis habían transcurrido desde que tú pintaste *La familia de Carlos IV*.

En algunas ocasiones compartí con mi primera mujer una dicha que sólo he sentido a veces ante una obra de arte, te dijo Fernando el año 19, cuando inauguró el Real Museo de Pintura y Escultura en el palacio del Prado. *Aunque un perro liberal como tú no quiera creerlo, casi todo el resto de mi vida se me antoja un infierno*. Luego añadió que tú, Goya, tenías enconados adversarios. Tu incierta situación política sólo le permitía incluir un par de tus cuadros en el museo. Eran los primeros retratos ecuestres, que hiciste a sus padres. Desterrados, acababan de fallecer ambos en Italia. Días llevarían muertos y ya sonreía al nombrarlos, como si hubiese sepultado a dos indeseables rivales después de larguísima venganza.

Desaparecida María Antonia, a Fernando pretendieron casarle sus padres con María Josefa de Borbón. De muy niña, la retrataste tú en brazos de su nodriza, en el cuadro de la familia del infante don Luis, pintado en Arenas de San Pedro. Querían emparentarle con Godoy, uniéndole a una hermana de la condesa de Chinchón. En un insólito rapto de dignidad, acaso provocado por el dolor, les replicó: *Prefiero hacerme fraile o quedarme viudo toda la vida, a convertirme en cuñado de semejante miserable*. Aquel otoño, el último antes de la guerra tan certeramente anticipada por don Antonio Pascual, le contaron al rey que Fernando pasaba las noches de claro en claro, en San Lorenzo, escribiendo sin pausa como un espiritado. Alarmóse doña María Luisa. Pero don Carlos quitó hierro a las sospechas. Según dijo, distraería su aflicción el joven viudo traduciendo del francés un tratado de ensayos morales que él mismo le había prestado.

A las hablillas siguió un anónimo, aparecido en la propia mesa del rey. Le hablaba de una conjura dirigida por el príncipe de Asturias, para desposeerle del trono y envenenar a doña María Luisa. Por momentos menguaba el tiempo para impedir tanta catástrofe y tamaños crímenes. Contrariado pero todavía incrédulo, irrumpió de improviso don Carlos en las estancias de su hijo. En una carpeta sujeta con cintas rojas, sobre el pupitre de Fernando y junto a la salvadera de la arenilla, le aguardaban los documentos de la intriga. Un largo memorial en tinta aún no enjugada, dictado por Escoiquiz y con letra del príncipe de Asturias, pedía al rey el prendimiento inmediato de

Godoy por conspirar contra la Corona. Después de apresado, debía impedirse por todos los medios que la reina le hablase. Sin procesarle para evitar el escándalo de un juicio, tan vergonzosamente unido a la casa real andaba el reo, se le encerraría a perpetuidad en lugar secreto. Incitado y estallado un movimiento popular, todas las proclamas loarían al soberano y derivarían las iras contra el príncipe de la Paz y María Luisa. Enfermo Godoy con un dengue de otoño, don Carlos puso a disposición del ministro de Justicia, el marqués de Caballero, todos los documentos.

En el llamado proceso del Escorial, el ministerio fiscal solicitó la pena de muerte para Escoiquiz y el duque del Infantado; prisión mayor para el conde de Orgaz y el marqués de Ayerbe; sanciones diversas para los sirvientes y mandaderos del príncipe de Asturias, complicados en la intriga. Pero tan roído andaba el poder real y tan inicua era la exculpación de Fernando, que los jueces absolvieron a todos los procesados. Enfurecido, confinó el monarca a Escoiquiz en un convento y mandó al destierro al duque del Infantado.

En una carta, difundida por todo Madrid en copias clandestinas, Fernando delató a sus cómplices. Decíale allí a don Carlos haber delinquido y faltado contra él, como rey y como padre. Profesaba acongojada atrición y mansa obediencia. De todo ello, proseguía, ya dio leales pruebas con la detallada denuncia de sus consortes en la conjura. Suplicando el perdón, arrojábase a los pies de su venerado dueño para besárselos. En otra carta a doña María Luisa —*mamá adorada*—, le juraba su arrepentimiento por el crimen cometido contra sus padres y señores. Humildemente rogábale intercediese acerca de su *papá querido* para que se dignara indultarle y le permitiera caer de rodillas ante los dos, en demanda de su bendición y de sus besos. A ruegos e instancias de su amada esposa, informaba el rey a los jueces, había exculpado al príncipe de Asturias, su hijo. De él esperaba, como se la había prometido, una inmaculada conducta en el porvenir.

—Sólo por haberme pintado como Saturno devorando a su hijo, el pueblo, en aquella casa tuya que dicen la

Quinta del Sordo, debería agarrotarte —reía su majestad, don Fernando VII, apuntándote con los dedos pardos de tabaco que sostenían su veguero encendido.

—La quinta ya no es mía. La doné legalmente a mi nieto. En cuanto al Saturno, que aún estará en el comedor si no se desconchó, lamento defraudaros. Su majestad no es aquel monstruo. Lo soy yo mismo.

En casa de los Bayeu, no acertaste, no, al decirle a tu mujer lo de haber concebido a un hijo tan bello, que todo Madrid iría a verse en sus ojos. Vueltos los dos a la Corte, con la Pepa ya muy preñada, pintabas tú para la Fábrica de Tapices cuando parió a Eusebio Ramón, en el piso de la calle del Espejo. «Martín mío, tenemos un chico guapísimo y robusto», le escribiste a Zapater. «Josefa va por términos regulares y yo soy muy feliz.» Aquella noche, la tercera de su vida, se murió dormido vuestro hijico. Al alba, le encontrasteis pálido y ensombrecido como la cera vieja, con un hilillo de sangre en los labios. Horas antes mamaba con hambre y Josefa le creía tan listo que, según ella, ya sonreía al mirarla. Asimismo en la calle del Espejo —hacia 1777, si bien lo recuerdas— vino y se fue vuestro segundo hijo, Vicente Anastasio. Era la copia hermoseada de su hermano. Parecíanse en todo, hasta en la desdichada suerte.

A los dos años, mudados a la calle del Desengaño, nació allí la pobre María del Pilar Dionisia. A punto estuvo de matar a su madre al librarla, porque tenía un cráneo horrendo y casi tan grande como el de un hombre. La bautizaron en seguida, pues decían que en cualquier instante iba a malograrse. Aguas excesivas le oprimían el cerebro, bajo la frente huida hacia atrás, como la de las monas. Todavía marcabas tú las cartas con una cruz y así lo harías por mucho tiempo. Faltaban unos años para que conocieses a descreídos como Cadalso. Pero desde el centro ardiente de tu ser, desafiaste a Dios como si fuese Velázquez. En silencio, le gritabas: *¡No es justo que hicieses un monstruo de aquella inocente! Para responderte y retarte, la llamaré María del Pilar Dionisia. Como si fuese una reina de los baturros y viniera al mundo decapitada; con la cabeza bajo el brazo, a modo de una corona imperial. No hay más y he dicho.* No murió sino al año cumplido. Era el más tierno de los engendros, toda mohínes, arrumacos y sonrisas. Tú consumías las horas contem-

plándola; pero a Josefa la aterraba y debía de aborrecerse
por odiarla. Cuando la culpaste de no atreverse a mirarla,
te preguntó con una sonrisa terrible por qué no la pintabas
tú, Goya, siendo tu hija.

Un año después, cuando acababas de invertir mil doblones de por vida, que a la Pepa deberían rentarle seis
reales diarios y también vitalicios, ella dio a luz a otro
niño. Era Francisco de Paula, aún más hermoso que Eusebio Ramón y Vicente Anastasio. Los médicos os aseguraron que salió perfecto y sobreviviría. Pero un mal presentimiento traspasaba a Josefa. Callábase ceñuda, aunque el
último hubiese sido el menos cruel de sus partos. Al igual
que sus hermanos, amaneció frío en la cunita Francisco de
Paula, cuando frisaría los diez meses. Talmente como si tú
fueses el destino que os trajo su muerte supitaña, semanas
pasó la Pepa casi sin hablarte.

Al cabo de un año, a los pocos meses de fallecido tu
padre, alumbró Josefa mortinata a vuestra Hermenegilda.
Era menuda y parecía dispuesta, aunque sólo hubo tiempo
de darle el bautismo antes de enterrarla. Meses tardó la
Pepa en permitirte que la rozaras. Sin rehuirte ni rechazar-
te, te helaba el deseo en el alma con el frío encaro de
serpiente, que a veces tenían todos los Bayeu. Cuando de
nuevo quedó encinta, te dijo: *Si pierdo esta criatura, prefiero morir con ella. Espero que me comprendas.* Pero
Xavier medró y le cristianasteis en la parroquia de San
Ginés. Casi treinta años te sobreviviría en el mundo. Tu
cuñado Paco fue su padrino y le dio uno de sus tres
nombres: Francisco Xavier Pedro. Pensando en tu vieja
promesa a la Pepa, la madrugada que concebisteis a Eusebio Ramón, le escribiste a Zapater: *Martín de mi alma, la
parida va bien y te saluda. Quiera Dios que éste se logre.
Tenemos un niño tan bello que el rey y todo Madrid han de
mirarse en sus ojos.*

Pero en aquellos tiempos, desde el nacimiento de Euse-
bio Ramón al de Xavier, viviste una mentira que no cono-
cerías hasta casi diez años después. Todo empezó a escla-
recerse siniestramente en otoño de 1792, cuando Sebastián
Martínez te llamó a Cádiz para que le pintases el retrato.
Era allí tesorero general del Consejo de Hacienda y José
Cadalso te lo había presentado en la tertulia de la Fonda de
San Sebastián. Aquel mesón vecino al cementerio del mis-

mo santo, donde yacía la actriz María Ignacia Ibáñez. La célebre histriona de quien contaban que Cadalso, enajenado por su muerte, pensó exhumarla, incendiar la casa y quemarse abrazado al cuerpo de su querida. Era Sebastián Martínez un creso devoto de las artes y poseía una de las mejores colecciones del reino, con centenares de cuadros y miles de grabados. Para conocerla, además de retratar a su dueño, le aceptaste la invitación. Sin pedir venia a la Corte para ausentarte, aunque te obligase a solicitarla el protocolo, te fuiste a Cádiz. Ya eras académico y pintor de Cámara. La fama y el medro te acrecentaban la natural soberbia. Poco menos que invulnerable te suponías entonces.

En Cádiz pintaste a Sebastián Martínez y le admiraste el tesoro. Días felices y regalados fueron los tuyos en casa de aquel enciclopedista y librepensador, educado en Francia, quien creía a la razón clave y sentido del universo y de la humanidad. Cuando todos los hombres fuesen ilustrados, sonreía Sebastián Martínez, la naturaleza les hablaría en el lenguaje de la virtud, como lo predijo Diderot. De Cádiz fuiste a Sevilla, reclamado por los Ceán Bermúdez para que les hicieses otros retratos. En Andalucía, talmente como en Madrid, acopiabas seguidos los encargos.

También a Ceán Bermúdez le habías conocido en la tertulia de la fonda. Dos años llevaba en Sevilla como director del Archivo de Indias. Desde hacía una eternidad, adentrábase en su *Diccionario histórico de los más ilustres profesores de las Bellas Artes de España*; pero no lo publicaría hasta la misma primavera en que tú pintaste *La familia de Carlos IV*. Como su amigo y antiguo modelo tuyo, el conde de Cabarrús —fundador del Banco de San Carlos y en el porvenir ministro de José Bonaparte, el rey Intruso—, decía Agustín Ceán adorar a Dios en altares de césped y en las fuentes de los bosques. Con una fe aun mayor que la de Sebastián Martínez, se imaginaba vivir las vísperas del mañana prometido, cuando la razón devolvería al hombre el edén en la tierra.

No conseguías recogerte por mucho tiempo, mientras pintabas a los Ceán en Sevilla. Tampoco se te esclarecía de forma cabal cuanto iba diciendo Agustín, mientras posaba con las piernas cruzadas y un codo en la escribanía de caoba, aunque hoy lo conjures en la eternidad. *A partir de* unas leyes fundamentales, creó Newton un sistema basado en el orden y en la precisión del universo. Queremos aplicar la armonía celeste a la historia, porque el mismo código que rige los astros determina la razón humana. El azar irónico hizo que de repente se hundiese el mundo bajo tus pies. Empezaron a asediarte violentas e incesantes migrañas, parecidas a otras que años atrás casi te llevan a la demencia en Madrid, para desaparecerse de improviso y deslizarte tú entonces en un largo período de dejadez y de melancolía. Fiebres altísimas te escaldaban en Sevilla y según te contaron después, disparatando te dabas al frenesí o caías en un fosco aturdimiento, del que despertabas de repente sobresaltado y chillando.

Temería Ceán Bermúdez que murieses en su casa y desbarataras la armonía racional de las esferas. Avisado Sebastián Martínez, se portó contigo mejor que un hermano. En su coche de colleras y con un par de criados, fue a Sevilla a recogerte. Envuelto en frazadas te llevaron a Cádiz, siempre sujeto por Sebastián y los sirvientes, porque en los arrebatos querías huir a campo traviesa. El fantasma de María del Pilar Dionisia abrió tus terribles pesadillas en aquel viaje. Con su cabeza contrahecha, tu hija te perseguía riéndose, en tanto huías despavorido. A voces te pedía que la pintases, en el regazo de aquella madre que la parió para aborrecerla. En Cádiz pasaste meses en los umbrales de la muerte. Entrabas en coma y volvías de la inconsciencia, aullando enloquecido por la jaqueca. Culebras y escorpiones te anidaban en los oídos; te buscaban los ojos debajo de la frente. Desde que tu hija les franqueó las compuertas del alma, no paraban de acosarte y perseguirte jaurías de espectros. Creías vivir cercado de galgos, lagartos, halcones, lechuzas, gatos, carneros, machos cabríos, jabalíes, arañas, luciérnagas, elefantes, cacatúas, chimpancés, tortugas, murciélagos: todos más torvos y reales que los seres vivos. Otra fauna, no menos sobrecogedora, se unía al asedio de aquellos monstruos. Mendigos, busconas, celestinas, payasos, beatas, forzados, máscaras, toreros, verdugos, bandidos, militares, barberos, curas, colosos reíanse todos de ti, tendiéndote las largas manos manchadas de tierra roja fina, de ocre de Siena, de negro humo, de verdacho, de amarillo de Nápoles, de carmín de Inglaterra, de sombra delgada, de albayalde de Venecia, de bermellón del Real Estanco, de azul turquí. Una mañana despertaste libre de las migrañas que te hendían el cráneo. Sebastián Martínez compartía tu cabecera con dos caballeros vestidos de gris. Los conocerías después como su médico y el cirujano Francisco Canibel. Los tres hablaban con muecas mudas, porque no lograbas sentirlos. Tampoco oíste tu alarido de pánico cuando desesperaste de entenderlos. Tú, Goya, te habías quedado sordo para siempre.

Logró Sebastián Martínez que Palacio te concediese la licencia, que tú no solicitaste antes de irte a Andalucía. Luego la renovaron por motivos de salud, a instancias de Francisco Bayeu. Callaba tu cireneo las peores noticias, en los renglones que te escribía durante tus horas de lucidez. En Zaragoza, falleció don Ramón Pignatelli, tu primer valedor. En Madrid, tu mujer se puso gravísima, en tanto moría súbitamente el menor de sus hermanos, tu cuñado Ramón. Resquemábase y desangrábase la Pepa, en imprevistos flujos, que al fin restañó vuestro médico —el doctor Arrieta— cuando ya temía perderla. En Cádiz le dijeron a Sebastián Martínez que aprendieses el lenguaje de los dedos y a leer en los labios, porque tu sordera sería incurable, si llegabas a sobrevivir. Como luego te contó Canibel, fue a provocarla la ponzoñosa inflamación de una telilla de los ojos. Suerte tuviste en la desdicha de no haber cegado, por añadidura.

También en Cádiz, aquel quirurgo y José Larbareda, el médico de Martínez, te descubrieron la verdad de tu mal. Circunspectos y ceñudos, preguntaron si padeciste otro insulto —acometimiento, decían aquellos andaluces— parigual de grave en el pasado. Escribiste que el año de la muerte de tu padre, cuando aún parabais en la calle del Desengaño y andaba la Pepa embarazada de la pobre Hermenegilda, enfermaste de cólicos y migrañas con elevadas temperaturas. Sin adentrarte en un infierno tan hondo como el tuyo en Cádiz, a veces perdías delirando la noción del mundo. Te sanó el doctor Arrieta, con un mes de sudores y reposo. Te acostaron y cubrieron de mantas y capotes, a la luz de unos velones para evitarte el humo de las velas. En la alcoba mantenían siempre encendida la leña menuda de tres grandes braseros y cada cuatro horas, te administraban jarabes de sasafrás, de palo de Indias y de zarzaparrilla. Al mes habías perdido media arroba aragonesa y parecías tu sombra estampada en las sábanas. Entonces el doctor Arrieta te dio por bueno y dijo que padeciste unas fiebres muy malignas y reiteradas en la Corte.

Adustos y taciturnos, fueron desovillando la verdad Canibel y Larbareda. Piadosamente te mintió el doctor Arrieta. Tú padecías aquel mal francés que llevaba dos siglos haciendo estragos en Madrid y en Sevilla. Ni tenía cura ni se le conocían de cierto los orígenes. Especiosa les parecía a aquel par de galenos la tradición, que los atribuía a los conquistadores vueltos del Perú, donde les contagiaron las llamas cuando no había indias con quien retozar. Tu mayor tragedia era haber pasado el morbo a tus crías. De ahí que todos tus hijos, menos Xavier, naciesen muertos y deformes o se extinguieran a poco de nacidos. Convendría que te contuvieses, antes de concebir otros retoños. A tu regreso a Madrid te dio el doctor Canibel una larga carta para Arrieta. Le ponía en antecedentes de tu recaída en Cádiz y aconsejaba un tratamiento para las jaquecas e inflamación de los oídos. Asimismo decía en párrafo aparte que la cura del mal gálico con frazadas y sasafrás, tan difundida en el pasado, cedía ahora ante otras drogas y regímenes, sin que anduviese descartada del todo.

Casi no agradeciste la carta al cirujano, ni a Sebastián Martínez los desvelos. Volvías a abandonarte a la más fosca melancolía y en aquella aflicción no podías ni querías hablar con nadie, a través de la sordera. Tan odiosa se te hizo tu presencia en el mundo, que de no haber vuelto a pintar habrías acabado por matarte. Del todo restablecida, aguardaba Josefa tu vuelta con el pequeño Xavier y Francisco Bayeu, en la posta de la Cava Baja. Apenas llegados los tres a la casa de la calle Valverde, mandaste dejar al niño con unos vecinos. A sus nueve años, te miraba Xavier despavorido, como si la sordera te hubiese también desfigurado, quemándote o rajando medio rostro. Se estremecía si le hablabas, porque también tu voz le sonaría distinta. A solas con Josefa y tu cuñado, les mostraste la carta de Canibel a Arrieta. Nunca sabrías, dijiste, en qué burdel de Zaragoza, de Madrid o de Roma fuiste a contraer el morbo en tu soltería. Vergonzosamente desnudo y muy posiblemente contagioso, comparecías en presencia suya para descubrirles la verdad. Ya eras como los leprosos, que en Fuendetodos se anunciaban agitando un cencerro, para que la gente les rehuyese después de dejarles unos mendrugos, que se disputaban con los perros.

La verdad la conozco desde el año 81 —escribía Josefa con la menuda letra de los Bayeu, después de mirarte largamente a los ojos—. *A espaldas tuyas, me la contó el doctor Arrieta, creyéndote desahuciado. Tu mal es incurable y encima ahora te quedas sordo. Lo siento por ti y también por mí y por todos. Pero más desdichados son todavía nuestros hijos muertos. Porque cielos no puede haberlos. Sólo infierno.* Cabizbajo, cruzadas las manos entre las rodillas y sentado junto a la ventana, callaba Francisco Bayeu. Por último se dignó a replicarte, en unas pocas líneas despaciosas y meditadas, después de pedirle pluma y tintero a su hermana. *También yo lo supe todo entonces, cuando Josefa vino a contármelo. Creo haberte odiado aquel día. Pero hoy pienso que sólo debe apedrearte quien esté limpio de cualquier otra culpa.*

Tú, Goya. Tú, Saturno.

Tú, cinco veces Saturno, porque al darles vida concebiste muertos a tres hijos y a dos hijas. Los devorabas aun antes de engendrarlos o bien les ofrecías tu carne y tu sangre para consumirlos. Decía Godoy en Aranjuez que de todos vosotros no quedarían sino palabras, en un espejo entenebrecido que llaman la historia. Pero de un muro de la Quinta del Sordo hiciste tu propio espejo para reflejarte allí como Saturno. Irónicamente, ni vivo ni muerto tú, advirtió nadie que fueses aquel monstruo que ahora exhiben en el Prado, trasladado a un lienzo. Tal vez no atinan los hombres a reconocerte en Saturno, viéndote destruir a dentelladas a tu hijo, porque sin repararlo teman cegar y compartir entonces tus fantasmas en sus tinieblas. Cegar para siempre, como tú ensordeciste en Cádiz.

Creía su majestad don Fernando VII ser el Saturno de tu quinta. Trabajo tuviste en convencerle de que el monstruo era tu autorretrato. Pensaría que en aquel muro sentenciabas su recuerdo en el mundo, como dijo que veintiséis años antes condenaste a su entera familia, precisamente al copiarlos como todos eran y querían verse a sí mismos. Mirando tú al rey aquella noche, en vuestro último encuentro, recordaste de pronto que él había nacido en 1784, el mismo año que Xavier. Hasta sus manos cortas, recias y plebeyas, de anchos artejos y gruesas uñas, eran idénticas a las de tu hijo o para el caso a las tuyas. Manos de matarife, de leñador o de pelotari; pero en ningún caso de artista ni de monarca. Sí, Fernando habría podido ser hijo tuyo: el último vástago de Saturno y el único destinado a sobrevivirle. Tal vez por todo eso, porque nació tarado de alma y cuerpo y mucha sangre le pringaría las pesadillas, habría llegado a suponerse aquel otro monstruo de la Quinta del Sordo.

Tú, Goya. Tú, Saturno. Tú, Fernando VII.

Tres años después de tu muerte y a otros dos de la del rey, conjurado el coronel Torrijos con otros cincuenta desterrados para derrocar la Monarquía, atracaron cerca de Málaga en supuesto secreto. En verdad llegaban vendidos y los ejecutaron a todos en cuanto los prendieron. Como un niño de doce años les había hecho de mandadero, antes del desembarco, Fernando añadió una nota de su puño y letra al pie de la real orden: *Al niño, no dejéis de fusilarlo con los demás*. Tengo la certeza de que habría mandado ajusticiar a su propio hijo, de haberlo tenido, para proteger su vida miserable. Pero ¿acaso tú, Goya, no sacrificaras a Xavier para salvar aquella pintura, que fue la razón de tu existencia? ¿No inmolaste a sus hermanos, aun antes de engendrarlos? ¿No impidió sólo un milagro que en tu insensatez no concibieras luego otros hijos como ellos, pese al aviso del doctor Canibel y aunque a Josefa no volviste a cubrirla, después de confesarle tu mal? ¿Qué derecho, en suma, te asiste a condenar al rey si te absuelves a ti mismo?

De nuevo imitando *La familia*, de Velázquez, pintaste dos cuadros de tu fantasía, al fondo de *La familia de Carlos IV*. Uno era la vega del Manzanares, como tantas veces la recogiste, detrás de un baile o de una merienda, en los cartones de Santa Bárbara. Junto al agua y a los abedules —un edén anterior al edén o acaso precedido por el fin de los hombres—, prendiste otro supuesto lienzo de muy distinto tema. En aquella tela de la tela exponías la orgía de tres colosos. Un titán en cueros regodeábase con dos mujeres medio desvestidas. Aunque la escena viniera envuelta en turbia o discreta penumbra, bastaba remirar al trío para advertir que tuyas y sólo tuyas eran las trazas de aquel hombre.

Cuando los reyes elogiaban su retrato de familia, en el taller de Aranjuez, temiste que don Carlos te hubiera reconocido en aquel desnudo. Entornados los ojos azules, parecía esforzarse en traspasar la pintura con la mirada. Pero casi en seguida se limitó a sacudir la cabeza en silencio. De haberte preguntado entonces por qué inventaste dos cuadros, que nunca estuvieron en Palacio, o tuviste la osadía de poner un prostíbulo detrás de la reina y de los infantes, le habrías repuesto: *El señor debe dispensarme, porque las pinturas de la pintura no aluden a sus majestades, a sus hermanos o a sus hijos. El paisaje será un tapiz, copiado de mis cartones. Y lo que decís una escena de mancebía, dista de serlo. Trátase de un suceso mitológico, en la vena irónica que solía pintarlos Velázquez. Para mi gobierno, yo lo creo las bodas de Saturno.*

En verdad era aquello las nupcias del monstruo; pero también cabía llamarlo su nacimiento. Aunque nunca supiste dónde ni cuándo te contagiaron el mal gálico, al fondo de *La familia de Carlos IV* mostraste el lugar y el instante en que Francisco de Goya se transformó en Saturno. A la ramera que te enfermó —una zorra sin rostro—, la perdonaste mucho después sin reconocerla. No podías culparla, si tú mismo, olvidado de tu morbo incurable en los años de las zarabandas y los bastidores, como los llamaba don Antonio Pascual, mientras te sonreían fortuna y prestigio, tantas veces te expusiste a sembrarlo en otras mujeres. Desde la Leocadia, tu última amante, a las más altas duquesas del reino.

Tú, Goya. Tú, Saturno, sordo y medio devorado por tus propios sueños.

Tú, Goya.

En su siglo, se retrató Velázquez delante de la infanta y de sus padres, los reyes, perdidos en el espejo del obrador. En el tuyo, no te atreviste a tanto y te fuiste a copiar detrás de tus príncipes y tus monarcas, entre la familia de Carlos IV en *La familia de Carlos IV* y aquel otro cuadro tuyo, que habrías llamado *Las bodas de Saturno* si de veras hubiese existido. Casi treinta años transcurrieron desde el día en que apenas concluido el oratorio de Sobradiel, firmaste tu presuntuoso primer autorretrato: el de los gruesos y sensuales labios en el rostro de boyero. Si en aquel tiempo tú todavía ignorabas quién eras, tampoco te conocía casi nadie en Madrid. Pero a la vuelta de otra generación, cuando pintaste *La familia de Carlos IV*, tan grande era tu renombre que acaso ningún otro primer artista de Cámara, salvo el propio Velázquez, lo compartió contigo. De los reyes a los burgueses adinerados, de los diestros a los duques, todos se disputaban tus retratos y aguardaban impacientes que les permitieras posar para ti.

Pero todavía no eras Goya, porque no terminaste la búsqueda de ti mismo. Aún no habías encontrado el lenguaje ni la voz apropiados para darle respuesta a Velázquez. Bien lo sabías, en Aranjuez, mientras contemplabas tu maciza testa de sordo en *La familia de Carlos IV*, con tus anteojos y tu mirar, un si es no es deslucido por la vista cansada. Irónicamente todo el mundo en tu cuadro, menos el que allí los pintó, creía saber quién era. Transcurrido otro cuarto de siglo, decía Fernando VII que también en la tela permanecían todos condenados por su propia apariencia. Todos incluidos los niños, porque hasta un ciego repararía en que la infanta Isabel y el infante Francisco de Paula eran hijos de Godoy. Por tu parte, aunque en cierto modo conservases tu aspecto de desertor del arado, ya no eras en el óleo el mozo del autorretrato de 1773. En verdad, andarías casi tan lejos de él como del auténtico Goya.

A los diecinueve años de pintada *La familia de Carlos IV*, compraste la Quinta del Sordo, en Cerro Bermejo y detrás del puente de Segovia. Ya septuagenario, querías encerrarte allí con Leocadia y la Rosarito, de espaldas al mundo, al país y a su rey, para descender al centro de tu ser, mientras envejecías y poco a poco te ibas borrando. Curiosamente, ya decían Quinta del Sordo a la tuya o a otra vecina —de fijo no lo recuerdas antes de tu llegada y sin que nadie supiese por qué. Pensaste que si la finca parecía aguardarte, por último lograrías a reconocerte en alguna de sus estancias. Cuando, para horror de Leocadia, cubriste aquellos muros con las que luego llamarían tus pinturas negras, dabas por recorrido el entero camino que te condujo a Francisco de Goya y Lucientes. Terminado el Saturno, lo miraste absorto por horas enteras, creyendo que era tu definitivo autorretrato y tu mayor acto de contrición. Sería a la vez, te dijiste aquella tarde, la última de las transfiguraciones del gañán de los labios lascivos, renacido y desposado como Saturno en Aranjuez.

No te imaginabas entonces que cinco años después escogerías el destierro, porque ni los muros de tu casa alcanzaban a aislarte de los demonios que poseían a España. Como no olvidas que, en Burdeos y la última vez que os visteis, preguntó Moratín cuál sería el sentido de *Aún aprendo*, al pie del esbozo del anciano valiéndose de dos bastones. ¿Referíase la leyenda al aprendizaje de los pasos, sonreía, o al del arte? Le replicaste que la pintura era inseparable de tu vida y de tu ser: más propia y tuya que los pasos, cuando podías darlos o no. Luego, tan pronto él se marchó llorando, te sentiste súbitamente libre.

Años atrás, en Madrid y en vísperas del regreso de Fernando, finalmente te igualaste con Velázquez. Cumplías entonces, como se lo prometiste la mañana de tu juventud en que fuiste a emplazarle. Pero el hallazgo de un lenguaje apropiado para tutearle, de pintor a pintor, tampoco te llevó al cabal encuentro con Francisco de Goya. Por supuesto, sí, fuiste Saturno; pero si él es el tiempo que dentellea y devora a sus hijos, los hombres, tarde o temprano tenías que trascenderle. En último término, como lo aprendiste al medirte con Velázquez, el arte detiene la muerte y supera el tiempo al suspenderlo. Más allá de Saturno y del propio Velázquez, sirviéndote de dos palos como en tu dibujo, te ibas del mundo paso a paso siempre en pos de ti mismo. De aquel modo te adentraste en esos ámbitos sin límites, donde destellan los recuerdos de tus cuadros y una voz venida de tu centro todavía te pregunta quién fuiste.

Tú, nada. Tú, nadie. Tú, Goya.

En la tertulia de la Fonda de San Sebastián, saboreando el marrasquino del hostelero Gippini, creerían Ceán y Martínez avecinarse al paraíso prometido por Diderot. Pero la aristocracia española de aquella época ya se figuraba gozar de la gloria, sin moverse de Madrid. Era su edén un gran carnaval, donde el siglo XVIII resbalaba hacia la muerte.

Empezó el baile de disfraces, en la plaza de toros de la Puerta de Alcalá. Apiñábanse allí mayores multitudes para aplaudir a *Pepe-Hillo*, a *Costillares* y a Pedro Romero, que las juntaron los reyes en cualquier ocasión. Si toreaban en día laborable, toda la Villa y Corte se vaciaba para verlos. Si la lidia era en domingo, se holgaba hasta el martes, ocupado el pueblo en debatir las faenas de los diestros, por calles, tabernas, talleres y comercios. En los jardines del Capricho, el palacio de los Osuna en su alameda, se hablaba de los inventos de *Costillares* —el volapié y la verónica— con el fervor que antes se hacía el elogio de los preludios de Bach, de los oratorios de Haendel, o de mis cartones para *El baile de San Antonio de la Florida* y *El juego de pelota*.

Compartía yo el palco de los Osuna la tarde en que a *Costillares* se le puso el santo de espaldas. Desangelada la muleta y cada vez más turbado por su inesperada torpeza, vacilaba chapucero ante los derrotes de un corniveleto. Desde la contrabarrera, abucheábale sin piedad el actor Isidoro Máiquez, a quien iba a retratar enlevitado poco antes de la guerra. A gritos, replicó *Costillares*: *¡Señor Máiquez, señor Máizquez! ¡Piense usted que esto no es el teatro! ¡Aquí se muere de veras!* Pero no estaba en la plaza el día de otro escándalo —mayor aunque sin palabras—, que luego me contaron de diversa fuente. Por la parte del Peso Real, a la hora de matarlo, se le enculó en las tablas un toro castellano a *Pepe-Hillo*. Era el *Hillo* entonces amante de María Josefa, la duquesa de Osuna, como antes lo había sido yo. Muchas veces comentara en el Capricho cuánto detestaba los bichos de ganadería castellana, por tardos y difíciles. Como no lograba sacar al bruto ni cuadrarlo, le dijo Pedro Romero: *Compañero, deje usted. Yo se lo aparto de aquí.* Le miró *Pepe-Hillo* en silencio y se fue derecho al toro. La res le embistió, prendió y volteó, tendiéndole aturdido en la arena. Hizo un gran quite Pedro Romero y con el *Hillo* aún inconsciente en brazos, subió al palco de María Josefa para dejárselo a los pies. Vuelto al ruedo, cuadró a la bestia y la despachó de una estocada.

Para la nobleza madrileña, los cien primos del rey como se llamaban a sí mismos, de pronto convirtióse el bajo pueblo madrileño en el más envidiable modelo humano. En la plaza de toros, quienes según la duquesa de Osuna permanecían cubiertos ante villanos improvisados como los Borbones, rozábanse rendidos con majos y manolos de Lavapiés, con chisperos del barrio de Maravillas. Toda aquélla era tropa pendenciera y bazofia de bronce. Pero se amansaba y humillaba, al verse halagada por la alta aristocracia. Los manolos salieron laboriosos y a su modo limpios, aunque dispuestos a acuchillarse sin repulgos por un quítame allá esas pajas. A los chisperos los llamaban así por ocurrentes y avispados. Pero Jovellanos, obseso por aquella gente de la carda a la que tanto despreciaba, dijo venirles el mote de las muchas fraguas y ferrerías de chamberga que hubo en Maravillas. Los majos tiraban del juego, del matute del tabaco y sobre todo del alcahuetazgo. No obstante mostrábanse devotos, rezadores y miseros a la hora de implorar el favor divino para sus industrias de la tercería. Vivían todos apegados a sus santos y al Madrid de sus amores. Si en alguna fiesta de guardar se asomaron a Pozuelo o Alcobendas, fue para ir a una novillada. De allí nunca pasaron. Reñidores lo eran tanto o más que la manolería, por cuestiones de puntillo y de buen nombre. Vendían a la mujer o a la hermana; pero sólo si se cerraba el trato con el debido respeto. Si por intento o descuido les faltaba el cliente, relampagueaban las navajas. Y a mucha honra, claro.

—Repare usted, Goya, cómo la nobleza viste ahora al igual que la taifa, que en París llamarían nuestra *canaille* —observaba Jovellanos, haciéndose cruces—. De tanto rozarse con aquellos granujas en los toros, empezaron a calcarles las prendas, las maneras y el lenguaje a majos y majas. En los palacios se impone la capa de vil pardomonte, la melena en redecilla, la patilla de tres pulgadas, la chaqueta corta, la calza prieta, la media blanca, el zapato de ancho hebillón y hasta la botonadura de filigrana berberisca. De las damas, no hablemos. Las más distinguidas y blasonadas parecen suripantas de Lavapiés. Les copian a aquellas perdidas la larga falda negra, la roja ceñida faja, la mantilla de encaje, los boleros y el alto corpiño abierto, por donde muestran los pechos sin recato. Decían los castellanos de antiguo que del rey abajo, nadie es más que nadie. Hoy en día no se sabe quién es quién, porque todos se disfrazan. En vez de educar a aquellos granujas, de proporcionarles trabajo y dignidad, la aristocracia se rebaja a imitarlos. Si no bastase con hurtarles el atavío fachendoso, les emula el lenguaje soez y arrabalero. Duques y príncipes juran como feriantes y carreteros. Sus hijas doncellas se expresan con giros y voces, que antes habrían sonrojado a las trotonas y soldaderas.

En 1785, el año de mi nombramiento como teniente director de la Academia de San Fernando, conocí a los duques de Osuna. Aquella primavera me llevaron a su Palacio, para que les pintase el retrato a los dos. Un par de años antes, don Pedro Téllez Girón, el noveno duque de Osuna, le había comprado al conde de Priego sus propiedades junto al camino de Guadalajara y a legua y media de Madrid. Aquello se decía entonces sencillamente la Alameda, como me lo contaba María Josefa mientras posaba con velos y atavíos de María Antonieta en el Trianón. Fue la propia duquesa de Osuna quien lo llamó el Capricho, cuando empezaba a remozarlo y reconstruirlo. En realidad, más cuadraba el nombre a la dueña que a la casa. Siendo la mujer más culta y leída del reino, incurría María Josefa en extravagantes antojos, que ponían en duda su sano juicio.

—Hace un año, el embajador del Cristianísimo nos llevó a cenar en su embajada. Tanto escaseaba el champaña, que a cada invitado le sirvieron una sola copa, ni siquiera mediada. Cuando le devolvimos el convite al legado, quise que los criados le abrevasen los caballos en baldes de champaña. Resistíase el duque; pero acabó por avenirse. Después nos descalzábamos de risa, al recordar cómo se arrebolaba aquel imbécil viendo beber a su tiro de bayos.

Estaba yo en el Capricho, cuando a alguien se le perdió una moneda, tintineando en el entarimado, mientras jugábamos al faraón. Como el incauto se agachase a buscarla, María Josefa mandó traer un candelabro y prendiéndolo con un fajo de billetes llameantes, se lo ofreció sonriente para que se alumbrase. No obstante sus iras eran tan notorias como sus burlas. A uno de aquellos raptos suyos le debía el trato y los cuadros de los duques de Osuna. Poco antes de ir yo a la Alameda, estuvo allí Agustín Esteve. Les plugo a los padres el retrato que les hizo de su hijita mayor. Luego pintó a María Josefa; pero tanto la enfureció la tela —decía que deformándola, para embellecerla, le atribuía la estupidez inseparable de la hermosura—, que la rajó de arriba abajo con unas tijeras en forma de cigüeña. Luego echó a Esteve con cajas destempladas.

Por verídicas, sonaban aun más increíbles y memorables las leyendas tejidas en torno a la duquesa de Osuna. Muy prendada, casó con el duque su primo hermano a los diecinueve años. Tres cumplidos le llevaba ella y uníase así una mujer a un niño. Diez años después embarcaron juntos, en la expedición para la conquista de Menorca. En una intriga urdida a solas con su esposo, disfrazóse fácilmente de grumete María Josefa, con sus ojos grises, trazos afilados y agitada delgadez de lagartija. Sin quejas y bajo el fuego, soportó los riesgos y trabajos de su fingida condición en la batalla. Nadie pudo advertir el engaño hasta después de la victoria, cuando los Osuna lo revelaron muy orondos. Otras veces —*sedienta de tan solitaria*, como a mí me lo dijo—, rendía sus caballos más veloces, galopando sin escolta a través de sus propiedades. O íbase a pie, vestida de hombre y sin compaña, Guadarrama adentro, durmiendo al raso o en los pajares, sin temor de ladrones ni de alimañas. De vuelta a la Corte, disertaba sobre economía en el Capricho o en la Sociedad de Amigos del País, presidida en Madrid por Jovellanos. A él le ponían sobre ascuas aquellas conferencias, porque María Josefa era una exaltada en materia de reforma agraria. Sin pararse en barras ni ofrecer prudentes contemporizaciones, al modo del mismo Jovellanos, denunciaba la amortización eclesiástica, siempre acrecentada por patronatos, capellanías y legados de devotos agonizantes. Como salida de tanta y tan cierta leyenda, una madrugada comparecióse la duquesa en mi alcoba de la alameda. A la luz de un farol, sostenido en alto, veníase descalza y con la suelta cabellera rubia derramada por los hombros.

—Aunque por la parte valenciana e italiana de mis mayores descienda de los infames Borgia, no vayas a creerme un súcubo ni un vampiro. Tú y yo queremos gozarnos, desde la primera vez que nos vimos. Se lo conté al duque y él lo comprendió en seguida. Siempre me dice que moriría de desconsuelo si dejara de amarle. Pero sabe que la carne perecedera poco tiene que ver con el amor y mucho con el efímero deseo. Por lo tanto, los dos la satisfacemos donde y con quien nos tienta. Talmente como si bebiésemos de un fresco manantial o mordisqueásemos las fresas silvestres. Debajo de esta bata, voy tan desnuda como vine al mundo.

En la cama era tan tornadiza y habladora como en los parterres del Capricho. Primero me cohibieron el asombro y el recuerdo de la Pepa, a la que nunca traicionara desde las bodas. Pero en seguida nos enardecimos juntos, rodando por las sábanas y aun revolcándonos por los suelos. Temí que los gritos de María Josefa despertasen al entero palacio, en tanto se iba una y otra vez en mis brazos. Al paso de los años, cuando sordo como una tapia disfrutaba a otras mujeres, siempre oía en el alma aquellos chillidos suyos de deleitoso dolor. Muy viejos los dos, se lo conté la última vez que nos vimos, al despedirme de ella antes de mi partida para Burdeos. De súbito, la duquesa de Osuna rompió a sollozar, con el rostro oculto en el cuenco de las palmas.

—No llores por nosotros ni por el pasado, María Josefa. Te lo suplico. El ayer ha muerto y andamos demasiado caducos para recordarlo por mucho tiempo.

—No lloro por nosotros, ni por todo lo que perdimos —me dijo muy despacio, para que le leyese los labios en el rostro arrasado por la vejez y las lágrimas—. Lloro por tus cartones para tapices.

Cuando ahora conjuro la vieja alameda y las orillas del

Manzanares, se barajan y entreveran el jardín de los duques y mis cartones. Bajo un mismo cielo, se enraman lo pintado y lo vivido. Un paisaje de adelfares, rosaleras, álamos, acacias, laureles, sauces y fuentes se puebla de pajareras, estanques, columpios, curvos puentes chinos, prados y cascadas artificiales. Por el parque en abanico campan caballitos enanos, rebaños tan blancos como la nieve de Somosierra, pavos reales, flamencos, galgos y gacelas, mientras pasa un revuelo de maricas, cometas y codornices. Vestidos de diminutos manolos y chisperas, mantean un pelele los niños de los duques. En un bajo banco de mármol, canta *Costillares* y tañe una copla en el guitarrón para la cómica Pepa Figueras. Sonriendo y fumando su pipa bajo un lilac, escucha y tararea el señor de Osuna. *¿Qué de vos y de mí, señora,* [8] *qué de vos y de mí mañana dirán?* Entre dos acacias, apenas reverdecidos por la primavera, ríe María Josefa y se mece en un columpio sobre el soleado horizonte. *Pepe-Hillo* la recibe y empuja por la espalda. Otro torero, Antonio dos Santos, la devuelve a cada embate. El picador Juan López, que otro día llegará tarde al quite para salvarle la vida al *Hillo*, contempla al trío tendido en el césped, con el quijar en el jeme de la mano. Entre los rododendros, cantan los ruiseñores y cruzan majas de boleros escarlatas y pañoleta amarilla.

Sin advertirlo yo, creo haber presentido oscuramente el trágico final de aquel mundo a imagen de mis pinturas para Santa Bárbara. Cierto es que nunca llegué a augurarlo con la clarividencia que lo anticipaba don Antonio Pascual, el infante necio. Sólo ahora, cuando ya no puedo desandar lo vivido desde la eternidad, comprendo el oculto sentido de algunos de aquellos cartones. A no dudarlo, razones tiene el arte que no alcanzan los mismos artistas al crearlo. Antes de conocer a los Osuna, esbocé un óleo que luego les regalaría. Lo supuse un tema jocoso, aunque hombre tan adusto como don Carlos III lo aprobara en seguida. Taimados y risueños, dos manobres llevaban a otro en brazos, aturdido y desmadejado por la embriaguez. Llamé a la tela *El albañil borracho* y pensé desentenderme de ella. Pero en un repente que no penetraba, igual que si aquél fuese el arrebato de otro hombre, volví a pintarla casi plagiándola formalmente pero cambiando por completo su intención. El obrero bebido se convertía en un hombre maltrecho después de la caída de un andamio. Quienes le conducían en la sillita de la reina, iban ahora ceñudos y con el alma en vilo. Igual que si sostuviesen un muerto.

Como parcial motivo, volví al operario herido en otro de mis cartones, *La construcción*. Aquella vez traían al desventurado en una escalera de mano, a modo de parihuela, mientras bueyes y boyeros arrastraban un gran bloque de piedra en una carreta. Después, en *La nevada*, cinco hombres y un perro iban perdidos contra el cierzo y a través de una tormenta. Seguíales un asno con un cerdo muerto a cuestas. En tanto andaban en círculos por la nieve, ateridos, los detenía uno de los reveses del vendaval. Pero aun más que en aquellos cartones, cuyas réplicas pinté para los duques, pienso en *La gallina ciega* y en sus dos copias para Santa Bárbara y el Capricho. En aquella tela, cuatro mujeres y cinco hombres jugaban al cucharón o a la gallina ciega, a la orilla de un estanque. Peluca empolvada y larga casaca abierta sobre un chaleco abotonado, exhibía uno de aquellos caballeretes. Sus compañeros vestían como los majos, con calzas prietas y recamadas en la pernera. Dos de las damiselas lucían tules tan blancos como los de María Josefa en mi retrato. Con su ropilla de raso y su chambergo adornado con plumas de faisán, semejaba otra una cazadora. En contraste con los templados matices del paisaje y de aquellas prendas, parecían centrar el lienzo la pálida falda y el rojo bolero —rojo chillón como la sangre recién vertida— de una falsa maja. En corro prendíanse de las manos los cuatro petimetres y sus parejas, alrededor de otro mozo de traje entallado y cubierto de lentejuelas. A ciegas y con los ojos vendados, preso en su círculo, trataba de alcanzarlos con una larguísima cuchara.

Como si leyese una profecía al revés, advierto en aquellas obras un sentido oculto y no percatado al pintarlas. Complacían a los Osuna *La construcción* y *El albañil herido*, porque honraban la Real Orden de Carlos III con las primeras normas para la solidez y la periódica revisión de los andamios, después de tantas muertes y desgracias de los obreros. Sería aquél mi propósito consciente en los cartones. Pero sin advertirlo, también conjuraba allí el primero y más cierto de los mitos: la caída del hombre. La ruina y condena de aquella entera época nuestra, sin dejar de prever a ciegas mi enfermedad y mi agonía en Sevilla y en Cádiz. Asimismo, los cinco personajes de *La nevada* nos traducían a todos nosotros —felices farsantes de cualquier linaje, en la Corte, en los toros, en el Capricho, en la Fonda de San Sebastián—, extraviados al fin en un invierno interminable, llevando en vano y sobre un borrico un cerdo degollado, que no era sino el cadáver del siglo de las luces. Al borde de la eterna sombra, inútilmente pretendía prevenirlos a ladridos aquel perro, en quien yo volvía a transformarme. Era el que ya fui antes, cuando en sueños argüía con el caballo en que Velázquez se convirtiera, después de haberle visto por vez primera *La familia*, en Palacio.

Pero, sobre todo, era yo el hombre del cucharón en *La gallina ciega*. Aquel insensato que fingía la ceguera, ignorando que pronto se iba a quedar sordo para siempre. En vano allí y frente a un paisaje, que no era sino otra pintura huidiza y transparente al falso fondo del cuadro, con los ojos vendados me afanaba por identificar a quienes bailaban la danza de la muerte, creyéndola un juego de niños ante un velo pintado. Si nadie sabía reconocerse, en la gran fiesta de gala de las máscaras y en mitad de un mundo parecido a un madrigal, tampoco yo alcanzaba a distinguirlos ni a tentarlos. Devenían fugitivos fantasmas disfrazados, en torno de un pintor que hacía el papel de la gallina ciega sin percatarse de que ya era Saturno.

Casi huelga recordar los inevitables altercados y sinsabores que a veces padecí jugando a la gallina ciega. Mucho me dolieron algunos en su tiempo; pero de una u otra forma se mitigaron luego y los di al olvido. El año en que me hicieron académico y entregué a San Fernando el *Crucificado*, que muestran en el Prado, Francisco Bayeu firmó un acuerdo con el cabildo para que su hermano Ramón y yo pintásemos con él las cúpulas del Pilar. El cometido nos venía del cielo, porque Santa Bárbara atravesaba otra de sus varias crisis y faltaban encargos de tapices. Muertos sus conservadores, Jacobo y Francisco Vandergoten, poco antes de que yo entrase en la manufactura, pasó aquella fábrica a su hermano menor, Cornelio, de quien luego heredaría la dirección un sobrino, Livinio Stuyck. Con

71

ninguno de los dos, Livinio o Cornelio, me llevé muy bien. Eran un par de mercaderes casi desentendidos de la calidad de los tejidos, que se desvivían por el lucro y el medro.

Entre malos auspicios aplazábase el viaje a Zaragoza. En primavera de aquel año, que si no me confundo sería el de gracia de 1780, enfermó seriamente Ramón Bayeu. Aunque luego se repuso, su percance empezó a demorarnos. En verano nació nuestro pobrecico Francisco de Paula, quien tan niño se nos moriría. Aunque aquél fuese el más fácil de sus partos, se le prolongó la convalecencia a Josefa, cuando ya habíamos alquilado casa en Zaragoza y Martín Zapater nos apalabraba sirviente y doncella. Finalmente, en octubre, estábamos de regreso a la tierrica. Allí la junta de fábrica del cabildo aceptó en seguida los bocetos que le ofrecimos Ramón y yo. Al día siguiente empecé a trabajar en los andamios de la cúpula asignada. Era mi tema en aquella bóveda el de *La Santísima Virgen María, reina de los mártires*.

Aquel invierno debí prever la tormenta en ciernes. Cada día más desabrido, callaba y retraíase Francisco Bayeu ante el claroscuro y la brillantez, que me traje de los cartones y con pincelada suelta atribuía a la gloria de los mártires. En Navidades, forzándose sin duda con pena y trabajo por ser poco propenso a las delaciones, mi cuñado informaba al cabildo de que yo le desobedecía los consejos y las críticas. Nadie le hizo entonces mayor caso y lo atribuí todo a pasajeros celos, por parte de quien era demasiado pintor para olvidarse de sus propios límites. ¿No me dijo un día Francisco Bayeu que nosotros ni siquiera existíamos como artistas? En Zaragoza me supuse atareado en exceso para parar mientes en sus flaquezas. Cuando en marzo del año siguiente, rechazó el Pilar por escrito mis borrones para las pechinas, donde debía representar *La Fe, la Fortaleza, la Caridad y la Paciencia*, primero no cupe en mi asombro y luego me di a todas las furias. Aleccionados por Francisco Bayeu en su afrentosa carta, los curas me prohibían proceder con los triángulos de la media naranja sin venia de mi cuñado. Por si algo faltase para el tostón de plata, osaban precisar y añadir que a Zaragoza le defraudaron mis primeras pinturas en la cúpula.

Les repuse diciéndome víctima de baja envidia y pidiendo el peritaje de un pintor como Mariano Maella. Un artista y académico de mi ascendiente —reiteraba— no se sometía al visto bueno del cuñado sin vejarse y desprestigiarlos a los dos. La junta se mantuvo en sus trece, en tanto Francisco Bayeu desatinábase, por única vez en su vida, llamándome soberbio, despótico e intratable. Mi casa volvióse otro infierno. Ceñuda y desazonada por la suerte de Paquico de Paula, que poco más iba a vivirnos, callaba la Pepa. Le dije que antes de plegarme al vejamen que exigían, me volvía a Madrid y plantaba a la junta. O errar o quitar el banco. Replicó no compartir mi enojo, cuando en fin de cuentas todo se lo debíamos a mi cuñado. A punto estuve de cruzarle la cara y partirle los cascos, aunque nunca pegué a una mujer. *Trátame como quien soy. La hermana de mi hermano.* Desde la noche de bodas, debí comprender que más que la madre de nuestros hijos, Josefa sería siempre una Bayeu. Tentado me sentí de abandonarla en Zaragoza y sortear solo en la Corte el escándalo consiguiente. De no haber sido por nuestro pobre niño, le vuelvo la espalda de una vez por todas.

En el Pilar pararon las obras. Toda ella en contra mía, Zaragoza me abrumaba y enfurecía entonces. La ciudad que tanto amé reducíase a un villorrio de cernícalos, incapaces de calibrar la dignidad de un hombre. Vino el desenlace de aquel drama con la inesperada carta de fray Félix Salcedo: el abad de Aula Dei que me había dado su muda bendición, su abrazo y sus besos, cuando le pinté el cenobio. Aunque se guardase de mencionarlo, debió de haber recurrido a él la junta del Pilar. No obstante, entre renglones y de forma subrepticia, casi acordaba conmigo aquel beato. Más gloriosa será la humillación, decía, *cuanto menos lo merezca aquel a quien nos humillamos. El que se abate será exaltado; pero el que se exalta será abatido.* No obstante, debía acomodarme a las exigencias circunstanciales y aceptarle las censuras a Bayeu. No habría procedido de otro modo el dulcísimo Jesús, nuestro redentor. Por lo demás, *el tiempo y la providencia del Señor tendrían la última palabra.* De momento, y para evitarme nuevas desventuras, así como el escándalo público que sembraría mi rencor irreconciliable —la amenaza ni siquiera pretendía ser sutil en aquel punto— era imprescindible que me sometiera a Bayeu y al dictamen del cabildo.

Advertí entonces cuán poco sabía de la naturaleza

humana. Recordando los besos del abad, quedé atónito frente a su doblez. Pero más me asombra que todavía pase aquella carta por atinada y santa siglos después de escrita, cuando su autor no creería una sola palabra de cuanto allí dijo. Si el tiempo y la providencia serían los últimos jueces, como lo fueron y fallaron a mi favor según lo anticipaba el abad, ¿por qué debía prestarme entonces a una injusticia? Por encima de todo, me suspendía y espantaba que en el silencio de una cartuja germinara tanto farisaísmo. No obstante, exhausto por dentro y con el alma en los calcañares, terminé por ceder. Concluí las pinturas del Pilar, sin que Bayeu me hiciese un solo reproche o para el caso me diera consejo alguno. Entre otras razones, porque apenas nos hablábamos. Antes de irme a Madrid, pedí y obtuve de la junta *el pago de los dineros de mi vergüenza.* Curiosamente, quienes se sonrojaron entonces, de codos en la bayeta amarilla de la mesa, fueron aquellos clérigos y no yo. Con el tiempo, casi olvidé todo el daño que Bayeu me hizo. Pero creo que él no se lo perdonó nunca. Acaso aludía a lo ocurrido en Zaragoza, después de confesarles yo mi morbo incurable a él y a Josefa, cuando dijo que nadie estaba bastante limpio para apedrearme. Fallecido mi cuñado en 1795, me sorprendí llorándole a lágrima viva en su capilla ardiente. Sollozaba entonces por Francisco Bayeu como no lo hice por ninguno de los hijos que perdimos. Como no iba a llorar en su día por la Pepa muerta.

Si pienso en Paco Bayeu, casi no le recuerdo en los retratos que le pinté. Pero se aparece en mitad de mi vida como una suerte de Jano: el dios bifronte de las partidas y las llegadas, según dijo Cadalso y la divinidad que Godoy mandaría bordar en su estandarte como signo de prudencia y sapiencia. Mi cuñado me llevó a Santa Bárbara y luego me ayudó a marcharme de aquella fábrica. Pintor de cámara y abrumado por tantos encargos privados, llegaron a pesarme aquellos cartones en los que antes vi la cumbre coronada de mi ambición. Francisco Sabatini, el arquitecto de Palacio, quejóse de mi desgana y rebeldía en Santa Bárbara al marqués de Santa Cruz, mayordomo mayor de la Real Casa. Como el marqués consultase a Bayeu, le repuso con insólita ironía que ni él era Caín ni nació para guardián de su cuñado. Cuando Livinio Stuyck escribió al propio rey en hipócrita defensa de los tejedores cesantes, porque yo no entregaba otros cartones y olvidando que le diera casi tantos como los demás pintores juntos, mi cuñado me proporcionó una salida airosa de la fábrica, con el discreto apoyo de los Osuna. Ya habían pasado diez años desde las querellas y sinsabores de Zaragoza y ninguno de los dos, ni él ni yo, volvimos a nombrarlos. Mis últimas obras para la real manufactura fueron *Las gigantillas, Muchachos trepando a un árbol, El balancín, Los zancos, El pelele* y *La boda.* Cerrábase un capítulo de mi vida; pero seguían la feria y el carnaval.

Unos años después, le debería a una sola mujer —María Teresa, la duquesa de Alba— mi mayor dicha y mi dolor más grande, en los días del volapié y la gallina ciega. *Por un error imperdonable de los dos, tú y yo nunca conseguimos amarnos de verdad* —sonreía María Josefa en la vejez—. *Pero tu peor desacierto fue enloquecer por la de Alba. Muerta ella, puedo perdonarte tu traición; pero no lo mucho que llegó a dañarte.* Callé mientras evocaba los retratos de cuerpo entero, que les hice a María Teresa y a su esposo en 1795. Era el duque consorte un alma contristada, tímida y gentil. Como me dijo que sólo en la música se sentía al abrigo de unos tiempos incomprensibles, le pinté apoyado en un pianoforte y hojeando unas partituras de Haydn. A María Teresa la copié vestida de blanco, con roja falda de manola, derramada por la espalda y los hombros su famosa cabellera renegrida.

Nunca olvidé el extraño encargo de sus retratos. Trabajaba a solas en el taller de la calle de Valverde, una tarde de aquel verano, cuando la duquesa de Alba —a quien entonces no conocía— compareciose disfrazada de pastora de Versalles y escoltada por un enano, muy miramelindo y señorito. Presentándose presurosa, a la vez introdujo a su acompañante. Se llamaba Benito y fue bufón predilecto de su abuelo. Por expreso deseo suyo, le encabezaba el duelo en el entierro y lucía en el pecho las preciadas condecoraciones del muerto. También era ahora gracioso, amigo y confidente suyo. Si la sobrevivía, iba a legarle un Potosí en sus últimas voluntades. Ella era la undécima duquesa de Alba y de Huéscar, condesa de Oropesa, Alcaudete, Belbis, Deleitosa de Morente y de Fuentes, marquesa de otras seis plazas, que omitía por discreta. Añadió ir a un baile de máscaras, disfrazada de pastora carabera, *la que hace a la loba carnicera*. No obstante, para pastoras blancas, ya se bastaban la de Osuna y aquella austriaca de vida airada, la ajusticiada reina de Francia. *María Antonieta o como se llamase el ridículo pendón*. María Teresa quería ser una zagala africana y esclava por añadidura. Veníase al obrador para que le pintase la cara de negra salvaje y avasallada.

A instancias de María Teresa —jamás supe si sus demandas eran órdenes o súplicas— invité a Benito a beberse dos copichuelas en la posada de la esquina, en tanto le entintaba el rostro a su dueña. Riendo los dos, la oscurecí como si viniese de un espejo ahumado. Empezaba yo entonces a olvidarme de mi morbo, o hacerme a mi mal incurable. Sin la cerrada sordera, habría pisado más recio que nunca. Pintando a María Teresa, se me encendía la entrepierna y estremecían las manos de furioso deseo. Temí que el piso del obrador se nos rajase debajo de los pies, hundiéndonos hasta el propio centro del mundo, donde arde la tierra en tinieblas. De pronto, la tomé en mis brazos y la besé en la boca. Vuelta un viborezno, subíame su lengua hasta el cielo del paladar, batiéndose con la mía y cosquilleándola. De improviso, me apartó suavemente, con las palmas abiertas sobre mi pecho.

—Déjame ya. Te lo ruego —dijo entre risas y jadeos—. Hoy no vine para eso, sino a pedirte que pases por el palacio y apalabremos unos retratos con el duque. Ahora retócame los labios, que se hace tarde y el cochero me aguarda en la calle. Me dejarías perdida con los besos y tú pareces un deshollinador, recién salido de una chimenea francesa.

Si, muerto y descabezado recuerdo a la duquesa, vacilo y me pregunto si ella fue de veras. ¿Era acaso un sueño, que yo amé como no quise a ninguna mujer de carne y de sangre? Un sueño apresado en los dos retratos más lúbricos entre todos los míos. Los de María Teresa desnuda y recostada en un sofá azul, cruzada de manos debajo de la cabeza, y María Teresa vestida de maja, más sensual y más mía si cabe, tendida sobre los mismos almohadones. Ya había terminado el otro sueño —el de nuestros amores— y aun esclarecióse la terrible pesadilla de mis celos, cuando pinté aquellas telas. Pero si de veras existió la duquesa de Alba, merecía la pena haber vivido para adorarla y no tiene mejor sentido esta conciencia mía, en la eternidad de la muerte, que recordarle el paso por la tierra. Bendita sea.

Terminado el largo luto por don Carlos III, reina al fin María Luisa, pidió a los mejores modistos de París sus últimos modelos. Al otro día mostraba María Teresa a su primera doncella en carroza abierta por el Prado. Llevaba la sirvienta las mismas ropas, chapines, guantes y tocado que la reina, en tanto la abanicaba Benito con plumas de avestruz. A la semana siguiente, desconocidos nunca apresados incendiaban buena parte del palacio de los Alba en la calle de Alcalá. *Lo restauraré para volverlo a quemar yo misma* —dijo María Teresa—. *No voy a darle a la peor gentuza el placer de arrasarme la casa por su cuenta. No se lo merece.* De antiguo le venía a la soberana su odio por la duquesa. Todavía en vida de don Carlos, las dos compartieron a un necio por amante. Era por más señas Juanito Pignatelli medio hermano de María Teresa, por hijo del primer matrimonio del conde de Fuentes, su padrastro. Como aquel fatuo le diese a la duquesa una cajita de oro y brillantes, regalo de María Luisa, a cambio de una sortija, y luego llevase la pretenciosa torpeza al punto de mostrársela a la princesa de Asturias, desatinada le arrebató el anillo doña María Luisa. En un besamanos, le tendió la diestra guarnecida con aquella joya a María Teresa. Al día siguiente, el peinador francés de doña María Luisa, que también lo era de la casa de Alba, compareciose en el Pardo con el estuche de oro y brillantes, lleno de aceites perfumados.

Ante la apacible indiferencia del duque, harto ocupado en su correspondencia con Haydn —quien suprimía los instrumentos de viento en los cuartetos, si se lo aconsejaba el de Alba, por suponerle muy sabio criterio—, María Teresa sentaba a la mesa mendigos, tullidos, pilletes y bobos recogidos de la calle, junto al gracioso Benito y el hermano Basilio: un fraile ancianísimo, cojo, tartaja y desmemoriado que se tropezó perdido y limosneando en la calle Mayor. Como el servicio se burlara de aquel carcamal, estalló la duquesa. *¡Malditos seáis por resultar aun peores que vuestros dueños! ¡El hermano Basilio es la única persona decente en esta casa!* Callaba el duque y asentía. Otra vez, a solas con su marido, le amenazó con despedir a todos los domésticos. *¡Son tan crueles con los* *perros y los pobres, que hasta chusma como nosotros salimos mejores que ellos!* Callaba el duque y asentía.

A finales de mayo de 1796, los Alba me invitaron a compartir su casa de Sanlúcar aquel verano. Cuando llegué, entrado junio, me esperaban los espejos velados y las doncellas enlutadas. Dormido, acababa de morirse el duque en Sevilla. Un domingo amaneció yerto y sonriente, de perfil en la almohada. Cubierta de encajes y crespones negros, encontré a María Teresa descaecida y llorosa. Más que a un hombre, me dijo, acababa de perder a un ángel aliquebrado. Aquella tarde me contó que su esposo no la había poseído, desde que los físicos la dijeron incapaz de concebir y yerma inmedicable. Parecía el duque resignado y casi satisfecho de que la sangre de los Alba acabase con ellos, porque su reino jamás fue de este mundo ni eran sus cielos los nuestros. Siempre le quiso María Teresa como a otro desvalido, extraviado en la tierra. Nunca pensó engañarle cuando se daba a sus amantes, como tampoco traicionaba entonces al bufón Benito o al hermano Basilio. Desatinada en aquellos abrazos, creía buscarse a sí misma en el deleite, porque ignoraba su derecho a ser quien era o a haber existido, si le estaba vedada la maternidad. El duque lo sabía todo o casi todo. Callaba y asentía. Así hasta su muerte. Su serena, sosegada y silenciosa muerte.

Ya andaba yo loco por ella y aquella misma noche se me entregó en su cama. Sin oír sus gemidos ni los míos, no sé cómo y por un solo instante, creí confundirme con el difunto duque de Alba. Perdido él en su música y yo en mi sordera. De María Teresa aprendí artificios y arabescos de la lascivia, que nunca conocieron la Pepa, María Josefa ni las pobres rameras inocentes con quienes yogara. Saturados los sentidos, temí y quise enloquecer, en tanto me arrancaba a pellizcos el vello del pecho y veníase sentada en mi horcajadura. O de bruces la duquesa en mi entrepierna, me lamía y libaba, deteniéndose a cada instante para atestiguarme el martirio, a la luz de los velones. O me obligaba a tomarla por la espalda, en pie ella y con las palmas abiertas sobre una consola, refrenando los dos el placer y las embestidas, para no tumbar unos sátiros de Sèvres que nos miraban riendo sobre el tablero tapizado.

—No me ames —me dijo muy despacio por la mañana—. Quiéreme, gózame y apiádate de mí. Pero no me ames, como yo te prometo no amarte nunca. Debe haber algo único y terrible en un verdadero amor, que viene a confundirse con la muerte. Siempre tuve la inexplicable certeza de que moriría joven. No obstante, más me aterra el amor que cualquier forma de agonía.

Le repliqué que nunca dejaría de amarla y dije lo que todavía es cierto, en esta eternidad inacabable. Lo que no dejó de serlo, ni cuando creía aborrecerla consumido por los celos. La pinté con ropas de viuda y alta mantilla negra, abstraída la mirada en los ojos azabachados, como si a través mío confrontara la certeza de un destino que ni yo mismo podía anticiparle. A sus pies y en el cuadro, decía *Sólo Goya*, acaso para que en mi sordera pudiese leerlo y creerlo, mientras la duquesa lo señalaba con el índice. En aquella mano exhibía ella dos anillos. En uno de los sellos, leíase *Alba* y en el otro, *Goya*. De Sanlúcar me traje un cuaderno, donde recogía nuestra intimidad en aquel verano, como en un espejo hecho añicos ante el pasado. Sesteaba María Teresa en un carboncillo, mientras una camarera le retiraba el orinal de debajo de la cama. En otro borrón, la misma doncella desenredaba y componía la interminable cabellera de la duquesa. Entre tanto en camisa y sin medias, al aire los crecidos y despechugados pezones, dábase un pediluvio su dueña en una jofaina. Desnuda ante mí, en la hoja siguiente, en pie y apoyada en una repisa donde se anillaba un cortinaje, contemplábame María Teresa igual que si fuese de vidrio y absorta aguardase a través mío un mundo que todavía no era o ya dejó de existir. De nuevo desnuda María Teresa, pero ahora de espaldas, refrescábase la entrepierna en una fuente, una tarde en que nos fuimos de jira solos los dos a merendar en aquel manantial. Por chanza, al mostrarle el esbozo, le añadí el quebrado contorno de un par de fantasmas y dije que aquél era mi testimonio del encuentro de Susana con los viejos del rijo y la calumnia. En otros apuntes, sorprendí a la duquesa redactando una carta en su escribanía, o acunando en el halda a una negrita, María de la Luz, que prohijó en Sanlúcar.

—Una rara coincidencia hizo que me dibujases con la niña —dijo María Teresa—, porque esta misma tarde me propuse añadirle dos mandas al testamento. Una para ella y otra para tu hijo Xavier, aunque no le conozca.

Pero también en el edén brotó celosa cizaña. Vino a surgir, entre enmarañados espinos, cuando llegaron los hermanos Pedro y José Romero, con el pretexto de ofrecerle sus condolencias a la duquesa en la viudez. A ruegos de María Teresa, los diestros posaron para mí entonces. Creo que mi tres cuartos de Pedro —hércules apuesto y desapegado, *Compañero, deje usted. Yo se lo aparto de aquí*, de quien decían que estoqueó seis mil toros sin que ninguno le cogiera— es uno de mis retratos más conseguidos, a despecho de mis sospechas. Sabía yo que ambos hermanos se habían acostado con María Teresa; pero no me encelaba su pasado ajeno. En Sanlúcar, me desvivía por lo que pudiera ocurrir aquel verano. Carcomíame la obsesión de que los tres cuchicheaban juntos y a hurtadillas, desviando el rostro para que no pudiera verles los labios. A veces mi pena negra se traslucía y trasvinaba en mis dibujos, con claras o torcidas alusiones a la duquesa y al par de espadas. En una aguatinta, ella barría el patio, como quien se dispone a limpiarse la vida. Al fondo la acechaba la testa espectral y desollada de un novillo muerto. En otro borrón, parecía acogerme riéndose jubilosa y con los brazos abiertos. Pero un toro astifino, con la opaca mirada de Pedro Romero, diponíase a saltar un murete para empitonarla por la espalda. En la margen de un campo, fingía desfallecer la duquesa. Solícitas sirvientas le abrían el corpiño y la abanicaban. Con talle y traje de banderillero, un majo enardecido le abrazaba los hombros y espiaba los pechos.

En un epílogo tan brutal como imprevisible en Sanlúcar, vueltos los dos a Madrid al despunte de la otoñada, terminaron nuestros amores. De antuvión empezó a rehuirme María Teresa sin que al principio me importaran mayormente sus desvíos. Creí quería tenerme en espinas, para luego sentirme más suyo. Así solía ocurrirnos en las arrebatadas reconciliaciones, después de celosas escenas de cada vez mayor escándalo por mi parte. No obstante, andaba desacertado de medio a medio y todo sería distinto en aquella ocasión. Sentí el alma partida y la sangre emporcada, cuando la supe amante del príncipe de la Paz, antes de que Godoy casara con la condesa de Chinchón aquel mismo otoño. Decíase que la reina, en su encono contra María Teresa, también se malquistó con el privado.

No harían las paces hasta en vísperas de las bodas con la condesa. Yo le habría disculpado a María Teresa que me burlara con un leproso, con un asesino carne de horca o con uno de sus lisiados limosneros. Pero nunca con el dueño de España. A Godoy le debía un retrato inacabado y aprendí a aborrecerle, aun antes de conocerle realmente. En el supuesto de que se conozca al prójimo, en un mundo donde nunca estamos en autos de nosotros mismos. Me imagino que al correr del tiempo, desterrados los dos en Francia, le perdonaría todo el daño que me hizo. En las memorias que publicó, unos diez años después de mi muerte, creo afirmaba él haber absuelto a sus enemigos. No obstante, me contó Moratín que en París se decía incapaz de eximir a María Teresa, viva o fallecida, de su más honda aversión.

Con ella tuve entonces un airado y tumultuoso encuentro, poco menos que pregonados sus amoríos con el valido. Le grité que no podía encanallarse con el hombre más bajo del reino, aunque también fuese el primer chulo en un país a hechura de prostíbulo. A voces que atronarían el entero palacio, le recordé las palizas de rufián que asestaba a doña María Luisa, conocidas y comentadas por todo el mundo salvo el rey. Chillando le hice memoria de las audiencias celebradas por el príncipe de la Paz, cada noche y en cuanto despachara con don Carlos. Era sabido escándalo que los hombres nunca comparecían entonces. Iban por ellos sus esposas, sus hijas o sus amantes, vendiéndose a Godoy en demanda de mercedes. A las jóvenes y bellas, las resobaba y desvestía, en pago de promesas casi siempre incumplidas y de gracias perjuradas. A muchas las gozaba en las alfombras. O les exigía que cabalgaran en sus muslos, desnudas y piernitendidas, mientras él se arrellanaba en el sillón como en el trono de un fauno. Le pregunté a María Teresa si también a ella la disfrutó de aquel modo, en alguna audiencia solicitada de rodillas. O si por acaso la azotaba con una fusta flexible, como tundía a la reina, mientras gateaba la duquesa por la alcatifa. Impasible, replicó que jamás ni yo ni nadie le gobernaría los caprichos. Si un hombre era libre de deleitarse en un burdel, también lo era ella de regodearse con el primer chulo de España, más por antojo que por lascivas hambres. Asimismo cabía que se diese a Godoy por mi culpa, prosiguió en un enrevesado razonamiento que entonces no acabaría de creerse ella misma; pero mucho más tarde, muerta María Teresa, casi llegué a aceptarle. Tal vez se rindió al príncipe de la Paz, me dijo, temiendo enamorarse de mí cuando el amor era el mayor de sus pavores. Creí que aquel día, agrisado como el silencio de mi sordera, la duquesa y yo sostuvimos la última discordia y nos separábamos para siempre.

Volví a equivocarme. Quienes en breve rompían, por motivos que no supe ni quise averiguar, fueron Godoy y María Teresa. Del privado, nunca más me hablaría ella. Su despecho, a raíz de la querella, se transformaría en desprecio e indiferencia. Desde entonces el príncipe de la Paz la abominaría con tan ensañado odio, que no pude por menos de pensar que mucho debió haberla querido. Cuando otro galán de la duquesa, el general Antonio Cornel, fue ministro de la Guerra con Urquijo, Godoy salióse de madre. Con arrufianada retórica, le contaba a todo el mundo que sólo por sus amores con la de Alba, Cornel no merecía existir. Igualmente, a María Teresa deberían sepultarla en los abismos. Así se lo escribía a la reina; pero también se lo contaba a los pinches en la cocina. Por nuestra parte, vueltos a encontrar, amaneció entre la duquesa y yo una clara y leal amistad. Poco hablamos del pasado desde entonces y nunca más nos acostamos juntos. Vencidos mis celos de forma tan súbita como se despierta de una pesadilla, abatí el deseo por aquella mujer. Pero mantuve la certeza de amarla siempre, casi sin percatarlo, como a la luz que me tentó a pintar y me hizo pintor. Le mostré los borrones de *Los caprichos*, donde tantas veces la aludían y escarnecían mis celos. Prometí no editarlos y aun destruirlos, si ella me lo mandaba, porque todo aquello pertenecía a otra vida. Sonriendo, se encogió de hombros María Teresa. Se preguntaba cómo tendría un artista dos vidas distintas, si en una de ellas no plagiaba a otro. Insistió en que grabase y publicase *Los caprichos*, pidiéndome por adelantado el primer ejemplar salido de la estampa. Cuando terminé de pintarla en carnes vivas y sobre el raso azul de aquel sofá, permitióse una rara referencia a nuestro pasado.

—Más aun que a mí misma, o como si de mí me separara, veo en este cuadro a quien amaste carnalmente y acaso habrías destruido con tu amor —calló pensativa antes de proseguir—. También contemplo en tu desnudo todos mis sentidos expuestos a la luz. No sé por qué desespera la gente por seguir viviendo muerta, como una conciencia, una memoria o un fantasma, en un vacío que no será sino eterna tiniebla. Si muerta no disfruto de todos mis sentidos, desde el oído a la carne, prefiero desaparecer como si no me hubiesen concebido. ¿Cómo puedo de verdad sobrevivir, en el edén o en el infierno, sin gozar de la música, de la pintura, del otoño en mis jardines y del delicioso martirio de la lujuria?

Poco después, en aquel verano de 1802, moría María Teresa de muerte imprevista. Muy grave y según decían inconsciente, le dieron los Sacramentos. Por deseo suyo, expuesto por escrito, la sepultaron sin pompa ni séquito —los criados por cortejo— en el oratorio de los Padres Misioneros del Salvador. Todo Madrid rumoreaba entonces que la reina y Godoy la habían envenenado. La misma víspera del entierro, los fiscales del Consejo de Hacienda se dieron a inventariarle los bienes, bajo el pretexto de ciertos impuestos adeudados sobre sus tierras en Oropesa. Una Real Orden exigió el registro y comiso de los papeles de la casa de Alba, con el subterfugio de que fámulos desleales —anónimos y nunca detenidos— sustrajeron importantes documentos en la agonía de la duquesa. Entre tanto leían su testamento, en presencia del marqués de Villafranca y del conde de Miranda. Como me prometió en Sanlúcar, legaba toda su fortuna a los pobres y al servicio. No se olvidó del gracioso Benito ni de la negrita María Luz, agraciados con una renta vitalicia y un albacea para administrarla. Otra manda aparte correspondía a mi Xavier.

Jamás verían un centavo de aquellos bienes. Tomando la ocasión por la melena y valiéndose del pleito interpuesto por el Consejo de Hacienda, doña María Luisa y Godoy expoliaron la herencia de la duquesa. Tasadas y decomisadas sus alhajas, exhibíalas la reina en banquetes y recepciones. El mismo Godoy me mostraría *La Venus del espejo*, de Velázquez y mis dos pinturas de María Teresa, desarropada o vestida en la colcha azul o verde del sofá: todo robado después de su muerte. Estábamos en el palacio de Buenavista, que también fue de los Alba y que luego ofrecería graciosamente el pueblo de Madrid al valido, por voluntad de los soberanos. Afuera guardaban fuentes y parterres cincuenta húsares, cincuenta granaderos, medio centenar de soldados de artillería y dos cañones. Me sublevó ver aquellos óleos míos en manos de Godoy. Conteniendo la ira que me espinaba, le pregunté si aquel ejército en los jardines velaba por él o defendía sus tesoros artísticos. Meneó la rubia cabeza, contemplando el desnudo de María Teresa.

— Me protegen el palacio y las pinturas —casi olvidado de mí, abstraíse sin apartar los ojos de la tela—. Me temo que a nosotros no puedan evitarnos el destino que nos espera. Los dos estamos malditos porque amamos a la mujer que aquí pintaste. Nadie se acuesta impunemente con una furia ni menos la sobrevive sin pagarlo muy alto. Si no nos acaban a tiros en alguna revuelta de la historia, nos sepultan en el destierro. Tenlo por cierto, amigo mío.

CON RAZÓN O SIN ELLA

Decapitados tus despojos en San Antonio de la Florida, a ti, Goya, te recrea recordar tu cabeza saturnal, cuando te pintaste pintando *La familia de Carlos IV*. Si en tu muerte infinita, donde no sabes a quién dictas la memoria de tu vida, te acompañase la sombra del consuegro, como antes te la figuraste de garbeo con la tuya por la vera del Manzanares, le dirías a Martín Miguel frente al recuerdo conjurado de aquel cuadro, que ahora evocas a solas:

—Aquí donde me ve, compañero, representado o pretendiendo representar reyes e infantes, aún no era yo entonces quien me propuse ser: el verdadero Francisco de Goya, destinado a medirse ras con ras con Velázquez. Tanto me avasallaba todavía su obra maestra, *La familia*, que hoy en la tierra y en el tiempo dicen *Las meninas*, que inclusive le imité al pintarme mientras trasladaba a la tela a mis regios modelos, como él lo hizo en su cuadro. A don Carlos, más entendido en pintura que en hombres y asuntos de gobierno, no se le escapó el plagio. Pero le pareció muy logrado y legítimo.

—Así será, consuegro, si usted y el rey lo dicen. Pero tampoco era el recién casado mozuelo, que conoció aquel Velázquez cuando su cuñado le condujo a palacio, según me contaba el otro día. Tenía cincuenta y cuatro o cincuenta y cinco años en *La familia de Carlos IV*. No obstante, en su autorretrato detrás del príncipe de Asturias y su hermano don Carlos, podría llevar otros diez a cuestas. Vi su tela en Aranjuez, cuando allí la expusieron al pueblo.

—Esto es bien cierto, amigo Martín Miguel. Todavía

ignorábamos los dos los horrores y las hambres de la francesada. Pero dentro de aquella cabeza mía, detrás de los infantes, yo había vivido un par de infiernos particulares. A la verdad, visiones del segundo se me anticiparon en el primero y terminé por dibujarlo y grabarlo todo, en un conjunto de ochenta estampas que llamaba *Los caprichos*.

—Recuerdo muy bien la edición de sus aguafuertes. Cuando la publicó y puso a la venta en aquella tienda de perfumes y licores de la calle del Desengaño, junto a su casa, no nos conocíamos personalmente. No obstante, compré en seguida los ochenta grabados y creo haber pagado ochenta reales por cada uno. Faltaban unos años para que casaran nuestros hijos y usted nos hiciese los primeros retratos a la pluma y al cobre a mi Juana y a mí. Ni que decir tiene, también era antes de que nos pintase al óleo durante la guerra. Cuando publicó *Los caprichos*, le admiraba la obra. Pero no iba a sospechar que luego fuésemos consuegros.

—La serie que adquirió fue una de las pocas que vendí. No llegaron a veintisiete —le replicas pensativo—. Hechos al mundo de mis cartones, a imagen de la fingida Arcadia en que vivíamos, les chocaría a los coleccionistas tanto y tan descabellado despropósito, vertido en *Los caprichos*. Por si algo faltase para el real de a cuatro, me hicieron retirar la entera edición a los seis meses de publicada. Con gran secreteo, un propio del príncipe de la Paz trajo recado de palabra de que el Santo Oficio iba a encausarme por herejía. Pero abstendríase de procesarme si me plegaba y escondía los grabados, al igual que si nunca los hubiese burilado. Vivíamos en el siglo de las luces y los inquisidores eran muy gentiles. En defensa de la fe, si bien a escondidas, se prestaban entonces a semejantes arreglos.

—Hasta yo tuve difusa noticia de aquellos tratos, porque la Corte era un mercadillo de correveidiles, donde todo era revolver caldos jovialmente y meter el palo en candela —diría Martín Miguel, encogiendo las espaldas espectrales—. No presentíamos la catástrofe que nos acechaba y se nos venía encima señalada con piedra negra. Pero olvidemos tanta maldición y acláreme un particular, que no comprendo. Me hablaba de dos suplicios privados, uno presentido en el otro, que vivió usted antes de pintar *La familia de Carlos IV*. Ahí me pierdo y no le sigo.

En Cádiz y en aquel tibio invierno de 1793, que irónicamente azulaban los cielos andaluces, tú, Goya, pintaste *Toro bravo*. Después de tanto abismarte en el coma, el desvarío y la parálisis, lentamente volvías a la vida hecho un naipe. Por aquellos delirios tuyos, donde se arracimaban a borrisco los murciélagos, las lechuzas, las luciérnagas y las culebras con los elefantes, las tortugas y las serpientes, entreverados todos con las celestinas, las cantoneras y los forzados, a veces cruzaba un toro ahuyentándolos a todos a cornadas, entre el guirigay y la llantera de las apariciones. Antes de desvanecerse, para que tu frenesí se volviera a poblar de un tropel de lebreles, jabalíes, bufones, verdugos y curas, aquella res de lidia se encaraba contigo de hito en hito. Era una fiera renegrida y cuerniabierta, de hocico muy blanco. Sangre de nunca supiste quién —no querías saberlo vivo ni muerto— le pringaba el asta izquierda y se le vertía por un flanco. Sangraza oscurecida, del color del cinabrio, le encostraba la lengua. Con un capote asalmonado prendido al morrillo y dos rehiletes quebrados y hundidos junto a la testuz, moríase de pie acezando. La sangre más roja le encendía los ojos, desmesuradamente abiertos en la testa gigantesca. A la vuelta de unos años, apagados la pasión y los celos que tanto y tan dolorosamente te unirían a ella, le mostraste en el taller tu *Toro bravo* a María Teresa, casi en vísperas de su inesperada muerte. Palideció y pareció despavorirse aquella mujer tan dueña de sus sentidos y de sus convicciones. Dijo que el monstruo la miraba como si fuese un pelele; pero la hacía sentirse desnuda y descarnada hasta la propia caña de los huesos.

Cuando pintaste aquel cuadro en casa de Sebastián Martínez, también faltaban otros dos o tres años para que entrase en tu vida María Teresa. Apresado en la sordera, antes de que aprendieses a entender labios y manos, ya sabías entonces que tú eras Saturno. Por escrito te lo contaron los doctores Canibel y Larbareda, diciendo que suerte tuviste de no cegar en la agonía, aunque nunca sanarías de tu morbo como no ibas a resucitar a tus hijos muertos. Al toro lo trajiste a la tela desde los infiernos del alma y acaso buscaste a aquellos hijos en su mirada sanguinolenta, para ofrecerles tu expiación en el silencio que por siempre jamás te aislaría del mundo. Pero en los ojos de la fiera no hallaste a los inocentes que concebiste y devoraste. Tampoco te reflejabas tú allí, como en un par de espejos ardientes. En cambio, viste a un desconocido de largo levitón, blancas medias y prietas calzas durmiéndose de bruces sobre una mesa, cubierta de papeles, plumas y carboncillos, con la faz en el pliegue de los brazos. Tendido en el suelo, ojeábale distraído un gato del tamaño de un tigre. Detrás de los dos subía un revoltillo de búhos, lechuzas y murciélagos. En seguida aparecióse un par de risueñas mozas y una vieja beata arropada en un chal. Con un punzón y por el trasero, espetaban a un pollo desplumado. Tenía el pollastre cabeza de cristiano y moríase vomitando sangre. Otras aves de rostro humano giraban en torno de un arbusto deshojado. En la rama más alta y desnuda, una paloma con busto y perfil de mujer oía desatenta las quejas y requiebros de una pareja de pajarracos, con trazos de matamoros y tocado uno de ellos con sombrero calañés. La misma ingrata se elevaba por los aires, abiertos los brazos y el manto oscuro, que prendía por los picos con los dedos. Alas de mariposa le coronaban el peinado y tres jaques, de rasgos patibularios, la sostenían entre el cielo y la tierra acuclillados a sus pies. De nuevo adornada con alas de mariposa, si bien ahora bifronte y tendida en tierra, ella te besaba en la sien en tanto te le prendías a uno de los brazos. A espaldas vuestras, exigiendo silencio con el índice en los labios, os acechaba un sujeto. A los pies de tu dama, una doncella de también dos caras se le abrazaba a las piernas, junto a una culebra enfrentada con un sapo. Otra heroína, igualmente enlutada si bien de semblante pedestre y rijoso, escuchaba sonriendo la propuesta de un galán, gallardo aunque de efigie beocia. Detrás cuchicheaban unas brujas con pelaje de alcahuetas. Aquel mismo pisaverde, esta vez revuelta la empolvada peluca, erguíase en el vacío como un tentetieso, prendidos los tobillos por otro híbrido monstruo en carnes vivas. Medio hombre y medio macho cabrío, no sería éste sino el gran cabrón: Satán o el antecristo, entronizado en la curva del mundo. Junto al cabrito y al caballero, un par de desdichados precipitábanse de cabeza por el vacío de un universo, despoblado y gris.

Muchas más visiones, grotescas, absurdas y aterradoras, surgieron en aquellos ojos de tu *Toro bravo*, aún olorosos a barniz y a óleo fresco. Advertiste entonces no haberte imaginado las quimeras, sino devolverlas intactas desde el fondo de tus desvaríos en la agonía, porque era tu condena no desmemoriarte nunca de las pesadillas que creías olvidadas. No te atreviste todavía a recoger en tanteos o bosquejos aquellas apariciones de tu ser más profundo y torturado, porque pintar *Toro bravo* y sobre todo mirarte faz con faz en sus ojos sangrientos, te dejaron exhausto y consumido. No obstante, sabías que tarde o temprano ibas a regresar a aquellos fantasmas, para emplazarlos en telas o papeles. Si no lo hacías aquella tarde para no volverte loco, también perderías el juicio de no conjurarlos después en tu arte. A la vez comprendiste que tú eras el hombre azorrado sobre la mesa de los cuadernos y los carboncillos. De inmediato, resolviste llamar a aquella quimera *El sueño de la razón*, en cuanto le dieses forma para testimoniarla. Desterrado de la razón, como te ocurrió a ti cuando anduviste por el umbral de la muerte, caía el hombre en todas las aberraciones de la inconsciencia. Pero aquellos mismos extravíos se convertían en las creaciones del espíritu, si los redimía la razón. Faltaban unos años y una guerra monstruosa, mucho más perversa que todas tus alucinaciones, para que te percataras de cómo y cuánto te equivocaste aquel día en Cádiz.

Si en los ojos de tu *Toro bravo* reconocías escenas de tu frenesí, en el otro infierno de tus celos, aprendiste a identificar ciertas apariciones de tu delirio. Perdida María Teresa, ocultaste tu suplicio en el taller de la calle de Valverde. Atrancando el portón de aquella antigua cochera, lo cerraste después con tres vueltas de llave. Protegido por la sordera, ignorabas si la Pepa, tu criado y los aprendices llamarían reclamándote en vano. Más que saber a María Teresa en brazos de Godoy, te desesperaba tu incapacidad de desimaginarte su entrega a aquel fauno. Más que figurártela poseída por el príncipe de la Paz, te enloquecía la forma vil en que te enardecían los celos, diciéndote que gozaría a Godoy como antes te gozaba a ti. En sueños y ensueños, claros como cuadros, la veías cabalgando a la jineta en sus ingles, lamiéndole la entrepierna como una perra o una cordera, despereciéndose a grito herido, como debía chillar y gemir al irse contigo en Sanlúcar. Acabaste por temer si tú mismo, Goya, no te irías convirtiendo en

Manuel Godoy. Apenas te lo preguntaras, viste deslizarse un pliego amarillo por debajo de la puerta del obrador. Pensando en tu insania que sería una carta de María Teresa, te abocaste a recogerlo. Ella te contaría allí haber roto con Godoy. O haberlo aplastado con el pie como a una araña, y ser tuya, únicamente tuya, hasta el fin de los tiempos. Pero la esquela no era de María Teresa sino de la Pepa. Con el estudiado desapego de una Bayeu y al igual que antes se abstuvo de comentar tu verano en Sanlúcar, o tus largas visitas a los Osuna, limitábase a hablarte de la cena que dejaba detrás de la puerta. *El cocido viene muy caliente. Lleva buenos garbanzos y mucho chorizo, como a ti te gusta. El pan sube del horno y no lo hay más tierno. El cabrito en salsa verde lo sirvo muy hecho, como tú lo prefieres. En la jarra de Puente del Arzobispo, que nos dio Moratín, te paso el tinto de Valdemoro.*

Días llevarías en el taller, rondando insomne entre tus pinturas como una hiena, orinándote por los rincones, cuando en un rapto imprevisto te diste a dibujar. En largas horas —nunca supiste cuántas—, compusiste entonces la serie completa de *Los caprichos*. Segura la mano y muy firme el trazo, desde las visiones evocadas en los ojos de tu *Toro bravo*, sin tino ni freno pasaste a todas las otras alucinaciones habidas en Cádiz al hilo de la muerte. Comenzar, comenzabas por *El sueño de la razón*, porque a la razón creías volver como Anteo a la tierra. Aunque luego no lo publicaste por deferencia a María Teresa, fuiste de *El sueño de la razón* a *El sueño de la mentira y de la inconstancia*. Así diseñaste aquel espejismo de tu agonía, donde te prendías al brazo de la mujer de las dos caras, mientras otro hombre os acechaba con aviesa sonrisa y un índice en los labios. Terminado el dibujo, te estremeciste sobresaltado. En el intruso que exigía silencio a tu espalda, reconociste al príncipe de la Paz después de perfilarle. Asimismo la mujer del doble rostro era María Teresa, como también lo sería en otros carboncillos y sanguinas que antes fueron apariciones tuyas. Tal la paloma del árbol deshojado o la enlutada volandera, de pie sobre un trío de jiferos acuclillados en el aire. No obstante, cuando agonizabas en Cádiz o cuando pintaste *Toro bravo* en la convalecencia, todavía desconocías a María Teresa. Años antes de que ella compareciese en aquel obrador, camino de una mascarada, tú, Goya, no sólo habías anticipado vuestros amores, sino también tu celoso desengaño, en aquellos desvaríos tuyos al filo de lo eterno y en casa de Sebastián Martínez.

En otros acabados esbozos de aquellos días, al regreso de tu nuevo infierno, te volviste a topar con Manuel Godoy. Para solaz de las brujas celestinas, lisonjeaba a la dama de aspecto lúbrico y aplebeyado. *Tal para cual*, llamaste a la estampa. No sería sino la reina aquella rendida y risueña pechugona, encandilada por los requiebros del galán. Empezaba un rubio y gallardo guardia de Corps su incesante ascenso al poder político. Un poder que volteaba a capricho del diablo, como la rueda de la fortuna, en el diseño siguiente. Allí sostenía Satán al príncipe de la Paz por los calcañares en la cima del mundo, mientras despeñaba a otros validos infinito abajo. *Subir y bajar*. Evidentemente no había en España más divina providencia que los antojos del antecristo, del grandísimo cabrón. De Floridablanca a Aranda. De Aranda a Godoy. De Godoy a Saavedra. De Saavedra a Urquijo. De Urquijo a Cevallos. De Cevallos a Godoy. *Subir y bajar*. Se opuso el conde de Floridablanca a concederle el ducado de Alcudia a Godoy. También cuentan que en el último año de su gestión ofreció pruebas cumplidas al rey de sus adúlteros amores con doña María Luisa. Echando venablos, sapos y culebras, en una de sus pocas pero siempre terribles salidas de madre, su majestad llamó a Godoy a capítulo. Impasibles, la reina y el amigo Manuel lo desmintieron todo. Don Carlos se dejó persuadir, porque quería creerlos y olvidarse del conde y de su informe. *Tal para cual*. Esbirros armados con una Real Orden, despertaron a Floridablanca de madrugada. En camisa y a empellones, le condujeron a un coche apercibido en la calle. Primero le dieron apacible destierro en sus tierras murcianas. Luego le encerraron en un fuerte de Navarra, mientras el conde de Aranda asumía el poder. Aquel mismo otoño —el del 92—, Godoy tomó el gobierno y confinó a Aranda. *Subir y bajar*. A Floridablanca lo puso en libertad el príncipe de la Paz. Bien es verdad que aquel depravado no era rencoroso ni vengativo con los enemigos. Sólo lo fue con María Teresa y ello te lleva a pensar cuánto la habría querido en tiempos. A Floridablanca lo pintaste tú diez años antes de su caída. Aún reinaba don Carlos III y el conde presidía el Consejo. En aquel cuadro le ofrecías su retrato y Floridablanca se contemplaba en un espejo invisible, comprobando la veracidad del parecido. Caía aquella luna fuera y frente de la tela. Por lo tanto no era ni más ni menos que la realidad, al margen de la pintura. En tanto se comparaba con su vera efigies, sostenía los quevedos en una mano tu modelo. *Tal para cual.* Apenas concluidos los dibujos, les diste el título conjunto de *Los caprichos.* Luego empujaste las puertas del taller, hasta abrirlas de par en par. En la calle de Valverde te cegaron el sol y los cielos de Madrid. Libre de celos y aun de ansia carnal por María Teresa, sonreías a la luz. Todavía ignorabas que ella había roto con el príncipe de la Paz y acaso precipitó entonces, sin repararlo, su destrucción. Nunca fue más tibio ni más regalado tu solitario silencio.

Y ahora estabas en presencia de Godoy, esparcidos por su mesa los grabados de *Los caprichos.* Te reconciliaste con María Teresa y ya compartíais la limpia amistad, que sostuvisteis hasta su muerte. En nombre de aquella leal confianza, le mostraste tus dibujos y expusiste su auténtica historia. Los observó uno por uno la duquesa y luego te pidió que los editaras y pusieras en venta, si lo autorizaban. Aunque eras primer pintor de Cámara de su majestad, no querías recurrir personalmente a don Carlos desprovisto de valedores. Asimismo y si bien gobernaba Urquijo, sabías que si alguien conseguía la pronta aprobación de tus grabados sería Godoy. Cinco años antes, a poco de iniciado su mandato de primer ministro, te llamó para que le hicieses un retrato ecuestre. No llegaste a concluirlo, porque decantóse mal la guerra con Francia sin darle respiro para posar. Nos batíamos por la fe y para bebernos la sangre de Luis XVI, decapitado por los revolucionarios. Al principio todo iba a las mil maravillas. Robamos, violamos y saqueamos triunfalmente el Rosellón. Llegamos a las puertas de Perpiñán al grito de *¡Dios lo quiere!,* como los viejos cruzados. Pero al año pasaban a la ofensiva los franceses. Nos tomaron Irún, San Sebastián, Bilbao y Vitoria. En Cataluña, cayeron Figueras y su castillo de San Fernando. Por los días en que conociste a María Teresa y le pintaste el rostro en el taller, firmó Godoy la presurosa paz de Basilea. Aquel verano de 1795, nos devolvía Francia todas las plazas ocupadas, a cambio de nuestra parte en la isla de Santo Domingo y la entrega gratuita del ganado andaluz, por seis años cabales. A mayor gloria de su fama y de nuestra derrota, le dio el rey a su favorito un principado. Para entonces había olvidado Godoy el retrato ecuestre que le abocetaste. Tan grandes eran su prez y su realce.

—Estos grabados, *Los caprichos* o como quieras llamarlos, son portentosos —aplaudía el nuevo príncipe de la Paz, recreándose con la escenas donde trasvinaba tu temple anticlerical—. Soy católico devoto; pero celebro que alguien le cante las verdades a la clerigalla. Estos frailes tuyos, oyendo los sermones de un loro en el púlpito o jacareándose borrachos en la bodega del convento, te salieron de maravilla. ¿Qué leyendas diste a aquellas estampas? Déjame ver de nuevo. *¡Qué pico de oro!* y *¡Nadie nos ha visto!* Se descalzará la gente de risa cuando lo lea. Y no digamos nada del otro grabado, donde denuncias la superstición en que terminó la fe de nuestro pobre pueblo. Aquí, en *Lo que puede un sastre*, ¡cómo rezan tus beatas ante un siniestro espantapájaros disfrazado con sayal y cogulla! Hablaré en seguida con don Carlos para que autoricen la edición y la pongas a la venta. Si yo todavía fuese ministro de Estado, no sólo se publicarían *Los caprichos* sino también impediría que te incordiase el Santo Oficio. Aunque ya no gobierne, te empeño mi palabra en que estos prodigios van a editarse. Si luego la Inquisición te quiere empapelar, cuenta con mi apoyo y mi promesa de ponerte sobre aviso. Tal vez no debiera contártelo. Pero hablé con el rey antes de que te nombraran primer pintor de Cámara. Le encontré muy dispuesto y convencí a un convencido.

—Mucho lo agradezco, de todas formas. Su excelencia me manda. Aquí lo que diga su excelencia.

Cumplió el príncipe de la Paz, la verdad sea dicha. Cuanto más te elogiaba la osadía de fustigar al clero en *Los caprichos*, más te abochornaba tu acollonada doblez. En demanda de mercedes, recurrías a un poderoso despreciable y aborrecido. Al igual que les sucedería a los monarcas y a los infantes, cuando al año siguiente los pintaste en *La familia de Carlos IV*, tampoco se reconocía Godoy en tus grabados. Calló sonriente ante *Tal para cual*, recreándose con tu escarnio de la reina. También en silencio, aunque entonces ceñudo, contempló a la duquesa de Alba en *Sueño de la mentira y de la inconstancia*. Aún más adusto, la vio cruzando los aires a espaldas de sus toreros. *Volavérunt*, titulabas aquella acuatinta. En cambio rió de buena gana con *Subir y bajar*. Siempre incapaz de distinguirse, dijo carcajeándose que Aranda —*el viejo masonazo emperifollado*— sería aquel monigote que sostenía el demonio piernitendido y en lo alto, como un cascanueces abierto. Entre tanto no pudiste por menos de preguntarte en quién irías a reconocerte tú, Goya, como el auténtico Goya. ¿En el hombre que satirizaba el mundo en *Los caprichos*, o en el pelele acogido al socaire del valido, como un ganapán adulador?

—Vete tranquilo y deja tus *Caprichos* de mi mano —te despedía y confortaba el príncipe de la Paz—. Ya era hora de que alguien se las viese con los frailes y les pusiera las peras a cuarto. Todo es legítimo en las artes, si no ofende a la augusta familia real —sonreíase muy orgulloso de su burdo ingenio—. Algún día, en cuanto disponga de tiempo, me honrarías si aceptases pintarme un retrato.

—Cuando su alteza lo disponga.

Le encorajinaban viejos agravios, al hablar del clero. Dos años antes los arzobispos de Ávila y Sevilla, así como el confesor de la reina —elegido y nombrado por el propio Godoy— elevaron una súplica al Santo Oficio para expedientarle. Ocho Pascuas floridas llevaba sin santificar la Ascensión y nadie sabía cuánto tiempo sin confesarse. En su vida privada, los muchos pecados ofendían la fe y la decencia pública. Pero el gran inquisidor, el cardenal Lorenzana, no quiso entrometerse en tan delicada causa. Por consejo suyo, los obispos elevaron sus quejas al Vaticano. De ocultis, les copiaron allí su memorial unos curas al servicio de Napoleón. También en secreto, la embajada francesa se las entregó al príncipe de la Paz. Godoy mandó a Roma al par de obispos incordiantes, para que se quedasen indefinidamente en la corte pontificia. Era su misión interminable proporcionar cristiano consuelo al Papa por haber renunciado a la Romaña, Boloña y Ferrara a demanda de Napoleón. Como de costumbre, no quiso ensañarse Godoy con enemigo pequeño y aun permitió que el director espiritual de doña María Luisa, el padre Múzquiz, prosiguiera su santo cometido. A los tres años, retirados *Los caprichos* pero antes de que le pintases el nuevo retrato al príncipe de la Paz, otro papa, Pío VII, le ensalzaba como columna sin par de la fe de Cristo.

El retrato se lo harías tú después de concluida la grotesca guerra de las naranjas. En Portugal, había casado el regente Juan con nuestra infanta Carlota Joaquina. A la infanta, chepa ella y con una cadera más alta que la otra, le recogiste el pálido perfil ratonero en *La familia de Carlos IV*. Entrometida e intrigante como doña María Luisa, distinguíase de ella en otros aspectos. Cuando en su Corte de Lisboa, más pudorosa que la nuestra, le reprochaban la ristra de amantes que trenzó apenas recién casada, decía no contentarse con un solo favorito para que luego no se envalentonara y la apalizase al igual que Godoy a su madre. Con el tiempo, fracasada su candidatura en Cádiz como miembro de la regencia, durante la guerra con el francés apoyó a su hijo Miguel contra su propio padre. Acabaría sus días muy contrita y rezadora, encerrada en un convento. De todo aquello andaban lejos la cojita y su esposo, cuando apenas despuntado el siglo —en invierno de 1801— abrían sus puertos a los ingleses, creyéndose protegidos de nuestra invasión por el parentesco. De poco les valieron los lazos de sangre, en cuanto el poderoso primer cónsul de Francia, Napoleón, nos obligó a entrar por fuerza en Portugal. A Lucien Bonaparte, el hermano del cónsul y entonces embajador en Madrid, se le quejaba don Carlos con mucho suspiro y lagrimeo como luego el propio Lucien se lo contó a Moratín. *Mira tú qué triste es ser rey, cuando se guerrea con la propia hija por un quítame allá esas pajas políticas.* A Lucien le envanecían unas botas de cordobán o de corderina, que le hizo don Carlos con sus propias manos. En la Corte supo capear un temporal, que casi le cuesta la embajada. Como su cuñada parecía yerma —te aseguraba María Josefa que presa y en espera de la muerte, bajo el terror revolucionario, se le retiraron las reglas—, obstinóse Lucien en que Napoleón se divorciara y casase con la infanta Isabel, la bastarda de Godoy. De un furioso plumazo, zanjó tan furioso mosconeo el poderoso. De contemplar otro matrimonio, le escribió a su hermano, no buscaría a sus descendientes en una casa tan ruinosa y encanallada como la de Borbón en España.

Al frente de sus tropas, Godoy invadió Portugal aquella primavera. Decían que la reina se desvivía y desalaba pensando a todas horas en su favorito. Para colmar sus males, tuvo que presenciar entonces la muerte del *Hillo*, destripado por *Barbudo*. No obstante la providencia volvía a favorecernos y a los dos días de campaña ya despachaba el regente a su primer ministro con plenos poderes para negociar la paz. Los soldados de Godoy le ofrecieron unas ramas de los naranjales de Ribatejo. A doña María Luisa se las mandó su amante, con una esquela que desternillaba de risa al verla citada en *La Gaceta Extraordinaria. Los bravos que atacaron al oír mi voz, luego me dieron estos ramos que hoy presento a mi soberana*. Irremediablemente llamaron a aquella bufonada la guerra de las naranjas. En junio Lucien Bonaparte y Godoy se apresuraron a pactar con los portugueses en Badajoz, enfrentando al rey y a Napoleón con los hechos consumados. Después os contó el propio Godoy a Moratín y a ti que el primer cónsul montó en cólera, porque pretendía rendir a Portugal sin condiciones y ocuparlo por entero. Cedió el regente parte de la Guayana a Francia y a nosotros Olivenza. También pecharon los portugueses veinte millones de libras a la Corona. Cuentan que cinco millones más, contantes y sonantes, se los repartieron Lucien y el príncipe de la Paz. A Godoy le dieron el ducado de la Albufera y le nombraron generalísimo de Mar y Tierra. Graciosamente rechazó la plaza de Olivenza, que también le brindaban. Pero aceptó un sable con el puño recamado de brillantes. Era un presente del país agradecido.

—Por fin encontré el tiempo que me prometía, para que hicieses mi retrato —te dijo a los cuatro meses de la guerra de las naranjas—. Ponme en el cuadro el fajín rojo de capitán general y no el azul de generalísimo de Mar y Tierra. Aunque de hecho lo sea, no aparece mi nombramiento en *La Gaceta* hasta el 4 de octubre. Yo soy muy mirado con las fechas, que mañana serán datos históricos. Fajín aparte, dime cómo me ves en tu pintura. No me conviertas en un Marte victorioso, porque siempre amé la concordia, el fomento y las letras.

—Ya emborroné unos bosquejos para mostrárselos a su alteza. En el retrato le concebí de uniforme y en campaña; pero benévolamente recostado, consultando un parte. Le rodean estos húsares nuestros, que ahora vis-

Yo, Francisco de Goya y Lucientes. Yo, primer pintor de Cámara de Su Majestad desde el 31 de octubre de 1799, quise que a mis augustos, reales modelos, un esplendor cruel los desnudara por dentro. Les infundí una apariencia intermedia de lo vivo y lo espectral, sin que ni ellos mismos advirtiesen hasta qué punto se iban transformando en sus propios escarnios. (Autorretrato del pintor al finalizar el siglo XVIII y fragmento de «La familia de Carlos IV».)

«Sólo por haberme pintado como Saturno devorando a su hijo, el pueblo, debería agarrotarte», reía su majestad don Fernando VII, apuntándote con los dedos pardos de tabaco que sostenían su veguero prendido. «Lamento defraudaros. Su Majestad no es aquel monstruo. Lo soy yo mismo.»

«La verdad la conozco desde el
año 1781», decía Josefa Bayeu
(a la izquierda) **después de mirarte largamente a los ojos.** «A
**espaldas tuyas, me la contó el
doctor Arrieta** (en el centro del
autorretrato, medicando al propio Goya), **creyéndote desahuciado. Tu mal es incurable, y
encima ahora te quedas sordo.
Lo siento por ti, y también por
mí y por todos. Pero más desdichados son todavía nuestros
hijos muertos»** (abajo, Xavier
Goya, el único que sobrevivió).
**Tú, Goya. Tú, cinco veces Sa-
turno; porque al darles vida
concebiste muertos a tres hijos
y a dos hijas. Los devorabas
aun antes de engendrarles o
bien les ofrecías tu carne y tu
sangre, sifilíticas, para consu-
mirles.**

Para la nobleza cortesana, de pronto convirtióse el bajo pueblo madrileño en el más envidiable modelo humano. Las más distinguidas y blasonadas damas parecen suripantas de Lavapiés. Les copian a aquellas perdidas la larga falda negra, la mantilla de encaje, los boleros y el alto corpiño abierto.

Cuando recuerdo a la duquesa, vacilo y me pregunto si ella fue de veras. ¿Era acaso un sueño, que yo amé como no quise a ninguna mujer de carne y de sangre? Un sueño apresado en los dos retratos más lúbricos entre todos los míos. Los de María Teresa desnuda y recostada en un sofá azul, y María Teresa vestida de maja, más sensual y más mía si cabe, tendida sobre los mismos almohadones.

Cayó en lunes el 2 de mayo de aquel año. Hosco y espeso llenaba el gentío la plaza de la Armería cuando alguien chilló que arrebataban por la fuerza a los príncipes. A una salva de pistoletazos anónimos replicaron los fusileros franceses y en la plaza cayeron los primeros muertos. En la Puerta del Sol batiéronse a navajazos y pedradas los manifestantes con mamelucos y lanceros de Murat.

Poco antes de la amanecida del día 3 les grité a todos que, pese al toque de queda, yo me iba con la carpeta y los carboncillos a la montaña del Príncipe Pío. A los reos les arrodillaban allí a bayonetazos y fusilaban a quemarropa, en grupos de cinco o seis. Llegada su vez, sintió José Suárez —un correoso y avellanado trajinero de la Aduana del Tabaco— un arrebato de imprevisto coraje: se alzó de un brinco frente al piquete, desafiándolo a matarle de pie como a un hombre.

En setiembre, tú, Goya, aceptaste el encargo de Palafox de que fueses a Zaragoza y testimoniases con tu arte los 61 días de su asedio inmortal. Pronto viste árboles con más fusilados, muertos en pie y sujetos con cordeles al tronco. Hedían, y en sus vientres reventados zumbaban las abejas.

En Zaragoza, Palafox te recibió con un abrazo. «Sin el general,
morimos todos aquí, señor», te insistía Agustina de Zaragoza, aquella
catalana a quien luego llamarían «Agustina de Aragón». La misma
que en la Puerta del Portillo, muertos los artilleros
que la defendían, tomó una mecha encendida (en el aguafuerte)
y sola prosiguió el fuego.

Por Moratín (a la izquierda), cada vez más misántropo y desalentado, supe de
verdad el curso de la guerra al año siguiente. Y corría el verano de 1812 cuando
me pidieron que le pusiese precio a un retrato de Wellington (a la derecha). Mal
me cayó «el viejo Duero», como le apodaban sus hombres, con todo y que al año
siguiente, en mayo, forzara la huida definitiva de José Napoleón y su Corte.

Como cae el rayo en el pozo
y le enciende las aguas, llega
la catástrofe: estamos a 12
de mayo de 1814 y «el Deseado»
va a entrar en Madrid de nuevo.
No transcurre ni un mes cuando
te avisan de Palacio: quieren
que acudas y le apercibas
otro retrato al Rey. El manto,
el cetro y hasta el Toisón
con que se reviste son de burlería.

En julio de 1819 el provincial
de los escolapios me pidió
que les pintase a su fundador,
san José de Calasanz. Mi extensa
tela sobre su última comunión
vino a librarme de sombrías
aflicciones. «Pintándolo —te decía
el otro Goya—, previste
sin saberlo tus alucinaciones
al filo de la muerte.»

Liquidado en 1823 el Trienio Liberal, y Riego con él, le dije
a mi vieja amante Leocadia: «Huiremos de esta tierra (alegóricamente
representado su cainismo en esta "Riña a garrotazos"), si antes
no nos prenden. Estoy indefenso ante la historia que nos toca vivir
y pagaré el destierro a cualquier precio.»

En París, las sombras del pasado agrisábanse en el presente (arriba). Llegó la primera la marquesa de Pontejos, a quien casi cuarenta años antes pintaste ataviada de falsa pastora (abajo). Allí empezaste a oír la voz de los muertos.

Al cabo, poco o nada importa si soy un loco —que en otra era usurpa la identidad de Goya (arriba) y por escrito le finge la voz en un libro— o soy el verdadero Goya, muerto y luego sentenciado a creerse aquel demente. Pero ya se extingue el fulgor de las telas evocadas, como calló antes la voz (abajo) que exigía aquel dictado.

ten a la francesa y lejos, muy lejos, llamea en vano la guerra.

—Me parece muy bien. Pero no me pintes los calzones demasiado prietos. Tengo las partes muy abultadas entre las ingles y luego dice la gente que soy un sátiro. Puras calumnias —reíase regocijado y su humor era tan villano como siempre. Cuando paró de reírse, vino a preguntarte de improviso—: Pasemos a distintos propósitos. Dime cómo acabó aquello de *Los caprichos*, después de retirarlos de la venta.

—Regalé las láminas al rey, para ponerme a cubierto de otro intento de proceso por parte del Santo Oficio. También aproveché la oportunidad para solicitarle una ayuda de estudios en el extranjero a mi hijo Xavier. Su majestad aceptó los grabados y a Xavier le dieron un viático anual de doce mil reales, para viaje y estancia en Italia y Francia.

—Lástima que seas pintor y el arte se lleve todo tu tiempo, porque saliste político de raza —carcajeábase Godoy de buena gana—. ¡Pillo redomado! Hurtas el cuerpo, presentándole *Los caprichos* a don Carlos y encima sacas una pensión para tu hijo. Habrías sido un gran ministro de Estado. Me río yo de los Aranda y los Floridablanca. Hasta me apiado del primer cónsul, si se enfrenta contigo en la historia. Pero algún día deberíamos editar de nuevo tus *Caprichos*. No pueden quedarse inéditos, mal que les pese a los inquisidores.

Te acompañó hasta la puerta, abrazándote los hombros. Con tu venia y patrocinado el proyecto por Godoy, Rafael Esteve volvió a publicar *Los caprichos* en 1806. Nada dijo entonces el Santo Oficio. Aquel mismo año le hiciste el último retrato al príncipe de la Paz. Conmemorabas allí su fundación del Real Instituto Militar Pestalozziano. Ante un friso de aplicados mozalbetes, con un libro de Pestalozzi en la mano, aparecíase Godoy como protector y mecenas de la enseñanza. En su vanidad, te dijo que el cuadro le placía porque le transformaste en una alegoría. En seguida dispuso que Esteve y Antonio Carnicero sacasen copias de aquella pintura, que a ti nunca te gustó. Era la época en que todos los amos del mundo querían convertirse en sus propias figuras simbólicas. No alcanzaron a prever cuán pronto el viento que escoba la historia los barrería a ellos y a sus emblemas. Acaso Godoy, sí, lo presintiera de pararse a meditarlo. ¿No te dijo en Aranjuez que tal vez un día os reduciríais a palabras perdidas en un espejo entenebrecido?

El baile de los amos de los pueblos, disfrazados de emblemas, lo abrió Napoleón en París. Dos años antes se investía y coronaba a sí mismo emperador, envuelto en armiños. Al saberlo, empezaste a dudar de la razón y de su viva imagen, la libertad, que la amanecida revolucionaria había prendido por todo tu ser como una hoguera. En nombre de la razón, racionalizaste el terror. Dentro y fuera del país, Francia tenía que defenderse de las hordas enemigas. ¿Acaso la Europa de siempre, la despótica, la palatina, la eclesiástica y la feudal no intentaba asaltarle las fronteras, defendidas por el pueblo? ¿No juzgó y ajustició Francia a quienes renegaron de los derechos del hombre, que la razón enseñaba a leer en la naturaleza, como tú lo aprendiste y nunca olvidaste en la tertulia de la Fonda de San Sebastián? ¿Cómo si no por traicionar una causa, más que de Francia del género humano, podía comprenderse y justificarse las ejecuciones de un Desmoulins, de un Danton, de un Saint-Just, paladines que tomaron la Bastilla, dieron un lenguaje al vendaval revolucionario y salvaron a su patria del asalto de cinco naciones? ¿No terminó la igualdad por guillotinar a Robespierre, cuando quiso arrogarse funciones de único juez y verdugo? Al regreso de París, Moratín —más rebelde que tú a su cínica y afeminada manera—, te contó aterrado cómo el pueblo, enfurecido por la invasión de Europa, despedazaba a los prisioneros políticos. El propio Moratín había visto la cabeza de la princesa de Lamballe en la punta de una pica, cuando se la llevaron a la reina presa para que contemplase, así decapitada, a quien fue su querida y confidente. Replicaste que aquellos horrores los provocaron los eternos déspotas. Los necios tiranos, que querían rebozar en sangre la libertad, por la fuerza de las armas y en nombre de los Tronos por derecho divino.

Más que los terrores de Moratín, te impresionaron las últimas palabras de un revolucionario —nunca supiste cuál o luego lo olvidaste—, ajusticiado por Robespierre. Al pie del patíbulo, dijo morir porque el pueblo había perdido la Razón, con mayúsculas se entiende, aunque también morirían sus verdugos en cuanto el pueblo la recobrase. Tal vez para acallar tus desazones y ahogarlas en la sangre de una sanguina, dibujaste a una parca sin rostro. Envuelta en un chal, blandía un curvo sable sobre una pila de cabezas, amontonadas en una sábana abierta. Además, así fuiste a confesártelo a tu pesar, las ideas de la libertad, de la igualdad y de la fraternidad eran para ti tan vivas y presentes como tus cuadros, tu hijo o los cuerpos de las mujeres que amaste. Por el contrario, a las víctimas del terror era imposible reconocerlas. Si tratabas de figurártelas, todas tendían a oscurecerse y confundirse. Más que hombres, se te antojaban fantoches de trapo. Peleles descabezados por el pueblo, con la jovial e inocente crueldad que tu Xavier, cuando niño, destrozaba sus juguetes. Recordabas entonces que contemplando su ingenua sevicia, a veces te preguntaste si en lugar de un hijo no concebiste a un monstruo, aunque irónicamente no supieses todavía que tú mismo eras Saturno.

Al pensar en Napoleón, coronándose en París para confirmar su imperial alegoría, también te lo imaginaste más muñeco que hombre. En algún bastidor del alma le veías convertido en un fantoche de paja y trapo, emperejílado con un regio manto de burlería y una corona de hojalata. Otro títere a hechura de los muertos decapitados, sin más vida que la apariencia de trampantojo, que para mayor parodia arropaba con los visos de lo simbólico. También entonces volviste a pensar ardientemente en Velázquez, en el supuesto de que nunca lo hubieses olvidado. Si en *La familia*, que luego dirían *Las meninas*, convirtió a azafatas, infantas, perros, reyes, graciosos y mayordomos en espectros pintados, tú mudabas en peleles y peponas al emperador y a las víctimas de la revolución, que inadvertidamente le condujo a su trono cesáreo. Se oponían radicalmente la visión que tenía Velázquez de los vivos como fantasmas y la tuya de los muertos como muñecos. Pero diste en el hito. Aquél era el lenguaje definitivo, que debías adoptar cuando asumieses tu pleno ser de artista y te midieras con Velázquez. En otras palabras, en cuanto fueses el único y el auténtico Goya. No obstante, también presentiste que antes de aprehender la doble e inseparable verdad de tu persona y de tu pintura, tus tiempos andaban emplazados por una gran catástrofe.

Entretanto el nuevo emperador os obligaba a rendirle banderas y a besar la tierra que pisaba. A los pocos días de entronizado, ya don Carlos y Godoy tenían que declararle la guerra a Gran Bretaña. Decía la reina que ella, el rey y el príncipe de la Paz eran la Trinidad y la sal de la tierra. Pero Napoleón —aquel a quien veías como un espantajo investido— los sargenteaba y rendía como a mozos de campo y plaza, o a lerdos ayudas de cámara. Hubo pretexto para la guerra cuando abordaron los ingleses delante de Cádiz unas fragatas nuestras, cargadas de oro. A la improvista, un viejo contertulio de la Fonda de San Sebastián, el poeta Juan Antonio Meléndez Valdés, comparecióse en el taller una mañana. Hacía tiempo que no os frecuentabais, si bien una vez le pintaste un busto con la chorrera de encajes asomando por la levita abierta. Era prosélito y devoto de Napoleón; pero le dolía que nos hubiese enzurizado en la contienda. Te dijo que nuestra fingida neutralidad les resultaba inverosímil a los ingleses, habida cuenta de los subsidios que abonábamos a Francia. Para salir de dudas, en plena paz y a la luz del día, nos apresaron el oro y los barcos.

—Fue aquello lisa y llana piratería de la más rancia tradición británica —sonreía tristemente Meléndez Valdés—. Pero desde su punto de vista, obraron conforme a la justicia. Mucho me temo que vayamos de cabeza a un descalabro sin precedentes.

En vísperas del desastre, crecíase la Trinidad en su papel de devotos lacayos imperiales. La reina, que tanto padeció por la suerte de Godoy en la guerra de las naranjas, decía ahora en los besamanos que el príncipe de la Paz barrería de los mares a la pérfida Albión a cintarazos. Un domingo u otra fiesta de guardar, almorzaba Moratín con vosotros en la casa de la calle de Valverde. Aunque estimaba a Godoy y le agradecía señalados favores, llegó indignado aquella mañana. Paseando la víspera por los parterres de su palacio, le dijo el favorito que don Carlos se habría avergonzado de su Gabinete, de prestarse a un acuerdo con Inglaterra, después del ultraje de Cádiz. Por su parte, añadió muy orondo el príncipe de la Paz, él estaba siempre presto a montar a caballo y comparecer al frente de sus tropas, en cualquier campo de batalla donde los españoles pudiesen auxiliar lealmente al emperador.

Asustado y enfurecido, dedujo Moratín que le cegaba y envanecía la carnavalada de su victoria en Portugal. No cabía mayor ni más absurda ligereza por parte suya ni de la Corona. Exaltábase al contarlo, mientras se le enfriaba el cocido olvidado. Silencioso, sin perderse una palabra, aguardaba tu criado para cambiaros los platos. Era un zagalico muy joven, casi un niño, dicho Isidro y listo como el hambre. Aun Josefa, por lo común tan discreta y circunspecta, sacudía la cabeza dolorida y reflexiva ante tanto dislate y desbarro. Mirándola, pensaste tú cuán presto envejeció en los últimos años. Bajo el pelo alisado y el rubio moño, encenizado y sujeto con largas horquillas negras, se le encogía y rugaba el rostro como una pasa. Callóse Moratín y cruzó un ángel. A ti te vencía un cálida tristeza. Empinábase y crecía pecho arriba, desde el fondo del alma. La cresta de la ola fue a quebrársete en el gaznate. De súbito te sentiste fatigado y rendido.

La primera tragedia vino en octubre del año siguiente. Nuestra escuadra y la francesa fondeaban en la bahía de Cádiz. En alta mar nos acechaban los ingleses. Los capitaneaba Collingwood, aunque a última hora dieron el mando supremo al célebre Nelson. El almirantazgo aliado recaía en el francés Villeneuve, de quien aseguraban que pesaba el pro y el contra como si fuesen oro. No obstante, apresado y devuelto a Francia después del descalabro, no vaciló en suicidarse. Mucho más tarde, desterrado tú en Burdeos, rumoreaban los franceses que le hizo asesinar su propio emperador. Amaneció el día señalado, con una aguja de bonetera clavada en el corazón y el pecho abierto a cuchilladas. Era aquélla una forma bastante rara de despenarse. Pero no sonaba a sicario Napoleón, cuando dijo no merecer Villeneuve la muerte que tuvo. Aun en su torpeza, le estimaba su señor por probo y valiente.

Tampoco supisteis nunca todo lo ocurrido antes de la batalla, cuando se reunieron en Cádiz Villeneuve, el almirante Gravina y los demás capitanes de la escuadra. Parece que Gravina desaconsejó un combate perdido de antemano. Villeneuve dudaba y titubeaba como de costumbre. Afirman que en mitad de las deliberaciones le llegó una carta de Napoleón. Su dueño le llamaba gallina y predecía que Inglaterra iba a perder el dominio de los mares, en cuanto tuviese Francia un almirante dispuesto a sacrificarse por su honor. Desatinado, Villeneuve dio la orden de zarpar al encuentro del enemigo. Lo demás fue historia escrita y hundida en aguas de Trafalgar. Como decía Moratín, sacrificamos la flota a la estulticia y al servilismo. Los ingleses se limitaron a echarla a pique. Murieron Nelson y Gravina, con nuestros mejores marinos. Nos quemaron el *Trinidad*, que era el navío más grande del mundo. Tú, Goya, no cesabas de pensar en el infante Antonio Pascual, a quien no habías visto desde que le esbozaste el retrato en Aranjuez. ¿No anticipaba el supuesto imbécil que aquel mundo de pavanas, bastidores y disfraces ardería en campos cubiertos de muertos? ¿Era Trafalgar el cumplimiento de su agüero, aunque allí se incendiase el mar y no la tierra?

Como el mismo Fernando VII te lo refirió en vuestro último encuentro, cayó Godoy en la pesadumbre y el desconsuelo después del desastre. También te dijo entonces el príncipe de la Paz que le acabarían a tiros, o se consumiría en el destierro. Crecido ante su desgracia y la nuestra, espoleado por su María Antonia que pronto iba a morírsele, se le enfrentó el príncipe de Asturias exigiéndole apretadas cuentas por el descalabro. *Manuel, ¿le mentiste a mi padre antes de Trafalgar?* Protestaba Godoy de su acrisolada hombría. *Señor, yo nunca mentí a don Carlos. Un día reinará su alteza y sólo le pido a Dios que le conceda vasallos tan fieles como yo lo soy de su augusto padre.* Juraba sentirse presto a dar la hacienda y la vida por la familia real, *La familia de Carlos IV*. El príncipe de Asturias se encogió de hombros, porque todo aquello le parecía miserable retórica. Para probar su honradez, le ofreció Godoy la dimisión de sus cargos pidiéndole que la elevara al monarca. Fernando rompió a reír de buena gana. *¡Manuel, tú creíste de veras que yo era idiota como mi tío Antonio Pascual! Pretendes que de palabra y no por escrito le lleve tu renuncia a mi padre. Luego tú la negabas y decías que forcé la cesión. En cualquier caso, yo salía perdiendo y tú afianzabas el poder. ¿Cómo pudo ocurrírsete que fuese tan fácil engañarme, grandísimo bellaco?*

Cambiaron las tornas a los tres años. Frustróse la conjura del Escorial y no pudo el príncipe de Asturias reducir a Godoy a prisión y echar la llave a un pozo. Mucho después, en Madrid y en vuestra última cena, riendo te contaba Fernando haberse arrojado en brazos del valido, tan pronto compareció en la alcoba en que el rey le recluía. Aquella misma tarde había escrito las cartas, donde imploraba el perdón de sus padres y vendía a sus cómplices. Se justificaba diciéndote que la vida precede a la dignidad y no la dignidad a la vida. Para mantener el honor, se debía ante todo salvar la existencia. Añadió que el mundo no era sino un tablado, donde representábamos los muy mudables papeles de una farsa insensata. Tú mismo, Goya, algo sabrías de semejante reparto. Grandes indignidades cometiste en el pasado para proteger tu piel y tu pintura. Vio Fernando el cielo abierto en cuanto llegó Godoy al Escorial. Se le echó encima y rompieron a llorar los dos como un par de plañideras. *¡Manuel! ¡Manuel! ¡Ayúdame y perdóname!* Y el príncipe de la Paz, disfrutando del triunfo con su donaire de gañán: *Señor, a mí nunca me ofendisteis. Os amo como a un hermano y como si ya fueseis mi rey.*

Pronto venció Godoy su desconsuelo por el hundimiento de la escuadra. Para ayudarle a salvar las aguas del purgatorio, don Carlos le dio el título de alteza y le hizo almirante, después de Trafalgar y sin advertir la trágica ironía de aquel nombramiento. Más por miedo que por indignidad, el nuevo almirante le escribió en seguida al emperador. *Aprovecho la ocasión para poner a vuestros pies este cargo, con el cual su majestad acaba de honrarme.* Con un sentido del escarnio aun más rústico que el de Godoy, Napoleón le concedió el gran cordón de la Legión de Honor francesa. Podía derrochar encomiendas, porque su voluntad imponíase a los pueblos y a los hombres. A punta de sable, como le dividiría a la parentela su torta de bodas un jefe de bandidos, recortaba y repartía Europa entre los suyos. Uno de sus hermanos, Luis, era rey de Holanda. Otro, José, regía en Nápoles, desposeídos los Borbones. A un hijastro le hizo virrey de Italia. A su cuñado Murat —antiguo mozo de cuadra— le concedió el gran ducado de Berg. Era secreto a voces que el emperador ambicionaba Portugal. Sometido a los intereses de Inglaterra, aquel país era su espina a un costado de Europa. Sin remedio ni apelación, escobaría de allí a la infanta Carlota Joaquina, a su suegra loca e incapaz de reinar, a su marido el regente consentido y cornudo. A veces decían que en Godoy iba a recaer la nueva regencia, en un Portugal invadido y conquistado. Pero también hablaban de su distribución en dos Coronas: una para el príncipe de la Paz y otra para su bastardo —el infantito don Francisco de Paula—, benjamín de los reyes. Otros anticipaban un tercer reino para don Carlos María Isidro, el segundón de la Real Casa. Aquel que en *La familia de Carlos IV* asoma la pálida estampa, a medio cocer, detrás de su hermano Fernando.

Asimismo bisbiseaban que nosotros seríamos pasto de los Bonaparte. Corrían veraces noticias de que el emperador le prometiera nuestra Corona al rey de Holanda. Pero para furia del césar, la rechazó su hermano. Luego hubo hablillas de que nos destinaban a Lucien, el antiguo embajador en Madrid. O que a Lucien le correspondía el estreno de un reinado, entre el Ebro y el Pirineo, si hacían tres rajas de Portugal para Godoy y los infantes. En ocasiones, desbarataba Napoleón a capricho estados recién compuestos. Piensa tú, Goya, en la infanta María Luisa Josefina: aquella a quien decían sus padres Luisette y que tú pintaste con su hijo Carlos Luis en brazos a un extremo de *La familia de Carlos IV*. Allí permanece junto al epiléptico Luis de Borbón, su primo y esposo, así como presunto heredero del ducado de Parma. En pago de la Luisiana, que entregamos a Francia apenas alboreado el siglo, creó Napoleón el reino de Etruria, en Italia, para Luisette y don Luis. Poco iba a durarle a nuestra infanta, porque en otoño de 1807 el embajador francés le decía que el emperador acababa de desposeerla. Menos aun lo disfrutó el pobre epiléptico, que ya llevaba entonces cuatro inviernos muerto. Al revés del príncipe de Asturias, Luisette le guardó siempre muy tierno afecto a Godoy. Con regodeo y ludibrio, te lo recordaba don Fernando VII en 1827.

—Hace dos años que Luisette se nos murió en Roma. Desde niña, vivió siempre enamorada de Godoy y celosa de nuestra madre. Bebía los vientos por aquel chulo. Si no la cuadró y pinchó alguna vez, en la Casita del Labrador, será porque hay Dios después de todo. Yo lo dudo, la verdad. Cuando cayó el truhán, me trajeron un montón de cartas de mi hermana. Las habían encontrado en su palacete de Aranjuez. Como un hospiciano enamorado, las guardaba Godoy atadas con un lazo azul cielo. Casi recién casada, le escribía Luisette desde Florencia, para anunciarle que se creía embarazada. Hasta entonces fue tan puntual en todos sus menstruos, como uno de los muchos relojes que papá llevaba siempre a la hora en palacio. El día señalado en que no le vino el mes, tuvo que asistir a un baile. Pero no quiso danzar, temerosa de que se le bajase el periodo en mitad de una mazurca o de un minué —sacudió la cabeza asqueado. Luego rompió a reír—. Guardé la carta y conste que casi te la cito de memoria. ¿Qué me dices tú de una infanta detallándole sus reglas al querido de su madre? Realmente, viejo, somos la familia del tío maroma. Lo mismo servimos para un barrido que para un fregado. Me consuelo al pensar que un pueblo siempre dispuesto a devolvernos el Trono, no será mejor que nosotros. Ni más ni menos. Y a quien Dios se la dé, san Pedro se la bendiga.

Viuda y destronada en su Etruria, volvía Luisette a Madrid en marzo de 1808. Como silba el pastor a la oveja perdida, la regresaba Napoleón para que participase en el cuarteo de Portugal. Por el tratado de Fontainebleau, sería para ella el Norte del país, con Oporto por cabeza. El Sur lo recibiría Godoy, como su principado hereditario del Algarve. Al espacio comprendido entre el Duero y el Tajo, le reservaban el destino hasta la firma de la paz. Napoleón reconocía a don Carlos como emperador de las dos Américas y se dividía el imperio portugués entre Francia y España. Una cláusula secreta disponía el cruce de 30 000 soldados franceses, al mando de Junot, camino de Lisboa. Otra puso a sus órdenes todas nuestras tropas. Para nueva ironía del destino, la firma de aquel acuerdo coincidió con el descubrimiento de la conjura del Escorial. Así rodaron los dados. Al mes y medio, se enseñoreaba Junot de Lisboa indefensa. Al Brasil habían huido el regente y Carlota Joaquina en navíos británicos.

La rapacidad imperial exigía la conquista de España. Ni tú ni nadie pudo dudarlo entonces. En Portugal, Junot se arrogaba el gobierno del reino, en nombre de Francia. En Navidades, se temía que Napoleón avanzase hacia el Pirineo con un séquito de 100 000 hombres. Antes de publicadas, las capitulaciones de Fontainebleau se transformaban en papel mojado. En Madrid creció el odio contra Godoy. Sin recato y desde el púlpito, le denunciaban curas vociferantes, al igual que si fuese el antecristo. A la vuelta de misa, complacida te lo refería la Pepa cada domingo. Contaban que su cuñado, el cardenal de Borbón y arzobispo de Toledo, aportó documentos al proceso del Escorial para acreditarle la bigamia. Habría casado con Pepita Tudó, su condesa de Castillofiel, antes de desposar a la condesa de Chinchón y princesa de la Paz. Separada de Godoy y de su propia hija, la princesa acabaría por morir en el destierro. Entre tanto, en menos de quince días, los franceses ocupaban Pamplona, San Sebastián y Barcelona. Al mismo tiempo, veníase Joachim Murat a España como lugarteniente de su cuñado, el todopoderoso emperador. Ante tantas y tan ominosas amenazas, sus majestades pasaron del Escorial a Aranjuez, donde el Consejo iba a reunirse urgentemente. Aunque ellos lo ignorasen entonces, jamás regresarían al monasterio. Tampoco tú, Goya —valga aquí el inciso—, volverías a ver a don Carlos, a doña María Luisa o al príncipe de la Paz. La víspera de su partida, asomáronse a un mirador de El Escorial el rey y Godoy. Alababa el soberano el panorama de la Herrería, con la sierra nevada por horizonte. *Repara, Manuel, como todo parece azul a lo lejos. Al menos, así lo dicen en Italia y tienen razón.* Pesaroso, discrepó el favorito. Bajo los cielos barnizados y detrás de la nieve añilada y sonrosada por el crepúsculo, veía las columnas y los campamentos franceses, el llamear de sus hogueras y el destello de sus largas bayonetas. Rió o fingió reírse el rey de buena gana. No era él tan agorero. Pronto recibirían cumplidas explicaciones de aquel emperador pechisacado y diminuto.

La noche del 16 al 17 de marzo, con Murat a las puertas de la Corte, reunióse el Consejo en Aranjuez con el rey y el príncipe de Asturias. Presentóse Godoy con un prolijo manifiesto, que permanecería inédito aunque el soberano llegase a firmarlo. Redactó otro el ministro Caballero, que aprobado por el Gabinete expusieron a las puertas del Palacio Real. Don Carlos le decía al pueblo que las fuerzas de su querido aliado, el emperador francés, atravesaban el país con los mejores propósitos. En breve se restablecería el sosiego en todos los corazones. Ya reverdecía la esperanza, al final de las tinieblas. No cabía mayor engaño, aunque nadie conociese de fijo la entera verdad. Como luego se supo, el mismo Murat despachaba correos a uña de caballo a su amo y señor. En la incertidumbre, le pedía órdenes y disposiciones para una inminente entrada en Madrid. Acaso, Goya, sólo un necio como don Antonio Pascual presintiese de fijo el sangriento porvenir que os acechaba. Al rodar de la fortuna, avecinábase la ruina de Godoy y pronto arderían como gavillas los muertos enhacinados. Tres días llevaba el príncipe de la Paz aconsejándoles a los reyes la huida a América. Si ellos vacilaban, aceptó en principio la fuga Caballero. Luego se desdijo y la rechazó indignado. Se le sublevaban al valido testaferros y procuradores. Pero en la última junta de Gobierno doblegóse aquel ministro. Afligido por la gota y el sueño, prestábase don Carlos a escapar a las Indias por Sevilla. Entonces propuso Godoy que el príncipe de Asturias se quedara en Madrid, para asumir su defensa en caso de guerra. Con la presteza de un muñeco con resorte, saltó Fernando del sillón para abrazarle y besarle en las mejillas. *¡Manuel, mi buen Manuel! ¡Bien veo que eres mi amigo!* A las tantas, se levantó el Consejo. Agüilla de mal contenidas lágrimas le entelaría la mirada azul a don Carlos. Prendiendo un habano, el príncipe de Asturias condujo aparte a Caballero y al jefe del cuerpo de guardia, apostado en el pasillo. *¡El príncipe de la Paz es un traidor!*, les espetó. *Quiere llevarse a mi padre. Pero vosotros impediréis que se vaya.* Debieron contemplarle desconcertados por unos instantes. Luego asentirían, porque estaban hechos al consentimiento. Todo el mundo se fue a acostar, cuando ya se apagaban las estrellas. Despaciosa y calladamente, sobre Aranjuez dormido, amanecía el 17 de marzo de 1808.

Yo, que tanto dicto y recuerdo en la eternidad, he olvidado dónde estaba el 17 de marzo de 1808. Supongo pasé el día en Madrid y pintando en el taller. Años después, muerta Josefa y terminada la guerra, la Leocadia me detallaría aquella jornada imperecedera, cuando se vino a vivir conmigo en la casa de Valverde. Era ella entonces mi querida y mi ama de llaves. Pero en 1808, casada con el joyero y relojero Isidoro Weiss, sólo nos conocíamos de vista. De soltera, Zorrilla, fue Leocadia hermanastra de mi consuegra, Juana Galarza. Invitada por los Goicoechea, compareción con el marido en las bodas de Xavier con Gumersinda. De Isidoro, hijo de un alemán o de un austriaco establecido en la calle Mayor, decían si sería judío o al menos luterano oculto. Leocadia tenía los rasgos finos y distintos, como cortados a escuadra con bisturí, y unos ojos oscurísimos, que todo parecían asaetearlo. Frisaba los dieciséis años y acababan de casarla con el relojero.

—Todo el mundo, menos los reyes, Godoy y tú, sabía que zumbaba y venía un motín o una revuelta en Aranjuez —me repetía Leocadia—. Con Murat en las afueras de Madrid y su imperial cuñado camino de Bayona, la familia real y el príncipe de la Paz estaban condenados. Mi marido y yo pusimos la fe en la revolución. Él aguardaba un levantamiento popular y amparado por el gran duque de Berg, que nos diese un sistema de gobierno a la medida de los derechos del hombre. Yo soñaba con una República que barriese a los Borbones y a su valido. A la puta, al cabrón y al alcahuete, como les llamaban abiertamente en la Plaza Mayor. Parece mentira que fuésemos tan ilusos o tan necios. Pero ninguno de los dos confiaba en Fernando. Le suponíamos un fatuo bausán, a hechura de su parentela. Nadie podía adivinar entonces la hiena en que iba a convertirse.

Desde buena mañana, era Aranjuez un enjambre de gentío arrabalero recién llegado de Madrid. Jaraneros y gritones, escoltando esposas y trapillos, codeábanse los chisperos con la manolería. Pero también abundaba el cura de teja y sotana raída, en grupillos cuchicheantes que dispersaba el paso de los corchetes, como si en vez de gente de Iglesia fuesen matachines. Pasmáronse Isidoro Weiss y la Leocadia al toparse con el conde de Teba y Montijo. Aunque ataviado como un majo de farándula, con chupetín, siniestro guadijero a la faja y hasta falsas patillas toreras, le reconocieron de inmediato por ser antiguo cliente de los Weiss en la relojería. Seguíale una piña de valentones, magros, pálidos y marchosos, que le llamaban *tío Pedro*. Cada vez que pintaba aquel cuadro Leocadia, me dolía mi ausencia de Aranjuez, cuando allí se dio cita el destino con vivas imágenes venidas de mis cartones. En el supuesto de que aquellos cartones no sean el último y verdadero destino de toda una época en su agonía. Sin que nadie lo percatara todavía, se acababa el carnaval. Para nobles como el conde de Teba y Montijo, a quien cuatro años antes le retraté un perfil picudo y un gesto irascible, ya no bastaba disfrazarse de plebe para ir a los toros o a la verbena. Perdía el pueblo su papel de espectáculo y el coro arrebataba de veras el proscenio a los privilegiados protagonistas. Era llegada la hora de que todos juntos, majos y máscaras, irrumpiesen en la historia a través del espejo del tiempo. Aquel mismo espejo oscuro donde, al decir de Godoy, acaso mañana culebrearan perdidos nuestros nombres.

Al mediodía, aún era festivo el aire de la multitud, arracimada en Aranjuez. Casi regocijada, paseaba por las calles y por la alameda. Deteníase debajo de los eucaliptos para aplaudir a unas mozas bailando el bolero, o a unos manolos entonando seguidillas manchegas. Paraban manteles en los prados las parejas. Almorzaban libreta y chorizo, con buchadas de tinto riojano o salpresados arenques gallegos, con chisquetes de albillo. En los cafés, saboreaban chocolate con churros y se hablaba de toros. De la tragedia sucedida unos años antes en Torrejón, cuando un marrajo saltóse la barrera y empitonó al corregidor de parte a parte, mientras la gente se pisoteaba y aplastaba huyendo desalada por el tendido. De las banderillas, que ponía al quiebro o a topa carnero aquel vasco, Martín Bracaiztegui, a quien conocí en Zaragoza, todavía mocetes los dos. Luego elevado él a la cresta y copete de la torería, con el apodo de *Martincho*. De las picas de *la Pajuelera*, a la que también traté a través del pobre *Pepe-Hillo*, cuando aún vendía mechas de azufre por las calles. Como al santo la gloria, ya le tiraban la garrocha y los rejones que ponía como nadie a la jineta, salvo tal vez *el Indio*. Tropa toda aquella que luego recogí en los grabados de *La Tauromaquia*, con tantos otros bravos —vivos y muertos— que dieron lustre y dignidad a la fiesta. Si el gentío demorábase a leer la proclama a la puerta de Palacio, se limitaba a sacudir la cabeza humillada sin comentarios. Nadie aludía a la puta, el cabrón y el alcahuete. Nadie entonaba aquella coplilla de: *Debajo de un pino verde, / le dijo la reina al rey: / Mucho te quiero, Carlitos; / pero más quiero a Manuel.*

Cambió el genio de la masa por la tarde. Se enfoscaba la feria, en tanto iba oscureciendo. Muchos llevaban mal vino y todos oculto resentimiento. Sombríos recogían los manteles de la jira y ceñudos abandonaban la taberna y el café. Si alguien leía las promesas de paz y de amistad francesa, en el bando del rey, les escupía encima. Los corchetes y guardias de Corps, que antes lisonjeaban a las majas, se hicieron perdedizos y acabaron por desvanecerse con el crepúsculo. Por su parte, confiábase el príncipe de la Paz y casi sentiríase indiferente a su suerte personal. Se levantó tarde, probó una salva a solas de puchero de enfermo y jamón ahumado. Se hizo afeitar, bañar y empolvar, en tanto despachaba con su hermano Diego y con el comandante de la Guardia. Luego se fue a Palacio a ver a los reyes. Sin dormir apenas, después del interminable Consejo de la víspera, don Carlos partió de caza a poco de rayada el alba. Volvía fatigado pero de buen temple. En cambio estaba con el alma en vilo doña María Luisa y pronto contagió la ansiedad a Godoy. El príncipe de la Paz confesó entonces a sus soberanos ciertas vagas hablillas de un atentado que tramaban contra él. Soltó el trapo el monarca, carcajeándose sin freno. *No seas tan aprensivo y vete a descansar, Manuel mío. Aquí estoy yo, que soy tu escudo, siempre dispuesto a protegerte.*

Partióse Godoy a las diez y media. Cenó con su hermano y se acostó con una de sus mancebas. Nunca se supo cuál, aunque probablemente sería la Tudó. Casi en seguida, el gentío vociferante y dirigido por *el tío Pedro* irrumpió en el palacete. Sin duda apercibida, la Guardia abrió las puertas y juntóse a la plebe, que pedía la cabeza del príncipe de la Paz, del choricero, del rufián, del puto real. Su propia guardia prendió y apalizó a Diego Godoy, cuando corría en camisa por el pasillo para socorrer al valido. Más muertos que vivos, estremeciéndose como pececillos en secano, escoltaban los criados a una mujer sollozante y cubierta de velos. A la luz de la luna llena, la adivinaron los Weiss toda desnuda debajo de los mantos. En una pausa de breve silencio, se abrió el hervidero para cederle paso y dejarla escapar. En una alcoba, dieron con la condesa de Chinchón y su hija —Carlota o *la mona*, decían a la niña—, abrazadas y aterradas. Protegidas por las propias turbas, que bramaban entonces *¡Vivan las inocentes! ¡Vivan las cándidas palomas!*, las llevaron al palacio del rey. Es fama que desde aquella noche no permitió la condesa que le nombrasen al marido. Luego renegó de la misma Carlota, por ser también hija de Godoy. Tanto la sublevaba haber cruzado su sangre con la del esposo aborrecido.

En seguida empezó el saqueo. A palos y a coces, rompían espejos y ventanas. Vareaban arañas y cristalería. Acuchillaban cuadros, tapices y sillones. Prendieron una hoguera frente al palacete y arrojaron al fuego biombos, porcelanas, libros, casacas y bargueños. No obstante, nadie robó un botón ni se llevó un hilo de las ropas. Dijérase que más que la captura del príncipe de la Paz, desventrando divanes y hundiendo puertas en su búsqueda, quería la horda purificar en las llamas y en la destrucción todo cuanto él había tocado y poseído. En vano, la Leocadia e Isidoro Weiss quisieron detener tanto estrago y destrozo. Si pretendían explicar al tropel que asolaba tesoros inapreciables —el patrimonio del pueblo, antes robado por Godoy—, les miraban con tal saña y desconcierto que acabaron por huir, temiendo por sus vidas. Cuando salieron del pabellón, todavía no hallara al perseguido la airada turbamulta. No le hubieron aquella noche ni tampoco al día siguiente. Hasta media mañana del 19 de marzo permaneció oculto en un desván secreto, según unos. O envuelto en

111

unas alfombras enrolladas, según otros. Consumido por la sed, se deslizó de puntillas escaleras abajo. Fue a toparse con un artillero, que fumaba en pipa parado en un rellano. En susurros, suplicábale el príncipe de la Paz que por el amor de Dios se dignase escucharle. Jurábale que sabría serle agradecido, si le ayudaba. Le denunció el artillero, voceando su nombre a los cuatro vientos.

Preso, quiso comparecer en presencia de los reyes. En sus estancias salteadas, guardias y soldados le trataron dignamente. A petición suya, le dieron una capa y un tricornio. Un piquete se dispuso a llevarle a Palacio. En la calle, la multitud le reconoció en seguida. Bramando mueras al choricero y al chulo, le apedrearon, apalearon y acuchillaron, ante la acobardada indiferencia de la escolta.De un navajazo le rajaron un carrillo y de otro le abrieron un muslo de la cadera al hinojo. A veces asido al arzón de una silla y a veces arrastrado por el cuello, vivo por milagro, llegó a Palacio. Allí, entre coces y escupitajos, le arrojaron a una cuadra. Me dijo la Leocadia haberse preguntado entonces, horrorizada, qué revolución sería aquella que de tal modo se ensañaba con un hombre indefenso, fuera quien fuese. Entre tanto el torrente invadía la escalera y los salones, reclamando a alaridos al príncipe de Asturias. Sonriente y fumándose uno de sus vegueros, compareció Fernando. Saludaba a la plebe con ambas manos, y en la cuadra recreóse en la contemplación de Godoy. Caído en la paja y cubierto de sangre, trataba de abrazársele a las rodillas su prisionero.

—Manuel, yo te perdono la vida —dijo magnánimo el heredero de la Corona.

—¿Vuestra alteza es ya rey?

—No, pero lo seré pronto.

Lo fue. Mientras Godoy se escondía en el sobrado o bajo las esteras, tuvo que dictar don Carlos una Real Orden para quitarle el mando supremo del ejército y de la marina, asumiéndolo él mismo. En seguida, sentóse a escribirle una larga carta a Napoleón, en testimonio de sus leales deseos para la alianza. También le decía haber accedido a los ruegos del príncipe de la Paz, tantas veces expresados, al separarle del poder. Al día siguiente corrió la faloria de que un carro con una mula de paso uncida, detenido ante la cárcel de Godoy, fue enviado por doña María Luisa para libertarle. A hachazos, una bocanada de gente mató a la mula y destrozó el carruaje. Convenció entonces Fernando a sus padres de que el precio a pagar por la cabeza del valido era la renuncia a la Corona. Aquella mañana, llorando los quiries por su favorito, abdicó el soberano en el príncipe de Asturias. Luego, de ocultis, volvió a escribir al emperador, mintiéndole todo lo que ya contara a Murat: su mal hijo, víbora insaciable, le arrebató el Trono. Le puso en un dilema terrible, entre la cesión o el asesinato de su amada esposa. Cerraba postrándose a las plantas de Napoleón y confiaba a sus preciosas manos la suerte de su familia y de su patria.

El 23 de marzo entró Murat en Madrid, al frente de sus mamelucos y de la infantería de la *légion de réserve*: bretones, normandos, suizos, toscanos, polacos y tudescos, por la mayor parte, según contaron luego. Con la Pepa, les presencié el desfile en la Puerta de Alcalá. Una mata de pelo, rizada con tenacillas, se le deslizaba hasta media espalda al gran duque de Berg. Como la cola de un pavo real, abríasele aquella cabellera a los dos lados del rostro. Tocábase con un chacó carmesí y calzaba altas botas de un rojo sangre de toro. Vestía un jubón de terciopelo verde, chaquetilla de cuero recamado y faja de seda. De vez en cuando aquel gigante hacía molinetes con el bastón de mariscal. Lo arrojaba al aire y recogía con una mano, saludando al mundo con aires de volatinero. Asombro y curiosidad, sin mayor entusiasmo, acogía la parada de millares y millares de soldados, detrás del cuñado de Napoleón. Leí en labios de Josefa que se sentía mucho rumor y poco aplauso. Le repliqué no sorprenderme, porque Murat parecía una máscara de carnestolendas, disfrazada de Murat. Asustada, me obligó a callarme.

A las veinticuatro horas, llegaba Fernando por la Puerta de Atocha. Allí me fui a curiosear, con la Pepa, Xavier, su Gumersinda y hasta nuestro nietezuelo, Marianito, que no pasaba de dos años e iba en brazos de su padre. Pueblo tan delirante como el de aquel Madrid, no volvería yo a verlo. Ni siquiera cuando el propio Fernando regresó a la Corte, terminada la guerra y vencidos los franceses, a los alaridos de *¡Viva el rey absolutamente absoluto! ¡Muera la Constitución! ¡Vivan las caenas!* En oleadas, se arrojaban al paso de su caballo blanco. Le besaban los estribos. Le cubrían de flores tempranas. Vi de cerca al nuevo monarca y le reconocí los ojos aviesos. Tan agudos y sorprendentes, por extraviados, en un rostro de atorrante embobecido. Era la suya la misma mirada que pinté ocho años antes en *La familia de Carlos IV*. Para mi asombro, talmente como si el frenesí del pueblo se les contagiara más de prisa que la peste, seres tan comedidos como Josefa y Xavier —él tan Bayeu como su madre— vitoreaban a Fernando hasta atorarse, coreados por Gumersinda. Con mejor juicio y sin que Xavier lo reparara, se le durmió Marianito abrazado al cuello. Entre tanta exaltación, horas enteras tardó el soberano en llegar a Palacio. Aun allí tuvo que asomarse a una ventana y acoger los vítores con reverenciosos saludos, hasta cerrada la anochecida.

Sabía cuán frágil era su primer reinado. Presintiéndole la fugacidad, se afanó por hacer lo imposible en un abrir y cerrar de ojos. Como luego lo fui comprendiendo, con los años y a través de nuestros encuentros, para Fernando no tenía otro sentido el universo que la custodia de su preciosa existencia. Libre de sus padres y de Godoy, sus tres mayores y más aborrecidas amenazas, enaltecido por el fervor de un país, en el fondo tan incierto de su suerte como él mismo, quiso apurar aquel destino de rey, que de modo tan súbito se le ofrecía. Para saberse vivo e investido, no vaciló en recurrir a cualquier bajeza. Tal era su hábito inveterado y bien dice el cabrero que la cabra al monte tira. Acuartelado al pie de la montaña del Príncipe Pío, Murat le codiciaba el trono. Por si alguna duda le cupiese a Fernando de sus ambiciones, el gran duque de Berg negábase a recibirle y le trataba de alteza, nunca de majestad, en la correspondencia. Alteza era también el rey, para los esbirros y mandaderos del antiguo caballerizo. Puestos a halagarle y a amistar, no vaciló nuestro flamante monarca en ofrecerle la espada que fue de Francisco I, rendida a Carlos V en Pavía. Era aquel gesto, decía Fernando, respetuosa prueba de su entrega personal a otro emperador, aun más glorioso que don Carlos: Napoleón Bonaparte, Napoleón I, cuñado de su excelencia.

Pero no fue todo servilismo y abyección, en las dos semanas de su reinado. Se libertó a los reos del proceso del Escorial, que el propio Fernando había vendido. Dejó el canónigo Escoiquiz el convento, donde le recluyeron. Después de recibir la más alta condecoración —la Gran Cruz de Carlos III— y de reunirse con el ama, que era su querida, convirtióse en consejero de Estado. A la salida de la cárcel, abrazóse el duque del Infantado con el rey que le denunciara y pasó a encabezar el Consejo de Castilla. Pero también redimieron a amigos míos, perseguidos por el régimen anterior, como Jovellanos. Intrigas del Santo Oficio y de Caballero le tuvieron siete años en el castillo de Bellver, en Mallorca. Libertado, el pueblo de la isla le acogía como a un héroe prometido y le gritaba: *¡Te necesitamos!* Desde Palma, me escribió una carta, que recibí mucho después y extravié por los días de mi huida a Piedrahíta, fugitivo de la guerra y de la invasión. Amigo Goya, venía a decirme, sigo más menos como siempre aunque ahora excarcelado. En Bellver se me empeoró el insomnio que me quiebra los nervios. La tos pertinaz, la cuido con pastillas de opio, leche de burra y pediluvios. Tener el mar a los pies es muy confortante, en estas horas de sobresalto y angustia, cuando me temo acabemos todos ahogados en sangre.

Las audiencias de Fernando eran un belén. Entraba en la cámara, por una puerta secreta y oculta detrás de un tapiz. Comparecíase en zapatillas y en una de las viejas batas deshilachadas, que casi siempre vestía en privado. En una mano llevaba un habano encendido y en la otra una sucia escupidera. Empezaba a despachar, fumando de continuo y sirviéndose de la escupidera como cenicero y pisapapeles. En su espera, convertíase la estancia en un apretado gallinero. Era aquello una alborotada casa de tócame Roque, donde aguardaban el Consejo de Castilla, los obispos, los embajadores, los ministros del Santo Oficio, los espadones, la servidumbre palaciega y aun el pueblo llano, porque el monarca se decía dispuesto a escuchar a todo el mundo, incluidos los mendigos. Sentábase Fernando y a su lado permanecía en pie el secretario real, con un cuaderno abierto para anotar y apostillar lo imprescindible. Llamaba el soberano a cualquiera de los presentes con la mano. Ofrecíale asiento y pretendía escucharle sin demasiado interés. Siempre preguntaba al escribano si recogió todo lo expuesto. Le aseguraba el pendolista haberlo apuntado de pe a pa. Con latiguillos, esperanzaba entonces su majestad al interlocutor. *Déjalo todo de mi cuenta*; o bien: *Sí, sí, claro, como a ti te parezca*, o *Lo que tú digas, hombre. A mandar*, y despedíale con otro ademán. No obstante, en aquellas semanas se las compuso para exigir la pronto inauguración del canal del Manzanares y de la traída de aguas a Madrid. Para ampliar cultivos, redujo los cotos de caza. Detestaba aquella afición, que tanto atrajo a su padre y a su abuelo, llamándola pura barbarie. Pero no se perdía corrida de toros, desde el día en que presenció la cogida y la muerte del *Hillo*. Suspendió la venta del séptimo de los bienes a la Iglesia. Solicitó y obtuvo un detallado informe de los caminos y acequias en curso de construcción. Nunca empezara a reinar nadie con mayor empuje, en tan azarosas circunstancias. Para asombro mío, a los tres días de su llegada a Madrid, un mandado de Palacio me llamó a una de aquellas audiencias. Perdido me sentía en la baraúnda de la Cámara, aunque la sordera me ahorrase el guirigay a mi alrededor, cuando me entrevió el rey mientras despachaba con Piñuela, su ministro de Justicia. Empujando a todo el mundo, se levantó en seguida y fue a abrazarme contra su pecho de pollo, en tanto atónito me hacía yo cruces de su repente.

—Conste que eres mi primer pintor de Cámara, como lo fuiste de mi padre —estaba agitadísimo; pero se expresaba despacio, juntando su rostro al mío. De pronto, rompió a reír. Tenía los dientes amarillentos y cariados como un viejo—. Si no me sobrevives, lo serás hasta que te mueras. Si me toca enterrarte, te prometo unos funerales dignos de Apeles. Debajo de la Puerta de Alcalá, pondré tu capilla ardiente. Pero, entre tanto, quiero que me hagas un retrato ecuestre, con toda mi realeza recién salida del horno. Vente mañana, sobre esta hora, a tomar los primeros esbozos. Por ti demoraré la audiencia y el Consejo. No perdamos punto.

Con un empellón, se desentendió de mí para regresar a Piñuela. *Sí, sí, no faltaba más. Ya sabes que siempre estamos de acuerdo. Lo que tú opines, ministro.* Dos veces posó para mí Fernando en aquellos días. Siempre me recibía a solas, aunque a cada credo entrase el secretario a cuchichearle al oído. A todo asentía con la cabeza, en tanto le dibujaba. Tenía ideas muy claras sobre su retrato y me pareció tan entendido en arte como su padre. Cabe que más, mucho más. *Me pintas cabalgando al paso y la montura con las manos levantadas. Un poco a la manera que nos presenta Velázquez al príncipe Baltasar Carlos y al conde duque de Olivares. Pero haremos que mi corcel mire a oriente, para que no nos acusen de plagiar al mayor de los maestros.* Hablaba de hilván y por los codos. Nunca me dio vez ni tiempo de replicarle. Exigía el silencio sin pedirlo. Me llevó casi la vida entera el cerciorarme de que me había dicho cuanto creí entonces leerle en los labios. Jamás supe sus razones para tomarme de confidente, en aquel punto de su existencia. Acaso por ser yo tan sordo como aquel cura de los Alpages, con quien años atrás se confesaba su tío, don Antonio Pascual. Vaciando el costal, quizá quería que le transparentara aquellas indiscreciones en su retrato. Mirándole, pensé de pronto que Fernando era de la edad de mi Xavier y habría podido ser hijo mío. Uno de aquellos hijos que destruí en tanto les concebía, ahora resurrecto y posando allí para mi horror oculto.

—Concebí una ingeniosa industria, para concluir de una vez con Godoy y las cartas lloriqueantes, que mis padres aún escribían al emperador y a Murat, suplicándoles por el amor del cielo que salvaran a su principito de la Paz de una alimaña sanguinaria como yo. Mientra el gran duque de Berg llegaba a la Corte con todo su séquito, habría hecho entrar a Godoy por otra puerta, engrillado y revolcándose en una carreta infamante. La misma canalla que casi le lleva al degüello en Aranjuez, le habría despedazado entonces en el Prado. No se me ocurre mejor festival para dar la bienvenida al de Berg y abrir espléndidamente mi propio reinado. Por desgracia, el gran duque lo prohibió en redondo cuando le soplaron mi estratagema. Ya iba camino de Madrid la carreta, con el choricero esposado y muerto de miedo, cuando mandó Murat desviarla hacia Pinto y retener allí a Godoy con toda suerte de miramientos. Definitivamente el señor cuñado de Napoleón carece de fantasía para los festejos, aunque entrase en la Villa y Corte pintarrajeado de pies a cabeza, como un papagayo de Puerto Rico.

.   .   .   .

.   .   .   .

—En cuanto esto se sosiegue y empiece a reinar de veras, tú, Goya, terminarás *La familia de Carlos IV,* que dejaste inacabada por la parte de María Antonia. A los dos años de su muerte, todavía está sin cara en el cuadro mi pobre difunta. Te prestaré un guardapelo que tengo, con su retrato miniado, para que te orientes y puedas copiarlo en tu pintura —me dijo Godoy que a la prometida del príncipe de Asturias tendría que inventarla, si no la plagiaba de un camafeo atesorado por su novio—. Creo que nunca amaré a otra mujer como la quise a ella. No sólo me desvirgó, sino que me enseñó a joder como Dios manda y a bailar *il salterello napoletano*. Si viviese sería muy feliz, porque destestaba a aquel chulano extremeño tanto como yo. En el supuesto de que esto sea posible. Claro.

. . . .
. . . .

—Mira tú por donde mi hermana Isabel casó con Francisco de las Dos Sicilias y comparte conmigo a mi antigua suegra, la reina Carolina de Nápoles. Naturalmente ni ella ni nadie ignora allí que a Isabel la tuvo mi madre de Godoy. Cuando la reina se enfurece con la nuera, la llama *sporca bastarda epilettica!* Luego se reconcilian y Carolina la abraza, la besa y le bebe las lágrimas. *¡Pobre hija mía! Poverina,* gime entonces. *¡Tampoco tú tienes la culpa de haber sido procreada por el crimen y la maldad!* —soltó el trapo y tanto atronarían sus risotadas, que temí se le dislocara la crecida quijada—. *Sporca bastarda epilettica!* ¿No lo encuentras precioso? Los italianos tienen una forma única y prodigiosa de expresar las taras y las podres más íntimas. Parecen clavar los secretos familiares con alfileres, como si fuesen escarabajillos de colores. *Sporca bastarda epilettica!* Es sencillamente sublime.

. . . .
. . . .

—Viejo, hoy no puedo posar ni sé cuándo volveremos a vernos —estaba más pálido que nunca. Una noche en blanco le envejeció años enteros y se le hundían los ojos en las cuencas acardenaladas—. Para el retrato ecuestre tendrás que componértelas con los esbozos que ya me hiciste. Mañana me voy a Burgos, en viaje largo —ahuecó la voz y

118

me cogió las manos—. Entre nosotros y con tal que no lo repitas a nadie, lo de Burgos es media mentira que saldrá en la *Gaceta* a misas dichas. Me llama Napoleón a Bayona a parlamentar con él. A ver si de una vez damos al traste con tanta incertidumbre y afianzo mi gobierno. A la vuelta, quiero que hayas terminado el retrato y retoques entonces *La familia de Carlos IV* —cortóse y me abrazó temblando—. Si no regreso, me concluyes el cuadro de todos modos. En cualquier caso, y como dice mi tío el idiota, ¡que Dios nos la dé buena y hasta el Valle de Josafat!

Seis años faltó del reino y en su ausencia le convirtieron en *el Deseado*. Se fue el 10 de abril, con su hermano don Carlos por escudero. Desde que le pinté, aún niño y ya acechando el mundo por encima del hombro de Fernando, se había transformado aquel segundón en la sombra inseparable del príncipe de Asturias. Quedó encomendada la regencia a una Junta de Gobierno, que el rey hizo presidir a don Antonio Pascual. Les dije a Moratín y al actor Máiquez que para Fernando no era la historia sino el escarnio de un satírico sainete: algo muy parecido a ciertos *Caprichos* míos. El país reducíase al tablado de aquella siniestra comedia, donde sarcásticamente y sin ton ni son se moría de veras. Acaso el profeta y empresario de semejante farsa no fuera Fernando, ni Murat, ni siquiera Napoleón, sino el propio don Antonio Pascual. Les conté que ocho años antes, en la Casita del Labrador, me dijo que sólo su familia sobreviviría para reinar eternamente en el corral de las Españas, una vez amainados todos los orajes. Se desperecieron de risa y me aseguraron que la sola certeza irrebatible, entre tanta y tan azarosa perplejidad, era que en España los Borbones estaban prescritos y acabados. Sí, señor, acabados en todos los sentidos.

Moratín y su gata vivían entonces con nosotros, en Valverde. Ceñudo y pesaroso, desde que fue a acogerse en nuestra casa, no le oí reír hasta aquella tarde. Después del motín de Aranjuez, corrida la voz de que era amigo y protegido de Godoy, le desvalijaron su piso en la calle Fuencarral. A él le permitieron huir por una ventana, abrazado a la gata de Angora y a los gritos de acaponado y maricón. Recalaba con Josefa y conmigo, mientras adquiría muebles nuevos para recomponerse el hogar. Por milagro, recobró casi todos sus libros y papeles, defenestrados y esparcidos por el arroyo. A su antiguo valedor, el príncipe de la Paz, se negó Fernando a entregarlo a Murat, aunque lo demandara Napoleón. Afirmaba el rey que debía juzgarle un tribunal español y sólo a medias tintas anticipaba su indulto, si le condenaban a la última pena. En su ausencia y en nombre de la Junta de Gobierno, tuvo que ceder a la preciosa presa don Antonio Pascual, aunque resistióse cuanto pudo a perder al prisionero. Recordaría en el trance aquel infante cómo fueron a cumplirse todos los agüeros que me hizo en Aranjuez. A Godoy le apedrearon, apalizaron, pincharon y cosieron a tijeretazos y cuchilladas. Puntualmente le arrojaron a una cuadra de palacio, pidiendo su pellejo. Como a moro muerto gran lanzada, sólo faltaba que el tío del rey le degollara y ofreciese su cabeza en lo alto de una albarda. No lo consintió el gran duque de Berg. A Murat, que tanta sangre vertería en las ejecuciones de Madrid, le horrorizaba la saña de los bárbaros españoles con el príncipe de la Paz, después de su caída. Desde la cárcel de Pinto, le llevaron al viejo castillo de Villaviciosa, donde le custodiaban los guardias de Corps. En aquella fortaleza comparecieron los dragones imperiales. Tenían órdenes terminantes de Murat de fusilar a la entera guarnición, si Godoy había sido asesinado o no le soltaban en seguida. De mala gana doblegóse don Antonio Pascual, y los franceses se llevaron al valido a Bayona. Ni diez días hacía que Fernando lió los bártulos y se puso en camino.

Dicen que la primera camisa limpia que tuvo Godoy después del prendimiento en Aranjuez, se la dio don Carlos. El 23 de abril, el antiguo rey y doña María Luisa liaban el hato y emprendían la romería hacia Bayona. Iba la soberana recién peinada por sus peluqueros y vestida como si fuese a un baile. Su esposo se alejó para siempre de la Corte, desvaído, gimiente y torturado por la gota y el reuma. Viajaban en una carroza, llena de baúles, bacines y jaulas de jilgueros, protegidos y acompañados por jinetes del emperador. A la semana de su partida, escribió don Carlos reclamando en Bayona a la desposeída soberana de Etruria, al infantito don Francisco de Paula y a don Antonio Pascual. Pasó Murat el pliego a la Junta de Gobierno y aquel sanedrín accedió a la demanda, pidiéndole dos días de plazo para disponer el viaje. Dijo el gran duque *sea* y sin encubrir la impaciencia por reinar en España, volvióse a sus cuarteles al pie de la montaña del Príncipe Pío. Abiertamente y sin rebozo, sus tropas iban ocupando Madrid. Surgían por todas partes dragones, mamelucos e infantes de la *légion de réserve:* por el Prado, por el barrio de la Encarnación, por Santa María, por el puente de Segovia. A veces las muchachas admiraban y aplaudían a los coraceros de la guardia, tan fachendosos y rubicundos en sus caballos caracoleantes. Los reclutas de infantería tendían a huidizos y apocados. Con sorprendida compasión, apiadábanse de ellos los madrileños. Jamás se imaginaron a los soldados del Imperio tan tímidos y desastrados en la apariencia. El primer domingo de mayo, Murat oyó misa en las Calatravas de la calle de Alcalá. Luego se fue a revistar las tropas en el paseo del Prado. De improviso le silbaron y abuchearon un estrepitoso puñado de majos, huidos en seguida por la arboleda y los parterres del Buen Retiro, o por el laberinto de calles alrededor del convento de las Trinitarias.

Entre tanta angustia y desazonada incertidumbre, clareó el día siguiente. Cayó en lunes el dos de mayo de aquel año de gracia y de Nuestro Señor.

Temprano fui al obrador y me sorprendió que a media mañana aún no comparecieran mi ayudante Asensio Juliá ni el viejo Pedro Gómez, mi moledor de colores desde los tiempos de Santa Bárbara. Por las ventanas veníase la tibia y silenciosa luz de la primavera madrileña: la cándida luz de *La gallina ciega.* De pronto, demudada y despeinada, irrumpió Josefa en el taller. Tartajosa, tiritaba de pánico y desazón —ella, siempre tan mirada y dueña de sí misma—, jadeando como una poseída. De tal modo cortábase y se le encaballaban las palabras, que Dios y ayuda me costó comprenderla. A veces se asistía escribiendo en pedazos de papel. Pero tanto se estremecía que sus garabatos, garrapateados a todo correr, me resultaban menos inteligibles que sus manos y sus labios. A tropezones y con exasperante lentitud, compuse en mi impaciencia parte del drama que nos rodeaba. Desatinados de miedo, acaban de regresar a casa Isidro y la doncella, que a las ocho en punto se fueron al mercado. De su relato a través de Pepa y de cuanto luego ocurrió y tuve noticia, hice eterna memoria de aquel día terrible. Volví a pensar en aquel *capricho* donde Godoy no quiso reconocerse, en tanto le atenaceaba Satán sobre el abismo del tiempo y en mitad del firmamento. Llegada era la hora en que no sólo el príncipe de la Paz, sino también todos nosotros, nos precipitásemos en la sima sin fin de la historia. La hora presagiada por un imbécil, que acaso fingiese su necedad: aquel don Antonio Pascual, que aprisioné en *La familia de Carlos IV.*

A las ocho y media de la mañana, tres berlinas ante el Palacio Real disponíanse a salir para Bayona, con el propio don Antonio, el infante don Francisco de Paula —*el del abominable parecido con Godoy*— y *Luisette*, la reina que fue de Etruria. Hosco y espeso, llenaba el gentío la plaza de la Armería, cuando alguien chilló que arrebataban por la fuerza a los príncipes, que Francisco de Paula sollozaba. Al punto se arrojaron las mujeres sobre los carruajes, cortando las riendas de las caballerías y atropellando a dos ayudantes del gran duque, que en su nombre despedían a los viajeros. Acudieron los dragones a rescatarlos y los recibió una salva de pistoletazos. Replicaron los fusileros y en la plaza cayeron los primeros muertos, de bruces en su sangre. Como una furia, una joven alta y bien trajeada se puso de pie en un banco y rompió a gritar *¡Armas! ¡Armas! ¡Armas!*, coreada por el tumulto. En el alboroto, nadie hizo mayor caso a los rejeros, que se ofrecían a descerrajar la armería. Huyeron a ocultarse en Palacio la reina de Etruria y los infantes. Pero ya venían de allí cocheros y lacayos, reclamando más *¡Armas! ¡Armas! ¡Armas!* Otra carga dispersó a la multitud. Corría ahora desatinada por la calle Mayor, por la de Alcalá, por la de Arenal y por la carrera de San Jerónimo, perseguida por los granaderos. Desde algunas ventanas entornadas tiroteaban a los jinetes. Dondequiera que los hallasen, apuñalaban los majos a los soldados franceses extraviados. Dijeron Isidro y la doncella que en el hospital, degollaban los enfermeros con bisturíes a los dragones heridos. Desde el obrador oía la Pepa el vocerío, el tiroteo, el galope de cascos que echaría chispas en los adoquines. Le rugí que yo quería salir y ver con mis ojos lo ocurrido, ya que no alcanzaba a oírlo. Se me abrazó llorando y suplicando que la llevase a casa, que me quedara allí con ella para ampararla. Temía perder el juicio o morirse de miedo, en cualquier momento. Cedí y me pregunté las razones de un súbito desapego, que me abrumaba y desadvertía de improviso. Por oscuros motivos, sorprendíame el destelleante recuerdo de aquel otro día, a los dos o tres de casado con Josefa, cuando Bayeu me mostró en Palacio *La familia* de Velázquez.

En casa nos encontramos con Xavier, Gumersinda y Marianito. Vivían entonces en la calle de la Zarza, esquina a Cofreros y a dos dedos de la Puerta del Sol. De allí veníanse huidos y desencajados, con el alma en la boca. En la Puerta del Sol, batiéronse a navajazos y pedradas los manifestantes con mamelucos y lanceros de Murat. Dragones y guardia imperial terminaron por dispersarlos a tiros, en sucesivas cargas. En el atrio de la Soledad, los coraceros tajaron con sus sables a quienes iban a refugiarse bajo sagrado. En el Palacio Real, los mamelucos decapitaron a los porteros y sirvientes, que salían pidiendo armas. Lívido, lo contaba Xavier, mientras deshacíase en lágrimas Gumersinda y nos miraba atónito Marianito. De pechos en el respaldo de una silla, gemía la doncella. En un rincón, ceniciento y caído en los suelos, Isidro daba diente con diente. De pronto, todos se llevaron las manos a los oídos, como aterrados por un horror más grande. En tanto veía temblar las lámparas, me dijeron que atronaba la cañonería. Luego supimos que un trío de artilleros —tres oficiales entre toda la guarnición de Madrid— unióse al pueblo y juntos defendieron brevemente el arsenal y la maestranza. A bayoneta calada, acabaron los granaderos a casi todos los supervivientes, en el parque de artillería. Callados los cañones, me habló Xavier de un silencio sobrecogedor, que arropaba a Madrid como una boira. Pero casi no reparé entonces en sus labios, ni en sus manos. En mi reloj eran las dos de la tarde y en mi recuerdo resonaba la voz de Francisco Bayeu muerto. *Sea cierto o no el mundo, merecía la pena haber vivido, para presenciar una maravilla como ésta*, decía ante *La familia*.

En la quietud, que me imaginaba como una extensión de mi sordera, descendiendo al mundo como luego cerrarían las sombras, sonó trompeteo y gritería de pregoneros. Por orden del mariscal Joachim Murat, gran duque de Berg, imponíase el toque de queda hasta la madrugada. Retenes, patrullas y centinelas dispararían sin previo aviso y sin dar el alto a quienes se asomaran a la calle antes de la amanecida. Puesto que sicarios y depravados vertieron sangre francesa, haría el gran duque la debida justicia. Un tribunal militar, reunido en la Puerta del Sol y presidido por el general Grouchy, juzgaría de forma sumarísima a todos los apresados con las armas en la mano. Autoridades militares españolas —nombraron al general Sesti— asistirían a los interrogatorios como intérpretes. Volvió el sarcástico sosiego; pero trajo el crepúsculo más pregonería, que derrostrado y deshecho me iba traduciendo Xavier. Los mayores culpables ya fueron juzgados, aunque se mantendría el toque de queda hasta el día siguiente, para toda la población y bajo pena de muerte. Los reos serían pasados por las armas en el Prado, en el Buen Retiro, en la Puerta de Segovia, en la vega del Manzanares, en Leganitos, en Santa Bárbara, ante las tapias del convento de Jesús y en las laderas de la montaña del Príncipe Pío. Entenebrecida la noche y prendidas las velas, vi persignarse a las mujeres estremecidas y adiviné las descargas de las ejecuciones en el Prado, acaso también en el Retiro. Buscó la Pepa un rosario de cuentas negras y empezaron las tres a rezar juntas, dormido ahora Marianito en el regazo de su madre. En mi fuero íntimo, más me horrorizaba yo de mí mismo que del infierno a mi alrededor. Parte de mi ser obstinábase en desentenderse del presente terrible y permanecía con Francisco Bayeu frente a *La familia* de Velázquez. Limpia y distinta, a través de los años y de la muerte, me repetía la voz de mi cuñado: *Claro está que tú y yo ni siquiera existimos. Y lo más probable es que jamás lleguemos a existir.*

Poco antes de la amanecida, les grité a todos que, pese al toque de queda, yo me iba con la carpeta y los carboncillos a la montaña del Príncipe Pío. Isidro me seguiría, para hacerme de oídos y llevarme el farol. No me sorprendió mi repente. Aquel día siniestro me había habituado a las fuerzas incomprensibles, que me vencían el albedrío y señoreaban la voluntad. En cambio, me asombró que Isidro se levantara de los suelos para obedecerme, dominado por el mismo destino. Agobiadas, se durmieron Gumersinda y la sirvienta. Mi nuera en un sillón y abrazada al niño; la muchacha, todavía de bruces en el espaldar de su silla. De codos en la mesa, me contemplaba Xavier mudo y aterrado, a la luz de las velas y con la sangre en los zanacajos. Se me abrazó la Pepa como una espiritada. Sacando fuerzas del alma despavorida y de su flaqueza de naipe, espaciaba las palabras para que no me perdiese una sola sílaba de su desesperación.

—¿Por qué quieres hacerte matar como un perro rabioso? ¿Para que también yo muera, cuando te traigan despedazado a tiros y envuelto en una sábana? ¿Tanto me desprecias para acabarme así y al precio de tu misma vida? Casi en las vejeces, tenemos un coche de caballos, un tiro de mulas y un birlocho, cuando muchos nobles no pasan de la calesa alquilada. Tenemos un nieto como un ángel y un hijo granado, después de los cinco que se me murieron, ¡que tú me asesinaste con tu puerco morbo! ¿Qué será de mí, si me dejas viuda? ¿Qué será de mí si me abandonas? ¡Maldito seas!

Me zafé a tirones brutales. De bruces sobre la mesa, Xavier se deshizo en lágrimas. Nunca supe si lloraba por nosotros o por sí mismo. Porque sobrevivió a sus hermanos; pero jamás sería nadie. Nadie salvo una sombra mía, que echamos al mundo. Un inepto desengañado, que a veces aún hablaba de hacerse pintor. Si bien yo les mantuviese a él y a su familia, como a mi muerte medrarían ellos enajenando mis obras. Todo lo pensé entonces por un solo instante, aunque nunca querría volverlo a recordar después de aquella noche. Afuera el terror y la queda vaciaron las calles. Cruzamos un Madrid tan desierto como un infierno sin almas. No obstante, me dijo Isidro que hacia la Armería y el Palacio Real oíase rumor de patrullas montadas. Tanto le temblaba en la mano el farol azulado, que acabé por arrebatárselo. Estremecido él a mi espalda, como un cachorro renco y apaleado, dejamos atrás el convento de los Agonizantes, las Arrecogidas, los Escolapios, los Mercedarios Descalzos, la huerta de la beata María de Jesús y el Saladero de las Carnes. Por aquel laberinto, íbamos a San Antonio de la Florida y a la montaña del Príncipe Pío, aunque yo tuviese la certeza de que paso a paso, noche oscura del alma adentro, también descendía al centro de mi ser. Casi veinte años después, les contaría en Burdeos a Moratín y a la Leocadia cómo me sorprendió la áspera fragancia de la jara, ya florecida en aquella temprana primavera. Aspiré profundamente y creí traspasar uno de mis cartones. En aquel instante llevóse el viento las nubes lejos de la luna y tropezamos con los muertos.

Medio centenar de fusilados yacían junto a una margen del monte. Ejecutados los unos encima de los otros, caídos de frente o de espalda, apilábanse en el charco de la sangre de todos. A disputarnos aquellos cuerpos, se vinieron bandadas de cuervos y una tropa de perros perdidos. Querrían picotearles los ojos abiertos las cornejas y beberles la sangre aún no encostrada la jauría. Fuera de juicio, Isidro y yo apedreamos a los perros. A los cuervos, sólo pudimos increparlos a blasfemias. Tan frenética era nuestra furia, que también escaparon de revuelo. Dijo Isidro que en la sombra gañían y graznaban todos despavoridos. Le repliqué que nos tomarían por otros fusilados, vueltos espectros y orates. Sabrían aquellos animales que de no ser silencio la muerte de un hombre, sería una demencia mayor que su propia vida. Chillaba desaforado, sujetando a Isidro por la pechera del guardapolvo, como si el sordo fuese él y no yo. Cuando le solté, derrumbóse sobre los ajusticiados. En seguida se vomitó encima hecho un mar de lágrimas. Le abofeteé para devolverle el juicio y caí junto a él, sobre los cadáveres amontonados como peleles. Se me abrazó mi criaduelo y con las manos le limpié el vómito y el llanto del rostro, besándole en la frente y en las mejillas. Entonces advertí que también yo estaba llorando, como sólo sollocé por cada uno de mis hijos muertos. O por María Teresa, en su capilla ardiente. Tan intenso era el aroma de la jara, que casi me ahogaba entre mis quejas. Poco faltaría para el alba y presentí una raya de luz, entre lechosa y azulada, al otro extremo de Madrid y sobre la Puerta de Atocha. En tanto apoyaba la carpeta en las rodillas, sentado de espaldas a una peña, pedí a Isidro que acercase el farol porque iba a dibujar a todas aquellas víctimas, antes de que las devoraran las alimañas o nos alejara su hedor a muerte.

—Señor —preguntó con los ojos arrasados en agua—, ¿por qué quiere usted copiar estas barbaries de los hombres?

—Acaso para decirles eternamente que no sean bárbaros. No lo sé de seguro, hijo mío.

Más no dije porque el mismo impulso, que una y otra

126

vez me devolvía al antiguo encuentro con Velázquez, dirigíame la mano y las memorias con acelerada premura. En un solo trazado coincidían los ejecutados con mi viejo racimo de testas decapitadas en una colcha, junto a una parca sin rostro blandiendo una cimitarra. Hasta el día siguiente no supe que sus mamelucos le habían ofrecido a Murat otras cien cabezas de hombres, mujeres y niños, cercenadas en las casas desde donde se disparó contra los franceses. Hacinábanse los muertos, como si a todos les hubiese corneado un toro gigantesco. Una fiera en la que se confundirían la parca del sable con la res venida de mi desvarío, a las puertas de la muerte. La misma que pinté en Cádiz en dos sesiones, a la vuelta del coma y de la agonía. El toro bravo a cuyo paso parecían haber caído los hombres apitonados y desmadejados junto al ribazo. También sería aquél el zaino, con la opaca mirada de Pedro Romero, que disponíase a acometer a la duquesa de Alba por la espalda, en uno de mis celosos bosquejos de Sanlúcar. La bestia de lidia, ante cuyos ojos dijo sentirse desnuda y descarnada María Teresa, al verme el cuadro en el obrador. Pero era preciso nombrar adecuadamente cada ser y cada cosa, como según Meléndez Valdés procedió Dios en el vacío antes de atribuir realidad a las palabras. Por mi parte y a mi mirada retrospectiva, en tanto furiosamente dibujaba en la alborada a los fusilados, debía devolver su verdadero nombre a ciertas figuras que diseñé y pinté en el pasado.

Sin que yo pudiera dudarlo entonces, aunque ignorase su auténtico sentido cuando la concebí, la parca de la cimitarra no era sino el último trastrueco de la Razón —la divina Razón— cuando el terror la mudó en la muerte. Pero si era también aquella furia el toro surgido de mis alucinaciones, sería a su vez un monstruo enchiquerado y oculto en el fondo del hombre. Le equivoqué el significado al *capricho* mío, *El sueño de la razón produce monstruos*, que tanto gustó a Godoy, aunque en otros no supo reconocerse. En quimeras asesinas se transformaba aquel sueño. Pero no nacían los monstruos de la nada, en ausencia de la Razón traspuesta. Eran su propia pesadilla, en el centro oscuro y vergonzante de la Razón dormida. Talmente como vino el *Toro bravo* de mis delirios en la agonía. Acababa de repararlo, cuando rayó el día sobre el monte y los tejados agrisados de Madrid. Con el perfume de los jarales, ascendía el hedor dulzón de los ajusticiados. En vano llameaba el farol y el alba le enmarillecía los vidrios azules.

—Isidro, ¿crees tú que dentro de cada hombre alienta un monstruo?

—Lo que no puedo creer es que sean hombres quienes hicieron todo esto —todavía arrodillado, abría los brazos como si quisiera estrecharnos a todos contra su pecho de niño: a los ajusticiados y a mí—. ¿Cómo iban a serlo?

—Y sin embargo lo son —le atajé en voz baja—. Hombres como nosotros, aunque una vez en sueños yo fui un toro y otra un perro.

Cerré el cuaderno y lo puse en la carpeta abierta. Sentí la convicción de haber dibujado aquella noche, como nadie vivo lo haría en la tierra. Como el propio Velázquez, resurrecto, me lo envidiaría celoso. Con su rostro junto al mío, me suplicaba Isidro que nos fuésemos de allí, antes de que una ronda nos avistase y también nos pasara por las armas a nosotros. No sólo me habían descubierto el centro monstruoso de la Razón los crímenes de la pasada noche, sino también me acercaron a Velázquez. De modo aún no esclarecido por los presentimientos, supe que en un día ya no muy lejano nos encontraríamos como dos iguales. En la pesadilla de mi juventud él era la cabeza de un caballo y yo la de un cachorro, apresado en la arena. A otros perros, que todavía acecharían en las últimas tinieblas, tuve que disputarles aquellos pobres muertos, que fusilados me llevaban a Velázquez. A un Velázquez, que ya parecía llamarme en mi sordera: a mí, Francisco de Goya. Sólo a mí, Goya y Lucientes.

—Como artista serás único en esta época. Posiblemente también en cualquier otra. Como hombre eres un trasto y un judas, mi buen viejo querido. ¡Hay que ver cómo nos traicionaste al país y a mí, durante la guerra! Le hiciste el retrato al rey intruso, le aceptaste su encomienda, la Orden de España o como se diga aquella vergüenza, le juraste fidelidad por tu honra y por escrito. No contento con todo ello, te juntaste con un pintamonas como Mariano Maella para elegirle los cincuenta cuadros que quiso robarnos su hermanito, el emperador. Es una pena que, siendo como eres, seas también tan grande. De no llamarte Goya, te habría agarrotado muy a gusto en la plaza de la Cebada.

Riendo y cojeando, se levantó don Fernando VII para verterte un escrúpulo de coñac en la copa vacía. Con una mano te contuvo para que no te alzases y te pellizcó el mentón, en tanto escanciaba. Sacudía la cabeza y el quijal. Luego se dejó caer de espaldas y abierto de piernas en la poltrona, como quien se derrumba molido en un bajo camastro. Se rascó las partes. Soltó un taco y un largo escupitajo. Complacíase en no haber acertado la escupidera. Vivías y vuelves a vivir, muerto, vuestro último encuentro. El de aquella cena a solas con él, en Palacio y en la primavera de 1826.

—Señor, en la guerra no hubo más inocentes que las víctimas, si en verdad lo fueron. Quien no traicionó, asesinó a otros asesinos. No obstante, la mayor responsabilidad os atañe a vos y a vuestro padre, que santa gloria goce. Puestos a prevaricar, en Bayona nos vendisteis a todos cuando renunciasteis a la Corona, para dársela a Napoleón. Fue una perfidia. Más claro, el agua.

—¡Y qué iba a hacer yo, ante aquel bandido que parecía

invencible y se adueñaba del mundo a punta de espada! Casi llegamos juntos a Bayona, Napoleón y yo. Él desde París y yo desde Madrid. Fue a saludarme, sombrero en mano y con una pareja de gendarmes por toda escolta. Naturalmente me precipité a abrazarle y a besuquearle las mejillas a la francesa. Permaneció inmóvil, sosteniendo el tricornio y sin devolverme el abrazo o los besos. De pronto comprendí que semejante retaco, enhiesto y chillón, agitado como una ardilla y con miradas que copiaban las del águila o de la serpiente, no era en realidad el emperador sino un loco que asumía su cometido. En un mundo más sensato, no pasara de profesor de matemáticas en una escuela de artilleros, pues aseguran que para esto había nacido. Siempre me asquearon quienes se olvidan de sí mismos y adoptan un papel ajeno. Así aquel bandolero, o para el caso mi madre. Estarás de acuerdo conmigo en que ella debiera haber sido una verdulera o una carnicera en Parma. Allí me la imagino, casando por interés con un abacero o un especiero, bailando la campanela y los lanceros en las ferias. Siempre muy devota y muy adúltera, huelga añadirlo. De mí dirás lo que te plazca a espaldas mías. Pero debes reconocer que soy quien soy y nunca pretendí ser otro. Arrojar la cara importa, que el espejo no hay por qué.

—No reiteraré a espaldas vuestras lo que ahora os repito cara a cara. Fue una alevosía cederle el Trono a Napoleón. Vuestra majestad debió negarse a abdicar, para que vuestro señor padre y aquel déspota se las compusieran como pudiesen. Os habrían declarado loco e incapaz, para vuestra prez y decoro, sin que Napoleón se atreviese a fusilaros.

—¡Ya lo creo que se habría atrevido! Sólo cuatro años antes prendió a un pretendiente monárquico, duque de Enghien o cosa parecida era el pobre diablo, y lo asesinó a sangre fría atribuyendo el crimen a un fortuito error. En mi vida pasé tanto pánico como en aquel maldito castillo de Marracq, que luego incendióse y ardió por los cuatro costados, una vez consumada nuestra ignominia. Ni siquiera cuando aquí, y hace sólo seis años, las turbas que tan hábilmente instigáis vosotros, los negros liberales, irrumpieron en Palacio pidiendo mi cuello a gritos y chillando que devolverían a la reina a su burdel de Alemania.

¡Mi tercera mujer, la poetisa y la beata de los rosarios! ¡Animalito!

— Pero cuentan que, en Marracq, su majestad resistióse al principio...

— ¡Claro que me resistí! ¡Y por culpa del mismo Napoleón! No hay nada más contagioso que la locura endomingada, amigo mío. Disfrazado de emperador, aquel enano me hizo creer que yo también era de veras rey, aunque secuestrado en el destierro. ¡Imagínate qué demencia la mía, si bien el destierro y el secuestro fuesen muy ciertos! Mi padre, que llegó a Bayona gotoso, tembleque y tratándonos a mi hermano y a mí como si fuésemos sus porquerizos desobedientes, no podía dar crédito a lo ocurrido cuando me negué a devolverle el Trono. Tampoco el emperador, a decir verdad. Habituado a que todos le besasen las huellas de los pasos, me miraba suspenso y repetía como un bausán: *Monsieur, vous êtes très bête et très mechant!* No te digo más, *Très bête et très mechant.* ¡Y pensar que mañana semejante parodia de comicastros pasará por historia!

— ¿Quién os hizo abdicar entonces? ¿Vuestra madre?

— Mi madre y yo nos profesábamos el mismo rencor envenenado. Pero nunca me aborreció con tanto odio como en Bayona. Ya llegó allí Godoy y ella habría sido feliz, reunida de nuevo la Trinidad en la tierra. Mi padre, mi madre y su querido favorito. Aquel que la abofeteaba y coceaba como nadie. Prendido a mi Cetro y Corona de trampantojo, yo era en Marracq el último obstáculo para su dicha. En Bayona la obligué a ser la rabanera que siempre debió haber sido. Como si estuviese en Parma, al cabo de tantos años, me hablaba en italiano y rugía: *Figlio della gran greca! Figlio della gran putana!* Mi padre asentía con la cabeza y Napoleón nos devoraba con los ojos fuera de las órbitas. *Sire*, le decía mi madre, *mi hijo siempre fue un canalla y un malnacido. ¡Matadle como a una rata apestada! ¡Como a un perro rabioso!* Luego supe de qué modo se carcajeaba el emperador, en cuanto se recobró de su asombro. Comentaba con su gente, hasta con el ayuda de cámara, supongo, el prodigio de una familia donde la madre pedía que le asesinasen al primogénito. Pura tragedia griega, degenerada en ópera bufa. Porque nosotros, los Borbones, todo lo disminuimos y corrompe-

131

mos a nuestra medida —de buena gana se echó a reír el rey—. Si te paras a pensarlo, Goya, resulta curioso comprobar cómo se convierte en risa, con el paso del tiempo, un pánico tan atroz como el mío en Marracq.

—¿También abdicasteis riendo, señor?

—Todo lo contrario. Lloré a solas y a lágrima viva, como no había llorado desde que perdí a María Antonia. Como no volveré a hacerlo en mi vida. Tuve que abdicar cuando se supo lo del dos de mayo. *Por tu culpa ha corrido la sangre en Madrid. Merecerías no haber nacido*, me dijo mi padre. El emperador me repetía que yo era un bestia y un malvado. Amenazó con formarme consejo de guerra. Llevaba varias noches en blanco y estaba tan rendido, que ya no me quedaba alma ni para el miedo. Le devolví la corona a mi padre y él se la entregó a Napoleón. El emperador se la pasó a José, su hermano mayor. Murat quería ser vuestro rey; pero tuvo que conformarse con el trono que fue de José, en Nápoles. También a él, a Murat, le fusilaron hace unos años en Italia, después de haber vendido a su cuñado, el emperador, como Dios manda. Como lo hicieron casi todos los mariscales del Imperio. Murió gritando al piquete: *¡Tirad al pecho, hijos, y respetad la cara!* Él mismo dio la voz de fuego. Me fastidian los desplantes de los hombres para encubrir su miedo a la muerte. Yo soy más modesto. Acabaré preguntando qué carajo es esto de la inmortalidad del alma, tan divulgado por los curas. Aunque no sepa a quién voy a preguntárselo. ¿No te parece una actitud más seria?

—El dos de mayo, los mamelucos llevaron a Murat dos sábanas atadas por los cabos y llenas de cabezas recién cortadas. Las había de viejos, de hombres, de madres y aun de niños de pecho. Aquellos salvajes hicieron su siniestra cosecha decapitando a mansalva y como quien siega, en las casas donde se disparó, o creían se había disparado, contra los franceses —tú, Goya, le contemplaste fijamente sin que Fernando te esquivase la mirada—. A los ojos aún abiertos de aquellas cabezas, su majestad ya sería *el Deseado*, aunque todavía no empezaran a llamarle de aquel modo. Los degollaron a todos, sin que supiesen que a los dos días abdicaríais.

—Angelitos al cielo. Deja que los muertos entierren a los muertos, como reza el Evangelio. Al igual que las proverbiales arenas de la mar, son tantos que no cabe contarlos. Además no deberías tú tomar su nombre en vano. Por mi parte, el día de mi renuncia, juré que jamás volvería a avergonzarme de mí mismo. No hay mayor locura que la de dejarse morir en balde y a pica seca. Esto es casi todo lo que recuerdo del *Quijote* desde que el canónigo Escoiquiz me lo hizo leer en la niñez; pero no lo olvidaba yo en Bayona. Mientras me preparaban un castillo en Normandía, Talleyrand me acogió en el de Valençay por orden de Napoleón. Allí bordaba, cabalgaba, bailaba la varsoviana y el minué. Un antiguo obispo, tan cínico como Talleyrand, preguntaba horrorizado a su bibliotecario: *¿Pero es cierto que este hombre no lee jamás un libro?* No lo era; pero leía a escondidas. También de ocultis tuve amores con una fregatriz gascona, que no se dio por dinero sino bebiendo los vientos, al ver lo bien pertrechado que andaba yo por la parte de la horcajadura. Al emperador le escribía y felicitaba por sus victorias en España, llamándole *mon cousin*. Nunca me contestó; pero lo del *cousin* le desatinaba. *¡Esto es ridículo! ¡El miserable debería decirme sire o alteza imperial!* Llegué a pedirle la mano de su sobrinita Lolotte, la hija de Lucien. Afortunadamente no repuso. ¿Qué haría yo ahora casado con una Bonaparte? Por supuesto, también escribí a José con mis mejores deseos para su reinado en España. Claro que entonces tú mismo estabas a los pies de aquel usurpador.

Tú, Goya, trajiste a la memoria la llegada de José a la Corte, en julio de 1808, con todo el país en pie de guerra. Entró en un Madrid que casi parecía vacío, con grupillos de curiosos contemplando callados la comitiva. Habían mandado engalanar la Villa y Corte con colgaduras. Pero las ventanas amanecieron guarnecidas con harapos y serones. Por la época en que pintaste al general Guye y a su sobrinico Victor, el propio rey intruso te refirió cómo el mariscal Savary, heredero de Murat en la lugartenencia española, pedía un duro escarmiento por semejante afrenta. Lo impidió José, diciéndole que él no era un salvaje como el gran duque de Berg. Sólo hacía la guerra para ganar la paz y con el propósito de que pasado mañana le recordasen como un libertador, no como un sanguinario.

Para ganarse al pueblo, el rey ofreció un domingo media corrida. Asombrado, recibiste su invitación al palco real en la plaza. Aceptaste y acudiste con la Pepa, porque aun después del dos de mayo y de la fe en crisis que antes pusieras en la razón, preferías a aquel hombre a Fernando. Ya había suprimido José de un plumazo el Santo Oficio y decretado el embargo de los bienes y las rentas conventuales. Esperabas que cumpliese las proclamas, donde prometía un país libre, pacífico y atareado. En el balcón real sobre el ruedo, saludaste al monarca por primera vez. Parecíase a su hermano, el emperador. Pero era mucho más alto, con claros ojos azules y despejada frente media calva. De entrada, te dijo querer que le pintases, porque en Francia no había otro artista de tu talla. *Pas même David, cela va sans dire.* Luego te preguntó si preferías que se dirigiese a ti en francés o en italiano, aunque ya estudiaba el español e iba a aprenderlo muy pronto. *Válgase su majestad de cualquiera de aquellas lenguas. Con tal de que me mire de frente cuando me hable.* Sonreía fatigosamente a los aplausos por compromiso del graderío. Volvía a sonreír, en tanto contemplaba de perfil y por deber político una fiesta, que sin duda le hastiaba y repelía. Surgió el escándalo cuando *Sentimientos* —el sevillano cañí y a veces carnicero, feo y entrometido como un mico— se negó a brindarle al rey el primer toro.

—Brindo a to lo madrileño patriota y mártire, que eztán en lo cielo, vilmente acecinao por cicario de uniforme, er do de mayo d'erte año de tanta degracia.

La ovación de aquella plaza, toda en pie para vitorear al gitano, sería un solo clamor interminable. Aun en la sordera, debiste sentirlo tú hasta las fuentes de la sangre. *Cosa, caro Goya? Cosa?*, preguntaba atónito el intruso, olvidando que desde allí no podías verle los labios a *Sentimientos*. Versado en castellano, que según decían dominaba como el francés, precipitóse Savary a traducirle el ultraje al monarca. *Sire, debemos prender a este insolente y formarle consejo sumarísimo.* Te pareció que José descargaba su enojo con Savary y no con el torero. A medias le leíste o adivinaste las palabras. *Monsieur le maréchal, si no se le ocurren consejos más sensatos, cállese y retírese. Cualquier inocente asesinado será siempre digno de todo mi respeto.* En seguida se levantó y saludó a *Sentimientos*, como si a él le hubiese ofrecido el toro. Se haría en la plaza un sorprendido y respetuoso silencio. Sosegaste. De ira de señor y de alboroto de pueblo te libre Dios, como dicen en tu tierra. Cuando mató el gitano, de un volapié con buena estocada, volvió a alzarse el rey para saludarle. Entonces le correspondió *Sentimientos*, con media reverencia. Callaban los tendidos, como luego te lo comentó Meléndez Valdés. También a él le invitaron al balcón regio, entre otros fieles que luego llamarían afrancesados y entonces apodaban *josefinos*. Al marchase José, proseguía Meléndez, hubo aplausos más tibios que a su llegada. No muchos, admitió en tanto asentía Josefa. Para aquel poeta, José era un gran hombre, hermano de un monstruo. Más impaciente que nadie, aguardaba el rey el día en que el último coracero francés saliese de España, terminada la guerra. Te encogiste de hombros.

A la semana siguiente, sentado Satán en el punto de la curva del mundo donde se cuece y defenestra el poder político, según tu *capricho*, dispuso que huyese José a Vitoria con toda su corte de afrancesados. *Subir y bajar*. Por aquel entonces, te consumías pensando en Zaragoza: la ciudad que siempre sentiste tuya, aunque poco vivieras allí en tu dilatada existencia. La decían sitiada, cañoneada y defendida calle por calle, cuando de pronto anunciaron que los franceses habían levantado el asedio y se retiraban de sus muros. Por los mismos días en que José entraba en Madrid y el conde de Campo Alange le recibía frente al portal de Palacio, agitando el pendón de la villa y gritando aquello de *¡Castilla, Castilla, Castilla, por el rey nuestro señor, que Dios guarde!*, el ejército imperial y siempre triunfante —*¡Y qué iba a hacer yo, ante aquel bandido que parecía invencible y se adueñaba del mundo a punta de espada!*— era derrotado al pie de Sierra Morena, en un lugar de Jaén que nunca oíste nombrar antes: Bailén. Casi veinte años después, paseando por Burdeos con Moratín y Antoñito Brugada, tú muy acabado entre un par de bastones, os diría Leandro:

—Bailén fue una de las batallas definitivas en la historia de Europa. Como no hay plazo que no se cumpla, ni deuda que no se pague, allí empezó José a perder España y su hermano el mundo. Sin Bailén, no intervinieran los ingleses en la península al año siguiente, ni fuera Wellington el vencedor de Waterloo. Bailén le privó a Napoleón España, el dique seco de su imperio en el Mediterráneo.

Antes de Bailén, la paz era posible y habríamos tenido el mejor rey, que en vano nos deparó la suerte. Pensad que, entonces, inclusive Jovellanos vacilaba ante el ministerio que José le ofrecía. Por último, sin Bailén, no estaríamos nosotros tres en el destierro, aguardando los funerales de Fernando. A esto redujo Bailén el ser liberal en España: a esperar la muerte de un hombre.

A toro pasado, viniste en conocimiento de la batalla. Con 20 000 soldados, enzarzóse Dupont en Sierra Morena, camino de Andalucía. Córdoba se ofreció a rendírsele. Pero mientras ajustaban la capitulación, alguien disparó sobre los franceses desde un tejado. Dupont demolió entonces los muros a cañonazos, saqueó la ciudad y la catedral. Llevóse el botín en carros repletos. Pillaje y desvalijo fueron aun peores en Jaén indefenso. Cuando se enfrentaron Dupont y Castaños, con el Guadalquivir en medio, optó Dupont por parapetarse a la margen derecha del río. Le dio así tiempo a Reding, el general suizo que servía a Castaños, para cruzar el Guadalquivir y situarse a su espalda. Cuando Dupont quiso retroceder hacia La Carolina, para no perderse los puertos y los pasos de la sierra, se encontró encepado entre Reding y Castaños, con las tropas medio muertas de sed y de fatiga. Perseguidos por los garrochistas, mil suizos del ejército imperial desertaron para unirse a Reding. Herido, Dupont tuvo que rendir sus 18 000 hombres restantes. A Castaños, le dijo entregarle una espada vencedora en cien batallas. Replicó Castaños que él acababa de conseguir su primera victoria. Esperaba que a su edad no fuese la última. Todo aquello fue gloria justamente celebrada. Pero otros aspectos de la campaña, te asquearon casi tanto como el gozo madrileño al comentarlos. En La Carolina, los invasores dejaron un hospital de sangre con doscientos heridos y enfermos. Exasperados por el saqueo de Córdoba y de Jaén, aquellos a quienes pronto dirían guerrilleros —los de la guerra pequeña, en la emboscada montaraz— los quemaron en sus camas. A un general francés, extraviado y preso, le hirvieron vivo poco a poco en un caldero, en mitad de una era y bajo los despiadados cielos de julio. Pinchándole con forcas y navajas, regocijados campesinos festejaban sus chillidos y bebían de las botas al pie de los olivos.

Por los días de la fuga de José, te hablaron de un

superviviente de los fusilamientos en la montaña del Príncipe Pío. Huido, se acogió en la ermita de San Antonio de la Florida, entre aquellos frescos tuyos que llevarían diez años aguardándole. Era José Suárez un correoso y avellanado trajinero de la Aduana del Tabaco. Fuiste a verle al santuario y te recibió sonriente y reverencioso, sobando la gorra entre los dedos. Como si de aquel modo distanciara los horrores, casi con desapego relataba su suplicio en la noche increíble. Muchas veces le habrían oído la odisea los monjes de San Antonio. Pero le escuchaban sombríos y silenciosos, sentados con vosotros en la pradera que pintaste para los tapices de Santa Bárbara. Juraba Suárez haber sido inocente el dos de mayo, aunque la inocencia fuese entonces fortuita. La culpa y la vida pendían de un hilo, o del buen naipe de un hombre a la hora de escapar o de ocultarse. A él le apresaron los dragones en la calle Mayor, cuando le sorprendió el tumulto camino de la aduana. En la Puerta del Sol, le sentenciaron a muerte con otros muchos presos, aunque por capricho pudieron salvarle. Cansado de ordenar ejecuciones, de tarde en tarde Grouchy libertaba a todas las mujeres y a algunos hombres. Cuando le llevaron a la montaña del Príncipe Pío, con sus compañeros de infortunio, ya empezaban a ajusticiar en el Prado. Desde allí oían las descargas y el batir de los tambores. Le preguntaste a Suárez por un fraile que habías visto de madrugada entre los ejecutados. Te dijo que era el capellán de la Encarnación y juntos iban a matarlos. *Padre* —lloraba el arriero orinándose encima—, *absuélvame antes de que nos acaben.* Replicó el fraile que nada cabía perdonar, porque los dos eran inocentes. No siendo ciego, tampoco Dios podía ignorarlo. *Padre, y si fuese sordo como estos sayones, que nos asesinan sin conocernos y sin entender una palabra de cuanto chillamos.* De pronto se acordó de tu impedimento y pidió que le disculpases. No se refería a tu sordera sino a la de los cielos. Pero no fue Dios sordo para todos y a José Suárez le escuchó las preces. Nunca supo por qué quiso distinguirle con su misericordia. Acaso por haberla puesto en duda. Tal vez porque entre tantos hombres, dignos o airados, que caían valerosamente en pago de los franceses que acuchillaron, él sería el único cobarde libre de culpa.

Cuando te dijo que el piquete ejecutaba a la bayoneta

calada, trajiste a mientes al toro heridor en que la Razón fue a convertirse. Cerrada la noche, proseguía José Suárez, los soldados prendieron un fanal amarillento y lo dejaron en un ribazo. Tú, Goya, pensaste que ya concluyeron su parte en las atrocidades dragones, coraceros y mamelucos. Hacían de verdugos los mismos infantes, tímidos y desastrados, de cuyo azarado recato se compadecía la gente la propia víspera. Perdidas o terminadas las cuerdas para sujetar a los reos, los arrodillaban a bayonetazos y fusilaban a quemarropa, en grupos de cinco o seis. En seguida apiñaban a los siguientes de hinojos y los sacrificaban sobre los muertos. Llegada su vez, sintió José Suárez un arrebato de imprevisto coraje, donde desapareció prontamente todo su pánico. Se alzó entonces de un brinco frente al piquete, desafiándolo a matarle de pie como a un hombre. Vacilaron un momento los soldados ante el gesto imprevisto. Devuelto el terror con el instinto de vivir, se dio a la fuga el trajinero a todo correr por los campos y sombras adentro. Le tirotearon sin alcanzarle y entre preces o blasfemias, llegaría perdido a San Antonio. Allí le ocultaron los monjes.

En tus pesadillas, los cadáveres de la montaña del Príncipe Pío se crecían hasta cubrir todo el fondo de tus sueños. Por el contrario, el relato de José Suárez parecía empequeñecerlos y convertirlos en un revoltillo de quebrados insectos. Pensando en aquellas discrepancias, empezaste un cuadro en el que trabajarías hasta bien entrados los años de las hambres. Tú le llamaste *El gigante*, aunque luego dieran en decirle *El coloso*. Sobre un llano, entre una selva oscura y unas pardas colinas, hormigueaba arredrada y aspaventera una diminuta multitud. Como si el espanto los hubiese sorprendido en mitad de un éxodo, abandonaban sus carros, sus monturas y sus hatos de toros, que también escapaban de estampida. Detrás de los montes, alzábase de espaldas un titán desnudo. A las nalgas le llegaban los cirros del cielo, medio entoldado y se le erguía el busto en la alta negrura del firmamento. Mirando aquella obra, que abocetaste en la tela sin previos apuntes, aunque luego le repetirías las variantes en grabados y diseños, creíste comprenderle un propósito hasta entonces escondido a tus propios ojos. No era el gigante sino una reencarnación de aquel toro bravo de tus alucina-

138

ciones, en que fue a pervertirse la imagen de la Razón. Pintabas otra mudanza de los monstruos, que se agazapan en su centro escondido, hasta que el dos de mayo los desasió al darles suelta. Pero si quisiste reducir al coloso, después de concebirlo y emborronarlo, te engañaste miserablemente porque nuevos horrores te aguardaban en breve, en un imprevisible viaje a través del país en guerra.

En setiembre, el comandante Gil Ranc, aragonés y conocido tuyo, llegó a Madrid enviado por Palafox desde Zaragoza. Iba a solicitar urgente asistencia de la Junta de Defensa, para la ciudad libre ahora aunque en gran parte destruida en el primer sitio. Una atardecida, comparecióse impensadamente en tu casa de Valverde. Te llevaba un inesperado mensaje del célebre defensor de Zaragoza, aquel jovencísimo general José Palafox, a quien trataste en algunas ocasiones en sus mocedades. A través de Gil Ranc, te pedía que fueses a Zaragoza y testimoniases con tu arte los sesenta y un días de su asedio inmortal. Desatendiste las súplicas y quejas de Xavier y la Pepa para retenerte en la Corte y aceptaste el encargo. Fue aquél otro de los raptos tuyos, en que te dejabas arrastrar por oscuros designios, sobre los cuales no ejercías mayor o ningún gobierno. A poco os pusisteis en marcha; pero jamás olvidarías lo que dijo Gil Ranc cuando cruzabais por la Puerta de Alcalá y frente a la plaza de toros, camino de Guadalajara y apenas rayada el alba.

—Emprende usted, Goya, un viaje en el que creerá pisar los umbrales del infierno. Tanto por parte francesa como por la nuestra, esta guerra carece de precedentes en arrojado heroísmo y en bestial cueldad. No me atreví a prevenirle antes, para que no se quedara en Madrid. Espero que sepa perdonármelo.

—En Madrid vi yo a los fusilados de la montaña del Príncipe Pío, cuando acababan de matarlos. No se habrían aún enfriado aquellos cuerpos, porque mi criado y yo tuvimos que defenderlos de los perros y de las cornejas. Mi sirviente se les vomitó encima. Yo les decía a los muertos: para eso habéis nacido.

—Sí, señor. Parece que para esto nos parieron —decía el comandante—. Pero ver, lo que se dice ver, todavía no vio usted nada.

Pronto visteis árboles con otros fusilados, muertos en

pie y sujetos con cordeles al tronco. Hedían y en sus vientres reventados zumbaban las abejas. En las copas, piaba el gurriato y cantaba el jilguero, según te lo indicó Gil Ranc. *No hay remedio. No lo hay.* Y añadió que aquello era sólo el principio. De otros árboles ahorcaron guerrilleros, desnudos y descuartizados. Espetado en una rama y con los brazos cercenados a sablazos, pudríase un muerto de sorprendido y dulcísimo gesto. *Esto es peor. Ya ve usted*, meneaba la cabeza tu acompañante. Asentiste y protestaste no haberte arrepentido de venir a presenciar tantos horrores. Alguien tenía que dar fe de lo ocurrido, por más increíble que pareciera, en un cuadro o en un grabado. En la enramada de un robledo ensartaron torsos, cabezas, brazos amputados, al sol de Dios y en nombre de la justicia. Te hizo notar Gil Ranc que se llevaron las ropas de las víctimas. Nadie sabría jamás si aquellos restos martirizados eran de franceses, de campesinos o de guerrilleros. *En este abismo, pierden sentido las propias palabras, Goya.* Replicaste que eterna era la crueldad de la cobardía, bajo cualquier nombre, y que grande hazaña fue aquélla. Despedazando muertos. Visteis pueblos volados por los aires con barriles de pólvora encendida, quemados y desiertos. En las ruinas humeantes de un caserío, disteis con una vieja que mordía una manzana verde abrazada a un gato. *¡Ay, hijos, huyóse todo el mundo cuando llegaron aquellas fieras! ¿Por qué viviré yo para recordarlo?* El cura y el corregidor escaparon los primeros. Corría el párroco con la teja puesta y el platal de la iglesia en un saco. Indignáronse los frailes, que llevaban la escuela. Jurando como carreteros, dijeron que si aquel miserable se iba con el cepillo y las alhajas de la Virgen, ellos se quedaban al pie del altar para impedir que volviese y robara el Santísimo. En el presbiterio, los cuartearon a sablazos los soldados. Luego lo saquearon todo, incluidos los manteles de la misa, antes de pegarle fuego a la aldea por los cuatro costados. *Yo lo vi* y *Así sucedió.* Por un ventanuco del henal del molino, donde fue a esconderse con su gato, contempló todo el drama la vieja. Por milagro, evadióse de allí cuando ya la cercaban las llamas.

Os topasteis con una partida de guerrilleros. Su cabecilla, *el Rabadán*, quería saber si la guerra terminó o estaba a punto de acabarse. Le repusisteis que el rey intruso había dejado Madrid y vosotros ibais camino de Zaragoza, liberada. No obstante, puntualizó Gil Ranc, la lucha sería aún larga y difícil. Asentía *el Rabadán* con la cabeza. Era mejor así, porque todavía quedaba mucho por vengar. Sería un hombre de tu edad, fosco y rugoso, con las barbas y las sienes encenizadas. La cuadrilla os invitó a almorzar, *si les place a los señores*, junto a la fuente de los pomares. *Con razón o sin ella, da lo mismo*, decía *el Rabadán* mientras cortaba el pernil en lonchas a navajazos, los franceses aseguraron que los habían tiroteado en el camino. Lo cierto era que él y sus zagales sintieron escopetazos desde los pastos del collado, donde guardaban los rebaños. Agazapados en lo alto de los cerros, presenciaron todos los horrores sucedidos en el pueblo. A duras penas impuso su autoridad *el Rabadán* para mantener a su gente allí oculta y al acecho. *Mochachos, tenemos que vivir para vengar. Sólo para vengar.* Los franceses fusilaron a la mitad de los hombres y de las mujeres. A muchas madres las abrieron en canal y les cortaron los pechos, con los hijos niños abrazados al cuello. A las mozas más garridas las violaron entre los muertos. *Vivir para vengar. Sólo para vengar.* Tan presurosos huyeron a los tres días, que dejaron a sus heridos desahuciados en la paja y las yacijas, dispuestas en la iglesia quemada. Entonces bajaron del monte el cabecilla y sus pastores. *Arrastramos a los moribundos por todo el pueblo. Los trinchamos al hacha, al cuchillo y a la pica.* Luego pensó *el Rabadán* que aquellos soldados llegarían ya acabados y gravísimos. Eran por lo tanto los únicos inocentes de las barbaridades cometidas. *Da lo mismo.*

Evocaste a José Suárez y te dijiste que en aquellos tiempos de agonía, vida e inocencia eran arbitrariedades del azar. De grado u obligadas, como lo juraron luego, seis zagalas se fueron con las tropas en la desbandada. *Se conoce que a los gabachos les estorbaban la fuga, o se hartaron de ellas, porque las dejaron en las viñas. Regresábanse hambrientas y andrajosas. Hechas una pura lástima, como los señores pueden figurárselo. Di con ellas en estos prados y bajo los manzanos tuve que juzgarlas. No sé si os fuisteis de vuestra gana o por fuerza, con aquellos enemigos de Dios, les dije. Pero las otras mujeres vivas se quedaron a enterrar a los muertos. Si aquellos herejes os*

*sembraron al antecristo y a sus demonios en las entrañas,
no vais a parirlos para mal del mundo. Después de aplas-
tarles la cabeza con un pedrusco, las despenamos anegán-
dolas en esta misma fuente. Tal cual hacen los chiquillos
con los gatitos sobrantes de una camada. Cuentan que la
muerte de los ahogados, salvada la primera impresión,
suele ser dulce.*

—Si combatiésemos por gente como ésa y sólo por esa
gente, les daría la razón a Moratín y a los demás afrancesados —le confiaste luego a Gil Ranc.

—A veces yo tampoco ando lejos de pensar así. Pero
antes de desertar de la causa de Dios, como diría *el Rabadán*, lléguese usted al menos hasta Zaragoza.

En Zaragoza, Palafox te recibió con un abrazo. Aunque
ya general, sólo tendría entonces la edad de Cristo. Le
avejentaban los recios bigotes y las patillas de boca de
hacha. Grandes y de oscuro mirar, sus ojos eran casi tan
saltones como los del *Deseado*. Después de la guerra, oíste
hablillas de que en los asedios fue un mero mascarón,
aunque presto a la arenga y al arrojo como todo zaragozano. Pero no más. Que los cerebros de la defensa fueron
gente sesuda y avezada, como el capitán Santiago Sas. O
como Jordán de Asso y Calvo de Rozas, quienes se comentaba que le escribieron las proclamas, incluida aquella
respuesta suya a Verdier, *¡guerra al cuchillo!*, cuando le
conminó a rendirse y en tanto ya se luchaba dentro de
Zaragoza y ante el Arco de Cineja. Pero sobre los escombros del primer sitio, por donde paseabas con un más bien
tímido Palafox, todo el mundo y muy en especial las
mujeres le elogiaba como a un elegido de la Providencia.
Sin este hombre, cae la ciudad, Goya, te dijo la condesa de
Bureta. *Sin el general, morimos todos aquí, señor*, insistía
Agustina Zaragoza —aquella catalana a quien luego llamarían *Agustina de Aragón*—, en la Puerta del Portillo. El
dos de julio, muertos los artilleros que defendían el lugar,
tomó una mecha encendida y sola prosiguió el fuego,
recobrando un tiempo precioso para contener el embate
enemigo. Caído el Portillo, escapóse de modo prodigioso,
cuando ya se le venían encima los coraceros, cabalgando
sobre sus propios muertos.

—El dos de julio esto parecía perdido —meneaba la
cabeza Palafox—. Bombardeado e incendiado el hospital,

evacuamos a más de mil cien enfermos y heridos. La condesa de Bureta, la madre Rafols y el padre Bernal los llevaron a la Real Audiencia, a la Lonja, a las Casas Consistoriales, al palacio del conde de Belchite. ¡Qué sé yo, adonde pudieron! Desnudos, se les escaparon los locos. Prendidos entre dos fuegos, casi todos murieron en la calle. Algunos corren todavía por estas ruinas. De día duermen en el cementerio. De noche, surgen como los espectros. Uno grita ser el río Ebro. Los franceses nos tomaron entonces la Puerta del Carmen y la del Portillo. Llegaron a la plaza de la Misericordia. Allí los contuvimos y batallando casa por casa, los obligamos a retroceder —se encogió de hombros en las escombreras, contemplando los edificios derruidos, los muros quemados—. Lo peor aún estaba por venir y nosotros lo ignorábamos. ¿Por qué no anticipa el hombre el horror que le aguarda y su obstinación al sobrevivirlo? Usted pinta sus visiones y sus sueños; pero no pudo prever semejantes espantos.

—No, nunca —tu voz, que no oías, sería muy baja—. Pero tampoco puedo imaginarme ahora los cartones, que iluminé para la Real Fábrica. Toda aquella parte de mi pasado se me antoja fingida. O como si otro, no yo, la hubiese vivido.

—Yo tampoco comprendo a nadie en el presente. Incluido a mí mismo, ni que decirlo tiene. Somos tan abnegados como miserables. En julio, la gente se desprendía de todo para la defensa. Voluntariamente entregaba las alhajas, los ahorros y los cubiertos. Los mandos compartíamos el rancho con los soldados. Cedí mi cama al hospital y me acostaba en el suelo, bajo el capote y con la casaca por almohada. No me vanaglorio, porque así obraba Zaragoza entera. Bastaba saber que muchos heridos carecían de camastro y de ropa para cubrirse. Pero también maliciábamos unos de otros. Nos perseguíamos y nos denunciábamos. Los militares a los civiles. Los paisanos a los oficiales. A mí mismo, poco menos que me acusaron de desertor. ¡Cuánta vileza y cuánta crueldad! El comandante de la batería de Santa Mónica irrumpió con sus artilleros en la Academia de San Luis, donde encerraban a los franceses presos. Quería exterminarlos y tuve que personarme allí con mi escolta para impedirlo. No sin que antes ahorcaran a media docena de los faroles. ¡Qué asco de humanidad!

143

—Así llegaron ustedes al cuatro de agosto.

—Así llegamos al último asalto, cuando el odio volvió a hermanarnos. Los franceses volaron Santa Engracia y por la brecha llegaron de nuevo al Coso. A las monjas de Jerusalén, de las Rosas y de las Arrecogidas, las forzaron a todas. Luchábamos piedra por piedra. Pero si en lugar de irse por la calle del Arco de Cineja, los hombres de Verdier toman por la de San Gil, camino del río, rinden a Zaragoza. En aquel laberinto de cuestas, esquinas y pasajes, se perdieron y les perdimos con ayuda de los voluntarios de Huesca, que allí murieron casi todos. Bailén nos salvó y Verdier tuvo que retirarse precipitadamente. A los tres días llegaba Castaños. Pero hay espectáculos que no debemos perdonarnos. En el Coso he visto jugar a los niños con cadáveres franceses. Los arrastraban, coceaban y tundían a palos. De Pedrola me trajeron la cabeza de un teniente de coraceros en la punta de una pica. Era todavía muy joven y yo jurara que decapitado me sonreía. *Mi general, usted conoce al rey, nuestro señor. Guárdele este regalico nuestro en el arca y se lo da en cuanto le rescatemos, con ayuda de la Pilarica y de san Pantalión.*

En uno de los últimos días de noviembre, Palafox te mandó salir de Zaragoza. Debías retirarte en seguida a tu aldea, a Fuendetodos, hasta que la torva situación se resolviera. Martín Zapater, el amigo de la adolescencia, se ofrecía a acompañarte al pueblo. Enrojecidos alrededor de las niñas, los ojos de Palafox eran más saltones que nunca en las hondas ojeras. Para vengar Bailén y afianzarle el Trono a su hermano, Napoleón vínose a España con *la Grande Armée.* A aquellas horas marchaba sobre el puerto de Somosierra, camino de Madrid. En Espinosa de los Monteros, el general Joaquín Blake fue calamitosamente vencido y puesto en fuga. Tomaron los franceses a Burgos indefenso. Allí mantenían siempre ahorcados los despojos de tres guerrilleros, a modo de advertencia y ejemplo. Cuando sus deudos reclamaron a uno de aquellos cadáveres, se lo cedieron en seguida para colgar a otro preso. En Tolosa, Napoleón amenazó a unos frailes con desorejarlos a todos si se inmiscuían en asuntos militares. En Vitoria, dijo llegar con los paladines de Austerlitz, de Jena, de Eylau. La desarrapada canalla española nunca podría contenerlos. En verdad, *la Grande Armée* devastábalo todo a su paso como un incendio con el cierzo de espaldas. De Tudela regresaba Palafox. Allí él y Castaños sufrieron otro descalabro, comparable al de Blake en Espinosa. *No sé cómo vuelvo vivo y salvé la camisa, que aún llevo puesta*, gemía de codos en la mesa y con la cabeza entre las palmas. Estaba cierto de que pronto sitiarían a Zaragoza de nuevo y preguntábase si entonces no cedería al cerco. Tú debías marcharte con Zapater, a ser viable aquel mismo día. Replicaste que después de tantas atrocidades, preferías morir en el Coso y con su gente, que en fin de cuentas era la tuya. Calladamente sentías a tu mujer, a tu hijo y a tu nieto en Madrid tan distantes e irreales como los seres de una fábula.

Enojado, se obstinaba Palafox. Si a otros les correspondía el sacrificio, tu obligación era sobrevivir para testimoniarles la gesta en el arte. Aquélla era una orden militar y debías acatarla sin replicato, aunque fuese más difícil irse que quedarse. Si no querías refugiarte en Fuendetodos, allí te llevarían atado y detenido. Cediste entonces prudentemente y Palafox te abrazó como lo hizo a tu llegada. *Goya, si ésta es la última vez que nos vemos, recuérdeme siempre como a un buen amigo.* Pero se equivocaba, si pensó sucumbir en el segundo asedio. Cercada la ciudad en diciembre, no capituló hasta febrero. Para entonces, miles de muertos sin sepultura apilábanse en las ruinas de Zaragoza minada, volada, cañoneada. A las hambres y al desespero, añadióse la peste con la podrición de tanta carnicería. Enfermo y alucinado Palafox, cayó la plaza. Al general se lo llevaron prisionero a Francia. De allí regresaría después de la guerra, en la escolta de Fernando VII. En invierno de 1815 te ofreciste a mandarle a Zaragoza, donde volvía a asumir la capitanía general de Aragón, su vera efigies a caballo. Te quejabas en la carta de no haberle dado los tonos adecuados a la pintura, por escasez de colores y exceso de aceites adulterados, que eran los únicos asequibles. Vergonzosamente le confesaste que la pobreza de los tuyos, al término de la contienda, te forzaba a mendigarle cien doblones por el cuadro. Servirían para socorrer a Xavier y a su familia, que estaban entonces en mayores aprietos que tú mismo. Te repuso que también andaba él a la última pregunta, repartidos sus pocos bienes entre tantos desheredados que le imploraban a cualquier hora. A poco cesaba Palafox en todos sus cargos y retirábase a una casa de campo, en los aledaños de Madrid. Acaso no perdonase que le pintaras a él, cuando te encargó recoger las gestas de Zaragoza. Pero cuantas veces os cruzasteis en el Ateneo, se mostró muy deferente. Al enseñarle su retrato ecuestre, no pareció agradarle aunque lo alabase con discreta cortesía. Te guardaste entonces de entregárselo, como era tu callado propósito. Tampoco te resolviste a revelarle tus dibujos y grabados de *Los desastres de la guerra*, que permanecerían inéditos toda tu vida.

En Fuendetodos, azotado por los cierzos de tu infancia —el viento de todos tus inviernos y de todos tus muertos—, empezaste *Los desastres*. Pensando en José Suárez, de hinojos ante el piquete, antes de que se alzase para morir como un hombre y huyese como un gazapo aterrado, le esbozaste arrodillado en las sombras, los brazos caídos y abiertos. *Tristes presentimientos de lo que ha de acontecer*, era tu leyenda del trazado. En otras tinieblas, cruzadas de espectros descarnados, volvía de la muerte un esqueleto. Con un papel desplegado en la mano, se arrastraba penosamente por el hueco de la fosa entreabierta. *Nada*, escribiste en aquel mensaje del más allá con tu cuidadosa letra de pardal. Nada, repetías para tus adentros, porque sólo cabía dormir sin sueños después de este infierno de la tierra. Dibujaste a Isidro, vomitando en el degolladero de la montaña del Príncipe Pío. Como luego se lo contarías a Gil Ranc, mirando aquella madrugada a tu criado y a los hombres rehogados en su sangre, les gritaste en la quietud de tu sordera: *¡Para eso habéis nacido!* Aquel mismo grito, alma adentro, se lo diste por título a la estampa. En otro apunte, renacieron las mujeres que despedazaron a sablazos en la aldea del *Rabadán*. *Ya no hay tiempo*. También trazaste a las mozas, que allí poseyeron sobre la carnicería de los fusilados. Falto de palabras ante tantas atrocidades, decías *Amarga presencia* a uno de tus borrones. *Ni por ésas* llamabas a otro, donde una joven madre con el hijo de pecho muerto a los pies torcíase como una anguila, cuando iban a forzarla. *Ni por ésas*.

Casi de improviso, te sorprendiste perfilando a la altísima Agustina, sosteniendo el fuego a solas entre los artilleros muertos. *¡Qué valor!* En seguida aparecieron en tu cuaderno otras zaragozanas de quienes te habló Palafox. Apiñadas, acometían a los franceses en las calles con pedruscos y cuchillos de cocina. *Dan valor.* Evocando a la madre que a punta de pica traspasaba a un dragón, sin soltar a su hijico muerto debajo del brazo, precisaste: *Y son fieras.* No olvidabas al pueblo fugitivo de la invasión, con el cura y el corregidor atesorando los dineros y las joyas, rapiñados a la iglesia. *Yo lo vi*, repetía en su pajar y en tu conciencia la vieja a quien casi queman viva. *Así sucedió.* Pero no ibas a omitir cuanto tú mismo viste, camino de Zaragoza. Los cadáveres atados a los árboles. Los muertos desnudos, empalados, descompuestos y verdeantes. Todos los despojos —torsos, brazos, cabezas rebanadas— prendidos en las encinas, en los pinos, en los arces. En dos bosquejos, que sinceramente creíste los últimos entre todos los tuyos, unos franceses cerraban a bayoneta calada contra dos condenados, de los cuales uno ya agonizaba vomitando sangre. *Con razón o sin ella*, designaste aquel crimen. Acto seguido, los guerrilleros acababan a hachazos y a pedradas a unos húsares caídos e indefensos. *Lo mismo*, aclaraste.

Testabas entonces con aquel par de esbozos. O al menos, así lo resolviste. No volverías a tocar un pincel, una pluma ni un carboncillo durante la guerra. Ni tampoco después, si la sobrevivías. Mejor sería no disfrazar al hombre de pelele vivo, o de roto muñeco muerto en cuadros y grabados, cuando en el sueño irracional de la Razón su verdadero ser se convertía en el toro bravo o en el coloso de tus visiones. En un monstruo eterno como el mundo y la muerte. Asimismo era justo que en Fuendetodos, donde te parieron, renunciases terminantemente al arte. Tu madre escogió aquel pueblo para darte a luz. Tú lo preferías para darte muerte, porque en rigor, y en hecho de verdad, la pintura fue tu más profunda y auténtica vida. Aunque semejante resolución se redujese al lapso de un relámpago, nunca fue tan veraz tu conciencia como en aquellos instantes. Tú, Goya, habías dejado de ser como pintor.

En seguida comprendiste que involuntariamente te engañabas. Galgos extraviados ladraban por las pardas costanillas. Todavía aullaría el cachorro de tu sueño a

147

aquel penco espectral, que era Velázquez. No abandona-
rías tú la pintura, porque tampoco eras dueño de hacerlo.
Era tu condena ineludible convertirte en ti mismo, en
Francisco de Goya y Lucientes, el día que te igualases a
Velázquez. Ni tú ni nadie podía impedir o demorar el
cumplimiento de aquel destino. Con imperiosa fatalidad, a
la hora señalada, te transformarías en el caballo fantasma,
emborronado en los cielos de tu pesadilla. De improviso te
acordaste de don Antonio Pascual, presagiándote en Aranjuez que los Borbones reinarían en este desdichado país,
más allá de la supuesta verbena del siglo pasado y del
bárbaro drama que la remataría. Inclusive más allá de la
consumación de los tiempos, si había un después al cabo
de tal plazo. Parejo al suyo era tu sino, porque trascendien-
do tu vida y tu época ibas a eternizarte en tus apellidos.
Asimismo comprendiste que desadvertidamente y en los
apuntes de *Los desastres de la guerra*, empezaste la obra
maestra donde a Velázquez te igualarías, aunque no pre-
vieras todavía su tema y sentido definitivos.

Mejor que tú a ti mismo debió conocerte Palafox, cuando impidió que te quedaras en Zaragoza porque tu deber
era culminar aquel cuadro desconocido. En la imposibili-
dad de resistirte a tal suerte, mejor fuera apresurarla, aun
al precio de la honra y de la hombría. Aquella tarde, te
refirió sombrío Martín Zapater que Napoleón había entrado en Madrid y su hermano, el intruso, volvía a reinar en la
Corte. Por si no bastase con tanta desdicha, abrieron los
franceses otra brecha y renováronse los combates por
cada calle de Zaragoza, declarada la peste que tantos
estragos haría. Después de escucharle en silencio, le dejaste atónito diciéndole que regresabas al Madrid invadido.
Puestos a mentir, alegabas desvivirte por los tuyos en tan
larga y callada separación. En realidad, llevabas días y
semanas olvidado de Josefa, de Xavier y de Marianito.
Incrédulo y desconcertado, te miraba Martín mientras tú
presentías, entre ramalazos de oscura melancolía, que
vuestra vieja amistad empezaba a enturbiarse y acabaría
por desvanecerse. A Zapater, con su larga nariz aguileña
y sus grandes ojos de un mirar entre pensativo y pesaroso,
le hiciste dos retratos antes de la guerra. En Fuendetodos, y junto a la casa donde naciste, os abrazasteis por
última vez al día siguiente. De Aragón a la Corte, de un

148

infierno a otro, ibas en busca de aquella tela que aún no pintaste. Talmente como a tientas perseguiría un ciego la luna del mágico espejo, donde esperaba encontrarse con los ojos abiertos, devuelta la vista para contemplarlos y reconocerse.

—*Como artista serás único en esta época. Posiblemente también en cualquier otra. Como hombre eres un trasto y un judas, mi buen viejo querido. ¡Hay que ver cómo nos traicionaste al país y a mí durante la guerra! Le hiciste el retrato al rey intruso, le aceptaste la encomienda, la Orden de España o como se diga aquella vergüenza, le juraste fidelidad por tu honra y por escrito. No contento con todo ello, te juntaste con un pintamonas como Mariano Maella, para elegirle los cincuenta cuadros que quiso robarnos su hermanito, el emperador. Es una pena que siendo como eres, seas también tan grande. De no llamarte Goya, te habría agarrotado muy a gusto en la plaza de la Cebada.*

Manuel Silvela y Tadeo Bravo me encargaron un retrato de José Bonaparte —José Napoleón I— para el Ayuntamiento de Madrid. Al igual que yo, luego se consumirían los dos en el destierro, si bien su extrañamiento era forzoso y el mío de grado. Íntimo de Moratín fue Silvela y siendo alcalde de Casa y Corte, le consiguió la canonjía de bibliotecario mayor de la Biblioteca Real. Aun creo que en el destierro redactó una vida de Leandro y un estudio de sus comedias. A Silvela le conocí en la tertulia de la fonda de San Sebastián, antes de la guerra. Amistamos entonces, pero no iba a pintarle hasta los días de la ocupación, en su despacho de la alcaldía. Era un hombre afable, de maneras un tanto adamadas. En Valladolid, donde cursara Derecho, aprendió el lenguaje de los sordomudos por pura curiosidad intelectual. Dominábalo a la perfección y a mí solía hablarme con ademanes. Traté de ocultarle en la tela las recias manos de rústico ganapán. Por contraste, tenía unos rasgos tan limpios y afilados como intensa y aguda brillábale la mirada. A Bravo de Rivero le pinté dos años antes de la invasión. Tricornio y fusta en mano, posaba parado junto a un perro ventor. Lechuguino galano, andaba a un tris de la petulancia suavizada por un sincero desprendimiento. Bajo el rey francés, le nombró Silvela regidor del Consistorio.

—Retrata al monarca, Goya, aunque el encargo te venga cuesta arriba —decía Silvela—. El Ayuntamiento se presta a abonarte quince mil reales por el trabajo. El rey te guarda la estima que mereces y siempre me habla muy bien de ti.

—José es nuestra última esperanza, aunque llegue en odiosas circunstancias. Si no educa al país y lo redime de la Iglesia y de tantos eternos intereses creados como lo oprimen y empobrecen, apaguemos las velas y descendamos el telón —añadía Tadeo Bravo—. La guerra le duele más al rey que a nadie, porque se siente tan español como cualquiera de nosotros. De esto doy fe, amigo Goya. Mire usted con qué presteza aprendió el castellano. Tarde o temprano, conseguirá una paz honrosa con nuestros paisanos y hermanos enemigos. Entonces se independizará de un déspota como el emperador. Él y Napoleón son tan dispares como el día y la noche. Uno es un humanista y el otro un militarote, metido a tirano. Con todo y pese a su disposición, a veces dudo de que consiga educar a un pueblo como el nuestro. Me temo que esto nos lleve al menos cuatro generaciones.

—Dos veces hablé con el rey. Una en los toros, el verano pasado. Otra en palacio, cuando me llamó a mi vuelta de Zaragoza. Me pareció superior a los Borbones que conozco, aunque poco tratase yo a don Carlos III. Antes de que le esbozase en su traje de caza, se vació don Carlos los abultados bolsillos del levitón. Sonriendo, me mostró un reloj, una navaja, un ovillo de cordel, un sedal cortado, unas tijeras, una baraja, un manojo de papeles, una tabaquera para el rapé, un salero, una cantimplora con pólvora viva y una bota con agua mineral, porque el rey viudo era abstemio.

No tenía tiempo de posar el intruso y opté por copiarle de un grabado romano. En mi pintura, dos ángeles medio desnudos y con aire de pilletes chamberileros sostenían un escudo con su efigie. Otros revoloteaban por los cielos, entre un estruendo de trompetería. Una rubia con diadema le mostraba la imagen con la mano. Era la alegoría de nuestra Villa y Corte madrileña. En un repente, le acosté un perro a los pies. Para otros, sería símbolo de fidelidad. Pero en mi código secreto, también era mi reflejo, por ser el lebrero de mi sueño. Aquel que ya dispuse en la nevada. Seguirá todavía en los suelos taraceados de mi óleo, aunque el medallón del rey atravesó diversas vicisitudes. Perdida la batalla de los Arapiles, a los tres años, de nuevo huyóse de Madrid José Bonaparte. Los patriotas del Consistorio me mandaron cubrirle el retrato con una sola palabra, *Constitución*, en homenaje a la votada en Cádiz. Tres meses después, regresaba brevemente el monarca y otro concejo disponía restituirle la efigie en el escudo. Le conseguí ochenta reales a mi ayudante, Felipe Abas, para que cumpliese el encargo. Terminada la guerra, no recuerdo quién —tal vez Dionisio Gómez— lo borró todo y puso allí el rostro de Fernando VII. No le saldría muy bien la augusta imagen, que jamás quise verle, porque por los tiempo que cedí la finca a Marianito, le pidieron retocarla a Vicente López. Ya era él primer pintor de Cámara y estaba en gracia del absolutismo. Pero despereciéndose de amarga risa, vino a contármelo.

—Imagínese usted, don Francisco, las revueltas de la historia. Me pregunto qué pondrán mañana en su escudo, o para quién sonarán las trompetas de sus arcángeles. Tan chisperos ellos, en su alegoría de la Villa.

—De la historia, poco sé y menos entiendo —le dije o le diría en 1823, mientras pensaba en *Los fusilamientos del 3 de mayo de 1808* y en el perro de mi sueño, pintado entonces en un muro de la Quinta del Sordo—. Pero supongo refleja el talante del hombre, como testimonia el retrato al modelo. Si la historia es absurda, lo será a semejanza de nuestras vidas. Y doy fe de que no hubo una existencia más descabellada que la mía.

Antes de las hambres de 1811, en los primeros años de la guerra, me despavoría mi propia arrogancia. Llegué a preguntarme si tanta y tan siniestra desventura a mi alrededor, no obedecería al designio secreto y terrible de un Dios loco. Un Dios tan sordo al dolor humano, como yo lo era a las palabras de los hombres. ¿Permitiría Él aquellas tragedias para que yo pintase el cuadro maestro y mío, eternamente mío, por el cual me repartiría con Velázquez

la cumbre de la pintura, como dos reyes salvajes se dividi-
rían los despojos de una conquista? No cesaba de pregun-
tármelo, para luego decirme que mi obra no sólo trascendería aquel infierno sino también vendría a resumir y
reflejar toda su barbarie y su grandeza. Era un destino
irónico el de aquel lienzo, aún no concebido ni pintado;
pero cuya grandeza ya me exigía las mayores vilezas y
humillaciones, para sobrevivir a la guerra y atestiguarla.

Agazapado en mi sordera, casi deleitándome en besar
la correa a cada instante, pintaba yo franceses y afrancesados. Si no quería oírlos, me bastaba con desviar la vista
para que hablasen en vano. ¡Fueron tantos los amigos
—servidores del intruso—, que retraté antes de la invasión
o luego retrataría en el destierro! Como campanadas en un
desierto, suenan aún sus nombres en la memoria. Moratín, Meléndez Valdés, Bernardo de Iriarte, Cabarrús, García de la Prada, el almirante Mazarredo, el abate Juan
Antonio Melón. Aparte del general Guye y de su sobrino
niño, posó para mí el más aborrecido de los afrancesados:
el ministro del Interior y de Justicia, general Manuel Romero. También fue modelo mío un canónigo y antiguo
comisario del Santo Oficio en Logroño. Era el muy reve-
rendo Juan Antonio Llorente, que de inquisidor pasó a
historiar la Inquisición, después de abolida por José. Acaso pretendan algunos absolverme la memoria, diciendo
que cumplí por oficio y no por vocación, cuando me sentiría tan lejos del *Rabadán* como de Manuel Romero. Cabe
que acierten en este caso, aunque no dejara de admirarme
la doble querencia de aquel general, como polizonte y
educador. Su doble y fanático desvivirse por llenar las
cárceles y las escuelas. Con el canónigo Llorente y el
general Guye, casi llegué a intimar inesperadamente, aunque fuese yo tan opuesto a las armas como a los altares.

Creo que le capté a Guye la resignada e inadvertida
tristeza que reflejaban aquellos ojos suyos, entre grises y
verdeantes al sol. *Está muerto y todavía no lo sabe*, me dije
en cuanto le vi por primera vez, anticipando el obús inglés
que le acabaría en Vitoria o en los Arapiles. *Pero en cuanto
se percate de que van a matarle, ni siquiera se encogerá de
hombros, porque ya siente sin repararlo que todo es humo
y desengaño.* Compartíamos a algunos conocidos, como
Ferdinand Guillemardet. A él le pinté cuando era embaja-

dor del Directorio, después de votarle la pena de muerte a Luis XVI. Antes de su regreso a Francia, Guillemardet vino al obrador a despedirse. Aquella tarde, me mostró un ejemplar de *Los caprichos*, que alguien le vendiera en Valencia. Lo que ni él ni yo sabíamos entonces era que a la vuelta de un cuarto de siglo, en el Salon des Beaux Arts de París, se me presentaría un joven pintor como Eugène Delacroix, ahijado de Guillemardet. Su padre adoptivo, añadiría, le dio mis *Caprichos* cuando era niño y de tal modo le alucinaron que hicieron de él un artista y un rebelde.

Difería del general Guye el canónigo Llorente. Satinada la sotana y complacida la sonrisa, mudó la fe en el Santo Oficio por otra entrega, igualmente absoluta, al nuevo rey y a su causa. Tan ardiente era su convicción en ambos casos, que muchos le tuvieron siempre por un falaz hipócrita. No creo que lo fuese; pero le devoraban las vanidosas ansias de obispar. Ignoro por qué no las satisfizo con su amigo Godoy, como tampoco lo haría con el intruso, aunque Llorente rendíale culto superfluo. Quiso que le pintase con la estrella de la Orden de España —recién creada por José— prendida al cuello con banda roja. La berenjena de los vendidos, la llamaba la manolería madrileña. Mucho le complació mi cuadro al canónigo, porque allí destellaba aquella dignidad sobre los reflejos de las ropas talares y le brillaban los dorados hebillones de las zapatillas, al pie de la vestidura.

Yo mismo acabé por aceptarle la berenjena al soberano y le juré pública fe. *Juro ser siempre fiel al honor y al rey José Napoleón*. Era el 11 de marzo de 1811, el primer año de las hambres. Amenguada y consumida, muy consciente de que poco a poco se iba acabando, me preguntó la Pepa si se iría del mundo sabiéndome feliz por ser tan honrado. Humillé los ojos, para ahorrarme la mordaz sonrisa de los Bayeu. También treinta mil cabezas de familia tuvimos que proclamarle nuestra lealtad al monarca. Muchos lo harían convencidos de jurársela entonces al país y a la historia. *José es nuestra última esperanza*. Pero mentiría o mentimos por miedo la mayoría. Movido por la presunción, que en él achicaba el satánico orgullo de su hermano, nos obligaba José. Acaso para saberse vivo y engañosamente liberado del emperador, aquel hombre pacífico y compasivo, aunque perseguido por las dudas, era muy vano en el vestir y más amante aún del halago ajeno.

Peores vejámenes nos aguardaban a él y a mí. Prescindió de hecho Napoleón de los acuerdos de Bayona, que garantizaban la integridad de nuestro territorio. Cataluña, Aragón, Vizcaya y Navarra se convirtieron en mandos militares de unos mariscales del Imperio. Otros espadones, virreyes armados del emperador, se ponían al frente de los ejércitos de Portugal, Valencia y Andalucía. A José le dejaron el centro del país, con un presupuesto inferior a los cuatro millones de reales mensuales. Según me dijo Moratín —muy metido en la Corte desde su nombramiento de bibliotecario mayor—, prometió Napoleón otros siete millones y medio de reales para las tropas, que pasarían directamente a sus tesoreros sin rendirle cuentas a la Corte ni al Gobierno de Madrid. También contó que a José le aconsejaron ceder la corona para no someterse a semejante vasallaje. Pero cuando quiso renunciar, ni siquiera se dignó responderle su hermano. Entre tanto, mal de su grado, tuvo que gravarnos el intruso con un tributo de veinte millones de reales. Tres mil doscientos me impusieron a mí, aunque no percibiese entonces mi sueldo de primer pintor de Cámara. Un año después, a finales de 1809, me llamaba el soberano a Palacio. Nunca le vi tan agitado y afligido.

—El emperador nos exige cincuenta cuadros para el Museo Imperial de París. Esto es un expolio sacrílego, para ustedes y para mí, porque España es mi religión, aunque Francia sea mi patria. Por desdicha, hoy por hoy no cabe resistirnos. Día llegará en que sacudamos nuestro yugo. *Un jour nous secourerons le joug.* Voy a nombrar un consejo, presidido por usted y por Maella, con Manuel Napoli, Pedro Recio y Francisco Xavier Ramos para que realicen la odiosa selección. Demórenla cuanto puedan y yo dilataré la entrega. ¡Ojalá mientras tanto consigamos la paz y nos permitan conservar las telas!

Todos cumplimos para vergüenza nuestra, pegados a la pared y sin saber adónde meternos. Se eligió medio centenar de lienzos de los conventos suprimidos y de las galerías particulares de gente huida. Luego los depositamos en San Francisco el Grande. Casi tres años los retuvo allí José. Cuando por último tuvo que mandarlos a Francia, algunos habían desaparecido y otros sufrieron graves deterioros. Le ordenaron sustituirlos; pero no obedeció. Irónicamente, exhibiéronse las pinturas en París en verano de 1814, ya concluida la guerra y regresado a España Fernando VII. Dos años después, a repetidas instancias suyas, devolvían los cuadros. Pero todo aquello era patrimonio del porvenir, mientras en el presente seguía la guerra, que José nunca quiso ganar ni perder. Sólo saldarla en un arreglo honroso, ofreciéndole un sillón en el Gobierno al mismísimo general Castaños, si quería aceptarlo.

En su tercer asedio, de mayo a diciembre de 1809, resistió Gerona el ataque de veinte mil hombres de Verdier, Saint-Cyr y Augereau. Contaba la plaza con seis mil defensores, a los que consiguió sumarles otros dos mil el general Blake, después de tres fallidos intentos de socorrerla. Cuando capituló la ciudad, sólo mil seiscientos esqueletos sobrevivientes salieron por la brecha. Augereau y Saint—Cyr conquistaron Cataluña entonces. Suchet, de quien habló siempre Palafox con sentido respeto, sometía a Aragón. Más adelante, hacia 1811 o 1812, se apoderaría de Tortosa, de Sagunto y de Valencia. Para sostener el alzamiento de Portugal, atracaron los ingleses en La Coruña. Conducíales el futuro duque de Wellington y de Ciudad Rodrigo, a quien luego pinté un busto a lo vivo, media figura y un retrato ecuestre imaginarios; dibujándole en una sanguina y en un grafito, así como en una caricatura, donde le convertía en un pavo real. El mismo *Duque de Hierro* que acabaría con Napoleón y su imperio en Waterloo. Cuando desembarcó en Galicia, a los tres meses del dos de mayo, todavía era *sir* Arthur Wellesley. En Vimiero derrotó a los franceses y les arrebató todo Portugal. No obstante, al adentrarse el general Moore hacia Salamanca, le hicieron retroceder hacia La Coruña y allí reembarcar a las tropas, pereciendo él mismo al cubrirles la evasión. Al año siguiente, allá por marzo, Wellington —al que ya todos decían *el terror de los franceses*— les venció en vano en Talavera. De inmediato y después de su triunfo, tuvo que refugiarse en Portugal para que no le cercasen. Cerró el año un señero descalabro. En noviembre, el rey José destruía en Ocaña un ejército de cincuenta mil hombres, al mando del general Areizaga. Cayó entonces toda Andalucía, salvo Cádiz: la ciudad santa del liberalismo, la de las Cortes y la Constitución de 1812.

Por Moratín, cada vez más misántropo y desalentado, supe de verdad todo el curso de la guerra al año siguiente. En Portugal erigía Wellington una línea de defensa, la de Torres Vedras, que resultó inexpugnable. Ocho mil hombres perdió Masséna en ocho meses de campaña y en un vano esfuerzo por desalojar a Wellington de tierras portuguesas. Ni siquiera se atrevió Masséna a atacar los parapetos y fortines de Torres Vedras. Tampoco consiguieron los franceses hacerse con Cádiz, ni liberar allí a diez mil soldados suyos, hacinados en unos pontones donde no cupieran holgadamente ni mil. La disentería, el escorbuto, la fiebre tifoidea y el cólera redujeron los presos a menos de seiscientos. Muchos perdían el juicio o se suicidaban. A veces se mataron los supervivientes por comerse a los muertos. Apestando a la ciudad, traían vientos mareros el hedor de aquella humanidad doliente. La gente corría entonces a ocultarse detrás de las puertas y las ventanas atrancadas. Entre tanto proseguía por todas partes la guerra pequeña, la más desalmada. A escondidas pronunciaba el pueblo los nombres y apodos de los guerrilleros, como si fuesen apóstoles y santos inconfesables de unos secretos Evangelios. Al igual que en las correrías medievales, decía Moratín, quemaban las cosechas y envenenaban las fuentes en sus algaradas. En Guadalajara, un labriego de Castillo de Duero —Juan Martín Díez, *el Empecinado*— se echó al campo con unos cabreros en mayo de 1808. A los dos años mandaba miles de hombres. En Castilla la Vieja, el cura Merino. En Asturias, Porlier. En Cataluña, Milans del Bosch. En León, Juan Delica, *el Capuchino*. En Aragón, el marqués de Villacampa, siempre de veintiún alfileres en la emboscada, con partidas más disciplinadas que cualquier ejército. En Navarra, Xavier Mina o *el Estudiante* y después de apresado, su tío Francisco Espoz, a quien llamarían Espoz y Mina en honor del cautivo. En la Mancha, aquel Bartolomé Muñoz que perseguiría al rey José en su penúltima retirada, despachándole mensajes de su mano en francés impecable, para pedirle respetuosamente que abdicara y se fuese de España. Esperaba que un día me hablase Moratín del *Rabadán*; pero nunca le nombró. Habría vuelto a sus hatos o acaso se convirtiese en un simple bandido, olvidado de que se vive para vengar.

Así llegamos a los años de las hambres. Los más terribles de aquel calvario. Los de desgracia y desolación de 1811 y 1812.

En la penuria, hambreamos por muchos motivos. Cada vez eran más inciertos los caminos y mayores los estorbos del transporte, entre los bosques y las heredades abrasados por la guerra y la guerrilla. Si la intendencia debía avituallar a tres grandes ejércitos —el inglés, el invasor y el nuestro—, también las partidas tenían que proveer de víveres a millares de hombres. Para no servir en ninguna milicia, que por la fuerza los arrebataba de sus casas, emboscábanse los campesinos o se iban con los partidarios. Huida la mayoría de su gente a un Madrid famélico, vaciábanse las aldeas y yermas permanecían las tierras. Asimismo, despedidos y cesantes casi todos los empleados del Gobierno anterior, resultaba patente la improvisada ineficacia de los nuevos administradores. Tan conspicuo y sincero afrancesado como Meléndez Valdés, admitía que sólo los especuladores, los alcahuetes y los ladrones medraban en la miseria de la Corte.

Revocó un decreto las tasas de entrada en Madrid de trigo, arroz, legumbre y granos. Pero codiciosos consumeros —cuervos con esclavina y sombrero de dos puntas— las exigían para apropiárselas. Cuanto más escaseaba la carne y encarecíanse el pan y las legumbres, mayores impuestos subían el precio del aceite, el vino, la carne y la verdura. Agotado el préstamo público de veinte millones de reales, se exigió otras dos contribuciones. Ocho millones pecharon los comerciantes y otros ocho los propietarios de edificios urbanos. Por el valor de mi casa, tributé primero el ocho por ciento. En seguida el diez y luego el quince. No obstante, aunque la cosecha de trigo fuese copiosa en 1811, nadie podía comprarle su hambre a Madrid. Para deleite de los especuladores, interceptaron los guerrilleros diez mil quintales de trigo camino de la Corte. Prendieron fuego al transporte, se llevaron las monturas y degollaron a los jinetes de la escolta. Subió la fanega de candeal a quinientos reales y la doble libreta a catorce. Para pagarse el pan, arruinaban su hacienda los más poderosos. Mientras en la calle Mayor, o para el caso en las de la Montera y

Carretas, agonizaban los famélicos en el arroyo, fachendosos y opulentos mercaderes —lobos de camada recién enriquecida, con sus bastones de caña, sus capotillos y sus chalecos perlinos— juntábanse en la Puerta del Sol a vanagloriarse. Se horneaba mezclando la harina de trigo con la de cebada, maíz, algarrobas y almortas. De almortas malvivíamos y moríamos, como se fue apagando Josefa. Según me dijo el doctor Arrieta, del uso prolongado de aquella harina venían la letargia, la parálisis y la atrofia de tantos y tan contrahechos pordioseros, amanecidos en las calles de la Corte.

No se llenó Madrid sólo de mendigos, sino también de cantoneras y de muertos. *Lo peor es pedir*, gemía resignadamente un limosnero descarnado por el hambre en la calle del Pez. Era un viejo alucinante, reducido a los ojos saltones y al pellejo entre los harapos. Apiñados, le acompañaban un par de niños devorados por la pelagra y un hombre tumbado de espaldas, no sé si desfallecido o muerto. *Lo peor es pedir, señor*. Con gesto de fatiga, entreverado de vaga lascivia, paróse en la esquina un húsar del rey. Una muchacha de falda y bonete blancos, muy bien alisados, separóse de aquellos indigentes para dirigirse al oficial. Iba a venderse para sobrevivir. Diseñé y grabé la escena, porque hambres tan grandes —jamás imaginadas aun en tierra menesterosa como la nuestra— me hicieron proseguir *Los desastres de la guerra*. Dos veces al día limpiaban las calles y carreteaban los cadáveres al osario. Dibujé a enterradores y enfermeros recogiendo los cuerpos. A la bolsa de un carro, subían el de una joven medio desvestida y aún muy hermosa, blanca como la cera expuesta a la luz. *Carretadas al cementerio*. Dibujé los restos mortales, apilados junto a los derribos de un almacén, esperando a los carreteros en la Puerta del Sol. Unos tenían los ojos cerrados, otros la mirada fija en los cielos deslumbrantes de aquel verano. Todos permanecían agrupados y revueltos, como si vanamente quisieran darse calor. *Muertos recogidos*. Dibujé a los samaritanos a sueldo y por parejas, acarreando aquellos despojos, en tanto requebraban a las rameras acaso para no enloquecer. *Al cementerio*. Mientras los velaba una bruja espectral y envuelta en un mantón, dibujé los costales cosidos que servían de sudario a los difuntos, en el Establecimiento de

Beneficencia recién creado por el rey. *Las camas de la muerte.* Luego sólo cabía *Enterrar y callar* a aquellos otros muertos, que vi en los potriles de la Puerta de Atocha. A todos los lloraba en pie el garabato de un hombre muy alto, todo osambre picuda. Aguardando las carretas del fosal, me repetía: *No hay quien los socorra. No hay quien los socorra.* Dibujé a una de las doncellas de María Josefa de Osuna, junto al palacio de Leganitos, dándole de beber un bol de leche a una mujer. Expiraba la infortunada entre su entera familia inerte: dos niños aún muy chicos, un hombre encogido como un feto y una adolescente, yerta en el regazo de la moribunda. *¿De qué sirve una taza? ¿De qué sirve una taza, señora?,* murmuraba la madre. Tan pronto terminó su agonía, le cerramos los ojos y la camarera lamió el tazón, rebañándolo con la lengua al igual que una cordera sedienta. Me dijo envidiar al duque por fallecido antes de la guerra. Ahora la duquesa vivía en Cádiz, en la parte sana de la nación, como llamaban los suyos a la España fernandina. Pensé que a diferencia de otros nobles y pese a su temple volteriano y revolucionario, negábase María Josefa a tolerar la monarquía de los invasores. Nunca cupo esperarle otra conducta.

Vi cumplirse en Madrid otro presagio de don Antonio Pascual. Chiquillos con el vientre monstruosamente hinchado y ancianos mondos como momias arrastrábanse hasta las puertas de sus casas, para no acabar en presencia de los suyos. Después agonizaban los hombres y por último las más fuertes, las mujeres. Con joyas se pagó la galleta de cebolla y la almorta. Por un saco de bellotas se enajenaron casas enteras. Se comía a las ratas y a los muertos. Del Rastro al Prado se dieron muchos casos de canibalismo. Si la canalla devoraba a sus difuntos, también lo hacía la grandeza de España, la de sangre azul siete veces probada. Salvamos a Marianito, refugiándole con parientes labradores de mi nuera, que cerca de Brihuega le recogieron en su alquería. Con ellos permaneció hasta el final de la guerra. El propio rey José horneaba en Palacio y sufría casi tanta penuria como nosotros. Los criados distribuían parte de su pan entre la población y a veces lo hacía el mismo monarca. Nosotros dividíamos aquellas libretas con Gumersinda y Xavier, tan pronto las recibíamos. Gracias al usurpador, no se me murió Josefa de inanición aquel otoño. Junto con otros veinte mil madrileños, vuelta una espina, iba a extinguírseme a la primavera siguiente. Para entonces ya se habían terminado la harina y las encendajas hasta en Palacio. Sin anunciarse, fue el soberano una mañana a nuestra casa para darnos un panecillo, todavía tibio. Le brindé un vaso de agua, porque más no podía ofrecerle.

—Mi Corona es una condena y un suplicio. No quiero retenerla a este precio. Volví a escribir al emperador, ofreciéndole mi renuncia. En este desventurado país, le dije, cada noche sueño con todas las madres, junto a los cadáveres de sus maridos y de sus hijitos, en mitad del arroyo. *Dans ce pays de malheur, je rêve toujours des mères auprès des cadavres de leurs maris et de leurs enfants sur la chaussée.* El emperador nunca me responde.

Libremente le acepté entonces la Orden de España al rey. Me la había propuesto sin exigirme que no la declinara. Nunca me arrepentí de haberla admitido. No la asumí por vanidad ni tampoco por servilismo. Sólo por gratitud hacia quien nos trajo un pan, cuando supo que a Josefa se le vidriaban los ojos de hambre. También por agradecimiento a quien quiso legarnos las reformas, que antes llevó a Nápoles; si bien aquí se vio forzado a soñar con los niños famélicos, al pie de Palacio. Pocos días después, me dijo Josefa que debíamos testar, mientras conservábamos el habla, la memoria y el entendimiento. Cada vez más desfallecida, ella temía perderlos muy pronto. Ante el notario Antonio López Salazar, extendimos nuestras últimas voluntades y nombramos a Xavier heredero universal. Por quererlo así la Pepa, me presté a que nos amortajasen con el hábito de Nuestro Padre San Francisco, a la hora suprema. También a instancias suyas, pedimos que se rezasen veinte misas por cada una de nuestras almas, con una limosna de seis reales de vellón por cada misa. La cuarta parte de aquellos reales —dictábale Josefa a López Salazar— correspondería a la parroquia y el resto a las iglesias y altares, designados por el cónyuge sobreviviente. Asimismo legamos por una vez veinte reales vellón a los Santos Lugares de Jerusalén, para redención de caminos cristianos. Y otras dos mandas iguales al hospital General y al de la Pasión, que aquellos establecimientos dispondrían como lo juzgasen pertinente. Aunque convertida en

161

su propia sombra, nunca vi a Josefa tan porfiada y reflexiva. A mí me erraba distraído el pensamiento, mientras nos leían las piadosas cláusulas. Puse mientes en el esqueleto, vuelto de la eternidad y de la tierra, con aquel papel en la mano, donde yo mismo escribiera *Nada*. Me pareció que, boquiabierto, me sonreía en el recuerdo. Pero no supe de cierto entonces, ni lo sé todavía, si se reía de mí o de la vida perdurable.

Al final, tan acabada extinguíase Josefa que hasta la vista había perdido. Mandó el doctor Arrieta que no le diésemos ni mendrugos reblandecidos, porque su postración no los toleraría. Le sostuvo la agonía un caldo aguado, que le hirvió Gumersinda con los huesos de media gallina, comprados al precio de un broche de brillantes. La tarde de su muerte, creí que sin verme y entre las nieblas de su entendimiento, me llamaba por mi apodo baturro —¡Francho! ¡Francho!—, como cuando éramos jóvenes. En seguida advertí que desde los aciagos días de las pechinas del Pilar, o acaso desde que entré de fijo en Santa Bárbara, me decía Goya, al igual que todos mis modelos, incluidos los reyes. Como un par de extraños, siendo yo Goya para ella, concebimos a Xavier y a nuestros hijos muertos. Los hijos de la Pepa y de Saturno.

—Francho, ¿eres tú Francho?

De vidrio se le volvía la mirada ciega entre los ojos entornados. Pero de pronto debió aclarársele la voz, que antes sería fosca y casi incomprensible. Cuando tomé sus manos entre las mías y le dije estar junto a ella, replicó que mucho tiempo atrás me fui o le aseguré irme para siempre. Desconcertados me miraban Xavier y Gumersinda, aunque obedecieron al pedirles que me dejaran solo con su madre. Acibarada la boca, golpeando el corazón como un batán, advertí que Josefa me confundía con su hermano mayor. Con Francisco Bayeu.

—Francho, de veras pensé que te habías ido. Hace veinte años o más. Hasta me contaron que moriste como Ramón. ¿Hablas ahora conmigo porque estamos muertos los dos?

—Vivimos, aunque tú enfermaste. Trata de callar, para no fatigarte —alma adentro, maldije mi doblez. No quería ahorrarle esfuerzos a Josefa. Me aterraba cuanto iba a decirme, creyéndome Bayeu.

—No alcanzo a verte. Pero te reconozco la voz. ¿Sigues aquí conmigo? —las palabras se le espaciaban en los labios. Nunca fue tan fácil ni tan terrible leerle la voz a nadie.

—Sí, Pepa. Aquí sigo y te escucho.

—Te quise más que a un hermano. Como al padre que no conocí, porque lo perdimos siendo yo tan niña. Pero aun queriéndote tanto, Francho, no puedo perdonarte.

—¿Qué mal te hice, Pepa? Yo también te quería, aunque no supe expresarlo. Lo mío fue callar y pintar. Por ti y por Ramón, que en paz descanse. Siempre velé por vosotros.

—No te perdono que me casases con mi marido. Yo no le amaba. Fui su mujer para complacerte.

—Sólo perseguía tu dicha, Josefa —me pregunté si aquélla sería mi mentira, o la de mi cuñado muerto.

—No es cierto, Francho. Me entregaste a aquel hombre. Me diste a él porque le temías.

—Temería luego el daño que te hizo. Pero le perdoné cuando se nos confesó enfermo de su mal. Le dije que sólo debía apedrearle quien estuviera limpio de toda culpa. También tú te apiadaste de él entonces.

—El miedo te llevó a compadecerle. Pronto supiste que como pintor, os humillaría siempre a ti y a Ramón. Tanto te resignaste, que dejarías de envidiarle. Pero te sobrecogía y espantaba porque era un monstruo.

—Tal vez lo seamos todos.

—¡Nunca hubo otro monstruo sino él! Le dije dolerme de su mal incurable. Dolerme sobre todo por los hijos, que en mí concibió para que los perdiéramos recién paridos. Pero yo sabía que en la gloria de los inocentes, ellos no le perdonaban la vida que les robó al dársela corrompida. Yo tampoco le exculpaba en mi rencor oculto.

—No se puede vivir sólo para el odio, Josefa —supuse que así lo diría Bayeu. Pero aterrado comprendí cuán cerca estaba del *Rabadán* aquella mujer. Una mujer en quien nunca quise reparar demasiado, aun siendo la mía, por ser ella también mi más hondo y oculto remordimiento.

—Casi me olvidé de mi encono al ver cómo mi último hijo crecía y se lograba. Pero le volví a aborrecer cuando le supe prendado y perdido por aquella perra, la de Alba. No me enceló el sentirme burlada. Pero le detestaba con toda mi alma, porque entonces no podía comprenderle. No me cabía en la cabeza que aquel egoísta llegase a amar a nada ni a nadie, aparte de su pintura.

—Amar requiere un largo aprendizaje, Josefa. Pocos elegidos consiguen concluirlo y sellarlo.

—Cuando ella le abandonó por otro, encerróse en el taller a solas. Le dejaba la comida en el umbral y no la tocaba. Me suplicó Xavier que derribásemos aquella puerta. Los criados me pedían descerrajarla. Alegué que él se enfurecería si le sacábamos del obrador por la fuerza. En realidad, esperaba que allí muriese y se llevara mi aborrecimiento. De pronto, salió un día por su pie y de grado. A todos nos asombró, porque aun desastrado y enflaquecido parecía muy feliz —calló un instante para proseguir con un hilo de voz, que le iba borrando las palabras en los labios—: Francho, yo me muero ahora y no sé cómo nos hablamos porque tú también has muerto. ¿Conseguiremos tú y yo alguna vez comprender a aquella fiera?

Se fue la Pepa con el día. A solas la velamos hasta la amanecida Xavier y yo. Exhausta y de bruces en el brazo de una poltrona, se durmió Gumersinda. De acuerdo con el testamento, sepultamos a Josefa en San Martín. La iglesia donde maridamos en otra vida y en otro siglo. Sollozaba mi hijo; pero, en san Martín, yo no vertí una lágrima ni dije una sola palabra. Implacable me perseguía el recuerdo de nuestra noche de bodas, en la calle del Reloj. *Trátame como quien soy. La hermana de mi hermano.* Para su hermano muerto, no para mí, fueron sus últimas palabras. En el Prado permanece el retrato que le hice cuando andaba encinta de María del Pilar Dionisia —mi pobrecito engendro de la horrenda cabeza—, aunque ni ella ni yo lo supiésemos todavía. Después de la guerra, cuando pinté a Fernando VII disfrazado de rey, me permití mostrarle aquel cuadro. Calladamente lo contempló pensativo por mucho tiempo. Luego me aseguró que ya allí, siendo aún tan joven la Pepa, adiviné y expuse en sus ojos todo el dolor que le infligiría. Después preguntó si me horrorizaba el repaso de mi vida. Repuse que en el insomnio, contaba mis cuadros para no acordarme de mí mismo. Sonrió y dijo que también en eso salimos parecidos. Él nunca quería pensar a solas en su pasado. Prefería el callado conjuro de todas las imágenes que le había pintado, desde su titubeante estampa de adolescente en *La familia de Carlos IV.* Acaso, añadió, un día serían aquellas telas el único recuerdo de su paso por el mundo. Cabe que otro día, aun más lejano, nieguen que él sea él en la propia *Familia de Carlos IV.* También llegaron a refutar la identidad de la Pepa, en el óleo del Prado. Viva o muerta, parece ella siempre condenada a la inexistencia. Pero en mi cuadro, Josefa es Josefa y allí perdura en vano. Doy fe.

En otoño de aquel año, Xavier y yo tasamos e inventariamos mi hacienda, con vistas a una partición extrajudicial. Todos los bienes eran gananciales, puesto que nada poseíamos al casarnos Josefa o yo. De común acuerdo se nombró a tres peritos tasadores. El platero Antonio Martínez valoró las pocas joyas que quedaban. Pinturas, ropas y muebles, los preciaron mi discípulo Felipe Abas y el ebanista José García. Según el protocolo, el patrimonio conjunto ascendía a trescientos sesenta mil reales. Mitad y mitad de todo aquello quise que nos correspondiera a mi hijo y a mí. Resistíase Xavier a aceptarme las joyas; pero le di unos pendientes de brillantes para la nuera, un medallón y unos platos de plata. Me guardé los otros platos, la fuente, las dos medias fuentes, la salvilla, la palangana, el portavinagreras, las despabiladeras, las mancerinas, los candelabros, los cubiertos y el trinchante. De las joyas, conservé un alfiler para el pecho, tres sortijas y aquel reloj de oro —regalo de María Teresa— que aún daba la hora en mi alcoba cuando morí en Burdeos.

Protocolizamos la partición a instancias mías, contra los reparos de Xavier. En unas colinas entre Salamanca y Alba de Tormes, los Arapiles, había derrotado decisivamente Wellington a Marmont aquel verano. En agosto, *el Duque de Hierro* entraba en Madrid y todos sentimos la certeza de que los franceses perderían la guerra. Habituado a echar cuentas conmigo mismo, en la soledad de mi sordez, tomé la irrevocable decisión de permanecer en la Corte, sucediera lo que sucediera. Aun en el caso de que me persiguiesen y embargasen por afrancesado, Xavier salvaría parte de la hacienda. Fueron para él las pinturas y dibujos del obrador, aunque me reservé dieciséis bocetos para tapices y los diseños de *Los desastres* y *Los caprichos.* Venida la paz, cada vez más temeroso de que me lo expoliaran todo, le cedí algunos cuadros pintados bajo la ocupación. Así, le mandé señalar con sus iniciales *El*

Lazarillo de Tormes, Maja y celestina al balcón y *Las viejas* o *El tiempo*. Retuve dos tablicas iluminadas en Aragón, cuando mi viaje a Zaragoza. Creí que junto a mis grandes cuadros —*El 2 de mayo en Madrid* y *Los fusilamientos en la montaña del Príncipe Pío*— avalarían mi postura durante la francesada. Reflejaba en aquellas maderas la clandestina fabricación de balas y pólvora, como yo mismo la había presenciado en la sierra de Tardienta.

De una vez para siempre, fijé mi actitud en primavera de 1812. Antes de la batalla de los Arapiles, nuevas prohibidas nos dijeron que las Cortes convocadas en Cádiz votaron la primera Constitución. Supuse entonces a mi país liberado de sí mismo y de su pasado por virtud de aquellos trescientos ochenta artículos, en diez títulos. Impresa de ocultis, circulaba sigilosamente la Constitución de manos de liberales y afrancesados. Se abolía el tormento, la esclavitud y el Santo Oficio. Se terminaba con los mayorazgos inferiores a tres mil ducados de renta anual. Decretábase el reparto de la mitad de aquellos latifundios, para cederla a los antiguos combatientes y a los campesinos desasistidos. Se desamortizaba los bienes de las comunidades extinguidas o reformadas por José I. Prohibíase al rey enajenar parte alguna del territorio nacional, como hizo Carlos IV en Bayona. Por creerlo forzado, anulábase de antemano cuanto firmase Fernando VII en Francia. Impedíase a la Corona imponer nuevas cargas, sin la venia de las Cortes. Se establecía la unidad de la caja pública y el presupuesto anual, siempre que lo aprobasen los representantes. Distribuíase el pago de la deuda nacional entre todos los ciudadanos y para tal efecto se creaba la Contaduría Mayor. Se preveía una legislación que acabara con las opresiones y tributos de la América española. Quedaba limitada la censura de arte y libros a materia exclusivamente religiosa. Le dije a Moratín que semejante Constitución desposeía de sentido al afrancesamiento, si de verdad queríamos un porvenir más digno y más libre. Pudo dudar Jovellanos en hacer o no hacer causa común con José, hasta que Bailén le decidió por la resistencia. En 1812, Cádiz era más importante que Bailén en 1808, porque a efectos prácticos la guerra estaba resuelta. Tardó mucho en replicarme. Al final, afirmó que yo esperaba mucho de un pueblo como el nuestro. Me imaginé que pensaba en el asalto a su casa y en la huida con la gata en brazos. Sonriendo, me encogí de hombros.

Un delirio tan grande como se lo dispensaron a Fernando, cuando vino de Aranjuez después del motín, acogió a Wellington en la Corte. Con los guerrilleros, entraron los ingleses en Madrid el 12 de agosto de aquel año. Aunque se hubiese superado las mayores hambres, una ciudad todavía famélica engalanó calles y ventanas. Un gentío de esqueletos vitoreaba al *Duque de Hierro*, al *Empecinado*, a Muñoz y al *Capuchino*. Wellington no sonreía nunca a los aplausos. De tarde en tarde, asentía con la cabeza, casi enajenado del delirio a su alrededor. No le imaginé antes tan enjuto y ennegrecido por los soles de las batallas, que decían dirigía bajo el fuego y apoyado en cualquier árbol, soldado entre los soldados y tan exigente con la tropa como consigo mismo. Algo hubo de muy vulnerable en aquel hombre, que vencería a Napoleón y acabaría con su Imperio. Desafiaba todos los huracanes, porque era tan quebradizo como un junco seco o una caña rota.

Cabalgaba el *Empecinado* junto a Wellington. Gigantesco, patilludo, tallado a hachazos. Se reía y le destellaban unos dientes blancos como los de un lobo. Con Wellington ni se miraban y el inglés abrigaba un obvio desprecio hacia él, Muñoz y el *Capuchino*. Del *Empecinado* contaban que dos veces diezmáronle las fuerzas en campo abierto y otras dos se vaciaron los pueblos de Guadalajara dispuestos a seguirle, porque le bastaba con su nombre para levantar una cruzada. Con el gobernador francés, aprendió a respetarse en la medida que se temían y admiraban el uno al otro. El *Empecinado* —a quien conocí bien después de la guerra— escribía con dificultad, aunque pocas miradas he visto tan despiertas como la suya. Según me confió entonces, pasóse una noche en vela redactando una carta al Poncio, invitándole a las guerrillas como un hermano y no como un vencido. *Porque siempre fue más propio de un soldado servir a la libertad que a la tiranía.* No obstante, en Fuente de la Reina prendió a una mujer que se acostaba por dinero con los invasores. Después de desorejarla de dos cuchilladas, la paseó desnuda y a lomos de un pollino por el pueblo, con un letrero al cuello donde se leía: *Así acabarán siempre las putas de los verdugos.* Luego le arrancó los ojos y la crucificó a la puerta de la iglesia.

167

A los pocos días me pidieron que pusiese precio a un retrato de Wellington. Gustosamente se lo habría regalado; pero él insistió en pagármelo al coste de mis pinturas de antes de la guerra. En su cuartel general, el duque parecía aun más disminuido y fatigado que en el desfile. En un muslo se le resentía una vieja herida y cojeaba visiblemente. Acabaría de consumirle el agobio del agosto madrileño. Apenas frisaría la cuarentena; pero se le veía muy avejentado para sus años. En la mirada se le turnaban el desconcierto y la obstinación. Un pelirrojo coronel de Sanidad, rubicundo y afable —McGregor, creo que se llamaba— nos servía de intérprete. Conocía correctamente el castellano, por lo que pude leerle los labios. Si algo se me pasaba en blanco, lo escribía en un cuadernillo. Mal me cayó Wellington; pero simpaticé en seguida con el coronel. La gente entraba y salía, en tanto me esforzaba por dibujarle el busto al *Duque de Hierro*. Wellington —*el viejo Duero*, le apodaban sus hombres— consultaba documentos, atendía conversaciones, redactaba notas. Diríasele por completo olvidado de mí y de su retrato. Enojado, recogí la carpeta y los carboncillos. Ya me iba a buen paso y de un portazo, cuando levantóse Wellington, primero perplejo y en seguida enfurecido. Me gritaba lo que yo no alcanzaba, ni habría comprendido de llegar a oírlo. Como pazguatos impedidos por la divina cólera, pararon todos los demás. Reaccionó McGregor. Habló con Wellington presurosamente y a mí me suplicó que no me fuese. A sus ruegos, tendí la mano a Wellington. Ceñudo y prieta la boca, menuda como un culo de gallina, de mala gana me ofreció la diestra. Era frágil y blanda como la de una mujer.

Volvimos a sentarnos y proseguí el esbozo. No creo que nadie dijese nada por largo rato. De pronto encaróse Wellington conmigo, buscándome los ojos y expresándose muy despaciosamente, como obstinado en que le descifrase el inglés en los gestos. Tanto se concentraba al hablarme, que parecía olvidado de su retrato y de los demás. Atónito, ni a traducir acertaba McGregor al principio. Tuvo que apremiarle el *Duque de Hierro* con impaciencia. De tal modo se iba embebeciendo en su relato, que a duras penas se percataba de dirigirse a mí. Pero yo estaba muy hecho a semejantes situaciones para asombrarme. Casi todos mis modelos me habían expuesto su vida a retazos, como si por el solo hecho de pintarlos me convirtiera en su confesor, o en el muro de sus lamentos. Tal me ocurrió con los reyes, con doña María Luisa y don Carlos. Con infantes como doña María Josefa y don Antonio Pascual. Con el príncipe de la Paz y la condesa de Chinchón, quien por aquellos días abandonaba la soledad que escogió al separarse de Godoy, para ofrecerle el Toisón a Wellington. Con actrices como *la Tirana* y damas del rango de doña Isabel Cobos de Porcel y la marquesa de Santa Cruz. Llegó a pasarme conmigo mismo cuantas veces quise perfilar mi autorretrato de memoria o frente al espejo. ¿Por qué no iba a sucederme entonces con *el viejo Duero*, el guerrero con apodo de río y manos de mujer?

—No sé cuál será la verdad de la guerra. Me pregunto si usted, o cualquier otro artista, conseguirá pintarla algún día —traducía McGregor perplejo y agitado—. Lo único que aprendí en mis campañas es que los hombres temen a su propio miedo más que a la muerte. Se adueñó de Europa el emperador, porque quienes le presentaban batalla se creían perdidos antes de emprenderla. A mí podrán derrotarme los franceses; pero no pienso sucumbir al pánico que pueda tenerles.

—Si el duque lo permite, yo diría que en la paz y en la guerra cada hombre combate con otro, que por dentro le puebla y devora. Éste es el hombre a quien yo nunca retrataré por encargo.

—Posiblemente tenga usted razón —asintió frunciendo las delgadas cejas—. Pienso en la tropa que mando y no la comprendo. En Talavera, cuerpos enteros del ejército español tiraron las armas y huyeron en mi presencia, aunque nadie les atacaba todavía. Deduje que se asustaban de su mismo fuego. O anticipaban despavorirse, tan pronto empezaran a disparar. ¿No me cree usted?

—Nada oigo y todo lo creo.

—No tengo en mayor aprecio a los ingleses. Una hez alistada por una cerveza o una botella de vino. Sólo respetan de veras el látigo. Me obedecen para que no los azote en público y acaso porque suelo llevarlos a la victoria. Para ellos el triunfo es el saqueo, la embriaguez y el estupro. En Badajoz fui incapaz de contenerlos. Mientras la ciudad los recibía como libertadores, irrumpieron a tiros en las casas indefensas. Borrachos, violaron a las jóvenes y a las niñas que no pudieron huir o ocultarse. Luego ultrajaron a las viejas, antes de prenderle fuego a Badajoz. No cabía allí más escarmiento que fusilar a medio ejército, ejecutado por la otra mitad. Pero no pude permitirme semejante lujo, en nombre de la disciplina y la moral militar.

También me contó haber impuesto el orden e impedido atropellos en Madrid. A Cádiz se le pagaba escrupulosamente el tributo sobre el trigo de la última cosecha. Intervino Wellington la correspondencia oficial del rey José, aunque no la privada. Las cartas que le mandara su mujer —aquella reina de España que nunca estuvo en su reino—, se las remitió a Valencia. Pudo ahorrarse la gentileza, porque en noviembre se retiraba el *Duque de Hierro* y volvían los invasores a un Madrid abatido y silencioso. Airado con la historia y con mi suerte, le dije a Moratín que huiría a Portugal para entregarme a los ingleses. Otra ocupación francesa me resultaba de todo punto intolerable. Sería mi sino anticiparle siempre a Moratín aventurados viajes. También a él antes que a Leocadia, le confiaría en Burdeos y a la vuelta de unos catorce años mi proyecto de escapada a Madrid, para solventarme la jubilación y renovar el permiso de las aguas. En Madrid y en Burdeos horrorizóse temiendo por mí. Me gritaba que nunca llegaría a Portugal. Si no me mataban los franceses, me acabarían las partidas o los bandidos que infestaban los campos. No me disuadió y exigí su palabra de coser la boca y callar mi fuga. Me fui una madrugada de aquel otoño, sin siquiera despedirme de Xavier, para ahorrarme otras súplicas. Desasosegado por el riesgo que corría, faltó Moratín a lo prometido y delató mi evasión en la Corte. Hacía yo noche en una venta de Piedrahíta, cuando compareció se el jefe de Policía. Con buenas maneras, dijo que su majestad desvivíase por mi bienestar y él ponía una escolta a mi servicio para devolverme a Madrid sano y salvo. Cedí y me entregué, aunque ya no veía de nuevo a José Bonaparte: el José Napoleón de la efigie devuelta entonces a mi alegoría. Allí la restauró en vano Felipe Abas, porque el mismo absurdo azar nos gobierna las vidas y los retratos.

Al mayo siguiente huían para siempre José y su corte. Ni tiempo tuve de abrazar a Meléndez Valdés, a Silvela o a Moratín. En junio quiso batallar el intruso con Wellington en Vitoria y *el viejo Duero* le venció y puso en fuga. Apenas sobrevividos los desastres de la guerra, un Madrid regocijado hacía hablillas de sus grotescos disparates. Casi capturaron a José en su carroza los húsares ingleses. Escapó el monarca; pero aquellos jinetes lleváronse su orinal chapado en oro y luego lo llenaron con el champaña de sus brindis. José, quien tanto se opuso a que nos usurparan los cincuenta cuadros, que catalogué con Maella, presidió al final un vandálico saqueo de joyas y obras de arte. Entre cajas de armas y demás material de guerra, rapiñaba el rey alhajas como *La peregrina*, con Velázqueces, Rubens, Van Dykes y Murillos arrollados. En Vitoria, ingleses y guerrilleros cebáronse como lobos fragosos en aquel botín. Tan grande y prolongado fue el despojo, que a Wellington le impidió zanjar la contienda aquella misma tarde, cortando la retirada enemiga hacia Pamplona. Rescató cuanto pudo del tesoro artístico; pero no le permitió devolverlo Fernando VII, al venir la paz. A un perplejo *Duque de Hierro*, le dijo *el Deseado* que todo le pertenecía como aguinaldo de la nación agradecida. Al igual que en Badajoz, empezó el estupro en Vitoria apenas concluido el robo. De nuevo fue Wellington incapaz de contener los atropellos de una soldadesca a la que llamaba la hez de la tierra, aunque él le debía su nombre en la historia.

Casi donde había empezado para mí, quise que terminara mi guerra. Al pie de los desmontes del Príncipe Pío. De mayo a mayo, transcurrieron cinco años desde la madrugada en que esbocé a los fusilados. La primera noche en un Madrid vacío de franceses, otro incontinente impulso me condujo a aquellos parajes. Iba entonces sin Isidro, sin carpeta ni papeles, a solas en el ensolapado silencio de la sordera y las calles desiertas. Farol en mano, crucé por los Agonizantes, las Arrecogidas, los Escolapios, los Mercedarios Descalzos, la huerta de la beata María de Jesús y el Saladero. Pero si en mayo de 1808 me sentía descender al centro oscuro de mi ser, mientras iba camino de San Antonio de la Florida, creí ahora surgir de mí mismo en tanto me aproximaba a las márgenes del Príncipe Pío, como quien nada hacia la luz por unas aguas muy foscas. Al igual que en la noche de los fusilamientos, casi me ahogaba el perfume de la jara a través de las tinieblas. Al pie de la montaña, se imbricaron y traspasaron dos instantes y un par de fulgores, tan pronto torné a percibir aquella tenue raya, entre azulada y lechosa, que sobre Madrid preludiaba los azafranados grises del alba. Vi de nuevo el peñasco, que fue mi respaldo mientras dibujaba sentado en tierra. Pero habían desaparecido los fusilados, los grajos y la jauría, que a pedradas y blasfemias ahuyenté con Isidro, cuando venían a devorar a los muertos. Tampoco estaba allí mi criado vomitando sobre la carnicería, ni era yo quien sollozó entonces como sólo llorara antes a mis hijos malogrados y a María Teresa, en su capilla ardiente.

En tanto el alba esclarecía la noche, aparecióse un pastor con su rebaño. Aunque viejo y correoso, más que vivo parecía brotado de la nada a oscuras. Pintado con la nueva luz sobre las sombras. Sentado yo de espaldas a la peña, como cinco años antes, le saludé con un ademán y le di los buenos días. Para indicarme su mudez, llevóse el índice a los labios, sobre aquella boca que le adivinaba desdentada. Ninguno de los dos sorprendíase del imprevisto encuentro en semejantes parajes y a hora tan temprana, mientras se extendía la rociada por los campos y Madrid reposaba. Casi cedió la alborada al día, cuando de unas breñas vínose el perro del pastor. Corrió hacia mí y de manos en mi pecho me lamió el rostro entre callados ladridos. Juraría haberle acariciado con ambas manos, como quien tienta un prodigio. Digamos el agua de Caná vuelta vino en un cuadro. Un portento indecible, porque aquél era el perro enterrado en las pardas arenas de mi pesadilla y luego perdido en *La nevada*. Desde el fondo de mi sueño y de mi cartón, llegaba a mí a través de la guerra y de la tiniebla. Abrumado y deslumbrado, cerré los ojos por un instante. Cuando volví a abrirlos, se habían desvanecido el mayoral, el hato y el perro. No me asombró mayormente el invertido prodigio de su desaparición que el de su aparecimiento. Ya ninguna maravilla podía suspenderme, porque a solas con el alba acababa de concebir en aquel instante mi obra maestra. El cuadro, que por último me igualaría a Velázquez y haría de mí el único y el verdadero Francisco de Goya.

LA QUINTA DEL SORDO

Tú, Goya. Tú.

Tan claro ves tu cuadro de los fusilamientos en aquel paraje, al pie de la cuesta talada del Príncipe Pío, que pintándolo luego creerás trasladar una aparición a la tela. Calado el chacó de la *Légion de réserve*, al cinto el sable y a hombros el macuto de la caballería ligera, el piquete de verdugos carece de rostro y casi de forma. Sólo los brazos, las piernas y los pies en sus zapatillas tiran a humanos. Pero el torvo conjunto de capotes y de fusiles con bayonetas por remate perfila la siniestra ilusión de unos toros apiñados en la embestida, corneando el aire en busca del hombre.

Entre el pelotón y los sentenciados de rodillas —se perdieron o acabaron las sogas para sujetarlos, según dijo José Suárez—, así como los muertos que en tierra se desangran, la luz de un gran fanal blanquea la amarillecida escena de las ejecuciones. Aún se alza el firmamento oscurecido. Pero ya el alba lejana agrisa una panorámica de tejados y torreones. Cumple y fusila el piquete, con la atinada premura que siega la hoz. Pánico. Odio. Pasmo. Llanto. Manos. Preces. Sangre vertida y por vertir. Matadero. Imparables, prosiguen las descargas. Apunta, dispara y embiste el pelotón de minotauros sin nombre. No obstante tú detendrás el sacrificio por un instante que vas a eternizar en el cuadro. Aquel momento supremo y terrible en que unos seres se disponen a morir y otros se aperciben a matarlos, como antes acabaron a quienes se amontonan al pie de la cuesta con un vago aire de fantoches sangrantes.

173

Pensando en aquel capellán de la Encarnación, resuelves resucitarlo, encogido y de rodillas al borde de la eternidad. Junto a él, pintarás al trajinero José Suárez, defigurado por el terror y la furia, cubierto con una camisa blanca y unas bragas amarillentas. Aún hincado, los brazos abiertos en aspa, está a punto de alzarse gritando para que al menos le fusilen en pie. A la espera de los tiros y al filo del alba, suspendes la pintura. Si Velázquez detuvo *La familia* en aquel punto de su siglo, cuando una menina le ofrecía un búcaro a una infanta, tú tendrás tu cuadro en otro punto del tuyo, cuando un hombre con trazas de trágico pelele va a ser ejecutado por otros hombres, semejantes a un rebaño de minotauros. En aquellos dos instantes, por siempre parados en la pintura como el vuelo de la abeja en el ámbar, se han de enfrentar dos eras contrapuestas. La de la desilusión del mundo en Velázquez y la del desengaño de la razón a la luz de todos los crímenes.

Tú, Goya. Tú.

Al cuñado de Godoy y hermano de la condesa de Chinchón, a su eminencia el cardenal don Luis de Borbón, primado de las Españas y presidente del Consejo de la Regencia en ausencia de Fernando VII, le ofreces en febrero de 1814 tus servicios como artista, para glorificar la gran guerra patriótica y libertadora, recientemente concluida. También le expones en la propuesta la penuria que te aflije, después de la contienda, y solicitas la ayuda de costa del Tesoro Público. A los veinte días te conceden mil quinientos reales mensuales por vía de compensación. Puedes invertirlos en lienzos, aparejos y pintura, como lo juzgues conveniente. *En respuesta a la suya del 24 del próximo pasado, dirigida por don Francisco de Goya, pintor de Cámara de Su Majestad, a la Regencia del Reino, donde manifiesta el ardiente deseo de perpetuar por medio del pincel las notables y heroicas acciones o escenas de nuestra gloriosa insurrección contra el tirano de Europa...* Trae la orden la firma rubricada del propio cardenal de Borbón.

No puedes por menos de sonreír, pensando cómo transforman a los hombres el tiempo y sus propias palabras. A poco del alzamiento y las ejecuciones —cuando don Antonio Pascual le aconsejaba a Murat proseguir sin tino ni freno aquellos fusilamientos, que tan buen ejemplo sentaban entre la canalla y en vísperas de la partida del propio don Antonio para Bayona, en coche prestado por María Josefa de Osuna y en tanto despedíase de medio mundo con lo de *¡Hasta el valle de Josafat! ¡Hasta el valle de Josafat!*—, el cardenal don Luis hacía pública su adhesión al emperador. En letras de molde le expresaba el dulce deseo de tendérsele a los pies, talmente como un galgo, en homenaje de lealtad y respeto. Asimismo y acaso para que nada quedase en el tintero, le suplicaba que pusiese a prueba su servidumbre. Sonríes, sí, porque todos nos desvivimos por hacernos perdonar el pasado. Luego te preguntas sobrecogido cómo sostendremos las libertades votadas en Cádiz, sobre tal castillo de naipes trucados por el encubrimiento y la mentira. Pero ya el propio cardenal te llama a su presencia en el Consejo, para entregarte la orden de pago de tu ayuda de costa. Se mira largamente en tus ojos, con las palmas en tus hombros. Te habla muy despacio, para que no se le borren las palabras en los labios.

—Goya, yo sería aún muy niño. Ni siete años creo que tuviese entonces. Pero recuerdo cómo me pintaste en el cuadro de familia y luego, solo y aparte. Con chaleco y levitón en miniatura, posaba para ti junto a un mapa. Comprendo que me disfrazaseis de hombre. Pero todavía me pregunto qué hará el mapa en aquella tela.

—A su eminencia le volví a pintar otras dos veces, mucho tiempo después. Purpurado y con todos los hábitos y distintivos de su rango. Fue allá por los días del cambio de siglo.

—Piensas en lo poco que mudaron sus rasgos desde la niñez. Sólo vinieron a prolongársele sus un tanto enturbiados trazos de hombre débil, bondadoso y acaso a un tris de la sandez.

—Sí, sí, naturalmente —con un ademán de impaciencia, como desadvertido de ser un príncipe de la Iglesia, parece descartarte aquellos lienzos—. Pero yo prefiero acordarme de Arenas de San Pedro y de los retratos que allí me hiciste en mi infancia. Mi padre renunció al capelo y a la Corte, para acogerse en aquella Arcadia. Él decía quererlo todo en este mundo, precisamente porque no ambicionaba nada. Pero si viviese, hoy no tendría donde evadirse, porque ya no existen las Arcadias. ¿Te paraste a pensar que la tierra entera se ha vuelto infierno?

Callas y finges no comprenderle, porque tampoco iba a escucharte. Sin llegar a advertirlo, teme por su vida el cardenal de Borbón. Te abraza al despedirte. Aunque a ti mismo te parezca increíble, en dos meses concluyes *El 3 de mayo de 1808, en Madrid: Los fusilamientos en la montaña del Príncipe Pío* y *El 2 de mayo de 1808, en Madrid: la lucha con los mamelucos en la Puerta del Sol*. El 13 de mayo de aquel año, transcurridos otros seis desde la noche de las matanzas, adornarán un arco triunfal junto a la Puerta de Alcalá, para celebrarle la vuelta a la Corte a Fernando VII. Día y noche, al sol de la primavera o a la luz de la corona de velas en torno a tu cabeza, pintas como un alucinado. No obstante, sabes que nunca va a satisfacerte *El 2 de mayo de 1808*, aunque te cueste más trabajos y quebrantos que *Los fusilamientos*. Compusiste aquel cuadro sobre la pauta de lo contado por tu hijo y Gumersinda acerca del encuentro en la Puerta del Sol. Todo ello entretejido con tantos otros relatos de la batalla callejera, entre el gentío y la caballería. Pero aun en esta eternidad, donde dictas tu vida sin saber a quién se la refieres, se te antoja la más prescindible y menos convincente de tus obras más vastas.

En cambio, sientes que todo se da cita y converge en *Los fusilamientos*. Tú mismo, tu vida y la patética crónica de tus tiempos. En la ladera del Príncipe Pío, termina a tiros el sueño de la divina razón. Pensando de nuevo en aquel esqueleto tuyo, el de la nada en la mano, crees que también allí crucifican de nuevo a Cristo y al cristianismo. En otro de tus repentes, con el cuadro casi concluido, pintas dos agujeros en las palmas del descamisado, que a sus verdugos grita abierto de brazos. A través de Josefa y de vuestros hijos muertos, evocas la *Pietà* de Miguel Ángel que viste en Roma. La dejas al fondo de la tela, entre la cuesta y los condenados, vuelta una madre fantasmal con la sombra de un niño en el regazo. Si éste es crimen del hombre contra el hombre, no dejarás de rubricarlo con tu propio delito. Con la culpa irredimible de Saturno. No puedes, en cambio, identificarte por completo con los cadáveres al pie del desmonte, ni con aquellos que allí van a fusilar. No se muere por otro, ni se muere dos veces, aunque en Cádiz te dijeran que renacías de entre las sombras sin fin, al salir del coma. Si estas víctimas de verdad sobrevivieran, se convertirían en verdugos de sus verdugos. Tú mismo lo dijiste, *Con razón o sin ella* porque todo es lo mismo, en el infierno que encierra tu cuadro. También después de pintarle el alarido, te preguntas qué gritará el hombre de las calzas amarillas. Sacudiendo la pesada cabeza de gañán baturro, te resignas a no saberlo nunca. Pero si tú no puedes oír aquel rugido del descamisado, tampoco lo distingue ni comprende nadie más. Absolutamente nadie. Ni el piquete sin faz, ni quienes no nacieron todavía y en siglos del porvenir se detendrán ante este lienzo. Ni siquiera aquel Dios cuya sordera —aun mayor que la tuya— tanto temía José Suárez frente al pelotón. Por último, mientras se seca el barniz de *Los fusilamientos*, adivinas que en algún punto del firmamento en tinieblas, se oculta el caballo soñado que en tu pesadilla era Velázquez. Ante las atrocidades, en la montaña del Príncipe Pío, quizá le asombre y horrorice esta guerra tuya, tan distinta de la cortés mesura que él le infundió a otra contienda, en *La rendición de Breda*. No obstante, en esta última tela tuya, no sólo te liberaste de su dominio artístico y señoraje, sino hiciste por fin de ti un pintor de grandeza igual a la suya.

Tú, Goya. Tú.

Pero cumplido tu destino e igualado a Velázquez, sientes un raro desapego ante *Los fusilamientos*. Una súbita fatiga y un oscuro desconsuelo se te reparten el desasimiento. Convertido en el único Goya, que siempre perseguiste, casi se te antoja indiferente y ajeno el aborrascado orgullo, que te condujo hasta ti mismo. Anticipas ahora nuevos desastres, que asolarán al país apenas terminada la lucha. Te llegas a preguntar si no cometiste error de bulto, al no aventarte y liar los bártulos con los afrancesados, aun al precio de no haber pintado nunca *Los fusilamientos*. Te azara la brusca certeza de que la guerra ha sido en vano y siembra de sal o azote en el aire fueron las Cortes de Cádiz y su Constitución. Aquellas leyes fundamentales, esperanza de un país redimido de entre sus ruinas, no la desazón por tus propiedades o la vecindad de Xavier y Marianito, te hicieron quedarte en Madrid. Hoy te espina el convencimiento de que héroes y mártires murieron por una esclavitud, que confundían con la libertad. Así se lo cuentas al consuegro, al bueno de Martín Miguel de

Goicoechea, con quien compartirás la cabeza en San Antonio de la Florida.

—Compañero, malos tiempos nos aguardan. Apenas sorteadas las hambres y las carnicerías de la guerra, nos corresponderá la paz de las cárceles y de los cementerios. También presiento que a nosotros dos nos toca morirnos en el destierro. No me pregunte cómo lo presagio. No echo cartas ni hago almanaques. Pero voces extrañas me lo susurran en el alma, aunque sea sordo.

—No exagere, amigo Goya. Me asusta usted, porque contra toda razón siempre termino por creerle. No obstante, esta vez me resisto. No sé si ganamos la gloria con tanto como padecimos. Pero, al menos, nos corresponde morir donde nos venga en gana.

Como cae el rayo en el pozo y le enciende las aguas, llega la catástrofe. Es la noche del 10 al 11 de mayo y faltan dos días para que *el Deseado* entre en Madrid. Por orden del capitán general de Castilla la Nueva, detienen a dos regentes del Consejo, Gabriel Císcar y Pedro Agar. A dos ministros, García Herreros y Álvarez Guevara. A siete diputados de la talla de Agustín Argüelles, Muñoz Torrero, Martínez de la Rosa y el poeta Manuel José Quintana. Con Quintana compartías la tertulia del café de la Alegría, en los primeros tiempos de la guerra. Ardientemente liberal y patriota, luego fue secretario de la Junta Central de Defensa. Ahora le encarcelan en Pamplona. A Argüelles, lo encierran en Ceuta. A Muñoz Torrero, en Erbón. A Martínez de la Rosa, en el Peñón. Chusma a sueldo de un fondo de reptiles, surge de burdeles y tabernas a los gritos de *¡Abajo las Cortes! ¡Viva la santa religión! ¡Viva el Deseado! ¡Viva el Santo Oficio! ¡Viva el rey absolutamente absoluto!* Asaltan y ultrajan a quien les place, ante la benévola complacencia de los corchetes, llamando a sus víctimas afrancesados, impíos, judíos, ateos, francmasones y, lo peor de todo, liberales. En la Casa Panadería de la plaza Mayor, martillan y destrozan la lápida que allí honra la Constitución. Barridos en un saco, arrastran los pedazos por las calles. Los llevan ante las cárceles y los cuarteles, de súbito abarrotados de presos políticos. Piden a rugidos que los ahorquen a todos. Que corra la sangre a ríos, por aceras y arroyos de la Corte. No te cabe duda de que regias consignas ordenan y amparan tumulto y prendimientos.

Peor que peor, Fernando, todavía en Valencia, entrará en Madrid pasado mañana.

Ya libertado por Napoleón sin trabas ni requisitos, su tío don Antonio Pascual y su hermano Carlos por escolta, volvió a pisar Fernando la tierra española el 29 de marzo. Vínose por La Junquera, un pueblecito enriscado en el Pirineo catalán. Desde entonces barájanse las nuevas de los periódicos con rumores, punto menos que siempre ciertos, aunque trabajos tenga el recuerdo para distinguir unas de otros. Se cuenta que al paso de la frontera, en coche aparte, siguen al *Deseado* sus sirvientes y *Chamorro*. Aquel viejo aguador de la fuente del Berro, que tanto medrará como bufón de su majestad. El que le tutea y dice *amo*, en privado y entre una tropa de parecida ralea y pelaje. Arrodillado en la raya de España, el general Copons le dispensa su bienvenida al soberano. Después, a los compases de la marcha granadera, desfilan fuerzas desarrapadas y descalzas de la guerrilla y los ejércitos catalanes. Mala la color y destemplado, casi se desentiende Fernando de aquellos honores, mientras lloran como Magdalenas en su presencia hombres que pasaron seis años matando por él en las montañas. Por guardar ceremonia y de mala gana, como tú, Goya, lo supones al saberlo, exclama entonces el rey en público: *Gracias a Dios que estoy en España.*

Manda proseguir viaje a Gerona y excluye a Barcelona de su itinerario. Teme el agobio de las acogidas en las grandes ciudades. Además, Barcelona le despierta afligidas memorias, porque allí recibió a su difunta María Antonia. La que le desvirgó, según me dijo, y le enseñó las artes del fornicio y del *saltarello napoletano*. Camino de Gerona, les dice al tío y al hermano que ya le hastía y deprime tanto pueblo y campo, quemado por los malditos franceses en su retirada. Luego se duerme en paz y ronca piernitendido, hasta que le despiertan las campanas de San Narciso. Muy contrariado, desde Gerona da respuesta a la Regencia, que le urge un pronto juramento de la Constitución. Escribe que sólo quiere probar su sincero anhelo de hacerles el mayor bien posible a sus vasallos. Su primo, el cardenal de Borbón, que le sabe maestro en el zafio disimulo, empezará a temerse lo peor al leerle la carta. Alguien, tal vez un constitucionalista como el general Copons, refiere haberle confiado el rey que la Constitución de Cádiz le parece aceptable en conjunto. Excelente en ciertos extremos y en otros muy discutible.

La semana santa tiene que pasarla en Zaragoza. Aguas arriba de la regia voluntad, allí le lleva Palafox. En Zaragoza le oyen maldecir las ruinas de la guerra, porque le agobian y fatigan casi tanto como las muchedumbres enfervorizadas. Impensadamente, aparécese en el Coso el conde de Teba y Montijo, *el tío Pedro* de Aranjuez. Para atónito escándalo de Palafox, Montijo y el duque de San Carlos aconsejan a Fernando que abrogue la Constitución por Real Orden e imponga la monarquía absoluta. Desenfadado como siempre, el atrabiliario Montijo les anuncia a todos que aquella misma noche galopa de regreso a Madrid. Quiere averiguar qué traman los diputados liberales y afirmarse en la convicción de que el pueblo sano y católico favorece el absolutismo.

Como pronto andará en coplas, en Valencia acaban con las libertades de Cádiz. Allí el capitán general, Francisco Elío, comparece con su estado mayor ante Fernando y juntos le juran aquellos mílites sostenerlo en todos sus derechos de rey absoluto. Cuando el cardenal de Borbón *—¿Te paraste a pensar que la tierra entera se ha vuelto infierno?—* recurre al Deseado y le pide que jure la Constitución, Fernando le acalla en seguida. Sin darle la salva, le manda arrodillarse. Después le tiende la mano y le dice imperioso: *¡Besa! ¡Besa en seguida!* Desdeñoso, le despide en silencio. También en Valencia le entregan al presidente de las Cortes el decreto real, que echará bando cuando llegue el rey a Palacio. Nulas declara Cortes y Constitución de Cádiz. *Como si no hubiesen pasado jamás tales actos y se quitasen de en medio del tiempo.* Sin comprometerse en precisarles la fecha, afirma *el Deseado* que convocará las Cortes tradicionales y sus legítimos procuradores. Asimismo hará cuanto convenga para que sus vasallos prosperen y sean dichosos, bajo un solo imperio y religión, maridados e inseparables. Leyes que afiancen la paz y el orden asegurarán la libertad y la seguridad individuales. Todo ello dentro de unos límites, prescritos por la razón real, para que la tolerancia no se degrade en licencia.

Se suspenden todas las resoluciones de las Cortes de Cádiz, menos la prohibición de la tortura. Quienes de viva voz o por escrito defiendan la Constitución, serán culpables de un delito de lesa majestad y reos de muerte. Vuelven por sus fueros la Inquisición, los gremios, el Consejo Real y el Consejo de Estado. Se restituye a los conventos los bienes desamortizados y se autoriza el regreso a los jesuitas. Se decreta el destierro forzoso y a perpetuidad de doce mil afrancesados, con embargo de sus bienes y prevaricando de la amnistía, prometida por Fernando en Valençay. Se reconoce a los nobles los derechos señoriales sobre veinticinco mil pueblos. Se interdice la importación y lectura de libros extranjeros, así como la libertad de prensa votada en Cádiz. En la Villa y Corte desaparecen todos los periódicos, menos el *Diario* y la *Gaceta* de Madrid. Como pronto te dirá Leocadia, sus noticias se reducen a vidas ejemplares de santos frailes y beatas monjas, nuevas de milagros por gracia de la Virgen, denuncia de herejes y liberales y descripción de portentosas apariciones. Le replicas que para apariciones te bastan con las tuyas para vivir y pintar, aunque todas sean satánicas.

Con aquel escarnio siniestro, que tan bien le conoces, cierra Fernando el decreto sosteniendo detestar y aborrecer el despotismo. En seguida se marcha a Madrid con su hermano y don Antonio Pascual, protegidos por una división del Segundo Ejército, al mando del general Elío. Les sigue desde Valencia un hato de gentuza, que vitorea al monarca y su absolutismo. A palos y sablazos, aquella morralla y los soldados dispersan a quienes aplauden al rey a su paso por los pueblos. Después destrozan la lápida, que en cada plaza mayor recuerda la Constitución. En tanto Fernando se acerca a un Madrid desconcertado y despavorido por las imprevistas detenciones y los abusos callejeros, una purria que ensalza el absolutismo y el Santo Oficio se adueña de la Corte. Suenan también entonces los primeros gritos de *¡Vivan las caenas!*, que pronto pasarán por título y rótulo del nuevo reinado. Cuando alguien te lo transcribe, celebras que la sordera te aísle en parte del tumulto. Por allí andará el inevitable Montijo, disfrazado de majo de antes del diluvio, pagando y dirigiendo aquel coro de miserables. No obstante, será de justicia reconocer que la curiosidad, acaso entretallada con la esperanza, lleva a la gente a la calle y a la espera del monarca, pese a la alarma y al recelo sembrados por los atropellos y la alcaldada de la antevíspera. Se apiña y arracima el buen pueblo de Madrid, en tanto aguarda al *Deseado*. Pero al margen de la hez alborotada, la burguesía de la Corte —aquella que tan dura se mostró al superar el hambre y la penuria de la guerra— ha perdido el alucinado fervor de su acogida a Fernando seis años atrás. Al regreso de Aranjuez y al principio de aquel efímero primer reinado suyo. El que pasó a lumbre de pajas antes del incendio.

Con diversos notables —espadones que otro día llamarían y llamarán apostólicos, el nuevo alcalde y sus concejales—, vas a compartir un estrado entre la Puerta de Alcalá y el Retiro, para aplaudir el paso previsto del rey por aquel lugar. Del arco de triunfo, cubierto de rosas tempranas, penden tus grandes telas: *El 2 de mayo en Madrid* y *Los fusilamientos en la montaña del Príncipe Pío*. Dijérase borran en el aire *Los fusilamientos* aquella batalla en la Puerta del Sol, que otros te contaron. Encarecida y sinceramente, te felicita todo el mundo por las matanzas a la vera del monte. Absorto, les agradeces los plácemes. Te vence la certeza de que en la Puerta de Alcalá el y ante *Los fusilamientos*, casi se olvida la gente del monarca que hoy regresa. Talmente y al igual que si la suerte del arte fuera superar de largo la historia y sobrevivirla. Hasta la plebe, llamada a aclamar el Santo Oficio y el absolutismo, se sobrecoge ante el crimen que pintaste. No obstante, frente a aquella taifa y sus coimas, te estremece una suerte de presentimiento al revés. ¿Acaso al ir a morir, abierto de brazos ante sus verdugos, gritará el descamisado que pintaste el mismo bramido siniestro de *¡Vivan las caenas!* que todo lo pringa y trasciende esta tarde? Todo y aun tu sordera.

Pero de tan terribles reflexiones te libra la llegada del soberano. Como al cierzo se estremecen los altos trigales en vísperas de la siega, se agitan los notables en el estrado y el gentío en la calzada. Por la forma en que bulle, deduces que renovó la morralla sus bramidos a mayor gloria de la fe y de la Corona. Por la Puerta de Alcalá se acerca la carroza, donde viénese el rey esta vez a solas. Le distingues claramente por el vano de la ventanilla abierta. Los seis años de destierro poco o nada le cambiaron el salido quijar y el nariguado perfil. Insolente y aburrido, se desentiende de la triunfal acogida. Viénese devorando un muslo de pollo asado, envuelto en papel de estraza, que sujeta en el puño cerrado. Muerde a secas dentelladas, como lo haría un perro. De vez en cuando se limpia los labios con el dorso de la mano. Tú le recuerdas entonces los dientes, ya amarillos y cariados como los de un viejo.

De improviso, se turba y sorprende. Echa el muslo de pollo a la calle y con el puño de un bastón golpea el techo de su carroza, para que la detengan de inmediato. Apenas parados los caballos, abre la portezuela y desciende de un salto desatendido del palafrenero que se aboca a ayudarle, y de los jinetes de la escolta, agrupados a su alrededor. Distanciándolos a todos con irritados ademanes, avanza a solas unos pasos y se tiene en seguida ante *El 3 de mayo en Madrid: Los fusilamientos en la montaña del Príncipe Pío*. Allí permanece abstraído y ensimismado, olvidándose acaso del mundo y del tiempo. Primero con las manos cruzadas a la espalda, luego con un codo en una palma y el mentón en el cuenco de la otra, semeja siempre una encorvada estatua. Desde la piel hasta las raíces del alma, de nuevo presientes el desconcertado silencio, que acoge el pronto —nunca previsto— del *Deseado*. Suspendida diríase la eternidad sobre la Puerta de Alcalá, cuando Fernando se vuelve por último hacia el estrado. Deslumbrado por el atardecer, amusga los ojos y se lleva una mano a las cejas, a modo de visera. Te busca y en seguida distingue en la tarima alfombrada. Sonriendo, pero sin despegar los labios, te llama con un ademán. A ti te escalda la ira el alma y resuelves desentenderte de sus deseos, sin esquivarle el encaro. De poco te vale. Tan pronto reparan que te requiere, te empujan y casi arrastran a su presencia. Frente a frente los dos en la calzada, entre tus cuadros y la Puerta de Alcalá, sigue sonriéndote el rey. Sin parpadear ni retraer su mirada de la tuya, con medida lentitud para que le leas los labios, te ordena imperioso:

—¡Arrodíllate!

Te hablará en voz muy baja, para que únicamente tú le comprendas. *¡Arrodíllate!* Piensas entonces en la Orden de España, que al intruso le aceptaste. En Josefa, en la capilla ardiente. En los cincuenta cuadros para Napoleón, que escogiste con Maella. En la alegoría de Madrid y el retrato del usurpador. Pero también piensas en la Constitución prohibida. En la condena a muerte para quienes la defiendan. En las lápidas partidas en cada plaza mayor de España. En las cárceles repletas. En los rufianes que loan las cadenas. En *El 2 de mayo en Madrid* y en *Los fusilamientos*, destellando recién barnizados sobre el cielo de la tarde. Unánimemente se te aparece todo, como se encienden de confín a confín los crepúsculos de julio. De hito en hito, contemplas al monarca y juras no hincarte ni doblarte. Un gesto de rencor empieza a enfoscarle la palidez a Fernando, aunque no le desvanezca la sonrisa. Tampoco ahora te rehúye los ojos y tú percibes en los suyos una ira y una desesperanza, parecidas a la de aquellos que tantas veces viste morir de hambre en estas mismas calles.

—¡Arrodíllate, dije!

Y tú no te arrodillas. Parece que os enfrentéis a solas en el último término del universo. A espaldas del mundo y del hombre. En un drama sin público; pero con tus cuadros por bastidores. Purpúreo de furor, avanza el rey un par de pasos. Crees que irá a abofetearte y serenamente te preguntas cómo vas a responderle entonces. ¿Soportarás su afrenta o lo descalabrarás de una manotada? Y más ya no piensas, porque te desconcierta imprevisto asombro. De pronto, Fernando se te abraza. Azarado y sorprendido de sí mismo, le sientes temblar en tanto se prende a ti. En seguida, rinde la frente en uno de tus hombros y se deshace en llanto. En su desolada soledad, solloza queda y entrecortadamente, como gemía tu hijo Xavier la noche en que fuiste a abocetar los fusilados.

No transcurre ni un mes, cuando te avisan de palacio. Quieren que acudas y le apercibas otro retrato al rey. Te pasan a sus cámaras particulares y te encuentras con Fernando en un gabinete, que da a la arboleda de los jardines, resplandeciente a la luz de esta primavera de paz y persecuciones. Con toisón, banda de Carlos III y espadín, posa risueño ante un espejo de sastre, envuelto en el manto real y empuñando un cetro. Dos sujetos más o menos patibularios y una gitana de alta peineta, medio pañuelo y falda guarnecida de volantes, le componen y cepillan muy atentos. Riendo, te saluda:

—¡Vaya por Dios y por la Virgen santísima! ¡Aquí viene Goya, siempre de mala leche detrás de las antiparras! Te preguntarás qué hago yo con manto y cetro, más disfrazado de bufón cortesano que de rey por la gracia del cielo. Las apariencias engañan, en este caso. Reinar, reinaré; pero, a decir verdad, no visto de monarca. El manto, el cetro y hasta el toisón son de burlería. Estos amigos, Ugarte y *Chamorro*, los trajeron del Teatro del Príncipe y a la compañía de Máiquez pertenecen. Los auténticos se los llevaron tus valedores, los franceses, después de saquear El Escorial y en su última huida. Yo los reclamo, claro; pero el Cristianísimo se muestra remiso a la hora de devolvernos lo robado. La banda, sí, va a misa y la recogimos con unos alfileres, porque había sido de mi padre. Aun ahora, en el destierro que no pienso levantarle, será papá mucho más corpulento que yo. Llevaba este mismo tafetán, en aquel retrato de familia que nos pintaste hace años.

—Señor, si voy a esbozar a vuestra majestad con el collar y esas prendas, sea o no sea todo ello superchería, me pregunto qué representa aquí esta gente.

—Se me fue el santo al cielo y me olvidé de presentaros —en tanto tienta el espadín con una mano, te señala a la gitana con el cetro—. Esta dama es buena amiga y te agradeceré que no le faltes nunca con tus irascibles maneras. Se dice Pepa y vino de Málaga. Al igual que el manto y el toisón, me la trajeron los buenos *Chamorro* y Ugarte, aunque ella no sea del teatro, ni baile en los colmados. Echa, eso sí, muy bien las cartas. Ya me predijo que casaré otras tres veces y dejaré dos vástagos, si bien los naipes no acaban de aclararnos si serán hijos o hijas. En cuanto a los amigos Antoñito Ugarte y Pedro Collado, éste mejor conocido como *Chamorro*, son hijos del pueblo de Madrid. No cabe mejor timbre de hidalguía y yo me honro al sentirme su paisano, aunque me parieran en El Escorial. Ugarte fue esportillero antes de la guerra. *Chamorro* vendía agua en la fuente del Berro. Le di audiencia en los días de mi primer reinado, cuando recibía a todo el mundo, como no habrás olvidado. Protestaba de que el corregidor le hubiese quitado la concesión, para favorecer a un pariente o a un criado. Mandé devolvérsela y poner en la fuente un letrero que dijese: *Aquí se vende agua riquísima y por Real Orden*. Nos hicimos tan amigos que hasta me siguió al destierro, cuando el ogro de Europa me aprisionó en el palacio de aquel viejo obispo, tan putero, *monsieur* de Talleyrand-Périgord —te señala con el cetro, como antes te mostró a la malagueña—. Este viejo botafuego, que habla entre dientes y echa rayos por los ojos, es don Francisco de Goya. Sea quien sea el rey, le nombra primer pintor de Cámara, porque siempre cae de pie y tiene más vidas que un gato. También es negro liberal exaltado, en quien no cabe confiar. Yo casi siempre le conocí sordo perdido. Pero lee en las manos y en los labios como en las cartillas del abecé.

—Señor, si voy a emborronaros para luego pintar vuestro retrato, vacilo y vuelvo a preguntarme qué hace aquí semejante gavilla. Despida su majestad a esos histriones y yo le diseño en cuanto nos dejen en paz.

Ceñudo, calla *Chamorro*. De perfil y junto al aguador, se estudia las uñas la malagueña. Sólo gallea y se agita Ugarte, aunque hable harto de prisa, para que puedas seguirle. En jarras y parado frente a ti, dirá que le ofendiste. Que él será, o de joven fue un humilde esportillero. Pero limpia es su honra y nadie la mancilla. Que si tuviese un par de facas, te prestaba una, os ibais al campo y tanta afrenta se lavaba en sangre, como se reboza el lebrato encebollado. Pero se da un punto en la boca en cuanto te le acercas y le miras de pies a cabeza, las manos en los bolsillos de la levita. Aunque seas casi setentón, escoge el silencio después de medirte los hombros y el pecho. Sonriendo les despide el rey y salen los tres, presurosos y cabizbajos. También sin decir oxte ni moxte, emplazas a Fernando entre el espejo y la ventana, puestos a aprovechar la luz de los jardines. Luego, en pie el soberano y tú en la esquina del diván listado, la carpeta en las rodillas, empiezas a dibujarle disfrazado de sí mismo con su manto de guardarropía, como dijo o diría el propio *Deseado*.

Aquél será el primero de los seis retratos, que le pintas al término de la guerra. Dos de cuerpo entero, con su falsa capa y el toisón puestos. Otro par de telas en el conjunto es encargo de la Diputación Foral de Navarra. En una se aparece de medio cuerpo, con capa, insignia y hasta Corona inventadas. En un alto cuadro, también para los navarros, a los pies del rey extiendes al león español, quebradas sus cadenas. Pero tu león es una suerte de rata gigantesca, aun más monstruosa por tener de rata sólo medios trazos, que nadie te afea y menos rechaza. Asimismo presentas a Fernando, erguido y de uniforme, ante un campamento imaginario puesto que él detesta la guerra y las armas. Por último, en un busto, te sale el soberano enigmáticamente rejuvenecido. Sus efigies preceden peticiones de otros notables. Rehaces tu hacienda; pero malvives desesperanzado por las represiones del despotismo. Pintas o pintarás al año siguiente a José Munárriz, presidente de la Junta de Filipinas. En nombre de aquella corporación, te pedirá el propio Munárriz que asistas a su asamblea y la honres con un cuadro. Iluminas entonces la más vasta de tus obras, en un lienzo de cuatro varas de alto por cinco de ancho. En el centro del consejo directivo, preside la sesión el mismo Fernando. Entre las sombras a un lado y la luz venida por la puerta abierta, se reducen los hombres a espectrales chafarrinones desdibujados. Mientras dormitan unos asistentes, otros pondrán al mundo como no digan dueñas en sus bisbiseos. La mayoría se despereza en el tedio y la desgana. Aquéllas son tus visiones del país, en los años siniestros que siguen a la guerra. Una rata contrahecha, junto a unas cadenas partidas en vano y una junta de fantasmas consumidos por el tedio.

Casi siempre oscureces espacio y tiempo, al fondo de los retratos. A algunos de tus modelos, como el duque de San Carlos, les dices servirte de semejante recurso para realzarles la figura. En parte no deja de ser cierto, aunque sólo lo sea desde un exclusivo criterio técnico. En realidad, aquéllas son las tinieblas que te anegan el alma y compartes con el mundo. La sima sin fin, donde te hundirías si el arte no te rescatase de la locura cada mañana. Con las de San Carlos y Munárriz, pintarás entonces medias figuras de algunos amigos y de Marianito. El grabador Esteve, el maestro de música del Teatro de la Cruz, Manuel Quijano, el poeta Juan Fernández de Rojas, o un franciscano, conocido casual, de quien te impresionó la ascética introversión entre la vida y la muerte. Pasan con ellos a tus telas el obispo Miguel Fernández Flores, recién consagrado. Un par de ministros de Indias, como Ignacio Olmuryan y Miguel de Lardizábal. O te improvisas otro autorretrato, despechugado y envejecida la mirada, criadas nuevas carnes en la gola y los carrillos. También perdido en tu afligida soledad, llenas un cuaderno con aguadas de tinta china y sepia. Allí denuncias las persecuciones de todos los días, por cuenta de los esbirros del rey y los atropellos de una Inquisición, ahora restaurada. Los pies en la picota, las manos sujetas a la espalda y encadenada al cuello, mira una joven al cielo con encaro de ciega. *¿Por liberal?* Torturada y maniatada, yace una presa desvanecida en la paja de su celda. *No abras los ojos.* Engrillado, se encorva un reo. *Mejor es morir.* Pero ya una muchacha, esposada y en pie, aguarda serena el porvenir. *El tiempo hablará.* No obstante faltan meses, o un año entero, para que pintes aquellos retratos y dibujes en tu cuaderno oculto. Esta mañana, en Palacio y a luz del mayo madrileño, que siempre parece venida de tus viejos tapices, todavía esbozas a Fernando disfrazado. Mientras posa para ti, él parlotea sin cesar y sin preocuparse de que le leas los labios. Pero de pronto, en uno de sus súbitos bandazos, te observa de hito en hito y te dice:

—Aunque traidor y negro, te estimo y aviso. Vi tu nombre y el de tu hijo, en las listas de quienes serán purificados y depurados por su apoyo a la ignominia. En vano creisteis los afrancesados que el intruso reinaría hasta el día del juicio. Haré cuanto pueda en favor vuestro. Pero no prometo nada. Soy rey absoluto; pero no caprichoso déspota, pródigo en mercedes injustificables. Ni a mí ni a nadie le corresponde entorpecerle el proceso a la justicia.

De improviso te percatas de haber arrojado al suelo carpeta y papeles. Estás en pie ante un monarca, vestido de comediante. Frente a un hombre, temido y odiado, que a sabiendas se disfraza de su propia parodia para que le legues su ambiguo retrato al porvenir. Aunque sólo a toro pasado repares en tus gestos y tus gritos, te embarga una dura frialdad de pedernal. En voz muy alta, que asumes escuchan detrás de la puerta el esportillero, el aguador y la gitana, le replicas al *Deseado:*

—Si el señor me empapela y encarcela, le quedaré en deuda porque la dignidad de España está toda en prisión. Pero si apresan a Xavier antes que a mí, impida su majestad que volvamos a quedar a solas, como lo estamos ahora. Creo que entonces le despedazaría con estas mismas manos, que aun a mis años desjarretarían a un toro o lo acabarían de una puñada en la testuz.

Te mira con iracundia, inadvertida por su parte, pues no apea la sardónica sonrisa. Sin cesar de contemplarte, te señala con el cetro de trampantojo. Se esfuerza por hablar;

pero calla, como perdidas las palabras. Al igual que si el sordo fuese él y temiera no haberte comprendido. O entender únicamente todo lo que no quiso sentir. Luz adentro, se desliza una eternidad por el silencio de tu sordera. Permanecéis enfrentados e inmóviles, vueltos dos tallas en madera. Al cabo, rompe a reír el rey de buen grado.

— ¡Pero habráse visto locura como la tuya! ¡Quienquiera que te oyese hablar así creería que estamos en un burdel o en un lavadero! ¿Cómo te insolentas de este modo, cuando tu rey se ofrece a ayudarte? Un día me irritarás de veras. Seré yo entonces quien te ajuste las cuentas personalmente y a latigazos —luego se encoge de hombros y sacude la espalda bajo el manto de oropel, como si fuese una capa aguadera calada por el chubasco—. Termina de una vez estos bosquejos, que ya me canso de posar. A fe y en verdad te digo que no nací para actor. Me aburre y fatiga el papel de mí mismo. Tú, que a tantos señores serviste, ¿no te cansas de pintarnos de frente o de perfil, para que mañana crean que de veras vivimos y no reinamos en vano?

Mediado mayo, encargan al duque de San Carlos los procesos de purificación de todos los palaciegos. Os encartan a ti y a Xavier. En seguida te anuncian que mientras se tramite la causa permanecéis suspendidos de sueldo. Tu hijo como pensionado de la Real Casa y tú como primer pintor de Cámara. Hasta abril del año siguiente, prolongan la encuesta. Dictados por tu letrado, redactas memoriales para el juez Gonzalo de Vilches y para el teniente corregidor de la Villa y Corte. Aunque no hables el Evangelio, le dices a su señoría haber rehusado todas las propuestas y ofertas del reinado anterior, prefiriendo malvenderte las alhajas a servirlo. Añades que ni siquiera la avanzada edad te menguó entonces el fervor patriótico. Al teniente corregidor, le suplicas tome declaración a los testigos, que voluntariamente se brindan a acreditarte la pasada conducta. Apostillas para su gobierno que si los invasores quisieron comprometerte con la Orden de España, ni un solo instante la exhibiste en público.

A la postre todo queda en nada y tú concluyes que el rey y San Carlos —que para ti posa mientras procede el expediente— te apoyan entre bastidores. No se lo agradeces, por ser los suyos mendrugos de verdugo y de calabocero, cuando toda España pena en la picota. Pero besas la tierra que pisan quienes se ofrecen a declarar en tu favor. Gentes como tu librero en la calle de Carretas, a cuya jovencísima esposa pintaste unos años antes de la guerra, cuando era casi una niña relumbrante de rijo y de hermosura, luego consumida como tu Josefa por las hambres de Madrid. Al párroco de San Martín, decidido defensor tuyo aunque sepa muy bien lo que piensas de la Iglesia. Al director general de Correos, quien ante el teniente corregidor manifiesta acreditado tu patriotismo por tu ida a Zaragoza —puesto a perpetuar aquel *monumento de horror* con los pinceles—, así como por tu fallida fuga a Piedrahíta para pasarte a país libre. Casi al año de encetada la investigación, os declaran libres y limpios de todo cargo a ti y a Xavier. Te restituyen los haberes de primer pintor de Cámara y a tu hijo le devuelven la pensión real, que le dio Carlos IV y Fernando no quiere quitarle. *Don Francisco de Goya ha acreditado por una justificación recibida ante un teniente de vista con citación del Procurador Síndico y en que han informado sujetos de la mayor distinción que en el tiempo de la dominación del intruso se ha conducido con el mayor patriotismo y adhesión a la justa causa manifestándolo así en todas sus conversaciones.*

Pero aún no resolvieron vuestro expediente, cuando te enjuicia el redivivo Santo Oficio. Almacenadas con otros bienes embargados en la antigua Presidencia del Consejo, descubren y denuncian por obscenas cinco pinturas tuyas allí enterradas. Cuando el director general de Secuestros procede a recogerlas, se lleva tus dos retratos de María Teresa desarropada o vestida en la colcha azul o verde del sofá, entre otros cuadros robados por Godoy al tránsito de la duquesa. *Si muerta no disfruto de todos mis sentidos, desde el oído a la carne, prefiero desaparecer como si no me hubiesen concebido.* Una y otra vez suena en tu sordera la pensativa confesión de María Teresa, entre tus telas. Pero no es ahora su suerte cesar y disiparse, sino ser humillada, escarnecida, expoliada y condenada póstumamente por aquellos retratos. Usurpados antes por el príncipe de la Paz, te dirá o te dijo Godoy que malditos estabais tú y él por haber poseído en carne viva aquel desnudo. Nadie, añadió, goza a una furia sin castigo ni menos la sobrevive sin pagarlo muy caro. Hoy el inquisidor fiscal del Santo Oficio, doctor Zorrilla de Velasco, te ordena comparecer ante la Cámara Secreta de la Inquisición de la Corte. Quieren que declares si tamañas indecencias son obra tuya, con qué motivo las pintaste, por encargo de quién y cuáles fueron tus propósitos al ilustrarlas de forma tan pagana y procaz. Todo ello para que se te pida y exija la pena que sea de justicia, con arreglo a lo que resulte.

Demasiado tiempo sujeta y remansada, se te desborda la ira al leer el dictamen. Te desatina la nueva afrenta a María Teresa, pues ya le anticipas la memoria envilecida por el escándalo y la maledicencia, a raíz de tu proceso y tu juicio. A solas en el obrador, profieres alaridos que no oyes, coceas mesas, pinceles y pinturas. A silletazos, rajas telas, quiebras bastidores, partes espejos y haces añicos las ventanas. Casado con una pasiega, que también te sirve y te cose, acude Isidro con su mujer y la doncella. Los tres se detienen intimidados en el umbral del taller, donde ya se arraciman curiosos y viandantes de la calle de Valverde. Cuando, los distingues, consumido y jadeante, les pides con un ademán que se marchen. Luego cierras el portón de un portazo y allí te recoges a solas, como otro día ocultaste tu desespero a la muerte de la duquesa. Te juras entonces no comparecer por tu propio pie en la Cámara Secreta del Santo Oficio. A declarar, tendrán que llevarte a rastras los alguaciles. También resuelves no decir ni un sí ni un no, en el entero interrogatorio. Antes de guardarles ceremonia o confesarte con inquisidores de calzón corto, te partirías la lengua con tenazas ardientes. Pero no te permiten ponerte a prueba ni confirmar aquellos votos. Si tú no acudes a la Cámara Secreta en el día señalado, tampoco vuelven a reclamarte. En silencio, dan carpetazo a la encuesta y todo queda tácitamente sobreseído. Hoy tus dos retratos de María Teresa penden en el museo que fundó Fernando VII. Enfurecido, adivinas que él tuvo noticia de la requisitoria e impidió en secreto que prosperara. Reniegas del rey y de ti mismo, porque no quieres caer en la tentación de serle agradecido.

Y llega la nochebuena del año nefasto. Martín Miguel y Juana, tus consuegros, te convidan a cenar con Xavier, Gumersinda, Manuela y el banquero Muguiro, su otro yerno. Si bien tu hijo y tu nuera jamás se pronuncian, los demás sois todos allí negros liberales. Aunque nadie lo sepa todavía, juntos compartiréis un día el destierro de Burdeos. Lucen muy bien provistos los manteles de la mesa. Ante de frutas variadas, ostras crudas, salmorejo castellano, anguila, rodaballo al horno, capón de leche, carnero verde con saetas de tocino, cazuelica de berenjenas, buñuelos de viento, tocinillos del cielo, turrón alicantino, tintos de tu tierra y blancos de Jaén. Se les enceniza el gesto a Xavier y a Gumersinda, cuando brindáis por la Constitución de Cádiz y la libertad de España. A penúltima hora, entre el ante y las ostras, llega una mujer de mirar renegrido y agudos trazos, con una niña muy chica adormecida en un cabás. Se besa y abraza con Juana Galarza, la suegra de Xavier, y dirías por sus gestos que disculpa profusamente su tardanza. Le ponen plato a tu lado y apenas acomodada, te tiende una mano muy bien tallada, de largas venas azules.

—Usted me conoce y no me recuerda, don Francisco. La primera vez que nos vimos, era yo muy joven aunque ya anduviera recién casada. Fue en San Ginés y en 1805, en las bodas de Xavier y Gumersinda. Soy Leocadia Zorrilla, la hermanastra de Juana. O digamos Leocadia Weiss, la mujer del joyero de la calle Mayor, aunque me temo que él y yo nos hayamos separado para siempre.

192

A Leocadia la llamaba la mejor de las mujeres. La última y la única que jamás me pidió nada. Por contraste, me había exigido María Teresa la mayor de las demandas: que no cayera nunca en la tentación de amarla. Con todo, también sostuve con Leocadia las más reñidas y escandalosas bregas. Belicosos y malsufridos los dos, buscábamos el pelo al huevo y andábamos siempre a la greña. Aún recuerdo albeaba la mañana de Nadal, cuando salimos de casa de Martín Miguel. Tomamos entonces un coche de punto y nos fuimos a la mía, con la niña de dos meses —la Rosarito— dormida en su capazo. Me contó Leocadia que un ama de Orense le velaba a otro hijo de casi cuatro años, Guillermo, que vivía con ella. El mayor, cierto Alejandro a quien no llegaría a conocer, quedóse con el joyero y relojero, cuando los Weiss se separaron a poco de nacido Guillermo. No guardaba Leocadia rencor al marido, aunque culpase a sus celos salvajes del desastre doméstico. Acusándola de comercio carnal y tratos ilícitos con varios hombres, llegó a presentar Weiss testigos falsos de sus mentirosas infidelidades. Pero en enero de aquel año la llamó con motivo de una escarlata de Alejandro, que al principio y por error creyeron los médicos fiebre tifoidea. Sin saber cómo, se encamaron entonces los desavenidos y preñada de Rosarito quedó Leocadia. No templó la niña los celos de Weiss ni el genio de su madre, que airada desatinábase cuando la acusaba el esposo de nuevos adulterios y hasta decía bastarda a su hija, después de haberla reconocido. Distanciados y sin ánimo de componerse seguían marido y mujer a aquellas alturas.

Aunque yo le llevaba más de cuarenta años, no creo que a mí me burlase Leocadia en aquellos tristes tiempos, cuando se vino a vivir conmigo. Salía ella casi cada tarde y siempre me invitaba a acompañarla, sin decirme adónde iba, si bien mil veces le repitiera que sólo en casa y al margen del mundo soportaba el despotismo y la opresión. Por lo común, terminábamos en sonadísima riña, festejada en secreto por los criados. Luego se iba Leocadia a conspirar contra la tiranía del rey, como a misa o al rosario irían otras mujeres, aunque nunca me lo confiara a las claras. A intrigar o a servirles de mandadera a otros conjurados. Ya en 1814 frustróse un intento de asesinato del general Elío. Al año siguiente, Díaz Porlier —el Marquesito guerrillero de la francesada— proclamó la Constitución, sublevado en La Coruña, aunque en seguida le vencieron y ahorcaron. Publicada su ejecución, sollozó Leocadia en su desconsuelo y yo me hundí en callado descorazonamiento.

En casa dormía el servicio, cuando llegué con Leocadia y Rosarito, ya alboreada la Navidad. Amamantó ella a la niña en la alcoba y en seguida se traspuso la pequeña. Para que Leocadia no me viese el viejo cuerpo, cubierto de vello blanco enzarcillado, quería yo apagar las candelas antes de desnudarnos. Me replicó riendo que tampoco pasaría ella por una diosa mítica, con las tetas caídas y el vientre rayado por tres partos. Suplicó que fuese solícito y paciente al tomarla, pues resentíase de la crica a la madre, desde que dio a luz a Rosarito. Fui yo entonces quien rompió a reír. Se las prometía muy felices si ya soñaba con padecerme la embestida. Era un anciano y llevaba eternidades sin mojar ni lozanear. Sin el favor divino, quedaría tan inválido en el trance como la espada de Bernardo. Pero nos amamos como un mozalbete y su zagala, para nuestro asombro y mientras se esclarecían las ventanas de Valverde. Ni yo doblé la cerviz ni dolióse Leocadia. O fue a olvidarse de entrepunzadas y reliquias cuando juntos nos saciamos y vaciamos de rebato.

—Si los cuerpos sirven de augurio, los nuestros los prometen muy felices —me dijo adormeciéndose en mis brazos.

No estaba muy cierto de todo ello. Aun abrazado a Leocadia, me pregunté por qué la dejaría entrometerse en mi vida. En seguida me prometí despedirla como a una cocinera ladrona o a un pinche chispo, porque ya presentía los muchos trastornos que nos íbamos a causar. Pero nunca me resolví a echarla, claro, aunque viviésemos como perro y gato. Cuando fallecí en Burdeos, trece años después, seguía a mi lado. O bien, puestos a apostillarlo, acababa de salir de la alcoba incapaz de soportarme la agonía. En Madrid, aquella misma mañana y tan pronto despertó, le confesé mi mal francés. Replicó sonriendo que con ello no la asustaba ni pondría en fuga, puesto que todo Madrid me conocía el morbo. Lo creí y no pude por menos de preguntarme qué más contarían de mí, a escondidas. O para el caso, quién sería cada uno de nosotros a su espalda y para el prójimo. Al servicio fijo y al cochero, que venía cada madrugada a peinar el bayo y a paseármelo, presenté a Leocadia como mi nueva ama de llaves. A solas conmigo, se permitió Isidro un comentario, que preferí ignorar. *El señor sabrá lo que se hace. Yo, no.* Con quejoso, callado despecho, acogieron a mi amante Xavier y Gumersinda. Tentado estuve de agradecerles el mudo reproche. Pronto exasperábase Leocadia con los criados y cada dos por tres, gritábales como una tarasca. Luego se disculpaba profusamente. Nunca le agradecieron aquellas sinceras razones. Pero sumaban abusos e improperios, sin darlos al olvido.

Poco salía yo de casa y casi siempre para socorrer a un amigo. Pudríase en prisión el pobre Maella. *Te juntaste con un pintamonas como Mariano Maella, para elegirle los cincuenta cuadros que quiso robarnos su hermanito, el emperador.* Logré que le excarcelasen, aunque amarga miseria le corroía la libertad, después de haber sido conmigo primer pintor de Carlos IV. Expulsado del cargo, por su afrancesamiento, Dios y ayuda costó lograrle una pensión vitalicia, *por vía de limosna*, como rezaba aquel oficio transparentando el rencor perverso del propio Fernando. También obtuve la libertad de un comediante como Isidoro Máiquez, detenido a consecuencia de su negativa depuración. Creía yo que en el destino de aquel actor, entreverábanse todas las contradicciones de nuestra época. No recataba Máiquez su patriotismo en la francesada, hablando por los codos contra la invasión. Denunciado y preso, ordenaron su traslado a Francia como reo del Estado. Con Moratín y Tadeo Bravo, acudí a una audiencia real que urgentemente solicitamos. Escuchó nuestras quejas José, asintiendo con la cabeza. En seguida revocó el decreto y mandó soltar a Máiquez, cuando ya estaba en Bayona. Vuelto a Madrid, le concedió una ayuda de costa de veinte mil reales mensuales para el Teatro del Príncipe. Aquellas mercedes del usurpador le llevaron a la cárcel, después de la guerra. Reivindicado, llegó a representar para Fernando dos años después. Pero no le libraron del destierro intrigas de colegas y golillas. Loco y fingiéndose mudo, murió en Granada. Cuentan que trabajos tuvo su criado para pagarle una mortaja de pobre.

Entre tanto, todas condenadas al descalabro, sucedíanse las intrigas para hundir el despotismo y aun para asesinar al *Deseado*. Como luego se supo, apercibíase el regicidio el 21 de febrero de 1816. Tiempo tardaron los conjurados en acordar si fuera mejor acabarle en uno de sus paseos por la carretera de Aragón —donde gustaba de tomar el sol con algunos amigos y casi sin escolta—, o despenarle una noche en casa de su Pepa, la gitana malagueña. Dio al traste con el atentado la delación de dos cabos. Ahorcaron a un abogado, que dirigía todos los hilos de la trama. Así como al barbero de la calle de Leganitos, comprometido a volarle los sesos al rey y a dispararle muy gustosamente el tiro de gracia. También prendieron a un alto funcionario de Hacienda, Juan Antonio Yandiola, antes íntimo amigo del monarca y también conocido mío. Mandó Fernando que sin servir de precedente revocasen su propia abolición del tormento y les pusiesen los grillos, a salto de trucha, a Yandiola y al letrado. Nunca habló Yandiola y al final le absolvieron del regicidio; pero le desterraron por cuenta de un cohecho, cierto o supuesto. Un teniente general, un mariscal de campo y un antiguo diputado, también implicados, se pusieron a salvo detrás de las fronteras.

Apenas supliciados abogado y barbero, subleváronse en Cataluña los generales Luis Lacy y Francisco Milans del Bosch, en abril del año siguiente. Al igual que Díaz Porlier, Lacy y Milans eran desengañados héroes de la guerra. Aquello tenía que ser un alzamiento de todos los enemigos del absolutismo, extendido por el entero país. Pero precipitóse Lacy al levantarse en Cataluña. Vendidos y vencidos, escapó Milans; pero a Lacy le colgaron en Mallorca. Al malogro de cada conjura, crecíase la represión y extendíanse las denuncias. Todos nos vendíamos a todos. El criado al dueño. El confesor al confesante. El hijo al padre. Los soldados a sus oficiales. Por doquier avizoraban Policía y confidentes. Una mañana me dijo Isidro que por la calzada de Valverde paseaban corchetes de paisano, acechándonos la casa. Me encogí de hombros. Volví a padecer largas jaquecas, que de lejos recordaban las que en Sevilla y en Cádiz precedieron el sopor de mi coma. Pero no quise llamar al doctor Arrieta. Me asaltaba el inexplicable presentimiento de que si él venía, yo me quedaba con el alma entre los dientes y torcía la cabeza. No me asustaba la muerte. Pero tampoco quería provocarla, cuando parte de mi encarnadura sublevábase contra su ley implacable. Con belladona de la botica, mal que bien mitigaba la migraña y dormía alguna noche, después de varias de desvelo. Entonces despertaba tarde y Leocadia me traía el chocolate con churros del desayuno. Luego, a veces con la alcoba abierta de par en par, se desvestía para encamarse. De cabeza en mi entrepierna, me besaba y lamía a lentas lengüetadas ingles y compañones. En cuanto empezaba a engallarme, tomaba la verga entre los labios y no cesaba de libarme, hasta que me iba, tirando de las sábanas a puñados como un moribundo. Después, tendida a mi lado y aún húmeda la sonrisa, tentábase y hurgábase hasta venirse, aullando gritos para mí mudos y jadeando como una potra rendida.

Un soleado lunes de 1819, que mediado febrero anticipaba la primavera, amanecí libre de migrañas. Mandé al cochero apercibir el birlocho y a la pasiega llenar la cesta con la vianda para una jira, que emprendería con Leocadia y Rosarito. Salimos al tuntún y al ángelus, como dirían en Fuendetodos. Para variar, como si hubiese pisado buena hierba, iba de fiesta Leocadia. Yo también me sentía boyante y bienhadado, aunque al borde de la inquietud. Oscuramente me adivinaba una suerte, que trascendía la limpia luz de febrero. Como quien a ciegas cubiletea y en un arranque arroja los dados al mar, me dirigía hacia mi destino. Los mismos hados que me hicieron soñar con el perro y el caballo fantasma, dictábanle la derrota al birlocho aquella mañana. Por la vega del río, camino de Carabanchel, cruzamos el puente de Segovia. Entre el Manzanares a levante y Navalcarnero a poniente, en un altozano que llamaban Cerro Bermejo, quise detenerme. Allí dimos con una espaciosa casa de dos plantas en venta, entre un par de pozos y varias fanegas de tierra labrantía. Me sobresalté al toparnos con aquella quinta, a la salida de una revuelta. No la viera en mi vida; pero sentí que la conocía y era tan mía como si acabase de escriturarla. También creí abocarme al centro de mí mismo. Tal es decir, contemplar al verdadero Goya con ojos de Goya, como sólo llegué a percibirlo en el perro de mi sueño o al concluir *Los fusilamientos del 3 de mayo*. Desde lo alto de la colina y cabe la casa, le mostraba la anchurosa vista a Leocadia, al igual que si la pintase en el aire con palabras.

—Mira tú cuánto se abarca —exaltábame enfervorizado—. La cúpula de San Antonio de la Florida, donde se ocultó aquel trajinero al escapar del piquete. Como quien dice al huir de mi cuadro, antes de que yo llegase a concebirlo. Sigamos con la pradera en cuesta de San Isidro, que recogí en uno de mis últimos cartones para tapices. No te pierdas San Francisco el Grande, porque me guarda el autorretrato junto a san Bernardino, predicándole al rey de Aragón. Tampoco omitiremos el Palacio Real, aunque seamos liberales. Honremos la memoria de don Carlos III, que allí me recibió un día y hoy estaría con nosotros, contra su nieto. ¡Vamos a comprar esta casa, te lo prometo! ¡Aquí nos venimos a vivir nosotros, lejos del pudridero de la Villa y Corte!

—Me parece muy bien. Pero me pregunto si podemos afrontar gastos tan grandes.

Repuse permitírmelo todo, para de todo abdicar, porque mi renuncia no tenía precio. Ni reparé en mis mentiras, cuando le dije que aquella finca sería nuestra y luego suya. Ya entonces, a espaldas de Leocadia, había puesto la casa de Valverde a nombre de Xavier y a la vuelta de unos años, también a escondidas, donaría mis propiedades de Carabanchel a Marianito. Por la quintana de Cerro Bermejo y sus fanegadas, pagué sesenta mil reales aquel mismo invierno. Aunque apenas contase un cuarto de siglo, estaba el casal bastante abandonado. Un año me llevó restaurarlo, construirles la morada a los labradores, enderezarles cercas, abrir un estanque e instalar la noria. Si antes apenas me asomaba a la calle, cada dos por tres iba entonces a vigilar las obras. También rompí gustosamente el silencio, en que tendía a cobijarme al fondo de mi sordera. En Cerro Bermejo di en charlar a destajo con los lugareños. No tardé en percatarme de que aquellos seres cetrinos y enjutos me tenían en estima, aunque se recatasen recelosos ante Leocadia. Fue por aquellos tiempos, la casa a medio remozar, cuando supe que antes de mi llegada ya la llamaban la Quinta del Sordo.

En julio me visitó de improviso el provincial de los escolapios. Me pidió que les pintase a su fundador, san José de Calasanz: mi paisano aragonés, muerto en 1648. Querían un gran cuadro de tres varas de alto y dos de anchura, para un altar de la capilla de San Antón. *Una excelente pintura, don Francisco, como sólo usted podría dársela a la orden y al mundo.* Me aturdirían los años, pues lo mío tardé en comprenderme los motivos, para aceptar en seguida aquel encargo. De entrada, únicamente me asombró mi pronta aquiescencia, en tanto recordaba a mi esqueleto, medio sepultado en la memoria de *Los desastres,* con la nada por lema de la vida eterna.

A mayor abundamiento, otros dos cuadros devotos había realizado el año anterior, que disatisfecho y desazonado me tenían. Una de aquellas pinturas fue la última que me confiaron en Palacio. Una sobrepuerta con santa Isabel de Hungría asistiendo a los enfermos, para la pieza tocador de la segunda mujer de Fernando. La solicitó aquella sobrina y esposa suya, Isabel de Braganza, que le dejaría sin hijos y se le moriría de un malparto a los dos años. También me confiaron una amplia tela para la sacristía de la catedral de Sevilla, con las santas Justa y Rufina. Aunque me abonase el cabildo veinticinco mil reales a toca teja por las santas, mucho me defraudaron al concluirlas. Cuando quise analizarme las razones, para pintarles a los escolapios la última comunión de san José, supuse lo haría por sentimental recuerdo de aquellas escuelas suyas, a las que de niño asistí en Zaragoza. O acaso por imperativo mandato de los dieciséis mil reales, que en dos pagas me entregaron en mitad de tantos gastos como traía la Quinta del Sordo. Pero debí reconocer, desconcertado, que las aulas infantiles eran un muy vago recuerdo. Aun con Martín Zapater, mi viejo condiscípulo, cesé de cartearme después de la guerra. En cuanto a la paga y a pesar de mis aprietos, los últimos seis mil reales se los devolví al rector, con una tabla mía por añadidura, donde Cristo arrodillábase en el huerto con los brazos abiertos, al igual que mi descamisado ante el piquete.

Al rector, Pío Peña, le dije darle la tabla por ser lo último que pintaría en Madrid. Había resuelto el traslado inminente a Cerro Bermejo, con Leocadia, Rosarito y el servicio. Guillermo, interno en la escuela, se quedaría en la Corte. Yo me juré en vano no volverla a pisar, después de irme a la Quinta del Sordo. Mi extensa tela sobre la última comunión de san José de Calasanz, vino a librarme por algún tiempo de sombrías aflicciones y querellas con Leocadia. En una iglesia casi en tinieblas y al pálido claror de un transparente, vagamente perfilábanse unas altas arquerías y un coro de niños, en tanto comulgaba el santo moribundo. Aunque todavía le sostuvieran las hincadas rodillas, su cabeza recordaba la de un cadáver, cerrados los ojos y recogido un jirón de vida detrás de los labios. *Goya* —me dijo el provincial ante el óleo recién barnizado—, *usted asegura no creer y yo le creo. Pues no hay un solo creyente en el mundo capaz de pintar un cuadro como éste. Tampoco ningún otro descreído, claro.* Le repliqué sonriendo que semejante obra me la envidiarían Velázquez y Rembrandt redivivos. Pero ya aquello era humo de pajas, porque yo renunciaba para siempre a la pintura. Quería consumir las vejeces, encerrado en la nueva casa. O vagando por los tesos de Carabanchel con un cayado, para no descalabrarme. Me miró muy sorprendido, sin osar disuadirme.

Ya embalábamos enseres, cuando fui un domingo por la tarde al Retiro, con Leocadia y Rosarito, para aventar o distraer la migraña. Tendría entonces la niña cinco años cumplidos y quiso acercarse a la casa de fieras. Con guardias de Corps y corchetes, nos cruzábamos en las veredas. Pero no se me antojaron excesivos, habida cuenta de que Madrid siempre parecía tomado por esbirros y soldados. De pronto, en el patio cuadrado y enguijarrado frente a las jaulas, fuimos a tropezar con sus augustas majestades: don Fernando VII y su tercera esposa, María Amalia de Sajonia. Casi sin escolta, de espaldas a una piña de curiosos endomingados, acomodábanse los reyes en sillones de alto respaldo. Disfrazados con turbantes, feces y chilabas, criados de Palacio y guardas del parque cabalgaban elefantes, camellos, cebras, avestruces y asnos silvestres amaestrados. Desfilaban en círculo ante los monarcas y ellos aplaudían complacidos. Sonreía aquella devota reina, de quien contaban no se dejaba desflorar después de las nupcias, tan pura y asustadiza vino. Para que cediera y se resignase a pagar el débito conyugal, tuvo que escribirle el papa Pío VII, a furiosas instancias de su esposo. Golpeándose un muslo con la palma abierta y llorando de gozo como un crío, carcajeábase Fernando. Cuando descabalgaron los jinetes, hicieron arrodillar a los elefantes y alguien cayóse de bruces por la joroba de un camello, desperecíase de risa el soberano.

— ¡Yo no le guardo ceremonia a esta vergüenza y me vuelvo a casa! — dijo airada Leocadia. Antes de que acertase a replicarle, me dejó en el patio con Rosarito de la mano.

Reíase la niña del rey y de las bestias. Casi humana era la bellaca bajeza en los ojos de las fieras y tanta fue la hilaridad de Fernando, que tumbó el sitial y dio de espaldas en el suelo. Mientras todos acudían a socorrerle, conseguí llevarme a Rosarito. De regreso a Valverde, me descalabraba la migraña y de tal modo me dolía el cráneo, que pelele de trapos se me hacía todo el cuerpo. Como después lo referían, perdí el conocimiento aquella tarde y no lo recobré sino tres días después. Tres días con sus noches, que pasó conmigo el doctor Arrieta esforzándose por devolverme la conciencia y sin jamás desesperar. En diversas ocasiones, retuve los sentidos por unos instantes y en seguida me hundí en el desvarío, antes de regresar a la definitiva lucidez. Con la tenue memoria de aquellos intervalos, me pinté al año siguiente, hecho un costal de huesos e incorporado en brazos de mi médico, en tanto porfiaba por darme a beber una apócima. Le puse al retrato el más largo de mis títulos: un epígrafe tan extenso en el pasado, que casi póstumo les sonaría a los demás: *Goya, agradecido a su amigo Arrieta por el acierto y esmero con que le salvó la vida en su agonía y peligrosa enfermedad, padecida a fines del año 1819, a setenta y tres años de edad. Lo pintó en 1820.*

De aquel nuevo coma me traje las visiones que luego dibujaría y grabaría en *Los disparates*. En un circo vacío, cuatro árabes de largos albornoces enseñaban a leer a un elefante. Abierto por un par de páginas, con estrofas o versículos estampados, sostenían un libro de a folio. Admirados por la ciencia de la fiera, agitaban sonajas aquellos hombres para celebrarla. De inmediato, desvaneciéronse paquidermo y sarracenos. Se pobló el graderío de un público fantasma, rayado de sombras en la negrura. Sobre una maroma, tendida en el aire, sosteníase un caballo blanco como las nubes. De pie en la grupa y sujetándolo por la brida, se alzaba una pálida amazona. También en aquellas falorias del delirio, yo me desdoblaba en dos Goyas y uno de ellos —no sabía cuál— me hablaba entonces, como vuelve a hacerlo ahora en la interminable eternidad. *Te sorprenderá oírme en tu sordera, si me creíste tu conciencia muda* —decía—. *A mí también me asombra hablarle a un sordo. Pero, sordo o no, recuerda que no sueñas sino disparatas, pues no caes entre la vigilia y la pesadilla sino entre la vida y la muerte. Irónicamente, también en mitad de tus alucinaciones desciendes hacia el punto más hondo de tu ser. Si no pereces, llegarás al centro de ti mismo, como antes te excediste al igualarte a Velázquez.*

Entonces vi a otro caballo sin brida ni silla que, enloquecido, encabritábase y mordía en la ingle a su amazona. Aquel potro sin freno fue a transformarse en un pájaro roc, de siniestro perfil y plumero por cola, volando en la noche con una pareja de majos a cuestas. Al punto mudóse en un revuelo de humanos vampiros, tocados con máscaras de aguilucho a modo de yelmo, prendidos de pies y manos a sus alas por largos alambres. En la noche sin confines, se cambiaron los vampiros en cuatro toros ratinos o jaboneros, que se embestían y corneaban en el aire. En menos de nada, fueron los toros peleles de hombres, menudos como niñicos, manteados por cuatro mozas. En la colcha de aquellas barbianas, distinguí el cuerpo o la aderezada estampa de uno de los onagros, que para los reyes alborozados pasearon en el Retiro. Luego, como brujas en conciliábulo, apretujábanse viejos, niñas y desdentadas ancianas en la rama de un árbol. En los barrancos de mi conciencia, esclarecíase el cielo como si se aprestase a amanecer.

Pero ya un disforme adolescente, de salaz sonrisa, agigantábase en las sombras tocando las castañuelas. *El mozo brutal que aquí baila y castañetea eres tú. O yo soy él, porque en este punto de la vida casi no nos distinguíamos el uno del otro* —me dijo mi doble—. *Será la jota que cantas una de aquellas, tan procaces y baturras, que ya creíste olvidadas. Asómate tú al rejado / calentica y bien despierta. / Que mi chorra está llamando, / dale que dale a tu puerta.* Detrás del jotero, emborranábanse dos cabezudos sin cuerpo y un hombre abrazábase amorosamente a un vestido vacío. Pero cayó aquello en la negrura, mientras venían dos viejos calvorotas y un majo mocetón a danzar en corro con unas mujeres, más semejantes todos ellos a fantoches animados que a seres verdaderamente vivos. En el acto, se me pobló el alma de fantasmas gritones y tan sordos como yo mismo, exhortándose unos a otros. Entre aquellos esperpentos había algunos de dos cabezas. Otros afanábanse por volar con los brazos abiertos. Una bruja, velada como una viuda, habría pasado por parodia de Leocadia. Prescribió el grupo, para que brotara un solo arbusto, azotado y torcido por el cierzo de la noche. Debajo de su copa huía un ejército espavorido. Diminuta y abreviada, cayendo y emburriándose a la desbandada, tomaba aquella tropa la apariencia de una gusanera. La aterraba mi coloso puesto en pie, corcovado y envuelto en un largo sudario.

Tan cerca tú de tu propio centro —proseguía el otro Goya—, *echa cuentas y advierte que todo lo apercibió un destino consecuente y no se confió nada al azar estrafalario. Con lo más profundo de ti mismo, vas a encontrarte en la Quinta del Sordo. Recuerda que allá te condujo el birlocho, por la vega del Manzanares, cuando pensabas ir al capricho del cochero. Tampoco fue designio de la suerte ciega el encargo de los escolapios. Pintando a san José de Calasanz, en su agonía, previste sin saberlo tus alucinaciones, al filo de la muerte, y ese descenso a lo más secreto de tu interior.* Empezaron a colorearse en las tinieblas las visiones que antes fueron en blancos, negros y grises. Demoniaco y desnudo, medio huidos los ojos de las órbitas, devoraba Saturno a uno de sus hijos. Chico como el de un títere era el cuerpo del niño decapitado. Pero sangre roja y humana le manaba por los hombros. Enlutada y distraída, cubierta con una mantilla, apoyábase una mujer en una margen. Cruzábanse en ella Leocadia y la duquesa de Alba. Una María Teresa casi anciana, como lo fuera entonces de haber vivido. Salió luego a la luz una romería, al regreso de San Isidro. Amagaban tormenta los cielos de cobre y verdín oscurecido, mientras volvíanse a Madrid los peregrinos y culebreaba su larga procesión por las cuestas de los cerros. Ebrios, tañían guitarras y para sostenerse apretujábanse unos a otros. Pero de improviso, aquel romeraje se transformó en un aquelarre. Satanás bicorne y barbudo, arropado en un sayal frailuno, presidía una revuelta turba de devotas del Gran Cabrón. A un lado de las hechiceras —revoltijo de azafranadas sayas y sucios pañuelos—, brotó enlutada y rejuvenecida, con mantilla y manguito, aquella mujer en quien fueron a fundirse Leocadia y mi eterna memoria de María Teresa. Todo lo borraron dos viejos monjes o mendigos, en una esquina del desvarío. Boqueaba y rugía uno de ellos a la oreja del otro, que en la sordera desentendíase de sus voces. Se fueron los frailes e iluminó la luna a Judith, despechugada y cuchillo en mano, aprestándose al degüello de Holofernes, con una vieja sierva o remedo de furia por único testigo del sacrificio.

Y vi el vuelo de las parcas sobre un estanque. A un hombre corito y encogido, llevábanle por los aires Átropos, Cloto y Laquesis. Con unas tijeras cortaba Átropos el hilo de la vida. Sostenía Cloto un muñeco de turbia estampa humana. Atisbaba Laquesis las nubes a través de un monóculo. A las parcas las siguieron dos maños, hundidos hasta la rodilla en la desolación de mis Monegros. Para darse recíproca muerte, sostenían un duelo a bestiales estacazos. Antes de descabezarse, se convirtieron en un par de brujas, escarbando sus cuencos vacíos de sopas. Reíase una de ellas con desdentada sonrisa, señalando el horizonte con un dedo. Era la otra una siniestra calavera rediviva, como el esqueleto vuelto de la muerte con la nada por nuevas. Pero también perdieron ellas sus horrendos trazos, al transfigurarse en cinco ciegos. Cuatro escuchaban ávidamente cuanto les leía, o simulaba leerles, el quinto en un papel abierto. Aun en el delirio, pensé en tantas vanas y trágicas conspiraciones contra el absolutismo, todas concebidas en la ceguera. Pero ya barría el viento los cielos, para traerse a un bobo y a dos zarrapastrosas lugareñas. Jadeante, cubiertas con una frazada muslos y rodillas, masturbábase el necio. Desatinadas, reíanse las aldeanas. Se aclaró el firmamento y se puso de ópalo o turquesa. A lo lejos, sobre un solitario monte azulado, percibí una ciudad fantasmal. Por los aires cruzaban unos demonios, en tanto agitábase en tierra un impreciso ejército y dos mosqueteros apuntaban a aquellos diablos. A un manchón de luz se redujo el horizonte, mientras veníase la romería del Santo Oficio bajo pendones desplegados. A una recua de mujerucas contrahechas, las dirigía un gran inquisidor de pecho adornado con el toisón de oro. Íbanse las tarascas y el ministro al yermo desdibujado, donde el perro hundido hasta el cuello en la arena de mi sueño ladrábale a la sombra del penco. Sorprendentemente, no reconocí entonces al can ni al caballo.

Apenas empecé a recobrarme, nos mudamos a Carabanchel. Se acercaban las navidades y cinco años habían pasado desde mi encuentro con Leocadia, en casa de los Goicoechea. Sentí devueltas la mitad de la vida y las ansias de pintar en cuanto pisé Cerro Bermejo. Si la quinta coincidía con el centro de mi ser, yo debía iluminarla para comprenderme. Desatendiendo los consejos de Leocadia y del servicio, me di a cubrir todos los muros al óleo. Sin un solo borrón, cada vez más dueño de mis fuerzas y designios, trabajaba día y noche con furia incansable. En la planta baja, enfrenté a Saturno con aquella manola en quien concurrían Leocadia y la duquesa. Junto a Saturno, dejé a Judith cuchillo en mano. Cabe a la mujer apoyada en la margen, puse a los dos viejos de mis desvaríos. En un par de paredes apaisadas, confrontábanse el aquelarre y los romeros, al regreso de San Isidro. En la planta alta, conjuré de lado a las parcas y la riña a garrotazos. También devolví a los muros de aquel piso a los demonios volantes y a los lectores ciegos. No podían faltar ni faltaron el masturbador con sus maturrangas aldeanas, ni las brujas con los cuencos vacíos. Húmedos estarían aún aquellos monstruos, cuando representé la procesión del Santo Oficio. Tan pronto terminé de azularles los cielos a tan siniestros fieles, hice revivir a las brujas rientes y hambrientas, junto al perro y al caballo dos veces entrevistos en el sueño de las mocedades y en la agonía de mi vejez. Pero, al revés de lo sucedido en mi alucinamiento de aquel invierno, entonces los reconocí en seguida. En aquel casal, que suponía mi último refugio y futuro sepulcro, nos enfrentábamos Velázquez y yo, vueltos un par de penosos símbolos, únicamente inteligibles a mis ojos.

Puesto a ser yo el verdadero Goya, a través de mis hijos muertos, de la sordera y de la guerra, con Velázquez me había medido en *Los fusilamientos*. Pero por vía de aquellos murales, que ya llamaba Leocadia mis pinturas negras, descendía de lleno a unas simas humanas, que el propio Velázquez sólo pudo entrever. En aquel abismo, dividíase en dos pisos el centro oculto de mi ser, ya que era la Quinta del Sordo mi vera efigies traducida en piedra. Un piso lo presidía Saturno y el otro, el perro sepultado hasta la gola en el páramo. Dicho sea de otro modo, en una planta regía yo, Goya, como asesino de mis hijos, y en la siguiente reaparecía y gobernaba como un artista, renacido de sí mismo. Pensé de nuevo en Carlos IV y en su familia, cuando los pintara en Aranjuez veinte años antes. Me había planteado entonces la vieja lección de Velázquez, atisbando el dolor herido y la melancólica resignación en los ojos de los bufones. Por mi parte, me propuse denunciar sin juzgarlas la artería, la lascivia, la torpeza, la codicia y la necedad de mis reales modelos en el cuadro. En un súbito arranque, decidí que no podía delatar sin delatarme, aunque fuese de forma tácita y oblicua. En una tela dentro de la tela, expuse mi transformación en Saturno, retratándome desnudo en aquel burdel donde contraje el mal gálico. No obstante, en Aranjuez me limité a iniciar el desuello de los reyes y de mí mismo. En la Quinta del Sordo me hundía el eje y la yema de mi interior más íntimo, con un coraje artístico que nunca pudo o quiso asumir Velázquez. No me importaba que sólo yo, entre los pocos que entonces vieron los óleos de Cerro Bermejo, comprendiese su sentido y su designio. Se me daba un ardite la ignorancia de los demás, porque sentía la certeza de haberme irónicamente trascendido al lanzarme de cabeza a las entrañas del alma.

— ¡Con tropas que debían embarcar, para combatir la rebelión de los virreinatos en América, sublevóse el comandante Rafael del Riego en un pueblo de Cádiz, que llaman Cabezas de San Juan! ¡También el coronel Antonio Quiroga escapó de Alcalá de los Gazules, donde arrestado le tenían, y levantó un batallón en nombre de la Constitución y de la libertad!

Me lo dijo Leocadia apenas amanecido el año señalado de 1820, en tanto pintaba los muros de la Quinta del Sordo, en unos andamios improvisados por los manobres de Carabanchel y entre un par de braseros encendidos. Como que no alcanzaba a leerle los labios ni con los anteojos puestos, lo garrapateó todo en una cuartilla con uno de mis carboncillos y arrugada me la lanzó como una pelota. La recogí al vuelo entre las manos y leí detenidamente, para luego encogerme de hombros. Arrojándolo al aire, le devolví aquel papel rugoso y abierto. Por unos instantes, me entretuve mirándole el revoloteo, a la luz de enero. En seguida regresé a las parcas en el muro. Aprestaba Átropos las tijeras, que cercenan el hilo de la vida y Laquesis contemplaba el futuro a través de su monóculo. Pero en aquel instante comprendí que ella estaba tan ciega como mis cinco lectores. Como lo estaría Leocadia, si aún esperaba la caída del despotismo. Destinado nació Fernando a sepultarnos a todos y a bailar encima de nuestras tumbas.

Pero aquella vez me equivoqué en parte. Vencido en Algeciras, en Málaga y en Córdoba, perdió Riego casi todas sus tropas, mientras sitiaban a Quiroga en la isla del León. Defraudado y pesaroso, en marzo apercibía Riego la huida a Portugal desde Extremadura. Le salvaron del destierro, aunque no luego del cadalso, los pronunciamientos de tan diversas guarniciones como La Coruña, Zaragoza, Pamplona, Barcelona y Vigo, afiliada casi toda aquella oficialidad a las logias francmasónicas. También con el concurso del Soberano Capítulo y del Taller Sublime de la masonería andaluza, se puso y mantuvo en armas el propio Riego. Poco más de dos meses transcurrieran desde su sedición. Estaba yo contemplando aquel difuso y recién pintado espectro de caballo, en el que vino a aparecérseme en sueños la sombra de Velázquez, cuando llegaron agitadísimos Leocadia, el médico y el maestro de Carabanchel. Conocidos liberales, con años de cárcel a cuestas, dómine y quirurgo, me traían ejemplares del *Diario* y de la *Gaceta* de Madrid. De dicha lagrimeaba Leocadia y trabajo me costó comprenderla. Tanto se le atropellaban y trabucaban las palabras en los labios.

—¡Goya! ¡Goya! ¡El conde de La Bisbal, que debía defender Madrid, se pasó a los rebeldes para jurarles la Constitución! ¡También Fernando acaba de jurarla en el Ayuntamiento! En Palacio, la guardia bebe con el pueblo. ¡Aquí tienes las propias palabras del rey: *Marchemos todos francamente, y yo el primero, por la senda constitucional!*

—¡Don Francisco, hemos vencido! ¡Don Francisco, esta vez triunfamos para siempre! —me gritaría el médico, a juzgar por sus gestos y aspavientos. —¡Don Francisco, tendremos la libertad y también la justicia, porque sin justicia no hay libertad posible! —añadía el maestro.

Después de los abrazos y los brindis, me encerré en el taller e hice un dibujo a la aguada en tinta china y sepia. Un enlutado arrodillábase riendo y con los brazos abiertos, ante el sol del porvenir. Sería aquélla la resurrección del hombre de las bragas amarillas, ante el piquete de *Los fusilamientos*, y con firme pulso le di el título de *Divina Libertad*. En seguida concluí otras tres aguadas en tinta china y sepia. A una la llamé *LUX EX TENEBRIS*, todo en mayúsculas. En la noche y bajo una aureola resplandeciente, volaba la Libertad con la Constitución en las manos. Dejé sin letrero otro aguazo, dictado por las palabras del maestro. También aureoladas de luz, sobre una multitud entenebrecida, aparecíanse las balanzas de la Justicia. Alboreaba la mañana señalada, en que todos los hombres comparecerían ante la Libertad y la Justicia. Llegué a preguntarme si la Razón, purgada de sus pesadillas como yo exorcicé las mías en los muros de la quinta, no volvería para compartir la andadura hacia el futuro de la Justicia y de la Libertad. Tracé entonces a una mujer coronada de laureles, sosteniendo los platillos de la Justicia y fustigando a una bandada de cuervos. *Divina Razón no dejes ninguno*. Tres semanas después, asistía a una junta de la Academia de San Fernando y allí juraba yo la Constitución. Hicimos público el acto y vi a Leocadia, con Rosarito y aun Guillermo —salido aquella tarde del internado para celebrarme el voto—, aplaudiéndome entre el público visitante. Pensé en José y en la Orden de España. Cínica y fugazmente, no pude por menos de preguntarme cuántas veces juraría mi fe ante el mundo, a las vueltas de la vida. Si el juramento es por nos, la burra es nuestra por Dios, decían en Fuendetodos. No obstante, me supe dichoso entonces como no volvería a serlo. Era la última alegría.

En tres años se nos volvieron ceniza los sueños. A su entrada en la Corte, la acogida que Madrid tributó a Riego corría parejas con la de Fernando al regreso de Valençay. Abiertamente manifestó entonces el héroe enaltecido que la Monarquía Constitucional era el primer paso hacia la

República inevitable. Pero en menos de nada, la cárcel que fue el país convertíase en un confuso guirigay de gallinero. Al campo se lanzaban las guerrillas del *Trapense* y del *Barbudo*, mientras debatían en las Cortes moderados y exaltados. Reuníanse los absolutistas en sociedades como El Ángel Exterminador y La Concepción. Los liberales se dividían en partidos como el Doceañista, el Carbonario, el Comunero y el Anillero. Aclamando el absolutismo, en verano de 1821 subleváronse cuatro batallones de la Guardia Real, a las órdenes de un alférez. Vitoreando la Constitución, los cercó la milicia en la plaza de Oriente. Loco de miedo y asomado a una ventana de Palacio, les chillaba el rey: *¡A ellos, a ellos! ¡Matad a los rebeldes!* Le hicieron caso omiso los milicianos y todo acabó en un sainete de largos parlamentos y muchos abrazos. Pero la guerra civil no tardó en estallar. En Navarra hubo asonada absolutista. En Urgel se proclamó una regencia. Sigilosamente, a través del embajador español en Roma, suplicaba Fernando su apoyo a la Santa Alianza.

Prusia, Austria, Rusia y Francia votaron por la inmediata intervención, que en vano opuso Inglaterra. Sesenta mil franceses y cuarenta mil absolutistas españoles, al mando del duque de Angoulême, invadieron España. Aquel mismo pueblo que épicamente había luchado contra Napoleón acogió entonces a los franceses como libertadores, al jovial bramido de *¡Vivan las caenas!* Al paso de los Cien Mil Hijos de San Luis, repicaban a gloria las campanas de todas las iglesias. Enardecidas por la fe, montábanse a mujeriegas las muchachas a la grupa de sus potros. Años después, en el destierro de Burdeos, me mostraría Moratín copias de las cartas de Angoulême a Luis XVIII en aquella campaña. Dondequiera que no estuviesen sus ejércitos, —tronaba el duque— se asesinaba, robaba y violaba de forma sistemática y repelente. En España, una tierra de salvajes, los soldados absolutistas sólo perseguían el estupro, el crimen y el saqueo. Sarcásticamente, nada temían tanto como la ley y el orden por los que decían combatir.

Ante el avance de la invasión, resolvieron las Cortes el traslado de los reyes a Sevilla. Desesperado por quedarse en Madrid y sacando fuerzas de su propio pánico, intentó Fernando un golpe de Estado. Por Real Decreto y de un plumazo, destituyó al Gobierno en pleno. Las turbas le asaltaron el palacio, como quince años antes devastaron la residencia de Godoy en Aranjuez. Partieron espejos y ventanas, apalearon al servicio. Mutilados de la guerra con el francés exhibían cordones para ahorcar al monarca. Con estudiada parsimonia, los milicianos intervinieron a misas dichas, deliberaron con las masas y consiguieron su retirada. Trasladado el soberano a Sevilla, adonde le condujeron de muy mal grado, entraron en Madrid los franceses de Angoulême. Enajenaba el gozo al gentío aquella mañana. Ido de madre, los acogía el pueblo con tanto entusiasmo como antes a Riego. Según nos contó mi nuera, tal era el fervor por Fernando —de nuevo *el Deseado*—, que le entronizaban la imagen en los altares y rezábanle las viejas, como si fuese el hijo de Dios y de María Luisa. Vomité y lloré entonces a solas, debajo de los almendros florecidos de la quinta. Creí sollozar y devolver sobre mi país entero, como un día lo hizo Isidro sobre los fusilados en la montaña del Príncipe Pío.

Con los franceses en Despeñaperros, se llevaron a los reyes a Cádiz, cuando ya apercibía Fernando un levantamiento de los grandes señores andaluces para restaurar el absolutismo. Las Cortes declararon entonces la incompetencia del *Deseado* y el traspaso del poder real a un Consejo de Regencia. Su razonamiento era una falacia para justificarse ante la historia. Ante un invasor extranjero, traidor o enajenado sería el rey que prefiriera la entrega a la huida o la resistencia. Por desdicha, igualmente probados y conocidos eran el patriotismo de su majestad y sus tratos secretos con el Congreso de Viena. En consecuencia, su incapacidad mental resultaba manifiesta. Camino de Cádiz, forzaron a los soberanos a besar los cristales del coche y a mostrarse al furor de segadores y vaqueros. Les gritaban: *¡Ya no sois nadie, puta y cara de pastel! ¡No volveréis a reinar, porque de uno de estos olivos os ahorcaremos!* En Cádiz los recluyeron en la Aduana; pero cada tarde les permitían pasear por la azotea. Según me contaría Fernando a la vuelta de unos años, para entonces había recobrado la serenidad y casi el humor, pues estaba cierto de que pronto le libertarían. *Inclusive me puse a versificar un poco. No seré Homero ni Quintana. Pero el género jocoso no se me daba mal en aquella espera, si entre bromas y veras era a mi mayor gloria. Este narizotas, / cara de* *pastel, / a unos y a otros / os ha de joder. / Pues así dispuso Dios / que a un monarca como yo, / sólo le toque los huevos / la carca de su mujer.* En agosto sitiaban y tomaban Cádiz los franceses, sin mayor esfuerzo. Jovial y reverencioso, desembarcó Fernando en Puerto de Santa María. Allí le acogieron los clamores de quienes poco antes pedían a gritos sus ojos, sus partes y sus entrañas. Sin ocultar su desprecio, le miraba Angoulême como a un taimado perro rabioso. *Y bien, mi buen duque,* sonreía y palmoteábale la espalda *el Deseado, ¿no decían que yo estaba loco?*

Empezaron las detenciones y las ejecuciones. En veinte días, ciento doce reos fueron ajusticiados en Madrid. Prendieron a niños de doce años y fusilaron a otros de dieciséis. En Valencia ahorcaron a un maestro por encerrarse en su casa al paso del viático. Todos los libros adquiridos en el trienio liberal, debían entregarse al cura párroco respectivo. Asqueado, el duque de Angoulême volvióse a Francia. Desde París, Luis XVIII escribía cartas airadas e inútiles a Fernando. *Un despotisme aveugle, loin d'accroître le pouvoir des Rois, l'affaiblit.* Martirizado y condenado a la última pena, le hicieron firmar a Riego la revocación de todos sus principios y una vana súplica de clemencia. Luego le colgaron en la plaza de la Cebada y despedazaron sus despojos, mientras chillaba la plebe: *¡Viva el rey absoluto! ¡Viva la religión!* Trinchados y curados en sal, repartieron sus restos entre Cabezas de San Juan, Málaga, Sevilla y la isla de León. Cuando en mitad de un banquete le dieron las nuevas de aquel ajusticiamiento, levantóse a brindar *el Deseado: Señoras, señores, yo aquí digo ¡Viva Riego y viva la madre que le parió!* Al *Empecinado* le tuvieron dos años preso en Roa. Las mañanas de mercado, domingo y otras fiestas de guardar, le exhibían en una jaula, para que le escupiese y apedreara la canalla. En verano de 1825 le rajaron lentamente a bayonetazos, en tanto los mismos campesinos que habían luchado en sus partidas ladraban *¡Viva la esclavitud! ¡Viva la Iglesia!* Medio muerto y rojo de sangre de pies a cabeza, aún batíase con el verdugo en el cadalso. Allí mismo, en la plaza pública, quemaron su cadáver. En cuanto enteraron al rey, volvió a levantarse radiante: *¡Viva el Empecinado y viva la puta que lo echó al mundo!* Aquella barbarie la supe en Burdeos. Un año antes, yo le dije a Leocadia:

—Huiremos de esta tierra, si antes no nos prenden y acabamos encadenados en una mazmorra. Aunque no nos apresen, no quiero morirme de viejo en el infierno que aquí pasa por la libertad. En *Los caprichos*, en *Los disparates* y sobre todo en los muros de esta casa, exorcicé los demonios que me habitaban. Pero estoy indefenso ante los de la historia que nos toca vivir. Pagaré el destierro a cualquier precio, aunque no vuelva a ver nunca más a mi hijo y a mi nieto. Espero que me creas y me comprendas.

Leocadia no respondió. Cabe que ni siquiera me escuchase. Luego me dijo que de no ser por Rosarito y los niños, se habría cortado las venas con el cuchillo de escamar pescado, en una jofaina llena de agua tibia. Sólo sus hijos la rescataban del suicidio cada mañana. Sin ellos, se mataría y me abandonaría, libre de todo remordimiento. Yo no la necesitaba para nada, ni a ella ni a nadie. Mientras pudiese pintar, cuerdo o loco, sobreviviría a cualquier calvario. Así de simple o consecuente era mi suerte y sanseacabó.

En los meses que precedieron a tu salida hacia el destierro, libremente escogido, desde Burdeos te escribía Moratín: *¿Por qué demonios no vendes la quinta de Carabanchel, de la que tanto hablas en tus cartas, así como la casa de la calle de Valverde e inviertes el dinero al doce por ciento, aquí, en la dulce Francia, como la dicen los nativos? Con tu inveterada salacidad y a tus juveniles setenta y ocho años, vivirías al menos un siglo como un dichoso degenerado. O bien: En Burdeos encontrarías paz y sosiego. Te librarías del constante temor de que en cualquier momento y por culpas inexplicables, te sepulten en uno de los muchos presidios de su católica majestad, el Deseado, a quien Dios guarde para bien de la Patria.*

Cada vez más feroz y extendido el terror, temías no ver de nuevo a Leocadia, cuando se iba a Madrid desde la Quinta del Sordo. Por todo el país circulaba una pastoral del obispo de León, pidiendo el acoso y la condena de los impíos, hasta el sepulcro y en la propia sepultura. A los matones del Gobierno, los dedos se les hacían huéspedes. Dondequiera que se los cruzaran, o sencillamente los imaginasen, acometían a los antiguos milicianos y a los sospechosos de secreto liberalismo. Bandas de indeseables a sueldo del rey los tundían, los pateaban, les arrancaban por la fuerza las patillas y el bigote. Rapada la cabeza, a sus mujeres las desarropaban en plena Puerta del Sol y paseábanlas montadas en un asno, con un cencerro al cuello, para befa y solaz de la purria. Creyendo por error, siempre por error, que por última vez pisabas la Villa y Corte, te fuiste a Madrid. Ibas a otorgarle poderes al letrado Gabriel Ramírez, para que en tu nombre y representación percibiera el sueldo que devengaras como pri-

213

mer pintor de Cámara. No querías volverte a exponer a que te detuvieran o deslomaran a garrotazos, cuando ibas a cobrar los haberes. Uno de los testigos de aquella firma, cierto comerciante llamado Dionisio Antonio de Puga, te pidió precio para un retrato de su mujer, María. Invitaste al matrimonio a cenar en la quinta, a la semana siguiente. En cuanto viste a la esposa, trazaste los primeros esbozos y concluido el retrato, se lo regalaste para aturdida confusión de la pareja. Nunca supiste por qué serías tan generoso entonces, desdiciendo de tu mucha codicia. Acaso, pensaste, te desprendías de aquel óleo como antes donaste tus casas a los tuyos, al presentir de forma confusa e inconfesada la próxima muerte.

Con todo, precavido como buen pardal, te abstuviste de ir a la Corte aquel invierno. En cambio, Leocadia bajaba a Madrid casi todos los días. Desviviéndote desesperado, comprendiste que volvía a conspirar como en los tiempos del primer absolutismo, al término de la guerra. La acusabas de irreflexiva y alocada temeridad, al desentenderse de la suerte de sus hijos niños, en tanto arriesgaba la cabeza. Inevitablemente os enzarzabais en otra de vuestras airadas disputas, clausuradas a portazos. Pero tan grande era tu gozo al verla a salvo a la vuelta de Madrid, que de buena gana te reconciliabas con ella. Avenidos vivíais hasta que armada la de Dios es Cristo, andabais de nuevo a la greña tan pronto resolvía Leocadia volverse a la Corte. Una de aquellas marimorenas, vino a interrumpirla la imprevista visita del canónigo José Duaso Latre y el arquitecto Tiburcio Pérez Cuervo. Con el prebendado, tu paisano aragonés, llevabas casi medio siglo de tuteo y os conocíais desde los años de Santa Bárbara. Le nombró la Regencia redactor de *La Gaceta* y censor de publicaciones, cuando Fernando —loco según dictamen de las Cortes— escribía ripios salaces en Cádiz. Aunque por menos encarcelasen a otros muchos curas, sospechosos de alevosía e infidencia, prodigiosamente y en teoría al menos, conservaba el ejercicio de aquellos cargos. También por lisa y llana caridad —*un motivo tan irracional como otro cualquiera*, según te dijo—, acogía en su casa a liberales perseguidos. Conocerían aquel escondite los sabuesos del siniestro Calomarde, el nuevo ministro de Gracia y Justicia. Mas, por motivos incomprensibles, nunca detuvieron

a Duaso ni forzaron sus puertas para llevarse a los fugitivos. Tiburcio Pérez, un arquitecto de la edad de Xavier, era
sobrino del también alarife y antiguo presidente de San
Fernando, Juan Antonio Cuervo. Por amistad con su tío,
los pintaste a los dos antes del alzamiento de Riego. Te
agradaba el desenfado de Tiburcio y le retrataste cruzado
de brazos, en mangas de camisa y con un viejo chaleco
casero. Terminaste aquel cuadro en marzo de 1820, cuando Fernando juró la Constitución y creísteis que la noche
quedaba atrás. Por siempre atrás y para ser olvidada al
hilo de los años. ¡Bendita inocencia!

—Señora, infortunadamente oí rumores en *La Gaceta*
de que el mejor día los prenden a usted y a Goya —le
confesó el canónigo a Leocadia, en tanto Tiburcio Pérez
escuchaba ceñudo—. Pisamos mala hierba. Por elemental
prudencia, yo les aconsejaría hospedarse conmigo por
algún tiempo. Aunque aquello esté ya lleno de gente oculta, siempre habrá rincón para otra yacija.

—Llévese a Goya en buena hora. Que mucho agradece-
mos sus bondades —cortó Leocadia—. Yo no me separo
de la niña, ocurra lo que ocurra.

Mucho les costó a José Duaso y a Tiburcio Pérez con-
vencerla. Tú callabas, súbitamente fatigado de vivir y aun
de haber pintado. Argüía el canónigo que a veces lleváronse los esbirros familias enteras, de las cuales se perdía el
paradero. Accedió finalmente Leocadia a que el arquitecto
y su mujer albergasen a Rosarito, mientras os asilaba
Duaso. También comprometióse Tiburcio Pérez a ir al
pensionado y exponerle el aprieto a Guillermo, tratando de
aserenarle en lo posible. A la primera oportunidad, solici-
taríais vuestras licencias para trasladaros a Francia. Ale-
garías motivos de salud, que a tu edad parecían verosími-
les. Leocadia se prestaría a acompañarte, como camila y
cicatricera. Quisiste llevarte de la quinta paleta, pinceles,
pinturas y hasta un caballete, aunque te asegurase el
prelado que casi faltaría espacio para los cuatro pies de la
asnilla, tan colmados estaban de prófugos los lares de
aquel buen samaritano. Insististe al recordar lo que dijo
Leocadia unos días antes. Cuerdo o loco, que en tu caso eso
carecía de importancia, soportarías cualquier calvario mientras pudieses seguir pintando. Ensotanado él y leyendo el
breviario, aquel invierno le hiciste a Duaso un retrato de

medio cuerpo. A su sobrino, Francisco Otín —melancólico y compasivo ayudante del canónigo—, le esbozaste de perfil al grafito, aunque abrevióse el tiempo fugitivo y no lo hubo para ilustrarle la vera efigies.

—Vas a perderme. Peco de orgullo cada vez que me veo en esta tela tuya —me dijo José Duaso, apoyando la mano en uno de mis hombros.

—¡Vete al carajo con tu casuística! Acaso te deba la libertad, que siempre es mejor y más ancha que la vida.

El primero de mayo de aquel año de 1824 decretóse una tímida amnistía. En realidad, sirvió para encarcelar a los exceptuados y por todo Madrid citaron al rey, diciéndoles a Ugarte y a *Chamorro: Quiero y mando que se ejecuten las prisiones sin pretexto ni disculpa, aunque arda el mundo y rabien los cabrones de mis ministros*. No obstante, de concierto con José Duaso y en una instancia tuya del día siguiente, solicitaste la licencia de seis meses para servirte del balneario de Plombières y mitigar *enfermedades y achaques* propios de la edad. Si daban pasada a tu solicitud, pediría Leocadia un pasaporte para ella, Rosarito y Guillermo, *deseosa de reunirse con su marido*. Sin excesivo retardo, dado el cuento de nunca acabar y la hora del arriero en los trámites palaciegos, el 30 de mayo recibías copia de un oficio de la Mayordomía Mayor a la Sumillería de Corps. Firmada en Aranjuez, veníase la concesión por medio año. Enfardadas tus ropas y carpetas, un anieblado y apenas amanecido 23 de junio abrazabas a Leocadia, para dejarla a la paz de Dios, con los niños, Duaso y todos los asilados del canónigo. Como también te fuiste a despedir de María Josefa de Osuna, la víspera de aquella triste y ansiosa madrugada. En la posta de Francia, La Catalana, llegaste a Bayona entero y curioseando por todas partes. El mismo jefe de servicio para las diligencias, monsieur Destroyats, te llevó al Ayuntamiento y te hizo extender un pase provisional para París. Día y medio después, por vía de Mont-de-Marsan, Roquefort, Bazas y Langon, alcanzabas el Cours du 12 Mars de Burdeos, donde paraba el correo de Bayona. Gesticulando como un par de impacientes fantasmas, que la memoria conjurase vivos y apercibiéndote la venida, allí te aguardaban Silvela y Moratín. Sólo al abrazarlos sentiste la certeza absoluta de que los dos eran de carne y hueso. Asombrosamente, los años del destierro no los envejecieron un ápice.

Como tus piernas seguían firmes, a despecho de la vejez y del viaje, te mostraron el Grand Théâtre cerca de la posta. Les dijiste parecerte ya Burdeos mayor que Madrid y se rieron a gusto de tu maravillado pasmo baturro. Silvela llamó un coche de punto y los tres os fuisteis a la calle de Port-Dijeaux, que luego tanto conocerías. En Port-Dijeaux entróse el cochero por un paso privado y pavimentado, bajo el arco de un gran porche. Otro porche, aún más alto, os aguardaba al cabo del callejón. Al cruzarlo, disteis con espaciosos jardines verdeantes —recién regados su laberinto y rosaleda escarlata y amarilla—, que parecían venidos de un Mengs o de un óleo de tu cuñado. A la derecha, alzábase una mansión con múltiples ventanas y vidrieras por puertas, que se te antojó tan espléndida como el Real Sitio de Aranjuez.

—En este humilde paraje tiene el amigo Silvela su colegio de jóvenes españoles. Antes estuvo en el Hotel Barada, de l' Allée des Noyers. Pero le caía pequeño a la escuela aquel otro palacio. Hace más de medio siglo vivió aquí el duque de Richelieu, cuando gobernaba la provincia. Le deben los bordeleses aquel Grand Théâtre que viste esta mañana —declamaba Moratín y asentía Silvela con delgada sonrisa—. Aún cuentan y no acaban de los bailes y las orgías del gran duque. Su leyenda disminuye y empalidece cuanto tú presenciaste en casa de los Osuna o de los Alba, porque en España hasta la lujuria blasonada se achata y aplebeya. También aquí profeso y resido yo. En seguida te llevo a la magnífica alcoba y al gran salón que me asignó Silvela en su infinita generosidad. Por una puerta de escape, gano la biblioteca, toda dispuesta en estantes de nogal. Bizco te quedarás en la gran sala, con sus espejos de luna de diecisiete cuartas de ancho por quince de largo. Repara ahora en la escalera de piedra, con su balaustrada de hierro, entre el atrio y los parterres.

Tres días pasaste en Burdeos, agasajado como un sultán. Te alojaron en los resplandecientes salones de Richelieu, donde todo lucía como chapado en oro. El realce de las sillas, las arañas, las cenefas de los sofitos, los cercos de los espejos y las cajas de los relojes de péndola con lenteja. Te volviste a encontrar con la esposa de Silvela, María Blanco, con sus hijos Francisco, Victoria y Micaela: niños en Madrid, mozos y mozas en Burdeos. Julián

Ferrari, un muchacho habido por María en su primer matrimonio, iba a casar en agosto con la hija del jefe de la aduana real. Quería que demorases el viaje a París y le apadrinaras las bodas. Cortésmente, declinaste. No te dejaba Moratín ni a sol ni a sombra. Te condujo a reuniones de proscritos josefinos, como aún se llamaban a sí mismos los viejos afrancesados, en el Café du Commerce y en la chocolatería de Braulio Poch, en la calle de la Petite Taupe. Aunque no os cruzasteis en la Zaragoza de Palafox, fue Braulio uno de los héroes del segundo sitio. Aprisionado, colaboró con el invasor y tuvo que emigrar después de Vitoria. A duras penas impediste que te besara las manos cuando os presentó Moratín. *Maestro, he matado mucho francés en mi vida. No me arrepiento, pues lo hice por la Pilarica y por mi patria. Pero de haber ganado aquella guerra nuestro señor, el rey José, no ahorcaría el clero en España a los maestros por saltarse unas misicas. Como colgaron en Valencia al pobre Ripoll.* Sonreía Moratín, sonreíase siempre. Insistió en que te quedaras de asiento en Burdeos, donde él pensaba vivir y morir. Tan feliz destierro —con teatro de excelente acústica todas las noches— se lo debía al *Deseado*, suspiraba sardónico. En la calle del Musée Saint-Dominique te llevó a la estampería de los Maggi, a la imprenta de los Lawalle. Te mostró el buzón de correos, que recogía la correspondencia de España. Salidas para Madrid, los martes, viernes y domingos al mediodía. Última recogida a las diez de la noche, los lunes, jueves y sábados. Franqueo cincuenta céntimos. Todavía se obstinaba en retenerte al despedirte, bajo los pórticos de la casa Delorme, de donde partían las postas, *Les jumelles bordelaises*, camino de París.

—¿Qué demonios se te perdió en París, aparte de aquel vasco dineroso, Joaquín María Ferrer, empeñado en que le retratases con la esposa? Aunque te reverencien en sus salones, nada esperes de la nobleza desterrada. No pueden permitirse un cuadro tuyo, porque todo lo derrochan en banquetes y recepciones. Ya se sabe, pelendengues y no camisa, porque los pelendengues se ven en misa. Pronto darán todos de culo en las goteras. Dijiste que de entrada Silvela y yo te parecíamos unos espectros, por lo poco que envejecimos. En París vas a encontrarte con una ronda de verdaderos fantasmas. Desertores todos ellos del reino de las sombras. Por aquellos aires, flota y revolotea el duque de San Carlos. Mucho presume de amigo tuyo y de un cuerpo entero que le pintaste. Cuenta que él, no Fernando, te libró de la miseria y de la cárcel. Jura haber blanqueado tu depuración, para hacerte absolver de afrancesamiento. A mi juicio, San Carlos es el mayor responsable del absolutismo. A la hora de imponerlo, más pesarían sus razones en el ánimo del rey que las bravatas cuarteleras de un militarote como Elío. Del duque, pasemos a la condesa de Chinchón, pues también aquella desdichada acude a los aquelarres de la aristocracia liberal. ¿Acaso ignorabas que se libró de la guarda y tutela de su hermano, el cardenal, para huir a Francia y casi volverse republicana? Inclusive se ha mercado un amante. Creo que se trata de un comandante o coronel forajido, apellidado Mateos. Sin pudor ni reparo, del brazo se exhiben a toda hora. ¿Cómo vas a convivir con tanta alma perdida? ¡En el nombre de Dios!

Punto menos que dos días y medio tardaron *Les jumelles bordelaises* en llegar a la Rue Notre-Dame des Victoires, en París. En el apeadero te recibieron Vicente González Arnao, Joaquín María Ferrer y un sobrino de tus consuegros, Jerónimo de Goicoechea. Aniñado y mofletudo como un serafín, apenas se le cerrara la barba al bueno de Jerónimo. *Usted me manda, Señor. Yo sólo vine a servirle. Así se lo prometí a mis tíos cuando por carta me anunciaron su llegada.* Aunque porfiaba por halagarte Arnao, nunca te agradó aquel hombre. Antiguo gobernador de Madrid en la francesada y opulento letrado en París, pasaba por el más adinerado e influyente de los proscritos. Tantos eran los recursos de su poder que inclusive íbase a España, en viajes de negocios, sin que osaran prenderle. Mala fama tenía Arnao de prestamista usurario; pero desvivíase la nobleza expatriada por frecuentarle los salones, donde se jugaba fuerte al bacará y a los dados, como en cualquier timbirimba o figoncico del Rastro. Por el contrario, te gustó Joaquín María Ferrer en cuanto le estrechaste la recia mano y mediste para tu gobierno los duros trazos guipuzcoanos del futuro modelo. En Perú había pasado la guerra aquel vasco, atendiendo negocios de su familia en el virreinato. Vuelto a Madrid, fue diputado en las Cortes liberales de 1822. Durante la invasión de Angoulême, votó la deposición de Fernando y estaba sentenciado a muerte en rebeldía. Hombre previsor, te dispuso habitaciones en el Hotel Favart, del Faubourg Montmartre y alquiló un estudio en un inmueble de la Rue Bleu, adornado con varias estatuas que el tiempo hacía verdecer en las hornacinas.

—Maestro, nos pidió Moratín desde Burdeos velar por usted y acomodarle decentemente —te dijo Arnao—. Quiere que no le dejemos desacompañado, como no sea en coche, aunque si está usted solo no cabrá impedirle que se vaya a callejear a su gusto. A menos que no le delate y nos informe la Policía francesa, que a todos nos vigila de cerca aunque nunca detuvo ni detendrá a nadie. Y, sobre todo, exige que a más tardar en setiembre le devolvamos a Burdeos. Me temo que Moratín ande celoso de todos nosotros porque ahora le tenemos aquí, en París de la Francia.

—A Leandro le llevo quince años. Pero últimamente se empeñó en tratarme como a un niño, al igual que si en él se reencarnase mi pobre padre, regresado del otro mundo.

Rieron todos. A la noche siguiente, Arnao ofrecía una recepción en tu honor. Te preguntó si estarías dispuesto a acudir. De no haberte repuesto del viaje, comprenderían los invitados que él demorase la fiesta. Le replicaste sentirte muy joven por dentro y ansioso de volver a pintar. En fin de cuentas, sólo tenías los años del hijo que Moratín pudo haber concebido, si le hubiese dado por reproducir la especie. Volvió a reírse Arnao, de buena gana. Pero razón tenía Moratín acerca de los muchos espectros que te aguardaban. En aquella velada te codeaste con todos ellos. En Madrid, te dijo la duquesa de Osuna llorar por tus cartones para tapices. En París, creíste entrar a pie enjuto en el mundo perdido de aquellas pinturas, talmente como si todos los relojes de González Arnao dieran las horas de anteayer y por los espejos se viniese de puntillas el pasado. No obstante, las sombras de la otra era agrisábanse en el presente. Se cubrían de pátina como las telas olvidadas en un oscuro sobrado. Llegó la primera la marquesa de Pontejos, a quien casi cuarenta años antes pintaste ataviada de falsa pastora, a la usanza de Marie Antoinette en su *Bergerie*, con un dogo a los pies y un clavel reventón en la mano. Pálida y disminuida, frisaría los sesenta. Al sonreírte, largos pliegues le estriaban las mejillas y la escotada garganta. Te contó Arnao que en París vivía con su tercer marido —un antiguo capitán de la Milicia al que doblaba en edad—. Él la engañaba con *petite-couturières* y hasta con rabizas. Lo sabía María Ana de Pontejos y Sandoval; pero callábase y consentía. A su modo, subsanaba el daño con sus largas tiradas anticlericales y republicanas. No perdió en Francia el habla vivaz y procaz de las tardes madrileñas, cuando la manolería y la nobleza convivían en la plaza de Toros de la Puerta de Alcalá.

—¡Mi buen Goya, qué gozo verte de nuevo! Dime qué hay de cierto de las hablillas acerca de Fernando. Cuentan aquí que el gran hijo de puta enfermó de la gota y se nos muere. Espero que te quedes en París hasta que reviente y volvamos todos juntos a España. Discúlpale su ausencia a mi marido, el capitán Vizcaíno, pues le dejé encamado con un trancazo de verano. Dentro de nada, nos mudamos a Rue Neuve-des-Mathurins. Allí te aguardo, en cuanto abra los salones.

Acercáronse María Teresa de Borbón, condesa de Chinchón y su hermana María Josefa, la duquesa de San Fernando. Con ella vivían entonces, abiertamente amistados, María Teresa y el coronel Mateos, a quien te presentarían aquella noche. En las cenas de París encontrábanse a veces María Teresa y Pepa Tudó, la amante de Godoy. Ni se miraban las dos mujeres. En Burdeos te previno Moratín que nunca llamases *princesa* a la condesa de Chinchón. El principado de estropajo, invento de la reina María Luisa, era una de aquellas memorias que ella quería echar en olvido con la existencia de su esposo. Por serlo también de Godoy, desentendíase en París de su hija Carlota y de su nieto Adolphe Joachim: el niño que hubo Carlota de su marido, el príncipe Ruspoli. Riendo te besaron María Josefa y María Teresa.

—No querrás creerlo. Pero mis primeros recuerdos me devuelven a Arenas de San Pedro y a la casa de nuestros padres. Muy niña aún, estoy en brazos de la nodriza y tú nos sacas un esbozo para el cuadro de familia que pintaste —te dijo María Josefa.

—¡No es posible, mujer! —reíase María Teresa—. Si apenas llegabas al año entonces. Yo tendría tres o cuatro y lo he olvidado todo. En cambio, recuerdo, Goya, cuánto te estimaban nuestros padres. De ti decía papá: *Es un genio, aunque parezca un matarife*. De niña, creo haberme enamorado de ti. No sé si del genio o del matarife. Sin ser alto, empequeñecías y acallabas a todo el mundo con tu sola apariencia.

—Todavía está Goya de muy buen ver, a estas alturas —terció María Josefa.

—Señora, si yo soy un anciano. Un sordo, que ni los labios os leería de quitarse los anteojos. Una mañana los perderé y habré cegado para siempre.

Quería María Josefa que le pintases. Pero jamás volvió a pedírtelo, aunque os visteis varias veces en París. Había perdido María Teresa la delicada tristeza, que recogiste en aquel cuadro tuyo de 1800, cuando estaba encinta de Carlota. De pronto te acordaste de Godoy, en la fría y alejada primavera de Aranjuez, reflexionando acerca de su mujer y tus pinturas. *Me pregunto qué quedará de todos nosotros dentro de dos siglos. Acaso sólo palabras, en este espejo entenebrecido que llaman la historia.* De las dos hermanas fue a separarte José Miguel Carvajal y Vargas, duque de San Carlos, al aparecerse bajo la araña y entre un par de cornucopias. Los últimos años le encanecieron y ensancharon las entradas. También lo encorvaron, palidecido. Os abrazasteis.

—Te sorprenderá mi destierro y te debo una explicación —aun en la sordera, comprendiste que su preámbulo y apología serían parte de un público y muy reiterado examen de conciencia.

—Duque, no me debes nada. Más te asombrarás tú al encontrarme en casa de Arnao, cuando oficialmente soy aún primer pintor de Cámara en la Corte —él asentía. Pero a duras penas te escuchaba. Estaba ansioso por exculparse y eras un pretexto para su descargo.

—No se vive impunemente en dos siglos distintos y tú lo sabes igual que yo. Nuestra condena es seguir siendo hijos de aquel siglo XVIII en el que nacimos. Aún creo en el absolutismo, que defendí y le aconsejé imponer a Fernando, porque aprendí a pensar bajo el despotismo ilustrado de su abuelo. Pero me fui de España porque no tolero el pánico de un señor de horca y cuchillo. En otras palabras, la tiranía del *Deseado*. Por miedo de la muerte, aquel miserable vendería el alma y sacrificaría a media humanidad. Si Fernando se supiese eterno, impondría la Constitución por real decreto porque no cree en nada sino en sí mismo.

—Si Fernando se creyese inmortal, cambiaría el trono por la portería del Museo del Prado. Allí, lejos de los hombres y entre los cuadros, sería muy feliz.

—Tal vez tengas razón y le conozcas mejor que nadie. Pero yo no vuelvo a España, mientras él usurpe y abuse el poder que le inventé.

Regresaba tres años y medio después. Recién trasladados vosotros a la calle de Les Fossés de l'Intendance. En diciembre de 1827, camino de Madrid, desvióse hasta Burdeos. Quiso visitarte al saber que las piernas apenas te sostenían. La casa estaba revuelta por la mudanza y tanto tú como Leocadia le pedisteis disculpas por aquel desorden. Con un ademán de indiferencia, aceptó el batiburrillo y el destartalo. Sentados en sillones recién desenfundados, sirvió el chocolate Leocadia sobre el embalaje de vuestra vajilla. Irónicamente, no pudiste por menos de preguntarle si Fernando había abdicado, cuando el duque de San Carlos volvía a Madrid. Se encogió de hombros, recordándote haber dicho en París que cada hombre pertenecía al siglo en que vino al mundo. Tú asentiste con la cabeza. Añadió entonces que igualmente sería suyo para siempre el lugar donde rindiera el alma. Yendo a morir a España, asumía a su propio país. Quiso saber si le comprendías o no se había expresado con suficiente claridad. Replicaste que todo aquello era muy cierto; pero tú librarías la pelleja e hincarías el pico en Burdeos. Así cayeron los dados y aquello, al menos, no tenía vuelta de hoja.

Recién llegado a París, retrataste a Joaquín María Ferrer y a su esposa en el taller de la Rue Bleu. Te sorprendió descubrir en Ferrer una vieja afición a la torería, que de algún modo desdecíase de su natural reserva, entre la frialdad y la timidez. En menos de nada, comentabais el capeo de espaldas de *Pepe-Hillo*, la retirada de *Costillares*, los desplantes y galleos de *Martincho*, los quiebros de Curro Guillén y la cornada que acabó con *Pachón*, el pinturero, en Hinojosa. También pintaste tres óleos de la suerte de varas —en la cual aquel guipuzcoano de Pasajes era muy entendido— y otros dos sobre la brutal algazara de la corrida en las plazas de pueblo. Querías regalárselos a los Ferrer. Pero insistieron en adquirir los cuatro a buen precio. Terminaste por darles una pluma en tinta sepia de tu perfil, aún salido y pendenciero el quijal de maño, calada la gorra sobre los ojos entornados y cada vez más cegarritas.

Del brazo de Jerónimo de Goicoechea, te ibas a callejear por París. En la Porte de Saint-Martin viste a Martínez, el soriano incombustible. Aquel que se metía en un horno con un pollo en las parrillas y salíase indemne, el pollo asado en las manos. En los jardines del Tívoli aplaudías las ascensiones en globo de Margat, caballero por los aires en un ciervo de ramosos cuernos. En el diorama de Montmartre, admirabas *les objects curieux de la Physique et l'Optique* de Robertson, con sus fantásticas proyecciones, y te embebecías ante las sombras chinescas de monsieur Seraphin. Pero también devorabas espectáculos más populares en las barracas de los bulevares. Allí tragábase ratones vivos Jean de la Falaise. Disparaban cañones en miniatura las pulgas amaestradas. Bailaban al pie del Pont-Neuf los faquines del mercado — *Les forts des Halles* — con *grisettes* y pescaderas. En piedra negra dibujaste mutilados mendigos, en ingeniosos carritos que movían con manivela o arrastraban mastines de Terranova. Por la noche, de vuelta al Favart, alquilaba Jerónimo a un farolero para que os iluminase en la calle Marivaux y a través de la Place des Italiens.

En París empezaste a oír las voces de los muertos. Te asaltaron de pronto una tarde, a solas tú en el obrador, cuando le pintabas los toros a Ferrer. Debajo de la frente y entre las dos templas, parecían horadar y partir con punzones y bisturíes el silencio de treinta años de sordera. Con creciente frecuencia, después te perseguían y llamaban en los instantes más inadvertidos. *Es toda rejalgar, la muy rabiza* —decía la infanta Josefa de la reina—. *Así en la vida como en tu cuadro*. Al hilo del tiempo y desde vuestra noche de bodas, desnuda y emblanquecida por las estrellas, susurraba Josefa: *Trátame como quien soy. La hermana de mi hermano*. Eternidad adentro; pero justo en el laberinto del oído, despachábase a gusto Jovellanos. *De las damas, no hablemos. Las más distinguidas y blasonadas parecen suripandas de Lavapiés*. Reflexionaba tu cuñado, como lo hizo una mañana frente a *La familia* velazqueña: *Sea cierto o no el mundo, merecía la pena haber vivido para presenciar una maravilla como ésta*. Con la hijica yerta en brazos, mientras esforzábase por hacerle beber un bol de leche la doncella de los Osuna, gemía una madre agonizante: *¿De qué sirve una taza? ¿De qué sirve una taza, señora?* En el Aranjuez de un cuarto de siglo atrás, reíase muerto don Antonio Pascual. *Las palabras se dicen y desdicen. Deberían escribirlas en el agua.*

Como si al infierno descendieras cada noche, pobláronse tus sueños de muertos. Sólo de muertos, a tu alrededor. Te volviste a encontrar con el propio don Antonio. Con don Carlos y doña María Luisa. Con el rey Carlos III y su hija, la infanta Josefa. Con *Pepe-Hillo.* Con tus padres. Con tu mujer y tus cuñados. Todos sentados, tendidos o recostados en un codo, compartían contigo la pradera de San Isidro. Por las lomas apretujábase un gentío bullanguero, venido a la fuente prodigiosa en la fiesta del santo. Te dijo don Antonio Pascual que aquel concurso era el de los madrileños sacrificados a las hambres de guerra, de jira piadosa con los que fusiló y degolló Murat en mayo de 1808. Si despierto era tu sordez absoluta e interminable, dormido, bebías las palabras de los muertos y se te aguzaban las orejas como las de un lebrato. Asimismo no sólo sentías el rumor de la multitud como el de una alta marea, sino también el entrevero de las voces con las castañetadas de las castañuelas y el rasgueo de guitarras, bandurrias y violas, entre el zumbo y el revuelo de dorados moscardones de verano. Ibas a replicarle, cuando proferiste un grito de sobrecogido pasmo. Sonriéndote desnuda en la hierba, como un día posara para ti en su sofá, acababa de aparecerse María Teresa de Alba. Entre el coral y la alabastrina, sonrosábale dulcemente vientre y pechos la luz mañanera. Tartajeando y enajenado, le preguntaste a don Antonio Pascual por qué no reparaba la muchedumbre que la duquesa yacía en carnes vivas. ¿No le aborrecían las mujeres del praderío la resplandeciente hermosura? ¿No la deseaban, locos de rijo, todos los romeros?

—¡Pero, hombre de Dios! ¡Tiene bemoles! —exclamó el infante—. ¿Cómo iban a desearla, cuando sólo sería ceniza si tú no la soñaras?

En una tregua de tus sueños, llegaron a París Martín Miguel de Goicoechea y Juana Galarza, con su hija Manuela y el banquero José Francisco Muguiro, su marido. Procedían de Londres y de Lisboa, donde tenía Martín Miguel intereses mercantiles. Habían huido presurosamente a la vuelta del rey y el absolutismo a Madrid, porque suegro y yerno andaban comprometidos con el trienio liberal. Martín Miguel como juez de paz y Muguiro como consejero del municipio. En el Hotel Castille, donde se alojaban, cenaste con ellos y con Jerónimo de Goicoechea aquella noche. Aunque los jóvenes trataran de avivarlo, tuvo aquel encuentro callada tristeza, por parte tuya y de los Goicoechea. Después, en los anchos ámbitos de lo eterno, te preguntaste muerto si Martín Miguel y tú no empezaríais a presentir inadvertidamente el insólito destino que os aguardaba. En las dos semanas que permaneció en París, casi nunca salióse del hotel Juana Galarza. Del brazo de la hija, paseaba un poco al atardecer Martín Miguel. En ocasiones los acompañaste; pero él rechazó firme y cortésmente todos los convites al salón de los Arnao o de la Pontejos. Casi de pasada y en vísperas de vuestra partida, presentaste los Muguiro a los Ferrer, a la duquesa de San Fernando y a María Teresa de Borbón. El primero de setiembre regresabas a Burdeos con los Muguiro y los consuegros. Por mor de negocios y finanzas, se iban a establecer ellos en Burdeos. Tú dejabas París, convencido de que jamás restablecerías allí tu clientela de pintor. Moratín te lo había augurado y Moratín os aguardaba en la Rue Cours-de-Mars, apoyado en un bambú malabar y cubierto con un jipijapa. Por el momento, os alojó a todos en el hotel des Quatre Parties du Monde, en la Rue Estrit-des-Lois y frente al Grand Théâtre. Parecían haber vuelto a la vida los Goicoechea, tan pronto se apearon de la posta en Burdeos. Por el contrario, tú te consumías y desesperabas aguardando la venida de Leocadia y los niños, a mediados de mes. Cuando por último descendieron de la diligencia de Bayona, te abrazaste a Leocadia y le mentiste sin percatarlo entonces.

—¡Ya nunca más nos volveremos a separar! ¡Nunca más! ¡Te lo prometo!

—*¡Ya nunca más nos volveremos a separar! ¡Nunca más! ¡Te lo prometo!* Le dije a Leocadia en cuanto llegó a Burdeos —así se lo contaste tú a don Fernando VII; a la vuelta de dos años y en aquella primavera de 1826, cuando te invitó a cenar en Palacio—. Pero me equivocaba, señor. Ella sigue en Francia y yo estoy en Madrid, aunque mi visita casi fue de médico y ya se acorte. Punto menos que acaba.

—Yo no sé por qué leches te fuiste —vino a interrumpirte el rey—. Felizmente depurado después de la francesada y sobreseído el proceso del Santo Oficio, debiste inferir que alguien muy poderoso te protegía. Acaso estuvieses al socaire de las sagradas momias de san Isidro y de san Diego. Aquellas que acostaban con mis antepasados en el Trono, los monarcas moribundos, para endulzarles la agonía.

—En las momias pensé. Pero no quise abusar de tan poderosos intercesores, exponiéndome a otra causa criminal.

—Sigo sin comprender tus motivos al desterrarte. ¡Para tomar las aguas de Plombières! ¡Cristo, qué cuajo! Y en lo del agua volviste a insistir ahora, cuando te renovamos la licencia —sacudiendo la cabeza, se levantó a echarte otro escrúpulo de coñac en la copa.

—Señor, me honráis en demasía.

—Siempre a tu servicio, viejo. *Servus servorum Dei.* Esto y el latín de la misa es lo único que recuerdo de la esmerada educación que me dieron —repanchigóse en la poltrona y te apuntó con un índice de artejos retostados por el humo del tabaco—. De haberte quedado en la Corte, aun te habría servido mejor. Tenía para ti vastos y ambiciosos designios.

—¿Vastos y ambiciosos designios, señor?

—Habría dedicado a tu pintura salas enteras del Prado. Inclusive vislumbré una rotonda donde estuviesen tus telas más vastas y algunos de tus mejores retratos, como *La familia de Carlos IV* —agitábase el rey, en tanto te hablaba, aproximando a tus ojos su pálido rostro acaballado y golpeándote a veces en el pecho con la punta del índice—. Naturalmente no faltaría allí *Los fusilamientos del 3 de mayo*, que es el cuadro más grande pintado en la tierra. Ya te dije una vez que si morías aquí, te expondría de cuerpo presente en la Puerta de Alcalá. Me imagino las colas de curiosos, aguardando turno para verte en el catafalco. Por un lado llegarían a las Ventas del Espíritu Santo y por otro a la Moncloa. Es notorio que la canalla acude por igual a los funerales de los primeros espadas, a las ejecuciones de los asesinos y a las corridas de toros, si son de probada ganadería. Bueno, al menos así lo creo, porque yo a los toros no voy nunca.

—Todo lo agradezco infinitamente a su majestad. Casi tentado me siento a doblar la servilleta, para merecer tanta honra.

—¡Búrlate, si gustas! —se encogió de hombros—. No es aún costumbre celebrar con tanta extravagancia a los artistas. Quizá lo sea dentro de cien años, en el siglo XX. Al menos en este sentido, cambié el mundo al crear un museo para los pintores vivos y muertos. Antes no fuisteis sino bufones ensalzados en la Corte. Aún recuerdo, cuando mi padre era príncipe de Asturias y yo muy niño, como por juego y para probarse el más fuerte de los dos te tumbaba de una sonora palmada en mitad de la espalda. Tú te levantabas, sonriéndole servilmente como el borrego se prestaría al cuchillo de la Pascua. ¿Es todo esto cierto o no lo es?

—Lo es, señor. Mejor dicho, lo fue.

—¡Claro que lo fue! ¿Puedes imaginarme a mí, tratando a un pintor de Cámara de forma tan avillanada y envilecida? Yo ahorco a la gente; pero no humillo a nadie para divertirme. Si soy así, a ti te lo debo. De tu pintura aprendí que los reyes pasan y los cuadros quedan —prendió el último habano y prosiguió muy despacio—: ¿Te paraste a pensar qué dirá de mí el pueblo en otro siglo? Yo creo haberlo previsto. Mis ejecuciones, mi absolutismo y hasta mi doblez cobarde, cuando en Valençay felicitaba a aquel bandido por sus victorias, todo esto será patrimonio exclusivo de los historiadores. El buen pueblo español sólo recordará que fui hijo de puta e inauguré el Museo del Prado. Si no se olvidan del museo, doy por muy empleada la hideputez.

—El museo perdurará. Tenedlo por cierto.

—¡Claro que perdurará! Pero nadie va a saber entonces que lo creé pensando en ti, viejo. Éste será nuestro secreto —en otro de sus súbitos y arrebatados cambios de talante, se volvió a abocar sobre tus ojos para preguntarte—: ¿Te contó tu hijo Xavier que le mandé llevarme a tu casa de Carabanchel, cuando estabas en Burdeos?

—¿Mi hijo? ¡No, nada me dijo! —súbita cólera te encendía la sangre y el alma—. ¿Qué derecho tenía a abriros la casa, en mi ausencia y a espaldas mías?

—Olvídate de todo eso —reíase Fernando—. Recuerda que soy rey por derecho divino. Yo soy omnipotente como un semidiós. En fin, hablemos en serio. Tu hijo es un caballero. Prometió no decirte nada y no ha chistado. Te abstendrás de reprochárselo y he aquí otro de los sucesos, sigilosos y ocultos, que tú y yo nos llevaremos al sepulcro. Hasta Palacio llegaron fábulas y voces vagas acerca de las extrañas y feroces pinturas que dejaste en tus muros de Carabanchel. No pude resistirme a verlas y le pedí a Xavier que me abriese la Quinta del Sordo. Obedeció medio muerto de miedo, acaso preguntándose cómo respondería yo ante el reino de las sombras que allí representaste. Desde Aranjuez y en discreto coche de punto, con la gorra hasta las cejas para que no me reconocieran, nos fuimos a Carabanchel un domingo de Ramos. En Cerro Bermejo, quise que tu hijo me dejara a solas en la casa y aguardase entre los almendros del huerto. Horas enteras pasé allí dentro. Como un loco, iba de un piso al otro y me detenía absorto ante cada uno de aquellos óleos. No podría contarte mis sentimientos de aquella mañana porque yo mismo los ignoro. Creo haber gritado y haberme encogido como un feto por los suelos de tu infierno. Leí el espanto en los ojos de Xavier, cuando tropecé con él a la salida. ¡Tan desemejante y desfigurado debía verme, pobre hombre! Hasta esta misma noche, cuando dijiste que tú eras Saturno, no supe de cierto si pintaste allí tus pesadillas o las mías. No estoy aún demasiado seguro de que no desbarres. Acaso en sueños, seamos más parecidos de lo que tú piensas.

—Antes, vuestra majestad fue el sueño prohibido de todo un pueblo. Os llamaban *el Deseado*. Ahora ya no sé de fijo ni cómo os dicen, ni quién sois.

—No me importan los sueños del pueblo. Sólo los tuyos, porque acaso esté celoso de ellos. En otra época, tú y yo amamos a la misma mujer.

—¿A la misma mujer, señor? —no salías de tu asombro, por unos momentos interminables y voladeros. En seguida te recobraste y recogiste.

—Me refiero a María Teresa de Alba —dijo ya en vano—. Yo era casi un niño; pero la adoraba. Me comía de envidia, al pensar en ti y en sus otros amantes. Estoy convencido de que mi madre y Godoy la asesinaron. Sólo por esto merecía aquel rufián que le hiciesen pedazos, después de su caída y al principio de mi primer reinado. Lástima que un criminal como Murat se obstinara cristianamente en salvarle. También por este y otros motivos resolví que mi madre no volviera a pisar esta tierra y se pudriese en Italia, como allí se consumió. Dime, ¿sueñas tú aún con María Teresa, al cabo de tantos años?

No le repusiste ni tampoco él iba a escucharte. Emboscándose ceñudo por breñales del alma, regresaría a los deseos y fantasías de la adolescencia. Tú pensabas en la duquesa de Alba y en aquel mundo suyo, que poco iba a sobrevivirla. Te preguntaste dónde estaría ella, si aún alentase. Tal vez en París, aunque se hiciera difícil imaginarla perdida en los salones de González Arnao o de María Ana de Pontejos. Preferías guardarla oculta en tus sueños, desarropada y tendida en la pradera de San Isidro. Como una réplica a aquellas reflexiones, leíste entonces en labios del rey.

—Yo nunca sueño con ella. Pero no ceso de recordarla en carnes, como la pintaste. Cuando el inquisidor fiscal del Santo Oficio te expedientó, por la impudicia de aquellas telas tuyas, embargadas en la vieja Presidencia del Consejo, le mandé un propio con una carta. De mi puño y letra, le dije que se desentendiese del proceso y de los lienzos. Al mismo tiempo, quise ver aquellas obras tuyas que aún desconocía. Embozado y con un par de corchetes por toda guardia, una noche me fui a espiártelas. A la luz de un fanal, me detuve ante tus retratos de María Teresa desnuda o vestida, acostada en la colcha azul o en la colcha verde de aquel sofá. ¡No me mires así! ¡No te habrás olvidado de tus propios cuadros!

—Los tengo muy presentes, señor.

—Tú y yo moriremos contemplándola a ella en aquellos óleos. Pero tu tormento será mayor que el mío, porque tú la poseíste y la pintaste. En cualquier caso y, como después lo haría en la Quinta del Sordo, exigí que me dejasen a solas con aquellos retratos. Muy digno es el de María Teresa vestida. Pero su desnudo es un prodigio que trasciende las palabras. Nunca volverá a pintarse otro comparable. Jamás. Yo creí que la noche y el firmamento se recogían para admirar conmigo aquel cuerpo sublime.

Me pregunté cómo dirían que ella había muerto, cuando tan resplandeciente permanecía en tu tela. Al revestirse del color de la carne, se divinizaba de veras la escultura de una diosa, sin perder conciencia de que era estatua y mujer. No comprendo cómo pudiste representar la luminosa sensualidad de aquella piel y los tenebrosos monstruos de tu casa en Carabanchel. ¿Eres por ventura el demonio? No, no debes serlo, porque ni el propio Satán abarca tanto o se contradice de modo tan grandioso. En fin de cuentas, sólo eres el sordo de Cerro Bermejo. Pero merecía la pena compartir el mundo contigo y ver recién creados tus mejores cuadros —callóse un instante, sacudiendo la cabeza. El habano olvidado se le volvía ceniza entre los dedos—. Esta noche nos despedimos para siempre, Goya. Vete a Burdeos y muere en paz, aunque te tiente en la agonía aquel desnudo, como me perseguirá a mí cuando se me vidrien los ojos y rinda el alma. Entre tanto, nadie va a destruirlo ni a profanarlo. Lo puse a buen recaudo, con el otro retrato de María Teresa acostada en su sofá. Si bien a toda hora me enloquece a destellos el fulgor de aquel cuerpo, de vez en cuando sucumbo y vuelvo a contemplarlo. Un día los dos cuadros estarán en el Museo del Prado. Tenlo por cierto, pues en ello te empeño la palabra. Por mi vida, aun más preciosa que tus propias pinturas, yo te lo juro, viejo.

—Pronto estaré en presencia de Velázquez. Pronto estará Velázquez en presencia mía.

Como la nuera y Marianito salieron de la alcoba, aprovecho su ausencia para decírselo a Leocadia, a Josef Pío de Molina y a Antoñito Brugada. No sé si me oyen o si únicamente llegué a pensarlo. A finales de marzo, cometí la temeridad de bajarme solo a Les Fossés de l'Intendence. Aguardaba entonces a Antoñito para que me acompañase a la relojería de Valentin Brosse. Recogeríamos allí a la hija del relojero, su *belle dame sens merci* como la llamaba Brugada, y juntos nos iríamos los tres a disfrutar el solecico de media mañana. En un descuido de Leocadia, me asomé a la escalera. Allí di un traspié y rodé todo un tramo de peldaños, con los dos bastones. Ni por un solo instante perdí el conocimiento, mientras caía a tumbos ramal abajo. Tendido en el rellano, caliente la costalada y aún no dolorido, vi a Leocadia venirse a saltos. Tenía el aire de Niobe; pero le supuse los gritos y reniegos de una tarasca. Al mismo tiempo llegó Antoñito Brugada y precipitóse a socorrerme. Me levantaron entre los dos y aunque yo insistiese en emprender el paseo, tan pronto empuñé mis bastones, me subieron a casa y avisaron al doctor Émile Gaubric, para que me reconociera. Gaubric fue médico de los ejércitos de Verdier, en el primer sitio de Zaragoza, y gustaba de que le contase mi visita a Palafox después de aquel asedio. En muy buen español, conversaba con Leocadia. A mí, por razones que no alcanzo, solía dirigírseme en francés.

—*Ah, mon cher ami! Vous êtes un grand homme et un génie, tout un peintre de la chambre. On va vous soigner!*

—Gaubric, no paro de oír en sueños a los muertos.

Creo que en la escalera me dio un vértigo al recordarlo. Recéteme un jarabe o una tisana, que acalle aquella algarabía en mi cabeza.

— *Oubliez les morts, quoique vous êtes dans le vrai. Ils sont des bavards.* Olvídese de los muertos, mi buen amigo. Charlan como cotorras, porque aún ignoran que ya no existen.

No me rompí nada, ni huesos ni anteojos. La caída se redujo a cardenales y desolladuras. La más ancha y sangrante en la frente. Me vendaron la cabeza y obstináronse en acostarme. Les hice prometer que nada dirían del revolcón y el costalazo a mi Xavier. Con Gumersinda y Marianito, a punto estaba de llegar para visitarnos. Por primera vez en varios años, dormí sin sueños aquella noche o me desacordé de lo soñado. Desperté tarde y sintiéndome muy reparado. Vínose Leocadia a desearme los buenos días y a decir que la posta de Bayona se trajo a Gumersinda y a Marianito. Ya subían entonces por la escalera y hasta la jaula del canario flauta se trajeron de la Corte. Impedimentos de última hora retuvieron a Xavier en Madrid. Pero, en un santiamén, también él vendríase a Burdeos. Se me hizo en la garganta un nudo de espinas del tamaño de un puño. Presentí entonces que no volvería a ver a mi hijo. En seguida me sacó de tino el rencor por su demora y creí odiarle, a despecho de mí mismo. Dándome a los perros, le pregunté a Leocadia quién sería más valioso en la Corte, para Xavier, que su padre en Burdeos. Mirábame ella con gesto atónito, donde confundíanse el desconcierto y el pánico. Se llevó dos dedos temblorosos a los labios y luego a los oídos. Por sus señas, comprendí que yo acababa de perder la voz. Sobresaltado, me desatinaba por incorporarme; pero me desplomé de espaldas en la cama. Del hombro a las uñas, todo el costado izquierdo se me acalambraba y entumecía, en un ataque de parálisis.

Aunque a la hora me volviesen el habla y en parte el uso de aquel brazo, comprendí que había empezado a morirme. Tres años antes, los doctores D'Oliveira y Lafargue me dieron por desahuciado. No obstante, al mes pintaba como un poseído y dos veces viajé luego a España. La misma víspera de mi caída, aún paseaba con mis bastones entre Antoñito Brugada y Fany Brosse, la hija del relojero. En primavera de 1825 me habían diagnosticado un cancro maligno del perineo y una perlesía de vejiga, con progresivo endurecimiento de los tejidos. Todo ello auguraba un fatal desenlace a muy corto plazo. Si bien fuese D'Oliveira médico de cabecera de su samaritano, Silvela, empeñóse Moratín que él y Lafargue sostuvieran consulta con Émile Gaubric. En un par de semanas, Gaubric me había sanado con remedios eficaces, aunque más dolorosos y temibles que el propio mal. Me dio a beber decocciones de grama con horchata. Me aplicó media docena de sanguijuelas junto al ano. Me introdujo una tienta curva en la vejiga y luego una sonda de goma elástica para inyectarme un vaso de agua termal. El primer día en que me encontró limpio de fiebre, acomodado en una butaca y dibujando con Rosarito, empeñóse el muy bufón en besarme la mano.

— *Voilà, maître, vous êtes fort comme Hercule et beau comme un jeune mouton.* ¡Y a propósito de vuestra belleza, el cancro de que me hablaron no pasaba de quiste muy gordo! En una de las curas, lo abrí y vacié sin que os dieseis cuenta.

Casi tanto como a Xavier, echaba de menos a Moratín cuando me adiviné la agonía. Partidos de Burdeos y asentados en París, estaban entonces él y Silvela. Uno de buen grado y el otro contra sus deseos. A destellos, como dice el rey aparecérsele despierto el desnudo de María Teresa, evocaba mi venida a Burdeos cuatro años antes, con Silvela y Moratín paseando por el Cours du 12 Mars, en mi espera y sin cocérseles el bollo. Sorprendentemente, con Moratín llevóse muy bien Leocadia, a la vuelta de otro año y tan pronto se conocieron. *Su teatro no me gustó nunca, por demasiado medido y prudente. Él es un marica, claro. Pero ya quisierais todos vosotros la mitad de su hombría de bien. Además, habrá sido muy apuesto de joven.* Pensando en Moratín y en Xavier, los dos seres cuya ausencia me consumía, mandé llamar a Gumersinda en cuanto me supe dueño del habla. Vínose en seguida a abrazarme y besuquearme. Algo en ella me desplacía, como también debió desazonar a su padre: hombre transparente si nunca lo hubo. Pero aparte de sentirla muy distinta del pobre Martín Miguel, a quien ya sepultamos en la Grande Chartreuse, nunca supe de fijo por qué me amargaban las maneras de mi nuera.

—Hija mía, en tanto guardo un asomo de lucidez,

quiero añadirle una manda al testamento, para dejar provistas a Leocadia y a Rosarito. Sin mí, nada tienen.

—La manda la añadió usted en Madrid. ¿Acaso no lo recuerda?

—No, no lo recuerdo. ¿Estás segura?

—Sí, padre, muy segura.

Iba a morir preguntándome si sería cierto y tanto perdiera yo la cabeza, o me engañaba Gumersinda. Me dolía más que nunca la ausencia de Moratín en el aprieto. Él lo habría puesto todo en claro, sin herir a nadie. Acaso Marianito también pudiera desentrañarlo. Hecho, derecho y espigado, era ya todo un hombre de veintidós años. Si de veras le añadí un codicilo al testamento en Madrid, cabía en lo posible que yo mismo se lo contara. Pedí por mi nieto y se vino con forzada sonrisa de circunstancias. Tan alto y delgado, con sus grandes ojos oscuros y rizosa melena, en nada se nos parecía a sus padres o a mí. Pensé en el legado de la duquesa de Alba a Xavier y en cómo lo rapiñaron a su muerte. Con su fosca mirada y aquella tez tan clara, más asemejábase el mozo a María Teresa que a cualquiera de nosotros.

—Marianito, ¿te acuerdas del retrato que te hice el verano pasado en Madrid?

—Sí, abuelo, claro que sí. ¿Cómo iba a olvidarlo?

Y no hubo más, porque no me atreví a preguntarle acerca del testamento. De improviso, empezó él a hablarme de las corridas que vimos juntos en la plaza de la Puerta de Alcalá. De la rivalidad, dentro y fuera del ruedo, de Antonio Ruiz y Juan León. Sevillanos y antiguos sombreros los dos, era Ruiz absolutista fanático y León negro liberal y antiguo miliciano. Dijo Marianito que Ruiz fue a quejársele al propio rey en La Granja, a poco de mi partida para Burdeos. Fernando le escuchó muy atento y luego le echó a cajas destempladas. A gritos amenazó al atónito espada con prohibirle las corridas en Madrid, si volvía a incordiarlo con quejas y rencillas idiotas. Al acostarse Leocadia aquella noche, traté de contarle todo aquello con el habla todavía quebrada y tartajosa. Bebióse mis palabras y luego se revolvió como una furia, sosteniendo un quinqué junto a los labios para que no me perdiese una sílaba de su invectiva.

—¡Si serás ciego además de imbécil, grandísimo ca-

235

brón! ¿Acaso no comprendes que este par de falsarios, tu nuera y tu nieto, sólo vinieron a cerciorarse de que no cambiabas el testamento? Se les da un rábano tu nombre, tu sangre y no digamos tu vida. De ti quieren tus dineros, tus casas y tus cuadros. Poco les importa que te devoren los años, la soledad o los gusanos, porque sólo esperan tu herencia. Llevarán tu sangre o tu apellido, pero no te comprenden ni saben quién eres. Tampoco yo voy a explicárselo a estas alturas. Con ellos me mostraré distante y respetuosa como una buena sirvienta, por respeto a ti y porque yo no me rebajo a hablar con tal gente en mis propios términos. Desde mañana: *La señora me manda. ¿Qué quiere que le traiga del mercado? Se cocinará lo que disponga la señora. No faltaba más.* O bien: *¿Qué desea esta mañana el señorito, los croissants y el chocolate en la cama, o prefiere desayunarse con su mamá?* —hizo una pausa para recobrar el resuello y volvió a la carga de estampía—. No son mal nacidos por egoístas sino egoístas por mal nacidos. ¡Y tu hijo Xavier es aún peor que esta zorra y el chulo de tu nieto! Agazapado en las sombras, aguarda ahora el parte de sus espías. Si le escribiesen que habías muerto, perdería el culo por arrambar hasta con los pañuelos. Luego enajenaría tus cuadros uno por uno e invertiría su venta en pienso para mulas o en bonos del Banco de San Francisco.

Apagó el quinqué de un soplo y tendióse de bruces, sepultando el rostro en la almohada. Por la forma en que se estremecía, comprendí que sollozaba. Se aquietó luego y llorando se dormiría. Me fue venciendo un turbio sopor, lleno de temblores y sobresaltos. Me adormecí pensando que ya se despoblaron de muertos mis pesadillas. Sólo soñaba entonces en los años de Burdeos, como si perdedizo se hiciera todo mi pasado, antes de la llegada de Leocadia con los niños. *¡Ya nunca más nos volveremos a separar! ¡Nunca más! ¡Te lo prometo!* Desde el Hotel des Quatre Parties du Monde, nos mudamos luego al Hotel Saint-Bérard, en el Course Tourny. Era por los días de la muerte de Luis XVIII y de la coronación del conde d'Artois, el rey Carlos X. En otoño del año siguiente, alquilamos una casa junto a la iglesia del arrabal de Saint-Seurin, sobre el camino de la Croix-Blanche y como quien dice a las mismas puertas del campo. Tenía yo allí un taller con ventanas a los cuatro vientos y un jardincillo ante un paisaje de praderas y viñedos, que cortaba en zigzag un arroyo rumoreante y espumoso, el Caudéran. En uno de sus recodos, suicidóse con una piedra al cuello un emigrado liberal. Era un gaditano sin suerte, buhonero en el destierro, al que Leocadia compraba peinetas por caridad y yo navajas de afeitar y brochas.

A gusto me quedara en Saint-Seurin, como quise echar antes las últimas raíces en la Quinta del Sordo. Pero los dioses dementes que regían mi destino me obligaron a mudarme otras dos veces en muy poco tiempo. Comenzó a protestar y a quejarse Leocadia de lo aislados que vivíamos en el camino de la Croix-Blanche. En el Cours Tourny estábamos a un tiro de piedra del taller de Pierre Lacour, donde aprendía Rosarito dibujo y miniatura. En Saint-Seurin se le iban eternidades a la niña en ir y venir del obrador. Aún estudiaba y vivía Guillermo en la escuela del hotel Richelieu. Pronto la dejaría para irse a trabajar de ebanista en un establecimiento del Cours du Jardin Publique. Por último, en enero del año pasado, nos trasladamos a una vieja casa de dos plantas, con huerto y pozo, bajo los olmos de Les Allées d'Amour. Pero estaría escrito, como yo lo dicto ahora, que tampoco parásemos allí por mucho tiempo. A finales de año, *monsieur* Dubédat —nuestro casero— decidió derribar aquel inmueble para construirse una finca más vasta. Tuvimos que emprender otro fatigoso peregrinaje. Josef Pío de Molina, el antiguo alcalde josefino de Corte, nos apalabró y consiguió el piso de Les Fossés de l'Intendance, recientemente desalquilado en su mismo rellano.

—Goya, parvo será el mundo. Pero también es imprevisible. ¿Quién iba a decirme a mí que viviría un día junto a un hombre como usted, tabique con tabique?

—Señor alcalde, el honrado soy yo por vecino suyo. Pero si se empeña, los dos le daremos las gracias al *Deseado*.

—¡No faltaba más! Sea para su católica majestad nuestra eterna gratitud.

—Sea, sí, señor.

A Pío de Molina le dejé un retrato inacabado, en el que trabajaba la víspera de mi caída. Aun a medio cocer, trasparentábase allí el interior oculto de aquel hombre reticente y desprendido, con sus ojos entornados y su largo cráneo a hechura equina. También pinté a Moratín, cuando todavía vivíamos en el camino de la Croix-Blanche. Vínose a almorzar una olla con nosotros y después del café le hice los primeros apuntes. En dos o tres días concluí su medio cuerpo de memoria. Al verlo me preguntó si tanto envejeciera, en los últimos meses y desde el otro retrato de un cuarto de siglo atrás. Repuse que los años fueron crueles con todos nosotros y me replicó que más despiadado era yo que el tiempo. Moriría, dijo, sin perdonarme a mí mismo ni saber de qué me culpaba. En el entierro de Martín Miguel y poco antes de la boda de su chica con un habanero, me pidió Silvela un medio cuerpo de su hija Victoria. Dos banqueros, el hermano de José Francisco Muguiro —Juan Bautista— y Jacques Galos, me encargaron sus efigies. Me satisficieron aquellos cuadros y pensé en Moratín, cuando creí al tiempo más compasivo conmigo que yo mismo. A despecho de la vejez y de la miopía, conservaba la mano tan firme como siempre. Además, mi visión de lo invisible, por oculto al fondo de mis modelos, compensaba sobradamente mi presuroso resumen de los detalles físicos. Pero ninguna de aquellas telas me enorgullecía tanto como la pintura de una muchacha muda, que cada mañana nos llevaba la leche a Les Fossés de l'Intendance. Incapaz de hablar ella y yo de oír, me identifiqué en seguida con el desvaído dolor de su mirada. La pinté de perfil y también de memoria, dejando a posta por terminar los azules del fondo. Por sus fueros campaba allí cada brochazo y descomponíase la luz en la cofia y la pañoleta de la lechera. Contemplando aquella claridad de colores quebrados, me dijo Antoñito Brugada:

—Maestro, creo que anticipa usted aquí la pintura del próximo siglo.

A lápiz retraté al impresor Cyprien-Charles-Marie-Nicolas Gaulon, cuando me enseñaba el arte de la litografía, casi recién inventado. Poníamos la piedra en un caballete, como si fuese una tela, y yo la cubría de tinte gris. Luego limpiaba con un raspador los puntos y espacios que iba a iluminar. Sin jamás afilarlos, me servía de los lápices como de pinceles. Así realicé cinco litografías, que llamaba *Los toros de Burdeos*: "Los toreros", "Plaza partida", "Corrida de novillos", "Bravo toro" y "Él famoso americano Mariano Ceballos rejoneando". Tuve que dejar las piedras en los almacenes de Galos y asumir el fracaso comercial de aquellos grabados, encogiéndome de hombros. Pero ya nada me arredraba en Burdeos, aunque menguaran las horas y creciéranse las contrariedades. Los trabajos de Rosarito en el taller de Lacour me incitaron a emprender un nuevo empeño: la miniatura en marfil. Otras miniaturas más tradicionales, sobre cobre y al temple, había pintado por la época de las bodas de Xavier, recogiendo los perfiles de toda la familia. Pero en Francia, al miniar, me desentendí por completo del punteado italiano. Ennegrecía el marfil y dejaba caer encima una gota de agua, para que abriese claros caprichosos al extenderse. Después rascaba el marfil con buriles muy finos, destacando y precisando el sombreado. Por carta le confesé a Ferrer cuánto me agradaban aquellos ensayos. Irónicamente, añadí que más parecían propios de los pinceles de Velázquez que de los del pobre Mengs, mi patrón en la fábrica de tapices de Santa Bárbara. De improviso, me dio un vuelco el alma al pensar que medio siglo llevaría Mengs muerto.

Dibujar, dibujaba siempre. A solas o con Rosarito, cada vez más dispuesta y segura en el diseño. Tracé cabezas de colosos dormidos o decapitados. Perros con alas descendiendo de los cielos como milanos. Leonas leyendo absortas. Asnos funambuleros ensayando volatines en dos pies. Patinadores en el hielo de un estanque. Toros ascendiendo en el aire de la noche. Ahorcados en el crepúsculo. Ejecuciones a la guillotina. Brujas saltando a la comba bajo las constelaciones. Viejas columpiándose como chiquillas. Beatas gritonas. Pensativas pastoras. Putas enloquecidas. Esclavos aherrojados. Máscaras. Maricas. Embozados. Mosqueteros. Mendigos. Lisiados. Cagones. Frailes. Contrahechos. ¡Qué sé yo!

Diez años frisaba Rosarito cuando llegó a Burdeos. ¡Cuántas veces no la recordé, dormidita en su cabás en aquella nochebuena con los consuegros! Maravillábame al ver cómo cubiletearon sus dados la vida y el azar, sobre el tablero de mi destino. Sin una sola gota de mi sangre en sus venas, parecía haber heredado mi mano y mi vocación. Por el contrario, mi hijo y mi nieto hicieron tabla rasa del arte casi por completo. Algo embadurnara de mala gana Xavier en Madrid y yo le conseguí aquella ayuda de la Corona para estudiar en Italia y en Francia. También empastó con mi venia parte de un muro en la Quinta de Carabanchel. Pero tenía tanta disposición para el color como yo pueda tenerla en mi sordera para las mazurcas. La Mariquita —como por ser ella María del Rosario la llamaba a veces— nació emplazada por el carboncillo y los pinceles. Creí advertirlo en Madrid, cuando no levantaba dos palmos del suelo. Muy gozoso, lo corroboré en Burdeos.

—Mariquita, hija mía, dispuso la suerte que yo te diese mis ojos, aunque sea tu padre un relojero. También quiso que fueses mi última alegría. Mucho te me pareces y, al igual que yo, improvisas o dibujas del natural mejor que copias.

—Así será, si usted lo dice, abuelo.

Con destreza impropia de su edad, pero sin gran inspiración, repetía a la piedra negra, a la pluma sepia y a la aguada, mis payasos, soldados, frailes, maniquíes, lavanderas, segadores, perros, dromedarios, zorros y panteras. Más me suspendían y admiraban sus autorretratos en miniatura y al lápiz plomo, así como otros borrones suyos de una rosa y de una modelo, vestida a la usanza de los últimos Austrias. También ensayó la litografía y una grabó muy conseguida de mi medio perfil, piadosamente rejuvenecido con el descuento de varios años. Sólo me fastidiaba que todo aquello reflejase el preciosismo neoclásico, aprendido en el taller de Lacour. Pero también era mi convicción de que no tardaría Rosarito en descubrir e imponer su propia rúbrica en pintura, cuando tanta era su precocidad técnica.

—Hija mía, tú serás una gran artista tan pronto te olvides de cuanto queremos enseñarte Lacour y, sobre todo, yo.

Compartía con su madre la brillantez azabachada de los ojos y me observaba asombrada, sin comprenderme. Siempre veníase a mí, a la vuelta del obrador y Leocadia nos contemplaba, a un tiempo celosa y feliz. Antes de que me impidiesen los dolores, con Rosarito de la mano solía pasearme por Burdeos. Varias tardes la llevé a casa de los Goicoechea, en la calle Laroche Jacqueline, cuando allí se mudaron los consuegros desde el Hotel des Quatre Parties du Monde. Tenían un *rez-de-chaussée* muy espacioso, con nueve o diez estancias, desvanes, cava y terraza, por donde triscaba la niña y jugaba al trompo con la vieja Juana Galarza. O bien, acodados todos en la baranda de la azotea, mirábamos cómo iban levantando los célebres baños de Quincoces, en la allanada llanura de Château-Trompette y ante la rada del Garona. Mil barricas de agua bombeada, filtrada y caldeada subirían diariamente del río, entre Lormont y Bouliac. Separando a hombres y mujeres en sus balnearios, abriría el café Tortoni un jardín con peristilo, fuente y pajarera para servirnos café, chocolate y licores o aquellos refrescos de hierbabuena con hielo, que tanto gustaban a la Mariquita. Por los bosques de los baños, pronto se iría al viejo molino de Chartrons y a la escuela de natación que allí pensaban abrir. O por los mismos caminos se llegaría a los llamados baños económicos, porque les anunciarían un precio tan módico «como el de las termas populares de la antigua Roma». Los de Quincoces saldrían más costosos. Cinco francos por los de vapor. Seis por los de agua mineral y las sesiones de galvanismo. Si mal no recuerdo, a un franco ochenta venderían las botellas de purgante, para que devotamente las adquiriesen restreñidos crónicos como Leocadia y Moratín. Con Martín Miguel, me empeñaría en probar al menos una vez los servicios del balneario.

—Compañero, de algún modo debo justificar ante su majestad y mi conciencia la bendita licencia, para servirme de las aguas de Francia.

—Si quiere usted lavarse el alma y complacer al rey, yo le acompaño. No faltaba más.

También fui con Rosarito a las grandes ferias de Burdeos, en marzo y en octubre. Siempre las paraban en los muelles y en un par de plazas, la Real y la Richelieu. En la plaza Real conocimos entonces a una familia de enanos. Eran todos los Foulon sonrosadicos y proporcionados como querubines o criaturas. Me dijeron irse a París desde Burdeos, con ánimo de trabajar en otras fiestas. Les di una carta de presentación para la duquesa de San Fernando, que mucho gustaba de proteger y exhibir singulares fenómenos, aunque no los prohijase como hacía María Teresa. A la duquesa le escribí la talla de aquellas menudencias. Con veintiuna pulgada, era la más aventajada *madame* Foulon, puesto que otra pulgada llevábale a *monsieur*. En pleno crecimiento, subía hecho una espingarda su único hijo. A los catorce años, rozaba el mozo las dieciocho pulgaradas. En otra barraca, embobaban a Rosarito los reptiles de *Mister Thomas Smith and Company*. Era de rigor su regreso de Londres, todos los años, para establecerse en el mismo rincón de la Plaza Real. Con Smith y sus ayudantes, volvían la anaconda de cuatro varas, que un negro paseaba por los hombros y abrazábase al talle como un fajín, la mortal cascabel —única en Francia—, la sabanera moteada, de dos varas y media, los cocodrilos egipcios, adormilados o bostezantes. Yo no podía por menos de pensar en la casa de fieras de Madrid, en las carcajadas, el tumbo y la caída de Fernando, en la humana y rastrera vileza, que leí entonces en los ojos de las bestias amaestradas. Distinto era el mirar de los cocodrilos y de las serpientes de Burdeos. Habían perdido el lacayuno servilismo de los asnos, los elefantes, los camellos y los avestruces del Retiro. Aquellas fieras de sangre fría sólo expresaban una resignada e interminable tristeza.

Apenas concluida la primera feria, venían la Cuaresma, la Semana Santa y sus procesiones. El domingo de Ramos cubríase Burdeos con ramos de olivo de la Pascua florida. Por Les Allées d'Amour desfilaban beatas y penitentes, entre las casas de juego, las timbas de los pobres y los muchos burdeles, también adornados con brazos y gajos de piadoso olivo por devotas rabizas. Desde una ventana, dibujábamos Rosarito y yo aquel sartal de fieles arrastrándose por la calzada, bajo los pendones de los viejos gremios: boteros, cardadores, toneleros, botelleros, cordeleros, chapineros, embreadores, rejeros, ferreteros, fusteros, maestros de aja y hacha. En la mañana de Pascua entrábanse los pastores en Burdeos, con sus lechones desollados sobre un saco echado a hombros. Según dijo Leocadia, despertaban hasta las piedras, gritando en dialecto: *Un baoute d'agnet, un cartey d'agnet!* Al día siguiente vaciábase la ciudad. Como en las Pascuas de la Edad Media, burgueses, obreros, armadores, *grisettes*, tenderos, pescadores, estudiantes, fulleros, curas, rameras y marineros íbanse todos de gira a Cauderan para almorzar cordero asado. Mediado mayo, por la fiesta de Saint-Fort, volvía a culebrear por nuestras calles aquel gentío. A la cripta sagrada —la de un santo que nunca existió, según contaba Moratín, y cuya bendita existencia nacía de una confusión con las reliquias de Saint-Seurin—, llevábanse los padres a sus hijos para que les leyesen los Evangelios sobre la cabeza y así conjuraran para ellos fuerza, salud y dicha. A las puertas del supuesto sepulcro, rugosas mujerucas vendían velas a los niños. *De cierges, de cierges! Des paniers de cierges à trois sou, à dix sou! Pour le caveau de Saint-Fort!*, me repetían luego, riéndose desatinadas, Leocadia y la Mariquita.

En el camino de la Croix-Blanche, a pocos pasos de casa y en el Picadero Segalier, cada año paraba su tienda el Circo Olímpico. Para Rosarito aquélla era una fiesta marcada con piedra blanca. Bajo la lona, multiplicábase el espectáculo, porque detrás de la pista se alzaba el tabladillo de las pantominas. Vimos entonces al afamado jinete Auvrillon, representando su número de Satanás vencido por el ángel exterminador. A la señorita Rosalie, saltando a la comba en lo alto del trapecio con los ojos vendados. A Saqui Hercule, el *Brazo de Hierro*. Al acróbata funámbulo Toya, con su compañía piamontesa. También conocí en el circo a Claude-Ambroise Surat, *el Esqueleto Viviente*. Mediría más de vara y media y no pesaba ni sesenta y dos libras. Aunque naciera en Troyes, de la Champagne, tenía los rasgos de chino. Reducido al pellejo, los ojos almendrados y unos huesos quebradizos como cañas, paseábase apoyado en un bastoncico casi tan delgado como él. De vuelta a la pensión, contaban que su madrastra le subía en brazos por la escalera, falto de fuerzas Surat a mitad del primer tramo. En cualquier habla, echaba la buenaventura y lenguas se hacía la gente de cómo le adivinaba el pasado con sólo mirarla. Sin conocerla, le dijo a Rosarito que sería una artista y por añadidura preceptora de dibujo de una reina coronada. Luego revolvió los naipes muy presuroso, me llevó aparte y auguró que la Mariquita no viviría ni treinta años. Yo me enfurecí pero *el Esqueleto Viviente* encogióse de hombros. Replicó en buen castellano que él sólo leía el porvenir, en cualquier idioma, sin condenar a nadie ni ofrecer falsos halagos. Acto seguido, quiso anticiparme la suerte. Aún airado con aquel espantajo, argüí que un viejo de mi edad tenía las horas contadas y llevaba el porvenir a la espalda. Desentendido de mis protestas, volvió a barajar con increíble rapidez, entre aquellos dedos parecidos a alfileres.

—Es todo muy extraño, maestro. Casi juraría que las cartas enloquecieron. Estos puntos disparatan y en vez de usted, me sale aquí gente que desconozco. Asoma la cabeza de lechuza una vieja horrenda, con la sien pringada por un lunar. A su izquierda y en mitad del grupo, veo a un matrimonio de media edad. La mujer es otra bruja, de repelente sonrisa desdentada y engreída pechuga. Tiene un marido corpulento, con gesto de necio. A su espalda surge un hombre, que diríase su hermano gemelo. Los otros son más jóvenes. *La harpie* sin dientes abraza a una niña, que irá por los doce años, y a un niño aún más chico. Por la parte de la otra ave de rapiña, hay una joven muy alta a quien no alcanzo a distinguirle el rostro. La acompaña un chico, blanco como una hostia, pero con dos tizones por ojos. Detrás atisba a hurtadillas *un tout petit garçon*, que tira a pelirrubio o pelirrojo. *Blondin ou roux*. A la izquierda del matrimonio entrado en años, viene otra pareja más moza. Será ella madre, porque lleva a un infantito en brazos, que más parece pelele de trapo que criatura viva. También muestra allí medio perfil una adolescente quijaruda, con perlas en el peinado. Yo apostaría a que todos se disfrazaron y endomingaron con *bijouterie du marché aux puces*, para celebrar una inesperada herencia en un baile de disfraces. Las galas les caen anchas, porque serán palafustanes aldeanos. El esposo de la desdentada tiene todo el aire *d'un petit savatier*, de tiracuero o remendón lugareño. No sé por qué todos aquellos paletos se cruzan el pecho con bandas blancas y azules...

—Déjalos en paz. Los conozco muy bien. Ya murieron varios de ellos, hombres y mujeres.

—*Monsieur*, yo le busco a usted entre aquellos esperpentos emperejilados; pero no le encuentro —proseguía *el Esqueleto Viviente* sin escucharme—. *Ah, nom d'un chien!* Ahora creo distinguirlo. Detrás de la abuela del lunar y del muchacho con pupilas como tizones, se me aparece su rostro entre las sombras, aunque sea usted casi un cuarto de siglo más joven entre los naipes. ¿Qué significa todo esto? Más que leer las cartas, creo contemplar un cuadro, aunque tampoco comprenda por qué fueron a pintarle a usted en mitad de semejante aquelarre, *dans ce sabbat* de estafermos y fantoches —sacudió la cabecita de chino, como afanándose por ahuyentar absurdas sombras—. En fin, deme *vôtre excellence* diez *sous* para beberme un dedal de borgoña.

—*Pronto estaré en presencia de Velázquez. Pronto estará Velázquez en presencia mía.*

No acertó Fernando al asegurarme que yo moriría contemplando a María Teresa desnuda, como la retraté tendida en la colcha azul de su diván. Me acabo y pronto va a nublárseme la conciencia, para que a ciegas me apee del mundo. Pero no veo a María Teresa sino a *La familia de Carlos IV*, como la compuse y me pinté pintándola en Aranjuez. Por encima del hombro de doña María Luisa, su majestad don Carlos IV vuelve la cabeza de improviso y me dice o le dice al Goya de mi cuadro:

—Aclárame ahora a quién miramos, o para quién posamos. No será para ti, pienso yo, puesto que también estás en la tela.

—Tampoco será el señor quien me habla, porque hace nueve años que vuestra majestad falleció en Nápoles.

—¡No disparates, amigo mío! ¡Pregúntale a mi mujer si vivo o no vivo! Ella te dirá que doy cuerda a todos los relojes y relojillos del Real Sitio cada mañana. Que toco el violín en las veladas. Que cazo, si me place. Y sobre todo que tengo la mejor mano para hacer unos chapines o unas botas, según se tercie o me venga en gana —vuélvese don Carlos IV y se encara con la reina—. ¿Por qué callas como una estatua? Dile a Goya que yo bullo, aliento y echo sombra como tú misma.

—Quienquiera que seáis, en vano porfiaréis —le atajo con audacia venida de mi propia agonía, al saberme yo mismo en los umbrales del infinito—. No será esa dama su majestad la reina, porque también ella pereció en Roma años atrás. El príncipe de la Paz, don Manuel Godoy, la persuadió para que confesara, comulgase y se reconciliara con la divina misericordia, unas horas antes de su tránsito ejemplar.

—*Non fare scherzi e non dire cretinate.* No te burles y no digas necedades, Goya —me interrumpe la reina—. Todos vivimos y corre el mes de junio de 1800. Esto no es Roma sino Aranjuez —ríese entre las encías desdentadas, como silban las serpientes en la feria de Burdeos—. Al príncipe de la Paz, acabo de escribirle que ya terminaste mi borrón para *La familia de Carlos IV* y me encuentro muy propia y acabada en tu retrato. Añadí que entre hoy y mañana completabas el busto del rey en la Casita del Labrador. *É rotto l'incantessimo!* ¡Se acabó el negocio y espero haberte convencido de que aquí no ha muerto nadie!

—Con todo, con todo, algo hay que no alcanzo —se dice don Carlos en voz alta y abstraído de nuestra presencia—. Si estamos en Aranjuez en 1800, no comprendo cómo Goya llega a sentirnos. Yo juraría que era durísimo de oído.

—¡No seas absurdo! —replica doña María Luisa—. Claro que está sordo, aunque viva. O estará sordo precisamente porque vive. ¿Iba a estarlo de haber muerto? ¿Todavía ignoras que el mal francés le dejó como un tapia? No oye; pero sí lee los gestos y ademanes. Acaso también distinga e interprete las almas, aunque esto yo ya no lo sé.

Bajo la blanca peluca, sacude el soberano la maciza cabeza. Confuso, se convenció a medias y de mal grado. Sólo él y la reina hablan y se agitan. Callados y adustos permanecen inmóviles infantes e infantas. Como dijo haberlo visto en los naipes *el Esqueleto Viviente*, esbózase mi semblante entre las sombras y ante el bastidor. Detrás de los anteojos, fue a rejuvenecerse en largos años. No obstante, comparto ahora el asombro de don Carlos, porque oigo claramente su voz y la de la reina. Son tan diáfanas como las de los demás muertos, en otros sueños míos.

—Al final, vuelvo a la pregunta que antes te hice —prosigue don Carlos, dirigiéndose a mí—. Si esto es un cuadro y tú lo compartes con nosotros, ¿para quién vendríamos a parar todos aquí?

—¿Qué importa quién nos mire o nos vea? —replica desdeñosa doña María Luisa—. Bástenos saber que nosotros somos nosotros y acaso seamos eternos, siempre en Aranjuez y ataviados como vestimos esta mañana. De verdad parece que el tiempo se haya detenido.

—El tiempo sólo se detiene en los cuadros y acaso en el infierno —impaciéntase el rey—. Nunca en el mundo. Si aquí permanecemos, en tanto callan nuestros hijos y mis hermanos, será porque aquel que nos contempla y retiene nos juntó antes a todos.

—Sus majestades se encuentran ante un espejo —les digo yo entonces—. Es tan espacioso, que abarca y refleja a su entera familia. Pero es a la vez tan limpio, que no acertáis a distinguiros en su luna.

Todo lo niega con un gesto el monarca. De antuvión, aparenta consumida fatiga. Diríase le abruma la maciza estampa, que se obstinaba en erguir y robustecer en *La familia de Carlos IV*. El hombre que semejaba un roble, entra en carnes, se emborrona y abotarga.

—Me temo que te equivoques, Goya. No existe la luna de que hablas. Únicamente en tus ojos debemos reflejarnos. Si crees el espejo transparente, será porque no atinas a percibirte fuera de tu cuadro. Tampoco nosotros te distinguimos en el mundo, aunque te oigamos la voz, porque ya estarás muerto y al reino de las sombras perteneces. Es así de sencillo, mi buen amigo.

Se le apaga la voz y, poco a poco, toda la familia de Carlos IV desaparece y se desliza en las tinieblas. Las mismas tinieblas que de vez en cuando esclarecen y alumbran los destellos de mis recuerdos. También ahora se remansa y concluye este largo dictado mío —la memoria de mi vida en mi muerte— sin que me digan a quién se lo confieso o por qué lo recogen por escrito, si es que al papel quisieron trasladarlo. Definitivamente enmudeció la voz, que desde el centro de mi ser me pedía la remembranza de mi desaparecida existencia. Para siempre jamás, solo estoy conmigo mismo en los vastos ámbitos de lo interminable.

No obstante, al margen y al final de lo dictado, me vencen y desconciertan contradicciones incomprensibles, para las que no cabe respuesta. O de haberla, no acierto a encontrarla. No se explicaba don Carlos cómo pude desdoblarme, cuando con él y su augusta familia compartía mi cuadro en el Prado y a la vez lo miraba, convertido en su espejo. Dedujo entonces que yo, no ellos, sería un espectro y debía atalayarlos desde alguna cima de la eternidad. Pero tampoco entiendo cómo sabré yo que *La familia de Carlos IV*, o para el caso los retratos de Carlos III y de mi Josefa, se exhiben en el Prado, si allí los expusieron después de mi muerte. Aun siendo él el rey, me dijo Fernando, no osaba ofrecerle al museo en su apertura sino otros dos discretos retratos ecuestres míos de sus padres, habida cuenta de mi vil pasado de josefino y liberal. En semejantes circunstancias, no iba a ceder y menos mostrar públicamente demasiadas telas de mi mano. Lo mejor de los dados, añadió, es no jugarlos.

Yo, Goya. Yo, Francisco de Goya y Lucientes.

Otras contradicciones, a cuál más opaca, se enredan como los recuerdos o las cerezas. Vueltos sombras los desaparecidos, no podemos ser sino quien fuimos. Por la misma ley, deberíamos ignorar lo ocurrido en el mundo después de nuestro tránsito. Digamos en mi caso, el fusilamiento de Torrijos y de aquel niño, que fue su correo. O los treinta años que Xavier me sobrevivió en la tierra. Si fenecí el 16 de abril de 1828, en Burdeos, como en verdad he fallecido, ¿por qué laberínticos y ocultos vericuetos me percaté luego de que me enterrarían o me enterraron con el consuegro? O lo que todavía resulta más increíble, ¿cómo llegué a saber que a la vuelta de sesenta años nos abrirían, o abrieron, el sepulcro, para descubrir entonces que alguien sustrajo mi calavera, en algún momento olvidado de la vida perdurable?

Tampoco sé cómo fueron a trenzarse otros cabos y estoy yo en autos de que al siglo de mi entierro, mis despojos y los de Martín Miguel —cabeza aparte— fueron a reposar bajo la cúpula de San Antonio de la Florida, previo paso por el sacramental de San Isidro. Allí los supongo todavía ahora, en el mundo y al margen de lo eterno. *No es justo que siempre ande usted decapitado y yo vaya tan orondo por la vega, como si mi cráneo fuese sólo mío*, me dije diría el consuegro si paseásemos por la orilla del Manzanares, como un par de fantasmas. *En menos de nada se lo presto, para que disfrute cumplidamente de la brisa que peina el río y del canto del gurriato.*

Vuelvo a preguntarme cómo a la mirada retrospectiva, y al siglo largo de mi muerte, me puse al cabo de que Moratín y Silvela fallecerían o fallecieron en el destierro. Puesto a precisarlo, añadiré que se extinguieron los dos en París. Moratín a los pocos meses de mi hora suprema y Silvela a los cuatro años. Seis faltaban para que publicara el príncipe de la Paz sus memorias en Francia. Asimismo lo señalé en estos recuerdos, anticipando otro suceso que debería desconocer, por ocurrido después de acabados mis días. A tan inextricables imposibilidades, quisiera añadirle mi sincera ignorancia de cómo pueden haber desaparecido Moratín, Silvela o el propio Godoy, cuando con tan luminosa claridad los recuerda otro muerto. Al igual que si volviera a pintarle, rebosante de carnes por el borde de la faja, recién empolvadas las rasuradas mejillas y rizados los bucles rubios, de sátiro con aire de amariconado jayán, veo a Manuel Godoy en su palacio de Buenavista. Pesaroso, me dice que malditos estaremos los dos por haber amado a María Teresa de Alba. En seguida, acabado de llegar yo a Burdeos, me topo con Silvela y Moratín, aguardándome impacientes en el Cours du 12 Mars. Talmente como una punzada en mitad del alma, siento al abrazarles la certeza de que no envejecieron un ápice en el destierro. Si bien mucho se avejentaría Moratín en pocos meses, cuando luego le pinté el último retrato.

Yo, nada. Yo, nadie.

La última vez que nos vimos, me confesó Fernando VII que en Marracq creyó reducida toda la realidad al tamaño de su pánico. Por irónico contraste, también pensaba entonces que Napoleón, la fuente de su pavor, no era sino un enano disfrazado con un título imperial y él mismo —Fernando— un rey endomingado, cuya corona de burlería iban a arrebatarle de veras con la aterrada existencia. Meses después, huido yo de la guerra a Fuendetodos y a los pocos instantes de haber abdicado de la pintura —o de suponerme que por mi propia voluntad dejaba el arte—, comprendí la ilusa vanidad de semejante renuncia. Nadie, ni siquiera yo, evitaría el cumplimiento de mi condena insoslayable. Por siempre jamás, vivo o muerto, sentenciado estaba a ser Goya y a ser por lo tanto pintor, por encima de todo y a pesar de mí mismo.

Yo, Goya. Tú, Goya.

Pero me abruma ahora una duda atroz. Como una semilla llevada por el viento al centro de la sombra, allí echa raíces, crece y me consume. Si evoco lo que no puedo ni debo retener, sin descartar mis huesos en San Antonio de la Florida o *La familia* trasformada en *Las meninas* —todo ocurrido después de dar yo el alma en Burdeos—, ¿cabe que no sea sino un orate, enloquecido por sus propias palabras, que al escribir esta memoria se crea el espectro de Goya, dictándola en lo interminable? ¿Por acaso tú y yo, Goya, seremos o seré el hijo de un siglo distinto? Digamos alguien nacido a los cien años cabales de nuestra muerte, de mi muerte. Un desconocido que se alista y previene a terminar una fábula, llamada *Yo, Goya*, a imagen del relato de mi vida, nuestra vida, en los ámbitos sin cielo ni lindes. Hablo de un libro, que aquí concluiría párrafo a párrafo, como se imbrican las postreras tejas en el alero y bajo la buharda. Un libro empezado meses o años atrás —¿con qué ábaco se medirá el tiempo en la muerte?— y dedicado a María Teresa, última Alba de su sangre por fallecida sin descendencia, posiblemente envenenada por la reina y el príncipe de la Paz.

María Teresa.

En sus papeles, creerá el demente haberla poseído y adorado, aunque ella le dijese en Sanlúcar: *No me ames. Quiéreme, gózame y apiádate de mí. Pero no me ames, como yo te prometo no amarte nunca.* Por añadidura, se supondrá Saturno sordo, el padre de Xavier superviviente y el esposo de Pepa Bayeu: la que falleció o fallecerá en Madrid, hablándole a él como si fuese otro, como si fuese yo mismo, en el ciego desvarío de la agonía. *Francho, ¿eres tú Francho?* También tendrá por suyas las pinturas de la Quinta del Sordo. Al igual que si aquel lugar, que así se decía antes de que lo comprase, le aguardara a él y no a mí, puesto que en fin de cuentas, si he muerto, yo ya no soy nadie o sólo soy él. Asimismo vendrá a apropiárseme *Los fusilamientos del 3 de mayo*, y con mi cuadro, el grito terrible de aquel condenado, con los brazos abiertos ante las bayonetas. Un grito que ni él ni yo podemos oír, porque suya es la sordera que fue mía, antes de que la muerte me condenara a la inexistencia.

Él, Goya.

Quien me asume el nombre y la persona, afirmará en su libro haber pintado en Aranjuez *La familia de Carlos IV* y leído entonces en labios de don Antonio Pascual la súplica o la orden de que nunca le creyera, ni aun cuando le decía aquel infante ser mentira todo lo que tan certeramente auguraba. O cuando el propio don Antonio Pascual asegurábale mantener más claro recuerdo de lo soñado que de lo vivido, aunque acaso lo cierto fuera lo opuesto, si en su sandez distinguía aquel príncipe entre el sueño y la vida. Llegará a fantasear el enajenado su muerte en Burdeos, entre Josef Pío de Molina y Antoñito Brugada, unos instantes después de que Leocadia, rota de afligida fatiga, saliese de la alcoba. Y haber fenecido, a mayor abundamiento, enfrentado en el recuerdo con aquel cuadro, si bien Fernando VII le presagiara que, llegada la hora, los dos se acabarían contemplando el blanco destello de un desnudo, que ahora penderá en el Prado porque el propio *Deseado* lo rescató de la Inquisición. Acaso para proteger aquel par de pinturas, donde María Teresa decía verse como una maja, desarropada una vez y otra vestida pero todavía más carnal, se negó el rey a restaurar el santo Oficio, aun en mitad del terror y de la más bárbara de sus represiones.

También cabe que otra sea la verdad y fuera de hecho todo lo opuesto. Concluida mi confesión, quizá me condenan a enajenarme y eternamente creerme el ido, que escribe *Yo, Goya*. Por voluntad inapelable de una oculta justicia, purgaría así no sé de cierto cuál de mis culpas. Acaso la de haber dado muerte a cinco de mis hijos, aun antes de concebirlos. O tal vez mi cobarde servilismo ante los poderosos, cuando no podía valerme de la pintura para desnudarlos. ¿No me dijo *el Deseado* que yo sería único como pintor; pero como vasallo y ciudadano era un felón, que vendió al país y al Trono al jurarle fidelidad al rey francés, al aceptarle la Orden de España, al elegirle los cuadros que su hermano quiso robarnos? Siendo él rico en vileza, a Fernando le correspondía reprochármelo y denunciarme. Curtido en villanías y deslealtades, dominaba como nadie el arte de la infamia, aunque también tuviera una pasión de contemplador de la pintura, casi tan grande como la mía al crearla. Una pasión escondida, intrincada y vergonzante como todas las suyas.

Al cabo, poco o nada importa si soy un loco, que en otra era usurpa la identidad de Goya y por escrito le finge la voz en un libro, o soy el verdadero Goya, muerto y luego sentenciado a creerse aquel demente. En el laberinto de la historia o bajo el firmamento de la eternidad, no fui ni seré sino lo que he pintado. Pero ya, poco a poco, extinguióse el fulgor de las telas evocadas, como calló antes la voz que me exigía aquel dictado. Desvaneciéronse las pechinas del Pilar, los cartones, los retratos, los fusilamientos, los monstruos de Carabanchel, los toros y las miniaturas de Burdeos. Se apagaron mis grabados y borrones, los desastres de la guerra, los caprichos, los proverbios, las corridas y cogidas de mi tauromaquia. Asimismo desaparecieron seres y lugares con quienes compartí la vida o me tocó vivirla. Mis hijos muertos en sus cunas y Xavier demorando la llegada a Burdeos, en mi agonía. La Pepa dejándome el cocido y sus esquelas al pie del taller de Valverde. Leocadia y Rosarito, en la nochebuena de los Goicoechea. Bayeu ante Velázquez. Palafox en Zaragoza. El rey José horneando en Palacio, cuando las hambres. *El Deseado* sollozando abrazado a mí en la Puerta de Alcalá. Moratín y Silvela en Burdeos. Marianito posando en Madrid. Don Carlos y doña María Luisa agobiándome con sus elogios al cuadro de su familia. Godoy preguntándose si no será la historia el cárdeno y entenebrecido espejo del tiempo. Isidro apedreando a los perros, que abrevan la sangre de los ajusticiados en la montaña del Príncipe Pío. Don Antonio Pascual en la Casita del Labrador. Sebastián Martínez velándome en Cádiz. Velázquez apareciéndose en el firmamento, convertido en caballo. María Teresa, desnuda y en pie, las palmas en la consola donde tiemblan mirándonos los sátiros de Sèvres, en tanto la poseo por la espalda y los dos contenemos los bramidos de placer. María Teresa. Velázquez.

Pero ¿quién le pondrá puertas al campo? También muy despaciosos viénense los ocres de Fuendetodos, desde las sombras. Amarillea el horizonte y al sol se cuecen la ruinosa fortaleza del collado y los peñascos labrados por el cierzo de los siglos. Rocas titánicas a semejanza de muelas, cisnes, frailes, esparavanes y fieras rampantes. En mitad de los eriales, queda una sola larga tapia entre los escombros de una casona derribada. Un niño aún muy chico, pero ya robusto y macizo como un novillo, cruza a buen paso por las tierras baldías. Trae un cabás de la escuela, lleno de carboncillos y papeles. Frente al muro, saca un carbón del capazo y empieza a esbozar los restos del castillo. Tan espacioso es el diseño, que el rapaz brinca como un lebrato para dibujarle la cima al torreón descostrado. Extrañamente no perfila la fortaleza en la cumbre del teso, como se le aparece, sino suspendida en el aire o ascendiendo hacia los cielos esmaltados. A lo lejos suenan las campanas del ángelus y rumorea un torrente escondido.

Empieza esta tarde en el arte la larga vida de Francisco de Goya y Lucientes.

Yo, Goya.

Índice onomástico

Brosse, Valentin: 232.
Brugada, Antoñito: 41, 135, 232, 233, 238, 250.
Bureta, condesa de: 142, 143.

Caballero, marqués de: 52, 106, 107.
Cabarrús, Francisco conde de: 55, 153.
Cadalso, José: 53, 54, 55, 74.
Caín (personaje bíblico): 74.
Calomarde, Francisco Tadeo: 214.
Calvo de Rozas: 142.
Callejo (pintor): 33.
Campo Alange, conde de: 135.
Canibel, Francisco: 57, 58, 60, 87.
Carlos I de España y V de Alemania: 114.
Carlos III de España: 30, 31, 32, 34, 39, 43, 69, 70, 77, 91, 151, 184, 198, 225, 247.
Carlos IV de España: 14, 15, 16, 19, 27, 29, 30, 32, 33, 34, 38, 49, 50, 51, 52, 61, 81, 85, 91, 92, 93, 95, 100, 103, 105, 106, 107, 110, 112, 114, 120, 166, 169, 179, 181, 190, 195, 206, 225, 245, 246, 247, 252.
Carlos X de Francia: 236.
Carlota Joaquina de Portugal: 95, 103, 105.
Carnicero, Antonio: 97.
Carolina de Nápoles: 118.
Carvajal y Vargas, José Miguel: 180, 189, 219, 222, 223.
Castaños, Francisco Javier: 136, 144, 145, 156.
Castillo, Antonio del: 33.
Cayetano Cavero, Joaquín: 37.
Ceán Bermúdez, Agustín: 55, 56, 64.
Cevallos, Pedro: 29, 91.
Císcar, Gabriel: 178.
Cobos de Porcel, Isabel: 169.
Collingwood, Cuthert: 101.
Copons, Francisco: 179, 180.
Cornel, Antonio: 82.
Costillares (torero): 64, 69, 223.
Cuervo, Juan Antonio: 215.

Chamorro, Pedro Collado, llamado: 179, 185, 186, 216.
Chinchon, María Teresa de Borbón, condesa de: 15, 51, 80, 106, 111, 169, 219, 221.

Danton, Georges Jacques: 98.
Delacroix, Eugène: 154.

Delica, alias el Capuchino, Juan: 157.
Desmoulins, Camille: 98.
Destroyats, monsieur: 216.
Díaz Porlier, alias el Marquesito: 157, 194, 196.
Diderot, Denis: 55, 64.
Diego, san: 227.
Duaso Latre, José: 214, 215, 216.
Dubédat, monsieur: 237.

Elío, Francisco: 180, 181, 194, 219.
Empecinado, Juan Martín Díez, llamado el: 157, 167, 211.
Escoiquiz, Juan: 48, 49, 51, 52, 114, 133.
Espoz y Mina, Francisco: 157.
Esteve, Agustín: 67, 187.
Esteve, Rafael: 97.

Falaise, Jean de la: 224.
Felipe IV de España: 32.
Felipe V de España: 27.
Fernán Núñez, conde de: 32.
Fernández Flores, Miguel: 187.
Fernández de Rojas, Juan: 187.
Fernando VII de España: 16, 19, 28, 34, 46, 47, 49, 50, 51, 52, 53, 59, 60, 62, 63, 102, 103, 104, 107, 108, 112, 113, 114, 115, 116, 119, 120, 129, 132, 134, 136, 145, 152, 164, 166, 167, 171, 174, 176, 178, 179, 180, 181, 182, 183, 184, 186, 187, 188, 190, 191, 195, 196, 199, 200, 201, 207, 208, 209, 210, 211, 214, 215, 218, 219, 221, 222, 223, 226, 229, 235, 237, 242, 245, 247, 249, 251, 252.
Ferrari, Julián: 218.
Ferrer, Joaquín María: 218, 219, 223, 224, 226, 239.
Ferro, Gregorio: 33, 35.
Figueras, Pepa: 69.
Floridablanca, José Moñino, conde de: 91, 92, 97.
Foulon, madame: 241.
Francisco I de las Dos Sicilias: 118.
Francisco I de Francia: 114.
Fuentes, conde de: 77.

Galarza, Juana: 108, 192, 225, 226, 240, 241, 252.
Galos, Jacques: 238.
García, José: 165.
García Herreros, Manuel: 178.
García de Prada, Carlos: 153.

MEMORIA de la HISTORIA

Títulos publicados

1/Fernando Vizcaíno Casas
ISABEL, CAMISA VIEJA
El popularísimo escritor español aborda el género biográfico con gran rigor y amenidad.

2/Carlos Fisas
HISTORIAS DE LAS REINAS DE ESPAÑA
**La Casa de Austria*
Una semblanza sorprendente de las grandes desconocidas de nuestra historia: las mujeres que compartieron el trono de España.

3/Juan Antonio Vallejo-Nágera
PERFILES HUMANOS
Protagonistas de la Historia vistos desde un ángulo insólito.

4/Juan Eslava Galán
YO, ANÍBAL
La figura trágica de Aníbal, que, haciendo honor a un juramento emitido en su infancia, se propuso sojuzgar a Roma y restituir a Cartago el dominio del Mediterráneo.

5/J. J. Benítez
YO, JULIO VERNE
Confesiones del más incomprendido de los genios.

6/Néstor Luján
LA VIDA COTIDIANA EN EL SIGLO DE ORO ESPAÑOL
Una visión amplísima y profunda de uno de los períodos más apasionantes de la historia de España.

7/Fernando Díaz-Plaja
A LA SOMBRA DE LA GUILLOTINA
La cara sangrienta de la Revolución francesa cuando el trágico invento era dueño de Francia.

Impreso en Talleres Gráficos
DUPLEX, S. A.
Ciudad de Asunción, 26-D
08030 Barcelona